KARL CZASNY
DAS ANDERE PROFIL

Karl Czasny

Das andere Profil

Collageroman

PICUS VERLAG WIEN

Gedruckt mit Unterstützung des
Bundesministeriums für Unterricht, Kunst und Sport

CIP-Titelaufnahme der Deutschen Bibliothek
Czasny, Karl:
Das andere Profil: Collageroman/Karl Czasny. - Wien:
Picus Verl. 1990
ISBN 3-85452-217-7

Graphische Gestaltung: Dorothea Löcker, Wien
Umschlagmotiv:
Maske Daniel Löcker, Foto Robert Schoisengeier
Satz: »werbegrafik«, Wien
Druck und Bindung: Wiener Verlag
Printed in Austria
ISBN 3-85452-217-7

Beim Glasperlenspielen muß alles möglich sein, auch daß etwa eine einzelne Pflanze sich mit Herrn Linné auf lateinisch unterhält.

HERMANN HESSE; Das Glasperlenspiel

Vorwort

Der vorliegende Roman besteht fast zur Gänze aus im Wochenmagazin »profil« erschienenen Texten. Mit ihm wird der Versuch unternommen, durch Nutzung der nahezu unbegrenzten Möglichkeiten, welche die Technik der Collage dem Spiel mit Worten und Sätzen bietet, ein etwas anderes »profil« sichtbar zu machen als das dem großen Publikum vertraute. Ob es auf diese Weise gelingt, das zu den beiden Profilen gehörende Gesicht – und damit auch den sich in ihm ausdrückenden Geist jener Zeitschrift – zu verdeutlichen, das möge der Leser dieses Buches selbst beurteilen.

Vorerst noch einige Informationen zum Geleit: Die verwendeten Textpassagen entstammen aus gut 400, zum größten Teil zwischen 1982 und 1988 erschienenen Artikeln, Kommentaren, Interviews, Kurzberichten, Leserbriefen und Werbeeinschaltungen. Sie werden ergänzt durch kurze Einfügungen des Autors, die durch ihre Abfassung in *kursiver Schrift* kenntlich gemacht sind. Alles übrige ist entweder völlig unveränderter oder oberflächlich – nicht jedoch in seiner Tiefenstruktur – variierter Originaltext. Es folgen einige Beispiele für solche Variationen:

– Anonymisierung, Verallgemeinerung, Abstrahierung: So werden etwa die Städte Linz, Steyr und Leoben verschmolzen zur »Stahlstadt«;

– Verwandlung von direkter in indirekte Rede und umgekehrt;

– Zeitverschiebung: In der Mitvergangenheit geschriebene Berichte werden in die Gegenwart gesetzt, usw.;

– Umstellung von Satzteilen, Verwendung von Synonymen und gelegentliche Einfügung von ergänzenden oder verbindenden Worten zur Vermeidung von Wortwiederholungen und »Rhythmusstörungen« an den Bruchstellen zwischen den einzelnen »profil«-Passagen.

Die aneinander gereihten Zitate stellen in vielen Fällen längere, oft mehrere Spalten umfassende Textstellen dar. Zum Teil wurden aber auch sehr kurze, manchmal nur aus einzelnen Wortgruppen oder gar Worten bestehende Ausschnitte miteinander verknüpft. In den zuletzt genannten Fällen handelt es sich nicht um beliebig zusammengestoppeltes Wortmaterial, sondern durchwegs um Bruchstücke von auf das jeweils angesprochene Thema bezogenen Beiträgen.

Eine grobe Zuordnung der einzelnen Passagen des Romans zu den in sie eingegangenen »profil«-Texten, ergänzt durch Angaben zu Autor und Erscheinungsdatum der letzteren, findet sich im Anhang. Die dort fallweise beigefügten erläuternden Bemerkungen enthalten auch den einen oder anderen zusätzlichen Hinweis auf die bei der Herstellung der Collage angewendete Methode.

1
Der Tempel und seine Pilger

Das Werk thront über der Stadt. Seine Zentrale ist ein klassizistischer Bau aus der Gründerzeit. Er steht auf einer Anhöhe, nicht weit davon fließt im Tal der Fluß vorbei. Früh morgens, wenn die Altstadt noch im Nebel liegt, treffen schon die ersten Sonnenstrahlen »das Werk«.

Um diese Zeit ist bereits die halbe Stadt auf den Beinen, ja der ganze Bezirk. Tausende strömen von überall her, um zur Frühschicht zu gehen: Arbeiter, Angestellte, Pendler. Das tägliche Hin und Her von Menschenströmen, morgens hin zum Werk, abends zurück aufs Land, bestimmt seit 100 Jahren die Stadt und die Täler rundherum. Alles ist von diesem steten Rhythmus des An- und Abschwellens bestimmt. Heute wie auch zur Gründerzeit um die Jahrhundertwende.

Es hat in dieser Gegend immer nur dieses eine Großwerk gegeben. Die wenigen anderen Betriebe, die sich ansiedelten, spielten nie eine vergleichbare Rolle. Sie beschäftigten nie annähernd so viele Menschen und sie setzten nie annähernd so viele auf die Straße. Die Bude, wie das Werk bezeichnet wird, ging mit den Menschen um wie eine wankelmütige Mutter: mal holte sie ihre Kinder zu sich und verwöhnte sie, mal stieß sie sie wieder nervös von sich. Phasen der Vollbeschäftigung und der Massenarbeitslosigkeit lösten einander ab. In den Jahren vor dem ersten Weltkrieg beschäftigte das Unternehmen 16.000 Menschen, in der Zwischenkriegszeit setzte es alle, bis auf 1000, auf die Straße. Einmal blühte die Gegend, man hatte Arbeit, hatte zu essen, baute ansehnliche Arbeitersiedlungen. Dann war wieder die Not da, der Hunger. Die Menschen waren ausgesteuert und ohne Arbeit, sie schickten ihre Kinder betteln, stehlen.

Das Werk hat eine Monostruktur im Bezirk erzeugt, die religiöses Ausmaß hatte – und bis in die Gegenwart hat. Konkurrenz am Arbeitsmarkt war nie gern gesehen, das hielt die Menschen in einer beinahe feudalistischen Abhängigkeit: War der Herr gnädig, ging es einem gut; war er böse, ging man zugrunde. Dies war das Erbe, das »der Staat« angetreten hat, als er *nach dem Zweiten Weltkrieg* den Betrieb übernahm. Die den Sektor der Staatsbetriebe beherrschende Arbeiterpartei setzte es fort. Die Lohnpolitik machte es privaten Betrieben schwer, sich anzusiedeln. Die Monostruktur verfestigte sich.

Der rote Tempel hat seine Priester, hat seine Heerscharen und seine gläubige Gemeinde. In periodischen Abständen bringen die Hohepriester Wirrnis über das Volk: Wenn die Pilger und Pendler nach langen Märschen ans Tor kommen, um, wie sie es gewohnt sind, einzutreten in das Gotteshaus und das Heil zu erbitten, dann, auf einmal, steht da der Priester auf der Kanzel und sagt: Halt! Ihr dürft nicht mehr herein, es gibt keinen Gott, gibt kein Heil, ihr habt euch getäuscht, fort mit euch! Über die Menschen kommt Unheil. Krankheit befällt sie, die Krankheit von Angst und Haß und Zerstörungssucht.

*

Frühmorgens, wenn die ersten Pendler losziehen, ist es noch finster. Im Fluß spiegeln sich die Lichter der Häuser am Ufer, vereinzelt gehen sie aus. Die Frauen, die den Frühschichtlern die Jause eingepackt haben, legen sich wieder nieder. Die Arbeiter trotten wortkarg dahin. Täglich gehen sie den Weg, seit vielen Jahren, bei jedem Wetter.

An der Haltestelle steht eine Gruppe von 20 Männern. Sie tun nichts, sie stehen nur da und schweigen. Den Bus verpassen kann heutzutage den Arbeitsplatz kosten, deshalb kommt man lieber zu früh. Wenn es kalt ist und stürmt, kann diese Warterei so früh am Morgen lang werden. Man steht und wankt schlummernd um die eigene Achse. »Morgen« sagen sie, wenn der nächste hinzukommt. Von den Älteren hat jeder ein Haus gebaut, das gehört schon beinahe zum guten Ton. Die meisten Jüngeren aber nehmen sich das nicht mehr vor. Eine sichere Zukunft, wie es die Älteren ein paar Jahre genossen haben, zum ersten Mal in der Geschichte von Generationen, die gibt es für sie längst nicht mehr. Das sollte wohl nur eine historische Atempause gewesen sein. Vielleicht ist es besser so: Die sichere Zukunft nämlich hat den älteren Männern, das sieht man auch im Dunkeln, so manche Lebenszeit genommen. Sie sind schnell gealtert. Mit 45, 50 Jahren ist solch ein Arbeiter schon ein verbrauchter Mensch. Die Arbeit, die manche beispielsweise in der Schmiede des Werks verrichten, ist ja trotz relativ guter Bezahlung schwer. Von dem Lärm wird man leicht taub. Also kippt man kurz nach dem Beginn der Frühschicht schon das erste Bier, auch wenn man ein paar Jahre später an Leberzirrhose zugrunde geht.

Direkt neben der Gruppe der wartenden Pendler steht ein Wahlplakat der Arbeiterpartei. Der Kanzler ist darauf abgebildet in einem sehr eleganten Anzug. Und er verspricht, steht da, daß er nichts verspricht, was er nicht hält. Auf dem Plakat ist ein Regentropfen zu sehen, aber kein Kratzer.

Einmal im Bus, sinken die Männer sogleich tief in die Sitze. Niemand spricht. Alles schlummert. Nur wenn Arbeiter zusteigen, hört man ein höfliches »Morgen«. Die Körper, wie sie ermattet daliegen in der fahlen Nachtbusbeleuchtung, haben etwas Schmales an sich, etwas Geschundenes. Und die Stimme der Radioansagerin tut das ihre: Sie dringt, so scheint es einem, durch die weiche Schale der Männer und webt einen harten Sinn in ihren Halbschlaf: »Munter in den Morgen, liebe Frühschichtler!«

Bald nähert sich der Bus seinem Ziel, einer Landschaft aus Schloten, Türmen und klinkervermauerten Stahlbetonbauten geradezu alpinen Ausmaßes. Schon erkennt man vage die sechs Hochöfen, vorne das Kraftwerk und die Sinteranlage, weiter hinten Stahlwerk, Warmwalzwerk und Grobblechadjustage. Das Werksgelände ist so groß, daß sogar ein Gehege Platz hat, in das sich Wild verläuft, das sich hier vor Jägern sicher wähnt. Ein Geschlinge aus Eisen und Stahl, versunken im Morgengrauen wie die »Titanic«, die keiner mehr heben will. Eingefaßt von einem Netz aus Lichtern: Hunderte von orangeroten Neonlampen beleuchten die Anlagen. Jedes Licht hat seinen Kontrollkreis, in dem sich nichts rührt, kein Mensch, kein Hund, kein Grashalm. Die Fabriken, so sieht es aus, sind stillgelegt – ein großes Museum der Arbeitswelt. Schulklassen pilgern hin, und die Kinder buchstabieren das fremde Wort: S-t-a-h-l. Dennoch: Unaufhörlich und so eindringlich, daß man es verdrängt, dröhnt der Maschinenlärm.

Der Bus ordnet sich nun in die lange Schlange der Pendlerfahrzeuge ein und fährt zügig durch die Werkstore, vorbei an den Kolonnen der Entgegenkommenden, die die Stadt verlassen. In den Bussen brennt Licht; draußen ist es ja noch dunkel. Hinter den Scheiben Köpfe, Unzählige. Sie schwanken leicht auf und nieder, hydraulisch abgefedert.

*

Gleich beim Parkplatz, wo die Pendler aussteigen, befindet sich ein Schnellimbiß, Stammlokal vieler Arbeiter. Eine niedrige Baracke mitten in einer Landschaft aus Teer, Ruß und Rost. Es schneit hier unaufhörlich; schwarze Flocken. Die Autos, die vor dem Beisl parken, sind regelrecht eingepackt. Auf einem Kühler steht, mit dem Finger in den Dreck geschrieben: Hilfe, ich ersticke! Hinter der Imbißstube ragt hoch, rund und schwarz ein Gasometer. Unweit, aber schon auf eingezäuntem Werksland, die Teer- und die Gasometerstraße; sie grenzt an die Kokerei, die in ihren sechs Batterien den Koks für die Hochöfen aufbereitet. Der Schnellimbiß, vor 14 Jahren als ihn die Wirtin aufzog, ein Würstelstand mit Flugdach, faßt heute 60 Personen. Dreimal am Tag, bei Schichtwechsel, füllt er sich schubweise. Heuer läßt die Kundschaft nach. Die Massenentlassungen im letzten Jahr machen sich bemerkbar.

Noch ist die Imbißstube fast leer. Die Beleuchtung kommt von dem Reklameschild »Kaiser-Bier«, das über den Tischen hängt. Das Mobiliar ist aus furniertem Resopal. Kein Blümchen, kein Bild, nur Platz für Ellbogen, Hintern und Bier. Die Scheibe spiegelt das Gesicht eines Gespensts, hohle Wangen, tiefe Ringe. Über der Theke quer durch den Raum – ein Foto von New Yorks nächtlicher Skyline: Wolkenkratzer, in reinsten Edelstein gehauen. Tief darunter, winzig klein, ein Frühschichtler, in wenigen Minuten muß er gehen. Der Kaffee neben ihm dampft lange nicht mehr. Aus dem Radio ertönt irgendein Mutmacherhit. Der Mann döst über der aufgeschlagenen Boulevardzeitung, träumt von unsäglichen Vergewaltigungen.

Dann rückt der Uhrzeiger auf Punkt dreiviertel, und draußen knallt die Tür. Die Nachtschichtler kommen. Hier und da ein Glimmer im verschwefelten Morgen; sie rauchen. Herinnen stellen sie sich sofort – ohne Umschauen nach Plätzen – an; im Nu reicht die Schlange bis nach hinten. Vorne Bier, warmer Leberkäse, Gulasch, hinten wortloses Nachrücken. Mit oder ohne Jausentasche: wer aus der Stadt ist, läßt sie im Auto liegen; wer sie hingegen mithat, ist Pendler, wird gleich, Bier und Würstel hinuntergestürzt, zum Bus oder zum Zug laufen. Abfahrt 6.26 Uhr, Ankunft im Heimatdorf 8.02.

Die Männer, so jung und fesch manche sind, sehen schlecht aus. Grau und abgewrackt die einen, rötlich aufgedunsen, wie verbrannt fast, manche andere; durchgeschwitzter Hemdkragen, Nacken und Haaransatz ganz naß, Schweißperlen auf der Stirn. Die Stahlköche aus den Hochöfen. Sie hantieren mit flüssiger, auf 1480 Grad erhitzter Eisenschlacke. Die Hallentemperatur ist so hoch, daß der Körper auch nach dem Ausziehen des Asbestüberzugs noch nachschwitzt. Besonders schlimm im Sommer nach einem Sonnenbrand vom Badesee.

Unter den Wartenden zwei jüngere Männer, beide dunstend wie Kachelöfen. Der eine, Martin, stämmig, dunkelblond, südländische Augen. Der andere, Hans, schmal, fast zart, die Lider schlapp über dunklen Höhlen, etwas älter. Ein Studierender aus der Bibliothek kommend, nach Stunden des Lesens? Nein nur müde, er hat geschuftet, die ganze Nacht hindurch. Letzte Mahlzeit: gestern abend um 11 Uhr. Bis jetzt nur eine Pause von zehn Minuten; Wurstsemmel und Bier. Manchmal ist die Pause länger. Je nachdem wie schnell der Hochofen aufheizt. Wenn er »bärt« und »feigelt«, geht es zu langsam, dann muß man ununterbrochen »fest obastangeln«. Schlacke stürzt aus dem Abstichloch in die Rinne, mit Stangen stoßen die Männer sie bis zum Pfannenwagen, falls sie stockt. Dabei spritzt Glutschlacke umher. Braucht die Kluft vorn nur ein wenig wegstehen, schon fliegt ein Patzen von Schlackenfunken aufs Gewand und brennt bis hinunter auf die Hoden durch.

Beide Männer haben Narben und Wülste am Unterarm; Brandwunden, schlecht und recht zusammengeflickt. Martin wurde gar ein handballengroßes Stück Plastikschicht aufs Gelenk genäht. Eine Sekunde nur, und der »Sternspritzer« hatte ihn bis auf die Knochen verbrannt. Hans und Martin sind erst einige Jahre im Hochofen. Und sie möchten des Verdienstes wegen auch dableiben, wenngleich sie jetzt schon von der Frühpension träumen.

*

Nachdem die beiden ihr Bier getrunken haben, trennen sich ihre Wege. Martin fährt zum »Plateau«, einer Wohnanlage, in der ausschließlich Werksangehörige wohnen.

Die Stadt bietet an sich alle Arten von Arbeitersiedlungen: von den niedrigen Schindeldächern der Schmiedearbeiterhäuschen von 1914 bis zu den putzigen, den Vierkantbauernhöfen nachgebildeten Arbeiterwohnsiedlungen der Faschistenära; von der Wohnhausanlage aus den ersten Tagen der Sozialdemokratie über die Gartenstadthäuser aus der Siedlerbewegung bis zu jenen Wohnblocks der Jetztzeit, auf deren Balkonen die Besenbäumchen stecken wie auf Gräbern. Was manche Bauten der sechziger Jahre betrifft, so konnten die Mieter sie zumindest mit Wagenrädern und Heugabeln, mit Geweihen und Kuckucksuhren schmücken.

Im »Plateau« ist nicht einmal das möglich. Kein Balkon, kein Mauervorsprung, kein Geländer. Ein Hochhaus, hingepflockt wie ein Betonpfahl. 502 Menschen wohnen in dem 20stöckigen Wohnsilo. Fünfhundertzweimal Aufnahme und Ausscheidung. Die Gewalt des Materials: Schon beim Eintreten wird man innerlich niedergeschlagen. Alles ist aufs Notdürftigste reduziert, aufs Nichts der Zweckmäßigkeit. Der Lift ist, was er ist, aber so billig und öd, daß man spätestens beim 17. oder 18. Stockwerk seine Würde einbüßt. Einige Mieter scheinen resistent zu sein. Sie müssen mit spitzen Gegenständen in die Verschalung gefahren sein. Die blättert einem nämlich förmlich entgegen – Seiten einer Geschichte, die keiner schreibt.

Oberstes Stockwerk. Vom Lift führen Korridore in beide Richtungen, Schächte mit Wohnungstüren, eine neben der anderen. Ganz hinten am Ende der Schlucht, ein Fenster. Tief unten, umgeben von flachem Grünland, ein Einkaufszentrum, eine Bankfiliale, dazwischen Platz zum Parken und Spielen. Spazieren könnte man im nahegelegenen Wald. Aber der ist schon recht krank; da kann man die Bäume als »Zweigerl fürs Voglhäuserl« heimtragen. Eins ist gut am Plateau: Man kann alles überblicken. Vom oberen Tal über die ganze Stadt, die Kuppeln, Türme und Spitzen, bis hinüber zum Durchbruch des Flusses zwischen den Bergen.

Ein hingeworfenes Stück Beton – mit Löchern drin und Gängen. Gemeinschaftsräume gibt es keine. Aber die Mieter, zu unterschiedlichen Zeiten im Werk, wollen ohnehin nichts voneinander wissen. Am isoliertesten sind die Frauen: Nachts sind die Männer vielfach auf Schicht, oft auch am Wochenende, und tags schlafen sie. Das ganze Leben arbeitet so ein Ehepaar auf die Pension hin. Und dann kommen nicht einmal alle bis hin: Am Karfreitag findet im christlichen Betriebszentrum eine Totengedenkfeier statt – für verstorbene Werksangehörige. Der Jahresdurchschnitt an tödlichen Arbeitsunfällen beträgt fünf; bei Selbstmorden ist er höher – übrig bleiben Frauen, die die Einsamkeit ganz krank macht. Sie sitzen in dem monströsen Silo – wie Zierpuppen am Häkelpolster. Voriges Jahr ist in einer der Wohnungen eine Leiche gefunden worden. Sie lag schon eineinhalb Jahre dort.

Hier oben in der Stille des »Plateaus«, jener Stille, die aus anorganischer Restware kommt, *empfängt Martin* ein leises Gebrabbel; vielleicht ist es aber auch nur das Surren des Aufzugs, das im ganzen Bau zu hören ist. Es ist eine Trauerelegie. Sie verabschiedet leise und eindringlich Werte, Ideale, Grundsätze, verabschiedet eine Wirtschaftsform, ja, die Basis einer ganzen Stadt. Trotzdem gilt auch das Gegenteil: Morgens, wenn er aus dem Hochofen, dem Herzen des Werks kommend sich in seiner Wohnung im »Plateau« niederlegt, krabbelt ihm seine Zweijährige auf den Bauch und weckt ihn. Der Vater sieht sie dasig an und nickt wieder ein; abends muß er wieder fit sein für *die Arbeit*. Nein: für sein Kind. »Das is mein kleiner Engel«, sagt er, »ich laß ihm alles durchgehen. Weil, man hat nur eine Kindheit.«

Hans wohnt besser. Er lebt mit seiner Frau, dem *kleinen Sohn* und *seinem Vater in einem außerhalb der Stadt gelegenen Eigenheim. Die Familie war* durch den Hausbau *lange Zeit* sehr verschuldet. Die Frau geht *zweimal pro Woche* putzen, sie kommen über die Runden. Das Haus ist wie alle im Tal schön gelegen. *Seit man jedoch den Fluß gestaut hat*, sind die üblen Dämpfe, die vom Werk aufsteigen, ärger geworden. Bei Westwind schläft man hier meist, auch im heißesten Sommer, hinter geschlossenen Fenstern. Hat Hans mal vergessen, eins zu schließen, so wacht er beim ersten Anzeichen von Schwefelgeruch auf. Dann tränen ihm die Augen, die Schleimhäute rinnen, er fühlt sich beklemmt, kann nicht recht ein- noch ausatmen, der Atem stockt, es schwindelt ihm. Dies ist sein Alltag.

Einmal schlief er allzu fest. Als er aufwachte, war es schon geschehen. Der Hals brannte wie Feuer, es war ihm übel, er stürzte vor Schwindel und hatte wahnsinnigen Durst. Im Spital konnte man ihm nicht helfen. Seine Atemwege waren von den Schwefeldämpfen, die über Nacht in sein Zimmer gedrungen waren, nicht etwa nur entzündet, sondern regelrecht verätzt. Hals, Rachen, Nasenhöhlen – eine einzige Wunde, die, am ehesten mit einer Verbrennung durch Schweißen vergleichbar, lange nicht heilte, die blutete, immerzu aufriß und blutete. Es war ein Brennen im Hals, fast das ganze Jahr über, täglich, fortwährend und nicht nur beim Schlucken.

Der Sache nahm sich sogar eine Zeitung an. Man saß zusammen mit dem Reporter in der Küche *und sprach über Hans' Wohn- und Arbeitssituation. Der Zeitungsmann* quälte den Arbeiter mit seinen Fragen. Der lächelte über ihn, wenn ihm schon wieder etwas einfiel. Die eine oder andere Antwort arbeitete Hans aus seinem dürren Körper heraus und dann mußte er sich selbst wundern, was ihm da jetzt eingefallen war und nun lächelte er über sich. Seine Frau beteiligte sich an dem Interview. Sie kriegte Lust und fragte ihn auch. Was er da erzählte aus dem Werk, das hatte sie die 15 Jahre Ehe nicht gehört. Sie haben ja auch nicht viel Zeit gehabt zum Reden. Sie bauten, bauten alles eigenhändig. Feierabend, Wochenende, Urlaub – immer beim Haus. Weggefahren sind sie erst einmal im Leben, es war letztes Jahr, sie fuhren in ein vom Werk arrangiertes Appartement an einem See.

2
Zwei Väter

»Falls Ihnen jemand Stahlaktien zum Kauf anbietet, greifen Sie zu!«, gab der Kanzlerkandidat der Arbeiterpartei Hausfrauen Anlagetips. Die Sozialdemokraten präsentierten im Wahlkampf 1966 die Staatsbetriebe als blühende Unternehmen. Und die »Arbeiter-Zeitung« meldete fast täglich neue Exporterfolge. *Doch schon im gleichen Jahr* deutete der damalige Generaldirektor des Unternehmens in einer Werbeeinschaltung für diese Zeitung trotz jubelnder Begleittöne Probleme an. Der Stahlbedarf werde langfristig abnehmen, der internationale Stahlmarkt sei von »Preislabilität« gekennzeichnet. Wegen der »nicht günstigen« Standortlage müßten die Betriebe modernisiert, einzelne »Arbeitsvorgänge rationalisiert« und die Produktionskapazitäten reduziert werden.

Gut 10 Jahre später stellt die Realität die schwärzesten Prognosen der sechziger Jahre in den Schatten. Der internationale Stahlmarkt steckt in seiner tiefsten Krise seit dem Zweiten Weltkrieg: Der Osten ist zahlungsunfähig und ordert bestenfalls auf Tauschbasis, der Westen kämpft mit eigenen Überkapazitäten und müht sich, mit Quotenbeschränkungen und Abnahmekontingentierungen die Billigimporte aus jenen Ländern abzublocken, denen in der Vergangenheit mit hohen Gewinnen Stahlwerke verkauft wurden. Die Stahlpreise verfallen – und mit ihnen das Unternehmen, das mit einem Exportanteil von 80 Prozent des Umsatzes die welthöchste Exportquote eines Edelstahlbetriebes hat.

Weil diese Wirklichkeit so gräßlich häßlich ist, zimmern sich alle Betroffenen ihre eigenen Plan-Wirklichkeiten. Wenn diese Pläne Realität werden, dann ist auch die Stahl-Wirklichkeit wieder rosig. Glauben sie. Es reicht allerdings nur zu einem Krieg der Wirklichkeiten, denn der Weltmarkt für Stahl verfällt noch schneller als das Unternehmen planen kann. Schon schreiben die Stahlwerke des großen Nachbarstaates, die bereits vor Jahren so saniert waren wie das hiesige Unternehmen nach Plan erst in ferner Zukunft sein soll, wieder rote Zahlen. In den EG-Ländern werden jährlich noch immer um 20 Millionen Tonnen Stahl zuviel hergestellt, und jedes Jahr werden Hochöfen stillgelegt. Rund um die Welt geht der Rückzug aus dem Stahl in dramatischem Umfang weiter.

*

Am Tag, als wieder einmal ein neues Rationalisierungs-Konzept bekannt wird, besteigen Martin und seine Frau Renate den Berg oberhalb der Stadt. Sie gehen gerne wandern. Es hat ihnen ja auch ihre Liebe gebracht, lernten sie einander doch auf einer Wanderhütte kennen. Noch ist es nicht so lange her.

Die beiden gehen jenen verwurzelten Steig hinauf, der nach *Martins Vater,* August Weiß, einem ehemaligen Stahlarbeiter und Lager-Häftling, benannt ist. Er hat an der »Hochalm« mitgebaut, hat mitgeschleppt, schon als alter Mann, am zentnerschweren Holzherd, wo sich jetzt die beiden jungen Leute ein Paar Würstel kochen wollen, die Renate mitgebracht hat. *Nun sitzt er hier in der Hütte,* in einer Runde von Männern, die wie an allen Biertischen über die Krise des Werks murren, *und winkt seinem Sohn freundlich zu.* Durch den Zigarettenrauch des Kettenrauchers sieht man seine Hände. Sie sehen aus, als kennten sie nur die Tasten eines Klaviers, dabei haben sie immer nur Schwerarbeit geleistet.

Beim Bürgerkrieg hat er mitgebaut an den Barrikaden der *Arbeiter gegen die heimischen Faschisten, welche dann ihrerseits ein paar Jahre später die Macht an die noch grausameren und aggressiveren Faschisten des großen Nachbarstaates abgeben mußten.* Er holte Waffen aus einem Versteck, schoß, wo sich was rührte. Die Not war so groß, daß er nicht zögerte zu kämpfen. Sein Vater, ausgesteuert, litt an schwerem Asthma. Sohn August mußte, er war damals 19, die Familie erhalten. Sie wohnten in einem der Blockhäuser, der roten Hochburg, die das Militär – zur Verstärkung der faschistischen Kampftrupps –

von der gegenüberliegenden Seite des Flusses beschoß. Die Blockhäuser gibt es nicht mehr; an ihrer Stelle erhebt sich jener Wohnturm, *in dem Martin und Renate leben.* Die gemauerten Bauten der Arbeitersiedlung hingegen *stehen* noch, und sie legen Zeugnis ab von einer Arbeiterschaft, die einst die Not zum Zusammenhalten zwang. Während andererseits die Angst die Arbeiter schon damals gegeneinander trieb: Weiß hat erlebt, wie die Roten braun wurden und nach dem Krieg wieder rot. Solidarität? Arbeiterbewegung? Er hat, sagt er, keine Illusionen mehr.

Nach der Niederlage der Arbeiter im Bürgerkrieg ist er fortgezogen. Im Werk gab's keine Arbeit. Beim Fleischer, Bäcker und in der Trafik konnte man nur betteln oder stehlen. Er ging auf die Walz – quer durch Europa. Wieder zurück, kam er in den Arbeitsdienst und baute mit an der Straße durchs Gebirge für ein paar Groschen die Stunde und ein paar Zigaretten. 1936 ging's dann bergauf. Die Rüstung brauchte Stahl. Weiß wurde erst Heizer und später Baggerführer. 1941 internierte man ihn *als Widerstandskämpfer* in einem Lager. Was er von dort berichtet, läßt sich schwer wiedergeben. Man muß dazu seine Stimme hören, das Gesicht sehen. Muß sehen, wie sich die Augen unter die Schläfen und die langen, weißen Brauen ducken, um, wenn die Erinnerung das Grauen herausarbeitet, aufzureißen wie sonst nie. Muß sehen, wie die Asche wächst, wenn er erzählt, wie die Häftlinge rund um ihn herum vor Kälte, Hunger, Schlägen dahinstarben, ohne daß er helfen konnte. Wenn er zu sprechen aufhört, ist die Asche ein Turm. Sie bricht nicht ab. So ruhig sind seine Hände und so zart.

Jetzt aber prallt die Faust auf den Hüttentisch. »Hundert Jahr haben wir *geschuftet wie die Trotteln* und jetzt, auf einmal, sind wir die Schmarotzer der Nation?!« *Und Martin, der sich inzwischen am Gespräch beteiligt, sekundiert seinem Vater:* »Wir warn immer als gute Facharbeiter bekannt. Wir können doch net auf einmal so schlecht geworden sein.«

Wie viele ihrer Kollegen sind die beiden Männer im Zwiespalt, das vergrößert den Schmerz. Die Empörung findet den Gegner nicht, sie bricht an der Loyalität gegenüber der ehemaligen Arbeiterpartei, die ihnen zu ihren Rechten verhalf. Die Sozialdemokraten der Gegend *wie der alte Weiß und sein Sohn* sind treuer, als man glauben mag. Enttäuschung ist für sie noch kein Grund für Untreue. Von Partei und Gewerkschaft zur Mitbestimmung aufgefordert, zeigen sie, was sie gelernt haben: Denken als Arbeiter wie Unternehmer und rechnen sich selbst weg, wenn sie überzählig geworden sind.

*

Hans' Vater ist frei von solchen Gewissensnöten. Wie das Leben des August Weiß ist auch die Biographie Georg Holzers ein Teil der Geschichte des Proletariats der Stahlstadt, einer Geschichte von Hunger, Not, Ausbeutung und Demütigung, einer Geschichte des täglichen Überlebenskampfes. Die Großmutter väterlicherseits stammte aus *einem kleinen, nahegelegenen Dorf.* Ende des vorigen Jahrhunderts kam sie als Vierzehnjährige in die Stadt und arbeitete als Dienstmädchen in Herrschaftshäusern; später, nach ihrer Heirat, als Hausbesorgerin. Ihr Mann, der Großvater, war Hilfsarbeiter im Werk. Ein Kind starb bei der Geburt, ein zweites im Babyalter an Gehirnhautentzündung.

Der Vater ging in die Gewerbeschule und sollte Ingenieur werden. *Wegen mangelnden Erfolgs brach er aber nach einigen Jahren den Besuch dieser Schule ab und wurde schließlich Polizist.* Hans kann sich vorstellen, welche Opfer seine Großeltern bringen mußten, um ihm die Ausbildung zu ermöglichen. Heute fragt er sich manchmal, warum der Vater – angesichts seiner Herkunft und Familiengeschichte – nicht Sozialdemokrat geworden ist, sondern Faschist. Jedenfalls wurde er das, und zwar, wie man so schön sagt, ein »glühender«.

Die inzwischen verstorbene Mutter erzählte, daß sie ihren Mann zweimal im Leben weinen gesehen hat, beide Male vor Freude: das erstemal, als die ältere Schwester geboren wurde; das zweitemal, als er im Radio von der Machtübernahme durch die Faschisten des Nachbarstaates hörte. Bald nach diesem Ereignis wurde der Vater Ortsgruppenleiter in *jener Arbeitersiedlung, in der auch die Familie Weiß wohnte.*

Wieder aus den Erzählungen der Mutter: *Die alte Frau Weiß, Martins Großmutter, habe in aller Öffentlichkeit* gegen die neuen Machthaber *Stellung genommen.* Da sei der Vater zu ihr hingegangen und habe ihr nahegelegt, dies zu unterlassen, sonst würde er Schritte gegen sie unternehmen müssen. Wie die Geschichte weitergegangen ist, hat Hans nicht erfahren. Jedenfalls bewunderte er seinen Vater sehr wegen dessen edler und menschlicher Gesinnung.

Er selbst hat dann im Laufe der Zeit Vergangenheitsbewältigung auf die verschiedenste Art und Weise *erlebt*: Im Geschichtsunterricht, in den Medien, in einer Jugendgruppe. Und er unternahm den schmerzlichen Versuch, seine Kindheitserfahrungen in einen Zusammenhang mit seinem neuen Wissen zu bringen. Das Resultat war ein furchtbares privates Dilemma: auf der einen Seite die Informationen über den Faschismus, wie er wirklich gewesen ist, mit seinem Zynismus, seinem Schrecken, seiner Grausamkeit – und auf der anderen Seite das Wissen um seine Eltern, um ihre Liebe, ihre Opferbereitschaft. Seine Eltern waren keine »Faschistenschweine«, sein Vater hatte nichts gemeinsam mit den bösen, grausamen Typen, wie sie in den Filmen nach 1945 vorkamen. Er war auch nicht in der Lage, ihn insgeheim oder lauthals zu verurteilen; das wäre ihm wie Verrat – an ihm – vorgekommen.

»Hast Du denn mit ihm nie darüber geredet?« *wurde er einmal von Martin gefragt.*

Doch, eines Tages hat er es versucht. Der Vater ist auf dem Kanapee gelegen, hat plötzlich sehr alt und sehr gebrechlich gewirkt. Die Augen gebrochen, wie blind. »Du warst doch Ortsgruppenleiter?« hat Hans gefragt.

»Ortsgruppenleider!« hat der Vater sofort verbessert. »Ich war nur Sekretär damals, ich hab nur die Lebensmittelkartenstelle gehabt. Während dem Krieg war nix besonderes. Alle haben gerecht ihre Karten bekommen. Ich hab nur meine Pflicht getan. Sonst nix. Nach meiner Anschauung is es allen Leuten besser gangen nach dem Anschluß. Es haben ja alle dafür gestimmt. 97 Prozent. Ein gutes Ergebnis.«

»97 Prozent?« hat Hans gefragt.

»Natürlich, die Wahl war ja geheim. Man is immer mit denen, die an der Regierung sind. So is es. Die Parteien heut g'hören alle aufn Misthaufn. Die sind alle korrupt. Gestern habens im Fernsehen unsere zerstörten Städte gezeigt. Wie die Feinde bombardiert haben. Fürchterlich, was die gmacht haben. – Nein, sonst gibts nix zu sagen über die Zeit damals.«

Nach dem Krieg grüßten einander die ehemaligen Faschisten mit »88« und Hans wußte, was das bedeutete: Ein geheimes Symbol für den früheren Faschistengruß. »Säuberung« war für das Kind ein schreckliches Wort, *denn der Vater wurde politisch gesäubert* und Hans erinnert sich, daß seine Mutter gelegentlich sagte, *sie denke manchmal,* es wäre besser gewesen, wenn er gefallen wäre, denn auf diese Weise wäre ihm »das« erspart geblieben.

Zurück aus dem *Internierungslager* begann der Vater 1948 als Hilfsarbeiter im Walzwerk und wurde als Kranführer angelernt. *Später übersiedelte er dann zum Werksschutz, wo man Leute mit Polizeierfahrung gut gebrauchen konnte, und die letzten Jahre vor der Pensionierung arbeitete er als Portier.* Hatte er früher *seine Runden um das Betriebsgelände* gezogen, drückte er jetzt auf einen der beiden roten Knöpfe am Pult vor sich. Drückte er rechts, hob sich die Schranke, drückte er links, senkte sie sich. Immer wenn er sich vorbeugte, um mit der rechten Hand zu drücken, hielt er die linke stützend an den Rücken: Bandscheibenschaden, drum war er Portier geworden.

1950, als eine Sammelbewegung ehemaliger Mitglieder und Sympathisanten der Faschistenpartei im Betriebsrat die relative Mehrheit stellte und maßgeblich zu den Demonstrationen im Zuge der großen Streikwelle dieses Jahres trieb, war der Vater unter den lautstarken Mitläufern. Er selbst bestritt jedoch später immer, Mitglied dieser Bewegung gewesen zu sein und trat, als die Fraktion der Sozialdemokraten wieder die absolute Betriebsratsmehrheit erreichte, *zur Beschleunigung seiner Übernahme in den Werksschutz* der Arbeiterpartei bei, *deren Mitglied später auch Hans wurde.*

Die Bindung der beiden an diese Partei ist aber naturgemäß nicht annähernd so eng wie bei Martin und dessen Vater, und so werden im Zuge der Stahlkrise die Sozialdemokraten und die von ihnen eingesetzten Werksdirektoren für Vater und Sohn zum Feindbild Nummer 1. Vor nicht allzulanger Zeit glaubten sie noch, was diese Direktoren, die immer ein paar beruhigende Worte auf den Lippen hatten, sagten. Heute können sie deren Sprüche nicht mehr hören. Sie wollen Ersatzarbeitsplätze. Aber die gibt es nicht in der Stadt. »Daß sich diese Herrn auch noch Sozialdemokraten schimpfen!« *murrt der Vater und sein Sohn pflichtet ihm bei:* »Ich wähl keinen mehr von den Roten«.

Die meisten Betriebsräte hören aufmüpfige Reden dieser Art nicht sehr gern. »Der stille Weg, bei der Konzernführung und bei den Spitzenpolitikern doch noch etwas zu erreichen, hat sich bisher bewährt«, *erklärte jüngst ihr Obmann Franz Stillhalter einem Reporter. Und nach einer kleinen Pause fügte er mit betrübter Miene hinzu:* »Es ist alles ein ungeheures soziales Problem, da geht es um Menschen und ihre Schicksale.« Dann entschuldigte er sich zu dringenden Terminen. Draußen beim Werktor, wo kaum eine halbe Stunde zuvor der Schichtwechsel stattgefunden hatte, wartete schon der Mercedes. Mit offenem Schlag. So hält das Leben für jeden einen Schlag bereit.

3
Ein Macher irrt sich

Zwischen den großen Kündigungswellen erlebt die Stadt, was das Werk als »humanen Abbau« verkauft. Die Arbeitsplätze laufen mit der Pensionierung aus. Junge werden schon lange keine mehr eingestellt. Sie absolvieren zwar die Werkschule, nach Abschluß der Lehre aber heißt's: Weg mit euch, rüber übern Berg! In den letzten 10 Jahren sank die Einwohnerzahl um fast 20 Prozent. Geschäftsleute beklagen den Rückgang von Kundenzahl und Kaufkraft. Als Folge, schreibt das örtliche Arbeitsmarktjournal, könne es zu weiterer Abwanderung und zu einem »allgemeinen Strukturverfall« kommen.

Neben den Kündigungen bringt auch der Wegfall von Überstunden und Wochenendarbeit etliche finanziell ins Schleudern. Die Delogierungen nehmen zu. Wer sich in besseren Zeiten eine 105-Quadratmeter-Wohnung leistete, bringt die trotz dreifacher Förderung noch sehr hohe Miete nun nicht mehr auf.

Am Bezirksgericht, gleich beim Eingang, hängen in den Schaukästen die Visitenkarten der Krise. Versteigerungsedikte geben Kunde vom Schicksal im kleinen, enttarnen Zusammenhänge. Am vergangenen Freitag haben sie in der Goldbacherstraße 57 einen TV-Apparat, einen Videorecorder und ein Landschaftsbild unter den Hammer gebracht. Am 27. Jänner werden in der Puchstraße 17 eine Sitzgruppe, eine Kofferschreibmaschine, eine Rechenmaschine, 50 Sommerhosen, 100 T-Shirts, 30 Skianzüge, 120 Kinderhosen und -pullover, 30 Sommerkleider und 60 Sommerröcke dran glauben müssen. Und am 2. Februar wollen sie in der Buchbergstraße 5 eine Bergziege, »zirka 5 Jahre alt« (Versteigerungsedikt) unter den Hammer bringen. Um 9 Uhr.

Ob bei Menschen, Bäumen oder Häusern – es braucht seine Zeit, bis ein Schlag sichtbare Folgen zeigt. Der Zusammenbruch beginnt im Innern, in aller Stille; die Fassade ist noch intakt.

Und so scheint man im Zentrum, der traditionellen Altstadt, noch kaum *etwas von den Folgen der Krise* zu merken; wenn auch die Geschäftsleute der Hauptstraße, Prunkkorso der Innenstadt, die Betriebsräte des Werks auffordern, gegen weitere Kündigungen zu stimmen. Ansonsten trifft sich das Bürgertum wie eh und je im Café Traxl, original 1847; Sessel, Tische – alles Thonet. Aroma von »FAZ« und »Münchner Zeitung«, vermischt mit einem Hauch Cinnabar von Estée Lauder, dazu Tabak und Einspänner. Ein Kaffeehaus der guten alten Zeit: 130 Zeitungsexemplare, täglich frische Mehlspeisen, 20 Kaffeesorten.

Im Spielsalon Hofräte vorm Schachbrett, Medizinalräte bei Bridge, Tarock oder Skat, und über dem Billardtisch, original 1913, gespannt wie eine Saite – der Jurist. Ob jung oder alt, jeder hat hier seinen Stammtisch; Hauptsach' – für den Pächter – er ist »sehr gut bürgerlich«. Hier die Runde der pensionierten Architekten, da die Volksschuldirektorinnen, dort die Frau Oberst, dahinter die alten Offiziere aus der Zeit des Faschismus. Und in der Mitte, etwas mürrisch, unser ganzes ausklingendes Jahrhundert: der 96jährige Altbürgermeister; er liest seine zehn Zeitungen.

Dazwischen ein Geschwirre und Geflirre, ein Kommen und Gehen, den ganzen Tag über. Die Jugend, die Kinder der Hauptstraßen-Geschäftsleute, wohlbemerkt. Morgens um zehn Uhr trudeln die ersten Schulschwänzer ein, und abends, wenn die Altstadtlokale aufsperren, ziehen sie ab in Richtung Curry, Neue Welt, Bali. Ein Suchen und Schauen, wer da ist. Der Ober kennt die Namen, und der Kellner verlängert die kleinen Braunen um ein drittes Glas Wasser. Bin die Pimpi, suche die Pumpi, was macht die Clique, was macht die Crew. Das Taschengeld, nicht allzuviel zwar, aber immerhin, es klimpert. Für Jugendliche aus der Unterschicht wäre das Traxl zu teuer.

Dann geht die Tür auf, im Wandspiegel fliegen Chefober und Ober den Ankömmlingen entgegen. Es tritt ein, gefolgt vom Chefredakteur der Lokalzeitung, der Generaldirektor des Stahlunternehmens. Auch er hat hier einen Stammtisch.

*

Seine engeren Mitarbeiter haben es schon vor einiger Zeit bemerkt. »Der ›General‹, meint einer, »ist nicht mehr der alte. Die letzten Monate haben ihm ganz schön zu schaffen gemacht.« *Er meint die Monate seit jenem denkwürdigen Abend des 9. Juni 1978, an dem der Generaldirektor* die letzte Bilanz des Unternehmens präsentierte.

Die Inszenierung war dem Ereignis angemessen: In einem eher düsteren Ambiente verlas er lustlos die ebenso düsteren Ergebnisse des abgelaufenen Geschäftsjahres. Mit einschläfernder Monotonie ratterte er die wichtigsten Eckdaten des Unternehmens herunter, um schließlich zum zentralen Punkt zu kommen. »Das Jahresergebnis der Gesellschaft«, wurde er deutlich leiser, »beträgt 612 Millionen.« Nach einer kleinen Kunstpause fügte er dem ein kleines Wort hinzu, vielleicht noch um eine Nuance leiser als das Vorhergehende ausgesprochen: »Minus.«

Dieser Augenblick, in dem er das Wort »minus« aussprach, markierte einen Einschnitt in der bis dahin makellosen Karriere des Heinz Michael Zach. Er hatte es bis zu diesem Tage noch nie aussprechen müssen – jedenfalls nicht im Zusammenhang mit einem Unternehmen, für das er verantwortlich war. »Es war das erstemal in meinem Leben«, sagte er, »daß ich eine Verlustbilanz vorstellen mußte. Das ist schon ein einschneidendes Ereignis.« – »Allerdings«, schränkte er im gleichen Satz ein, »hatte ich ja schon einige Monate Zeit, mich an diesen Gedanken zu gewöhnen. Ich habe ja schon lange befürchtet, daß so eine Situation eintreten wird.«

Für einen Mann wie Heinz Michael Zach eine vollkommen neue Situation. Einer, der noch drei Jahre zuvor zum »Manager des Jahres« geadelt worden war und stets mit dem Ruf eines effizienten Machers ausgestattet war, stieß plötzlich an die Grenzen des Machbaren, mußte erkennen, daß die Umstände manchmal stärker sind. Und mußte plötzlich eine Niederlage einbekennen. »Er ist dadurch«, analysiert sein Personaldirektor, ein gelernter Psychologe, »sicherlich demütiger geworden. Als Mann mit einem überaus stark ausgeprägten Selbstbewußtsein hat er durch die permanenten Schläge der letzten Zeit gelernt, den Absolutheitsanspruch zurückzustellen. Er betreibt jetzt eine viel differenziertere Rechnungslegung sich selbst gegenüber.«

Das Selbstbewußtsein des Heinz Michael Zach – für viele hart an der Grenze zur Arroganz – kommt nicht von ungefähr: Kaum ein anderer Manager dieses Landes hat eine Karriere mit einem ähnlich bemerkenswert steilen Anstieg hinter sich. Als Sohn des einstigen Reichsbeauftragten für die Rüstung im großen Nachbarstaat zur Zeit des Faschismus geboren, wächst Zach in einer Industriellenfamilie klassischen Typs auf. Ein für hiesige Verhältnisse ungewöhnlicher Puritanismus calvinistischen Zuschnitts prägt ihn bis heute und erleichtert den Zugang zu ihm nicht gerade.

Das Nicht-verstehen-können ist ein gegenseitiges. »Ich verstehe überhaupt nicht«, erklärt er beispielsweise allen Ernstes, »warum die Leute in diesem Land sich so um das Essen kümmern. Essen ist Nahrungsaufnahme. Und die dient dazu, daß man keinen Hunger hat und die notwendigen Nährstoffe bekommt. Und sonst nichts.«

Sein einziges Laster ist die Musik. Dem Flügel widmet er wöchentlich drei Stunden. Mit Ernsthaftigkeit, seit ihn ein Freund vor einigen Jahren zur Kammermusik gebracht hat. Ernsthaft ist, wenn man »ordentlich spielt«. Irgendwas »daherhunzen« kann jeder, Zach will es nicht. So verkneift er sich manchen Brahms wie die Terzi von Chopin. Mozarts Klavierquartette aber hat der Perfektionist im Griff wie den Chopin-Walzer, den er auf der vorjährigen Vorständetagung der heimischen Stahlunternehmer zu Gehör brachte. Motto des Abends: »Stahlmanager einmal anders.«

Mit 28 war er bereits dort, wo andere durchaus gelungene Karrieren zu enden pflegen: in der Position des Vorstandsvorsitzenden einer großen Maschinenfabrik. Es war etwa die Zeit, die ihm das Kürzel »Wunderkind« einbrachte – immerhin gelang es ihm, den Umsatz dieses Unternehmens innerhalb von fünf Jahren um 100 Prozent zu erhöhen. Er entwickelte in dieser Zeit einen Arbeitsstil, den sein Nachfolger einmal so beschrieben hat: »Er ist nur bei der Ideenfindung kooperativ. Seine Entscheidungen fallen dann rasch. Er ist eher einer, der allein arbeitet.«

Der bereits erwähnte Personalchef kam einige Jahre später zu einer ähnlichen Erkenntnis: »Er ist ein domestizierter Einzelkämpfer.«

1973 wechselte der ruhmbekleckerte Oberleutnant der Reserve und bekennende Soldat Zach in den Vorstand des hiesigen Stahlunternehmens. Ein Jahr später war er Generaldirektor des Konzerns, der damals ohne besondere Probleme, aber auch ohne besondere Meriten das Bild eines von hohen Zollmauern behüteten Dornröschenschlafs bot, *ihn inzwischen aber mit* der schwierigsten Situation seiner bisherigen Karriere *konfrontiert.*

In dieser scheinbar aussichtslosen Lage hat Zach eine rettende Idee. Als wir ihm im Café Traxl begegnen, ist er gerade dabei, sein neues Konzept dem Chefredakteur der Lokalzeitung zu entwickeln: »Der Konzern muß mehr Geld investieren als er hat, um langfristig konkurrenzfähig bleiben zu können. Diese zusätzlichen Mittel sollen in Zukunft aus den Erlösen profitabler Waffengeschäfte kommen.«

Der Zeitungsmann versteht sofort und sucht, da er weiß, wie wenig populär solche Geschäfte sind, nach einem beruhigenden Slogan. »Die Panzer«, formuliert er griffig, »verdienen also das Geld für den Strick, an dem sie einst aufgehängt und aus dem Verkehr gezogen werden.«

Zach wischt die Angst des Chefredakteurs vor der öffentlichen Meinung mit einer Handbewegung vom Tisch: Die Tatsache, daß er persönlich durch die Waffengeschäfte zur Zielscheibe der Kritik und zum Buhmann eines Teils der Republik werden könnte, stört ihn recht wenig: Die veröffentlichte Meinung ist ein Kriterium, das in seinem Kalkül keinen Platz findet. Was andere über ihn denken, ist ihm, gelinde gesagt, herzlich egal. Was zählt, ist das betriebswirtschaftliche Ergebnis – und das wird hoffentlich eindeutig für ihn sprechen. »Die Fakten«, sagt er, »sind das Wichtigste.«

*

Auch das neue Konzept des Generaldirektors erweist sich schon bald als Sackgasse: Am europäischen Markt sind *Neuankömm-*

linge im Rüstungsgeschäft mit ganz wenigen Ausnahmen chancenlos. Aus gutem Grund. Die beiden Paktsysteme lassen mit ihren eigenen Rüstungsindustrien kaum Marktnischen frei. Aber auch am wichtigsten Markt für Waffenhändler, den Ländern der Dritten Welt, wird die Konkurrenz immer größer. Die USA und die Sowjetunion keilen Aufträge für Waffenlieferungen mit großzügigen Preisnachlässen und Zusatzangeboten wie Wirtschaftshilfe oder Lebensmittellieferungen.

Auch kleinere Staaten verkaufen mit aggressiven Methoden in alle Welt. Zu allem Überfluß beginnen bislang willige Waffenkäufer ihrerseits eine eigene Wehrindustrie aufzubauen. So stoßen inzwischen immer mehr Staaten der Dritten Welt zu den Rüstungsländern. Wachsende Verschuldung der Entwicklungsländer und Ölpreisverfall bremsen den Waffenboom der siebziger Jahre. Als Marktnischen bleiben nur Länder übrig, denen sonst niemand Waffen verkauft. Solche Dritte-Welt-Staaten, die nicht ausreichend über Devisen verfügen – oft finstere Diktaturen.

Und finster sind auch die Wege, auf denen man mit diesen Staaten ins Geschäft kommt. Sie führen unser Unternehmen über Männer, wie jenen, der Chiles Diktator Pinochet in allen Folter- und Geheimdienstfragen berät und unter dessen Kommando vor 1945 durch die Faschisten eine Viertelmillion Menschen ermordet wurden. *In Bolivien bedient sich der Konzern* der Hilfe eines als »Schlächter« berühmt gewordenen Kriegsverbrechers *und in Argentinien ist man auf die Vermittlung eines* in Buenos Aires ansässigen ehemaligen faschistischen Propagandaoffiziers *angewiesen.*

Da die genannten Staaten Waffen auf Kredit kaufen und mit den Rückzahlungen häufig in Verzug geraten, *werden aus den vom Generaldirektor* erwarteten Bombengeschäften bald nur noch Rohrkrepierer. *Und dann gibt es da noch dieses andere Problem, das der Macher Zach so schnell vom Tisch gewischt hat...*

*

Am Fuß der Hochöfen beim Werkposten 2, in einer kleinen Kapelle, der Pfarrer. In seiner winzigen Klause, die er seit Jahren bewohnt, ein paar Farbtupfer an den Wänden, naive Kunst aus Nicaragua. Ein Erinnerungsfoto zeigt ihn gemeinsam mit dem sandinistischen Kulturminister Ernesto Cardenal, einem silberköpfigen Trappisten, der sich für sein politisches Amt und gegen römische Verhaltensmaßregeln entschieden hat. Vor ein paar Jahren hat der Pfarrer einen Monat lang in einer Hilfsbrigade mit Kommunisten, Sozialisten, Grünen und katholischer Arbeiterjugend im Flecken Palma Africana gewerkt. Als Zimmermann in bester biblischer Tradition.

Zum Missionar taugt er indessen nicht: »Die Leute drüben sagen, am wirksamsten könnt ihr uns helfen, wenn ihr zu Hause an den Pfeilern dieses Systems rüttelt, das bei uns schuld an so viel Leid ist, am System des Kapitalismus.« Der Zustand dieses Wirtschaftssystems, predigt der Werkspfarrer, »ist Sünde, und Sünde muß nach kirchlicher Auffassung gemieden oder bekämpft werden. Gemieden kann sie nicht werden, weil wir in diesem System leben – also bleibt uns nur der Kampf dagegen.«

Als bekannt wird, daß das Werk im Zuge der neuen Waffenproduktion demnächst Kanonen nach Chile liefern soll, schlägt er in den Medien Lärm: »Wie mag einem Rüstungsarbeiter zumute sein, wenn er weiß, daß möglicherweise mit der Kanone, an der er arbeitet, auf einen Arbeiter in Chile geschossen wird, wie dies nachweislich mit unseren Panzern in Bolivien geschehen ist?«

Ein Dutzend zumeist religiös engagierter Bürger empört sich mit dem Geistlichen und gründet *gemeinsam mit einigen jungen Sozialdemokraten* eine Friedensinitiative, die in Briefen an den Bundeskanzler und die Werksleitung einen »Stopp für die Waffenproduktion« fordert. »Wir versuchen, in der Bevölkerung das Bewußtsein zu bilden, daß Kanonen ein Mordinstrument sind«, sagt der Sprecher der Initiative. »1500 Unterschriften haben wir schon zusammen.« Unterschrieben haben vorwiegend Ortsfremde. Seit ein in der Initiative tätiger Religionslehrer einige Schüler umfragend ausschickte, wissen die Friedens-Bürger auch warum. »Bevor unsere Jugend heut überhaupt keine Arbeit hat, is es immer noch besser, wenn sie an Kanonen arbeit'«, antwortete ein Stahlarbeiter. *Und Hans, der auch interviewt wurde, meinte:* »Mir is wichtiger, ich hab einen sicheren Arbeitsplatz im Werk und kann meine Familie ernähren. Was mit diesen Waffen geschieht, is mir ehrlich gsagt, egal.« *Dann fügte er noch hinzu:* »Der Pfaff hat leicht reden, sein Job is krisenfest, meiner vielleicht bald beim Teufel, und von ihm krieg ich keinen neuen.«

Der ebenfalls befragte Betriebsratsobmann wurde grundsätzlich in seiner Antwort: »Wir sind in einer Demokratie, jeder kann eine Meinung haben. Ich bin auch hundertprozentig für den Frieden. Aber, wenn keine Arbeit da ist...« In solchen Zeiten höre sich die internationale Solidarität eben vor der eigenen Haustür auf. Durch die Waffenproduktion seien neue Arbeitsplätze in die Stadt gekommen, und das sei ausschlaggebend.

Hans erzählt Martin, wie der Betriebsrat ihm die Sache auseinandergesetzt habe. Erstens *hätte der Kanonenschießplatz, auf dem die Waffen erprobt werden, nur deshalb gebaut werden können,* weil der Pfarrer der Nachbargemeinde in einen Grundstückstausch mit dem Werk eingewilligt habe. Zweitens hätten in der hiesigen Stadt selbst schon einmal Priester Kanonen geweiht, und drittens besitze sogar der Papst Aktien an Rüstungsunternehmen. Hans gibt sich von den Argumenten überzeugt. Aber ein bißchen mulmig ist ihm doch.

Kaum ein Arbeiter macht bei der Friedensinitiative mit. Einer der ganz wenigen ist Martin. Einem Reporter der Lokalzeitung erzählt er, er habe seinen Vorarbeiter gebeten, ihn von einem Wechsel zur Kanonenfertigung zu befreien. Der Vorarbeiter habe ein Einsehen gehabt, und auch einzelnen Kollegen kämen Zweifel an dem Rüstungsprojekt. Das Verständnis für ihn, der immer an die Kanonen denken müsse, wenn er im Fernsehen Bilder von Santiago sehe, halte sich aber in Grenzen. Seine Bitte um Unterschriften hätten die Kollegen grob abgelehnt. Und obwohl seine Aktivitäten nicht geheim geblieben seien, möchte er seinen Namen lieber nicht in der Zeitung sehen, denn Angst um seinen Arbeitsplatz habe er schon.

*

Unter dem Druck einer vorwiegend von der großstädtischen Jugend getragenen Protestbewegung verbietet die Regierung schließlich das Waffengeschäft mit Chile. Als Folge davon werden vom Werk 245 Mitarbeiter gekündigt. *Unter ihnen ist natürlich Martin.*

Mit den 245 Arbeitern muß auch der Werkspfarrer seinen Platz räumen. Der aufmüpfige Hirte wird zuerst in unheiliger Sozialpartnerschaft von Betriebsleitung und Betriebsrat als Linksradikaler denunziert *und dann auch von kirchlicher Seite fallen gelassen:* Er sei radikal einseitig und erfasse nicht das ganze Spektrum von Mutter Kirche, lautet der Hauptvorwurf. Jesus aber sei für alle dagewesen. Schließlich macht der kampfesmüde Gottesmann seinen Frieden. Er emigriert in ein stilles Bergdorf, wird dort ein allseits beliebter Seelenhirt und »auf seine alten Tag grad noch katholisch«, wie die Schäfchen seiner neuen Gemeinde meinen.

Auch Hans wird für seine Einsicht in die ökonomischen Sachzwänge nicht lange belohnt: Seit einigen Monaten führt der Betriebsrat Listen über Kurzkrankenstände, die als »echt« oder »unecht« bewertet werden. *Dabei schneidet Hans infolge seiner chronischen Halserkrankung gar nicht gut ab. Und so ist bei der nächsten Kündigungswelle auch er an der Reihe.*

4
Arbeit ist das halbe Leben

Hier im traditionsbeladenen Industrierevier bedeutet das Lied der Arbeit, das Lied von der hohen Braut, mehr als vielleicht anderswo. Unvermählte haben es umso schwerer. Sie fallen nicht auf wie Schach spielende Pensionisten im Kaffeehaus. Sie zertrümmern keine Fensterscheiben. Sie lungern nicht auf der Straße herum. Sie verstecken sich eher.

Hans ist solch ein Versteckter. Zuerst fühlt er sich ja noch irgendwie frei, zwar arbeitslos, aber zuversichtlich. Er glaubt, wieder »eine richtige Arbeit« zu finden. Alle reden ihm zu und glauben auch. Oder besser: können nicht glauben, daß Hans nichts findet. Ende Dezember, als noch immer keine Arbeit da ist, tröstet er sich mit dem »Jännerloch«. Da ist es besonders schwer, was zu finden, das ist so und nicht seine Schuld. Glaubt er.

Im Februar wird er unruhig. Keine Arbeit, kein Trost, keine Ausreden. Noch nicht einmal vierzig Jahre alt, fühlt er sich plötzlich irgendwie wertlos, weil er ja nicht produktiv ist, nichts leistet. Peinlich ist das alles, nicht zum Aushalten, eine »verhaute Zeit«, sagt Hans und geht so gut wie nicht mehr ins Dorf. Hier im Ort soll niemand wissen, daß er arbeitslos ist. Er fürchtet sich davor, einen Krankenschein für den nötigen Besuch beim Hals-, Nasen- und Ohrenarzt zu beantragen. Ein neues Auto hat er sich im Vorjahr gekauft und dafür Kredit aufgenommen. Wahrscheinlich wird er das Vehikel im kommenden Jahr wieder verkaufen, wenn er keine Arbeit findet.

So ganz ohne Arbeit wird ihm die Zeit immer länger. Jeden Tag noch länger. Da fängt er an, nach den morgendlichen Bewerbungstelefonaten sein kleines Fotolabor aufzuräumen oder die Werkzeugkiste wieder einmal neu zu ordnen. Zwanghaft. Immer wieder, bis sie so ordentlich ist, daß einfach nichts mehr zu ordnen ist. Er *fährt in die Stadt, wo ihn keiner kennt, und knipst das eine oder andere Foto.* Wenn er eine Baustelle sieht, bleibt er stehen, schaut zu und ist »denen« fast um die »Hacken« neidig.

Das einzige, was ihn noch an früher erinnert, ist die Regelmäßigkeit beim Arbeitsuchen. Diese täglichen ein oder zwei Stunden baut er zum Ritual aus. Aufstehen, in die Trafik gehen, Zigaretten kaufen, Kaffee aufgießen, Telefon auf den Wohnzimmertisch, Notizblock, Textmarker und Kugelschreiber daneben. Die Angebote einmal überfliegen, dann genau lesen und anstreichen. Telefonieren. Bewerbungsunterlagen zusammenstellen. Termine mit den Personalchefs vereinbaren. Routine, jeder Handgriff sitzt. Wie in der Arbeit. Der Lohn dafür ist jeden Morgen ein Stück Hoffnung, jeden Tag ein paar Absagen im Briefkasten: »Wir bedauern die abschlägige Antwort... Wir wünschen Ihnen für Ihre Zukunft alles Gute.« Bei der 53. hört Hans auf zu zählen; im Lauf der vielen Monate werden es schon um die 100 Negativantworten sein. Nicht mitgerechnet die Mißverständnisse, wo sich gleich beim ersten Telefonat herausstellt, daß entweder die angebotene Stelle nicht die richtige oder Hans der falsche Mann dafür ist.

Stundenlang sitzt er einfach da. Oder schaut beim Fenster hinaus. Einfach so. Das ist eigenartig, sagt er. Man schaut hinaus, vielleicht spielen ein paar Kinder, denen man zuschauen kann. Aber in Wirklichkeit sieht man gar nichts. Abends bleibt er einfach vor dem Fernseher sitzen. Einmal, um drei Uhr in der Früh wird seine Frau wach. Und er sitzt immer noch da. Am nächsten Tag bleibt er im Bett. Will nichts hören und nichts sehen, nichts tun. Aber schlafen kann er nicht. Aufstehen auch nicht.

In dieser Zeit ist jeder Termin, jedes Vorstellen in einer Personalabteilung eine Qual. Waltraud muß ihn begleiten, bis vor die Firmentore. Redet ihm gut zu, versucht, ihn zu beruhigen. Schweißausbrüche hat er, als wäre er fiebrig. Bei den Vorstellungsgesprächen steht er plötzlich mit Schweißfingern da. Erniedrigend, wie sich ein Personalchef nach der Begrüßung die Hand am Hosenbein abwischt. Aber er versteht ihn und wird dadurch noch unsicherer. Nach solchen Terminen setzt er sich in ein Beisl. Ein Bier, ein oder zwei Achterln. Manchmal auch mehr.

So vergeht ein Monat nach dem anderen und wer länger als ein Jahr aus dem Arbeitsmarkt draußen ist, hat ein »One-way-Ticket« in den sozialen Abstieg. Da gibt es kaum Retourkarten. Langzeitarbeitslosen gegenüber verhalten sich die Betriebe sehr restriktiv. Sie sagen, so einer habe keine Zeitstruktur mehr, sei nicht mehr an Zusammenarbeit gewöhnt, und seine Qualifikation habe er vielleicht auch schon verloren.

*

Der geneigte Leser kennt sicher auch einen von denen. Einen Schmarotzer. Einen, der sich auf Steuer- oder Beitragszahlerkosten seine Faulheit finanzieren läßt. Einen, der nicht arbeiten will. Einen, der parasitär lebt, der simuliert und Vorteile schindet. Kurz, das System ausnützt. Die Volksseele kommt angesichts der Arbeitsunwilligen zum Kochen. Und es wird die Grenze gezogen. Zwischen den Anständigen und den anderen. Die anderen, das sind die Schädlinge, die das mühsam Erarbeitete, das Gesicherte in Gefahr bringen und das Sozialsystem zerstören.

Einer dieser Schmarotzer ist Hans. Er hat eine *vom Arbeitsamt offerierte* Arbeit abgelehnt. Eine nahegelegene Schuhfabrik hatte offene Stellen angeboten. Er hätte im Akkord Schuhe in Schachteln packen sollen. Für einen Bettel. Wenn er so eine Arbeit annimmt, kann seine Familie verhungern. Und die Fabrik schmeißt die Leute – je nach Auftragslage – nach ein paar Monaten wieder hinaus. Dann hätte er in der Arbeitslosen eine noch viel niedrigere Unterstützung als zuvor gehabt.

Für einen Angelernten wie Hans gibt es keinen Berufsschutz. Dieser garantiert normalerweise, daß Arbeiten unter der beruflichen Qualifikation nicht angenommen werden müssen. Seine Arbeitsablehnung gilt deshalb als Weigerung, als Arbeitsunwilligkeit. Und so wird ihm die Unterstützung *für einen Monat* gesperrt.

Weniger bekannt *als das »Schmarotzen« von Arbeitern* ist der Umstand, daß auch die Unternehmen auf der Wiese der Arbeitslosenversicherung grasen. Neben den mehrstelligen Milliardenbeträgen, die sie zur Schaffung und Erhaltung von Arbeitsplätzen aus öffentlichen Fonds erhalten, gibt es auch etwas von der Arbeitslosenversicherung. Als direkte oder indirekte Förderung gehen an die Betriebe riesige Summen aus diesem Geldtopf. Ein Füllhorn, in das Arbeitgeber und Arbeitnehmer stets zu gleichen Teilen einzahlen. Kontrollen, ob die »Firmenstützen« ungebührlich in Anspruch genommen werden, gibt es nicht.

Nur in einem Fall, bei der Saisonüberbrückungshilfe im Baugewerbe, die Winterkündigungen verhindern soll, wurde sie durchgeführt. Das Ergebnis: Die Prüfer stellten fest, das Ziel sei verfehlt worden. Die Effizienz der Maßnahme sei gleich Null. Mehrstellige Millionenbeträge hatten die Baufirmen im Untersuchungszeitraum kassiert – aber deshalb nicht mehr Arbeiter weiterbeschäftigt.

Quer durch alle Branchen verbreitet sich dieser Mißbrauch des Sozialnetzes zum Schaden der Arbeitsuchenden. *Und so macht auch Hans' Frau Waltraud, welche nun verstärkt zum Unterhalt der Familie beitragen muß und daher neben ihrer Teilzeitbeschäftigung als Putzfrau eine zweite Arbeitsstelle sucht, die Bekanntschaft eines dieser trickreichen Chefs.* Sie findet einen Job bei einem Wirten, der sie anstellen will. »Er hat gemeint«, *erzählt sie Hans,* »ich soll mich arbeitslos melden, nach einem halben Jahr wär ich dann ›förderbar‹ als ›Langzeitarbeitslose‹. Dann tät er mich offiziell einstellen. Da bekommt er dann die Hälfte von mein Lohn subventioniert. Inzwischen könnt ich ja stundenweis bei ihm arbeiten.«

*

Hans' Untätigkeit führt durch ihr Zusammentreffen mit dem verstärkten beruflichen Engagement seiner Frau zu Problemen in der Beziehung der beiden.

Waltrauds Eltern, immer im Streß, hatten zwar darauf geachtet, daß sie sich ordentlich und angepaßt verhielt, aber Zärtlichkeit hatte sie wenig erlebt, auch bei den Eltern kaum beobachtet. Auf der Flucht aus der unterkühlten Familie zog sie mit 17 zu ihrem späteren Gatten – nicht aus Liebe, sondern auf der Suche nach einem Nest. Hans *hatte* selbst einen strengen *Vater* und wünschte sich eine kleine, untergebene Frau. Solange Waltraud sich gerne fügte wie vormals den eigenen Eltern, funktionierte das Paar. Kaum gewinnt sie *nun in der neuen Situation* an Selbständigkeit, gerät sie mit ihrem Partner in Konflikt und verspürt den Konformitätsdruck wie zu Hause: Beide haben nur Anpassung und Unterordnung statt Partnerschaft gelernt.

»Wie wir gheirat haben«, *beklagt sich Hans bei Martin*, »war die Waltraud wie ein scheues Reh, das bewundernd zu mir aufgschaut hat. Ich hab ihr alles abgnommen. Jede Entscheidung is bei mir glegen. Warum nur muß sie mir plötzlich beweisen, daß sie genauso gut is wie ich? Unlängst hab ich sie beobacht, wie sie Auto fahrt. Das hat mir den Rest geben. Sie hat so gschickt gschaltet und gleichzeitig derart selbstverliebt, daß ich mir ganz vergessen und minderwertig vorkommen bin. Ich hab ihr zugschaut und mir denkt: Wie hast du nur jemals glauben können, daß diese Frau dich braucht?«

Die Spannungen verschärfen sich. Soviel wie in den letzten Monaten haben sie während der ganzen 15 Ehejahre nicht gestritten. Auch noch nie wegen solcher Kleinigkeiten – wie zum Beispiel unlängst wegen des Krauts:

SIE: »Wenn ich nachher *arbeiten* geh, nimmst du das Kraut, das ich in den Kühlschrank gstellt hab, raus? Gibs dem Buben so gegen Zwölf.«

ER: »Was soll das jetzt schon wieder?«

SIE: »Was meinst denn?«

ER: »Daß ich den Buben verhungern laß.«

SIE: »Ich hab doch nur gsagt, du sollst das Kraut –«

ER: »Leiser! Bitte leiser! Net immer gleich so aufgregt.«

SIE: »Ich bin ganz leise. Ich sag nur –«

ER: »Da! schon wieder! Muß dieses Keifen sein?«

SIE: »Ich keif doch net. Ich hab nur gsagt –«

ER: »Na bitte! Hör dir einmal zu. Der Ton! Net zum aushalten!«

SIE: »Was denn! Soll ich singen?«

ER: »Und immer gleich schnippisch. Damit imponierst aber höchstens deiner kindischen Freundin.«

SIE: »Was soll das?«

ER: »Was soll was?«

SIE: »Na das Ganze.«

ER: »Das fragst du mich?«

SIE: »Hör einmal, das einzige, was ich gsagt hab, war –«

ER: »Jajaja! ich habs begriffen. Kraut aufwärmen! Haltst du mich für einen Idioten?«

SIE: »Aber nein, ich hab dich doch nur aufmerksam machen wollen –«

ER: »– daß im Kühlschrank ein Kraut steht. Herrgott, das grenzt ja langsam an Wahnsinn. Kann man sich mit dir vielleicht auch einmal wieder über was anderes unterhalten als über Kraut?«

SIE: »Laß mich doch ausreden!«

ER: »Bitte! Red! Ich laß dich ja. Aber alles, was rauskommt, is Kraut.«

SIE: »Nein –«

ER: »Nein? Dann spinn ich also?«

SIE: »Ich wollt dir doch nur erklärn –«

ER: »Soll ich dir was sagen? Erklärungen über Kraut interessieren mich net.«

SIE: »Ich erklär dir doch nix über Kraut –«

ER: »Komm, hör auf. Das Gespräch is mir zu blöd.«

*

Sexualität ist Kontakt. Wenn die Kommunikation zwischen zwei Partnern gestört ist, dann kommt das im Schlafzimmer zum Ausdruck: *Schon immer empfand Waltraud* Lustlosigkeit im Bett mit Hans. Sie verweigerte sich ihrem Mann nach Möglichkeit, täuschte Kopfweh vor, Müdigkeit. Wenn er unter der Decke zu ihr rübergriff, fühlte sie manchmal ein Kribbeln. Mehr nicht. Vom lustvollen Höhepunkt träumte sie, erspürte ihn aber nie. Statt dessen Frustration und steigenden Widerwillen. Seit *dem Beginn ihrer Auseinandersetzungen* leidet sie an starker Migräne. Jedesmal, wenn sie mit Hans schlafen soll, wird ihr übel. Schließlich hält sie den Streit im Ehebett nicht mehr aus. Zwischen Scham- und Schuldgefühlen gesteht sie dem Gatten ihr Problem.

Daß sie die Orgasmen nur vorgeheuchelt hat, ist von ihm nie bemerkt worden. Als er's nun von ihr nach 15 Jahren Ehe erfährt, bricht Hans zusammen. Er verspürt eine schreckliche Beklemmung in der Brust und ringt nach Luft. Sein Herz beginnt zu rasen. Waltraud wird von panischer Angst erfaßt und meint, seine letzte Stunde habe geschlagen. Sie greift zum Telefon, verständigt die Rettung: »Verdacht auf Herzinfarkt«, konstatiert der Aufnahmearzt. Am nächsten Tag verläßt Hans das Krankenhaus – ohne Diagnose. Als sich der Vorfall innerhalb kürzester Zeit zum viertenmal wiederholt, mutmaßen die Ärzte, der Mann habe ein nervöses Herz, und verschreiben ihm Beruhigungstabletten.

Um zu verstehen, wieso Hans durch das Geständnis seiner Frau so sehr getroffen ist, muß man weit in seine Vergangenheit zurückgehen. Er war ein weichliches Kind, das gern mit Puppen spielte. Der Vater schimpfte ihn Schwächling. Ein Mann kommt nicht nach Hause und heult. Seine Mutter dagegen nahm ihm alles ab. Er konnte sich nie beweisen.

Von den Mitschülern wurde er wegen seiner hellen, empfindlichen Haut gepflanzt. Also legte er sich in die glühende Sonne, bekam einen Sonnenbrand, ging schwimmen und geriet in Gefahr zu ertrinken. Er hat es den Kameraden nicht erzählt: Die Schwäche, in Ohnmacht gefallen zu sein, behält man für sich. Bis zum 16. Lebensjahr war er dann im Turnunterricht von panischer Angst befallen, wenn er schwimmen sollte. Er konnte nicht. Die Angst verließ ihn nicht.

Auch nicht bei Mädchen. Er gab vor, sie zu hassen. »Diese Scheißweiber«, hörte man ihn zu Hause schimpfen. »Er hat halt irgendwie Hemmungen«, meinte die Mutter, »aber die Buben haben manchmal Hemmungen.« Er bekam Wimmerln im Gesicht, Pubertätspickel. »Ich hab mir gedacht, das macht ihn so fertig, und hab ihm Cremen gekauft«, erzählte später einmal die Mutter. Die Freunde schleppten scharenweise Freundinnen nach Hause. Hans nie. Die Mutter beobachtete dies und machte Anspielungen. »Der Hansi is ja ein träger Typ«, plauderte sie im Familienkreis. »Der schneidet sich von allein net einmal eine Scheiben Brot ab. Aber dafür is er ruhig und geduldig. Die Frau, was ihn kriegt, wird's einmal gut haben. No Hansi, was is mit einem Mädl?« – »Ach was«, wehrte der ab, »ich hab ja dich, Mutti.«

Nur in seinen Tagträumen *war er stark.* Darin *besaß er einen schnellen Sportwagen*, versetzte sich in die Rolle großer Filmstars wie Gary Cooper oder Humphrey Bogart und phantasierte seinen Erfolg. Wenn er nicht seine Tagträume lebte, erlebte er sich wieder so, wie ihn die Eltern seit seiner Geburt eingeschätzt hatten: klein und schwach. *In dieser Situation lief ihm Waltraud über den Weg und gab ihm zum erstenmal das Gefühl ein Mann zu sein. Als sich dies nun als Illusion erweist, ist das zu viel für ihn.*

*

Der Marktwert eines Mannes mag schwanken. Aber nie sinkt er so tief wie der einer Frau. Noch zahnlose Mindestrentner jenseits der Siebzig suchen, wenn sie suchen, forsch eine knusprige Partnerin bis höchstens fünfzig. Dahinter steckt nicht der pure Größenwahn. Dahinter steckt das Wissen, daß die Fünfzigerinnen bei der Fünfzigern sowieso kaum eine Chance haben, weil die Fünfziger sich bereits gnädig vorkommen, wenn sie eine Fünfunddreißigjährige in Betracht ziehen.

Natürlich wäre alles ganz anders, wenn die Fünfunddreißigjährigen nicht mitspielten und die Fünfziger von der Bettkante stießen. Die stoßen aber nicht, weil auch ihre Auswahl unter gleichaltrigen Männern – der Konkurrenz durch jüngere Frauen zufolge – beschränkt ist. Und so weiter und so fort, bis hinunter zu den Dreijährigen. *Daher ist niemand wild* auf Damen in der Lebensmitte, die nichts mitbringen außer sich selbst und vielleicht ein, zwei Ableger.

Trotz dieser ebenso simplen wie unwiderlegbaren Argumente reift in Waltraud der Entschluß, Hans zu verlassen und fürs erste mit Thomas, ihrem Sohn, zu einer Freundin zu ziehen. Es sind aber nicht die erwähnten sexuellen Probleme, die schließlich den Ausschlag für ihre Entscheidung geben. Noch Jahre später erinnert sie sich an den Moment der Klarheit, als wäre es gestern gewesen: »Der Kleine und der Opa waren krank. Ich hab am Abend vorher schon den Chef angrufen, daß ich morgen erst später kommen kann. In der Nacht hab ich kaum gschlafen, weil der Thomas viel geweint hat. In der Früh sag ich mein Mann, daß er heut einkaufen soll. Sagt er, daß sich das net mehr ausgeht, sonst kommt er zu spät aufs Arbeitsamt. Na gut, versteh ich irgendwie, aber daß ich doch das net auch noch machen kann, daran hat er gar net dacht. Es war ihm einfach net wichtig genug, daß er daran denkt.

Komisch, daß ich heut net mehr weiß, wer dann wirklich einkaufen gangen is. Aber genau weiß ich, jedes Wort weiß ich noch, wie ich später am Vormittag aus der Arbeit angrufen hab und mein Mann bitt, daß er den Buben zum Arzt bringt. Da sagt er ganz erstaunt, daß das net geht, weil's *ihm peinlich is, wenn ihn dort die Leut fragen, ob er noch immer keine Arbeit hat*. Da haben wir net gstritten drüber, ich war nur ganz baff und sicher viel zuwenig energisch, daß der Herr halt einmal *seine falsche Scham überwindet,* wenn das Kind krank und die Frau in der Arbeit is.

Aber der Hammer war dann, wie ich am Abend heimkomm. Er sitzt im grünen Fauteuil wie immer. Ich erzähl ihm, wie es den Tag über gangen is, also die Sorgen um den Thomas, der Zeitdruck und daß ich übernachtig bin und wie das mit mein Chef gehn soll, wenn der Kleine lang krank bleibt. Er hat zughört bis zum Schluß. Dann macht er endlich den Mund auf, und ich glaub, er sagt, wie wir das heut nacht oder morgen organisieren. Aber er sagt: ›Geh, hol mir ein Bier.‹

Ich war net wütend in dem Moment, ich war wirklich nur baff und die Red hat's mir verschlagen. Da hab ich gsehn, der bemerkt dich gar net. Er is net bös oder ein Schläger, wie viele sind. Er sieht dich einfach nur net. Das war der Moment, wo ich gwußt hab, jetzt is es aus. Die Plag mit dem Kind halt ich leichter aus, wenn ich ihm net auch noch das Bier holen muß.

Am nächsten Tag hab ich ihn wieder einkaufen gschickt für uns; is er mit einem Becher Liptauer zrückkommen. ›Is das alles?‹ frag ich und er sagt ganz unschuldig: ›Ich will eh net mehr zum Essen.‹

Ich sag noch einmal, das hat er net absichtlich gmacht. Er hat nur net drauf gschaut, was wir alle brauchen. Er hat's einfach net bemerkt.«

5
Unterstellungen und Vorwürfe

Das Tuch des Anzugs aus dem Kleiderhaus »Aristokrat« ist fein, die Mondphasenuhr auffällig, die Visitenkarte zweisprachig. Schließlich hat er vor der UN-Organisation ILO in New York ein Referat über Jugendarbeitslosigkeit gehalten. Als »Chairman of the Commitee of Nationalized Industry«.

Franz Stillhalter hat es weit gebracht. Er ist 1959 in den Arbeiterbetriebsrat eingezogen. Wo im Regelfall der damaligen Zeit strebsame Betriebsräte eifrig die gewerkschaftlichen Schulungsbänke drückten und nach einer Weiterbildung in den Mehrmonatskursen drängten, suchte sich Stillhalter ein anderes Betätigungsfeld. *Als Hobbyschütze* organisierte und agitierte er in der Sportschützensektion des Werkssportklubs. Das war seine Welt bis in das Jahr 1972, als er, schon längst von der beruflichen Arbeit freigestellt, zum stellvertretenden Arbeiterbetriebsratsobmann des Werks gewählt wurde. Er gehörte einer Gruppierung an, die innerhalb der Betriebsratsfraktion der Arbeiterpartei gegen den damaligen, als »Bremser« und »Packler« angeschwärzten Betriebsratsobmann opponierte.

Noch war Stillhalter nicht der Betriebsratsboß. Das wurde er 1974, als er seinen überraschend zum Regierungsmitglied aufgestiegenen Vorgänger als Obmann des Arbeiterbetriebsrats und als Obmann der Gebietskrankenkasse der Region beerbte. Das ergab neben der vollen Bezahlung als Vorarbeiter mit allen erdenklichen Zulagen, 30 fiktiven Überstunden als arbeitsfrei gestelltes Betriebsratsmitglied und einem Dienstwagen der Mercedes-Klasse auch die steuerfreundliche »Funktionsentschädigung« als Krankenkassenfunktionär.

Der nächste Sprung zum simultanen Dreifachbezug kam 1978. Stillhalter war im April 1977 dem bisherigen, nun zum Vorstandsmitglied des Unternehmens beförderten Zentralbetriebsratsobmann in dessen vorherige Funktion gefolgt. Da er

1974 noch nicht auf der Kandidatenliste der Arbeiterpartei zum Nationalrat aufschien, konnte er allerdings nicht sofort das Nationalratsmandat seines Vorgängers übernehmen. Er mußte noch für ein Jahr ein kümmerliches Zubrot als Gemeinderatsmitglied der Stahlstadt verdienen, ehe er mit der Nationalratswahl 1978 über die Regionalliste der Arbeiterpartei ins Hohe Haus gewählt wurde.

Nunmehr hatte er den Himmel der Futterstellen des betriebsrätlichen Funktionärsstaates erreicht: vollbezahlter Oberarbeiter im Werk mit Anspruch auf Zusatzpension, Bezieher einer stattlichen »Funktionsentschädigung« samt Pensionsanspruch im Sozialversicherungswesen und eines damals noch ebenso steuergeschonten Abgeordnetenbezuges zum Nationalrat mit Pensionsanspruch nach zehnjähriger Zugehörigkeit. Daneben nehmen sich die Diäten und Funktionsgebühren als Regionalvorsitzender der Arbeiterpartei, Vorsitzender der Regionalexekutive des Gewerkschaftsbundes und Obmannstellvertreter der Gewerkschaft Metall – Bergbau – Energie nicht mehr üppig aus. Doch ein Tausender da, ein Tausender dort ergibt zusammen auch einen anständigen Betrag. Wobei diese »Spesensätze« und Funktionsgebühren den Vorteil haben, daß sich darum das Finanzamt kaum kümmert.

Als Stillhalter in einem Radiointerview über sein Einkommen aus den verschiedenen Funktionen befragt wird, erinnert er sich hartnäckig nur an seine Apanage vom Unternehmen. Ein Wirtschaftsmagazin will das nicht glauben, recherchiert und erhebt ein kumuliertes Jahreseinkommen von rund einer Million – netto.

*

Zur Zeit ist der Zentralbetriebsratsobmann gerade wütend: »Er mißbraucht seine Kontakte, um Geheimdaten über unsere Rüstungsproduktion zu bekommen«, wendet er sich zornig an den Mitarbeiter der Lokalzeitung. *Das Objekt seines Zorns ist niemand anderer als Martin. Wie Hans hat auch er keine Arbeit gefunden und engagiert sich in der nun reichlich zur Verfügung stehenden Freizeit immer stärker in der »Friedensinitiative«. Er ist hier maßgeblich am Aufbau eines Netzes von Beziehungen zu Kollegen in den verschiedensten Rüstungsbetrieben des In- und Auslandes beteiligt, das die Rüstungsgegner mit Informationen über die oft geheimen Aktivitäten dieser Betriebe versorgen soll.*

»Schreckgespenst Spionage« malt die Zeitung anderntags angsterfüllt den Agententeufel an die Wand, *und die entsetzte Renate liest unter dieser Überschrift, daß ihr Gatte, der ehemalige Werksangehörige Martin W., Kontakte pflege*, »die es nicht ausschließen lassen, daß er auch nachrichtendienstliche Interessen verfolgt.«

»Eine eher hinterhältige Formulierung«, *versucht Martin seine Frau zu besänftigen,* »die man auf sämtliche Bewohner von unserm Land anwenden kann.«

Besonders gemein finde er, daß der Stillhalter das nicht nach ein paar Bier in der Werkskantine seinem Tischnachbarn ins Ohr geflüstert, sondern in einem Interview von sich gegeben habe. Das sei üble Nachrede. Aber Leute wie Stillhalter seien nicht nur gegen Argumente immun, sondern auch gegen Klagen. Durch die Immunität komme man nicht durch. Das sei sinnlos.

Als die durch diese Äußerungen kaum beruhigte Renate weiterliest, erfährt sie, daß ihr Martin an der Durchforstung heimischer Betriebe und Institutionen mittels eines von ihm aufgebauten Nachrichtennetzes arbeite und zum Teil amts- und betriebsinterne Informationen – im Namen des Friedens – an das Ausland liefere. Um von seinen illegalen und subversiven Tätigkeiten abzulenken, versuche er die bestehenden Aktionsgruppen innerhalb der Friedensbewegung einzusetzen, um in der Öffentlichkeit ein Klima zur Unterstützung des »Umrüstungsgedankens« zu schaffen.

*

MARTIN: (heimkommend): »Phh – das war vielleicht ein Tag heut.«

RENATE (mit einem leisen Unterton von Ironie): »Viele geheime Kontakte?«

MARTIN (mit einem nicht ganz so leisen Unterton von Aggressivität): »Du hast sicher angrufen in der Initiative.«

RENATE macht eine ausweichende Geste.

MARTIN: »Ich hab tatsächlich lang g'arbeit. Und dann war ich mit der Waltraud auf ein Viertel.«

RENATE schweigt abwartend.

MARTIN (läßt sich erschöpft in ein Sitzmöbel fallen): »Armes Luder die Waltraud. *Jetzt so allein mit ihrem Kind.*«

RENATE (sanft): »Arm auch?«

MARTIN (lacht): »Komm, sei net spitz. Das paßt net zu dir.«

RENATE: »Warum net?«

MARTIN: »So halt.«

RENATE: »Was paßt denn zu mir?«

MARTIN: »Geh, bitte, keine tiefschürfenden Debatten. Ich bin müd.«

RENATE: »Von den tiefschürfenden Debatten mit der Waltraud?«

MARTIN: »Auch. Warum schaust denn so auf meine Füß?«

RENATE: »Deine Schuhe«

MARTIN: »Was is damit?«

RENATE: »Du wischt sie in die Couch.«

MARTIN: »Jessas. Wo sind wir denn da? Im Werbefernsehen? Frau Saubermann.« (Er streift die Schuhe unter Zuhilfenahme der Couch von den Füßen und läßt sie polternd auf den Teppich fallen.)

MARTIN: »Die Waltraud hat mich in die neue Pizzeria verschleppt. Wirklich klass. Nur ein bisserl klein, die Dinger. Satt wird man net.«

RENATE: »Seit wann magst du Pizza?«

MARTIN: »Wenn's gut is, mag ich sie.«

RENATE: »Aha«.

MARTIN: »Außerdem wollt ich der Waltraud die Freud net verderben.« (Dann seufzend): »Du, die Waltraud hat Recht, wenns angfressen is. Hast du gwußt, daß sich der Hans überhaupt net um das Kind kümmert?«

RENATE: »Inwiefern?«

MARTIN: »Tut nix. Unternimmt nix mit dem Kind. Ich hab der

Waltraud versprochen, daß ich mit dem Buben nächsten Sonntag ins Hallenbad fahr.«

RENATE: »Da wird sich deine Tochter aber freun.«

MARTIN: »Wieso?«

RENATE: »Weil sie seit Wochen drauf wart, daß du mit ihr Drachensteigen gehst.

MARTIN: »Kein Wetter mehr zum Drachensteigen.«

RENATE: »Eben.«

MARTIN (nachdenklich): »Weißt, Memory spielen könnt der Hans doch mit sein Buben. Oder ihm was vorlesen, wenn er krank is.«

RENATE: »Hast du deiner Tochter vorglesen, wie sie krank war?«

MARTIN: »Du bist gut. Da war ich doch grad so viel für die Initiative unterwegs.«

RENATE: »Wahrscheinlich is der Hans auch unterwegs – auf Arbeitssuche.«

MARTIN: »Doch net am Abend.«

RENATE: »Mhm. Deine Tochter hat übrigens heut den ganzen Abend auf dich gwart. Du hast ihr ein Mensch-Ärgere-Dich-Nicht versprochen ghabt.«

MARTIN: »Ich hab so lang arbeiten müssen, hab ich doch gsagt.«

RENATE: »Und die Waltraud trösten.«

MARTIN: »Was soll ich denn tun? Wenn sie sich einbildet, daß nur ich ihr helfen kann. Bin anscheinend so eine Art Vater für sie.«

RENATE: »Für die Waltraud?«

MARTIN: »Für wen denn sonst?«

RENATE: »Genau.«

MARTIN: »Sei froh, daß es dir net so dreckig geht wie ihr.«

RENATE: »Gehts mir net so dreckig?«

MARTIN: »Der Hans muß ziemlich arg gwesen sein, das sag ich dir.«

RENATE: »Ah ja?«

MARTIN: »Paschaallüren. Hat bedient werden wollen. Rücksichtslos. Hat hinter sich herputzen lassen. Hat angschafft.« (*Nach einer Pause:*) »Nein, du, echt: Ich hab den Hans eigentlich gut leiden können früher. Aber seit ich erfahr, wie der wirklich war...

Unverläßlich. Unpünktlich. *Möglicherweise sogar* andere Frauen.«

RENATE (sanft): »Vielleicht war er eine Art Vater für die anderen Frauen.«

MARTIN: »Ich hätt gute Lust, dem Hans meine Meinung zu sagen. Aber die Waltraud meint, er tät sich nix sagen lassen von mir.«

RENATE: »So was.«

MARTIN (seufzt tief): »Sie tut mir ehrlich leid, die Waltraud. So eine nette Person.«

RENATE: »Was sollt sie denn tun deiner Ansicht nach?«

MARTIN: »Was weiß ich? Sich nach einem neuen Kerl umschaun zum Beispiel.«

RENATE (sanft): »Tut sie das net grad?«

MARTIN: »Wie? Wieso? Du meinst... Nur weil sie mit mir auf ein Viertel – ? Sei doch net so spießig.«

*

Am schlimmsten findet Martin, daß Renate nicht offen mit ihm *über ihre Eifersucht auf Waltraud* sprechen kann, sondern alles auf Umwegen austragen muß. Er gibt ja zu, daß er *mit seiner politischen Arbeit, die ihn in der letzten Zeit so oft von zu Hause fern hielt*, sein Teil Schuld trägt an der Krise ihrer Beziehung, aber so weit darf es doch nicht kommen, daß man nicht mehr miteinander reden kann.

»Habts ihr denn jemals miteinander reden können?« fragt Waltraud.

Martin hält das für einen interessanten Einwurf. Wenn er über seine Kommunikation mit Renate nachdenkt... Vielleicht am Anfang, aber dann... Obwohl –

Also, er kann ehrlich nicht sagen, wie es früher um seine Verständigungsmöglichkeiten mit Renate bestellt war. Vielleicht ist das überhaupt mit ein Grund für ihre Entfremdung, daß sie nie wirklich miteinander reden konnten.

Wie auch immer. Martin findet diesen hinterhältigen Grabenkrieg, den Renate eröffnet hat, zermürbend. Statt daß sie ihm sagt, worum es ihr wirklich geht, muß er ständig alles mühsam interpretieren. Zum Beispiel die Verhaltensmaßregeln, die sie ihm aufpfropft, wenn er mit dem Kind spazierengeht – einfach lächerlich. »Bind ihr ja einen Schal um, schau nach, ob sie nasse Füße hat, laß sie nicht zuviel Apfelsaft trinken ...« Lauter verzweifelte Versuche, die Kontrolle über ihn zu behalten. Und wehe, er geht ohne Schal weg, oder das Kind hat doch Apfelsaft getrunken und demzufolge ein bißchen Durchfall! Sofort wird Renate zur haßerfüllten Furie.

»Wenn du mein Kind mit Durchfall zurückbringen tätst, würd ich auch zur haßerfüllten Furie«, behauptet Waltraud, *die sich an ähnliche Auseinandersetzungen mit Hans erinnert.*

Martin schaut verwundert: Waltraud versteht den Kern der Sache nicht. »Schau«, erklärt er ihr langmütig, »es geht doch gar net um den Durchfall. Oder um den Schal. Oder um die nassen Füß. Was sich in Wirklichkeit abspielt, is, daß die Renate damit net fertig wird, *daß wir zwei uns jetzt öfter sehen.«*

»Aber vielleicht«, mutmaßt Waltraud, »wird sie damit besser fertig als mit einem scheißenden Kind?«

Martin schaut Waltraud gequält an. Na gut, Sie muß sich wohl so begriffsstützig stellen, um ihrem neuen Emanzenimage gerecht zu werden. Wenn sie jedoch miterlebte, was er erlebt, würde sie anders urteilen, *denkt er und versucht Waltraud einen letzten* Beweis für Renates verdrehte Reaktionen zu geben. *Er erzählt ihr, daß* sie sich nicht scheue, *seit neuestem ständig an seinem Vater herumzunörgeln, in dessen aufrechter sozialdemokratisch-antifaschistischer Gesinnung sie die Wurzel für seinen eigenen, von ihr mißbilligten politischen Eifer zu wittern scheine.*

*

August Weiß hat Angst, immer noch, schon wieder. Sein Vertrauen in die politische Realität seines Heimatlandes nach 1945 ist gering. Die politische Säuberung nach dem Krieg, sagt er, sei bloß ein Garderobenwechsel gewesen. Andere Fahnen, andere Uniformen, andere Sprüche. Doch die Menschen seien dieselben geblieben, hätten sich nur den neuen Gegebenheiten angepaßt. Nicht Erschütterung über das Schicksal der politisch Verfolgten, sondern Neid regiere heute das Denken. »Die wurden fürstlich entlohnt«, höre man von seinen Altersgenossen, die an der Front ihre »Pflicht« getan haben wollten, über die Widerstandskämpfer. *Und von seinem hingerichteten Bruder heiße es:* »Der hat den Mund nicht halten können.«

Schuld seien die Opfer, weil sie sich nicht fügen wollten. Ihnen gehöre nicht die Sympathie der Stadt. Mitten im Zentrum dieser Stadt hingegen liege das Denkmal für einen an der Front gefallenen General, mit Blumen und Kränzen geschmückt. Den Faschistengenerälen Blumen, den Widerstandskämpfern das Vergessen oder Anfeindung.

Und so ist der alte Mann glücklich, als er unter den eines Tages in der Wohnung seines Sohnes versammelten Friedensaktivisten junge Menschen trifft, die anders zu denken scheinen und interessiert zuhören, wenn er von der Vergangenheit spricht.

Er erzählt ihnen von den Fahrten mit dem Fahrrad zum Berg oberhalb der Stadt, wo in einem Waldversteck Flugblätter hergestellt wurden und vom Sammeln für die Familienangehörigen der Eingesperrten, bei dem die Übergabe des Geldes bei zufällig scheinenden Begegnungen auf dem Markt am Pfarrplatz erfolgte. Ein Händedruck – ein paar Münzen – Beträge, die den Familien das Überleben sicherten, ihnen das Gefühl gaben, nicht vergessen zu sein; ein Gefühl, das die Überlebenden nach 1945 oft vermissen. *Er spricht* von den Verhaftungen, die sich über neun Monate bis in den Winter 1941 zogen, sowie vom ehemaligen Ortsgruppenleiter, *Hans' Vater*, der die Mutter anbrüllte, sie solle die Trauerschleife runternehmen, die sie nach der Hinrichtung *des Bruders* trug, *und er berichtet schließlich von jenen Leuten, die nach seinem ersten Verhör bei der Geheimpolizei* die Straßenseite wechselten, um ihm nicht unterzukommen und die ihn wieder grüßten, als er *vom Lager* heimkam. Er habe sich die Leute gemerkt; das genüge.

Doch als er dann auch erzählen will, wie ein Jahr nach dem Abzug der Siegermächte die Zeit der ehemaligen Faschisten wieder anbrach und zwei Welten der Pflichterfüllung in einem

Gerichtssaal *aufeinanderstießen,* als ein ehemaliger Oberst, ein *noch heute angesehener* Sohn der Stadt ihn, den Widerstandskämpfer vor den Kadi zitierte und dort behauptete, die Wohnung, in die er 1945 – zu 100 Prozent ausgebombt – eingewiesen worden war, gehöre ihm, dem Obersten – *als er eben darüber sprechen will, daß dieser Mann, für den er schließlich* die Wohnung räumen mußte, bis zu diesem Zeitpunkt im Gefängnis gesessen hatte, weil er für die Sprengung der Brücke über den Fluß in den Morgenstunden des 8. Mai 1945 wegen »boshafter Beschädigung fremden Eigentums« von einem Volksgericht zu sechs Jahren Haft verurteilt worden war, *da unterbricht ihn die gerade eingetretene Renate:* »Du sollst das nicht erzählen, Opa!« Sie sähe es nicht gerne, wenn diese Geschichten wieder aufgerollt würden, *und ob er denn wolle, daß sein Sohn nie mehr Arbeit fände in dieser Stadt.*

In diesem Augenblick glaubt er zu fühlen, daß seine Schwiegertochter sich für seine Vergangenheit schämt. Da kann er nun tatsächlich nicht weitererzählen. Jetzt erst hat ihn die Vergangenheit wirklich eingeholt. Er sitzt am Küchentisch und weint.

6
Wehklagen

Eines Tages sind Waltraud und ihr Sohn verschwunden. Niemand – auch nicht Martin – weiß wohin. Nur gegenüber der Freundin, bei der sie wohnte, hat sie vage Andeutungen über einen möglichen Umzug in eine andere Stadt gemacht.

»Sie war eine Lustige«, meint der Rechtsanwalt, bei dem Waltraud und Hans noch vor einigen Tagen ihre Scheidung durchbesprochen haben, und lächelt wissend. Doch er weiß nicht. Ein ganzer Ort spricht über eine Ehe, diskutiert, mutmaßt; aber einen neuen Liebhaber hat niemand noch gesehen, kennt keiner.

Die Nachbarin erzählt, wie gut die Ehe immer geklappt habe, alle 15 Jahre – bis auf die letzten Monate eben. Die Frau sei da immer unzufriedener geworden mit ihrer Beschränkung auf Haus, Kind, Gatten und Arbeit. Die Freundin, die sie gehabt habe, die sei geschieden, gehe auch abends alleine fort und fahre sogar allein in den Urlaub – so etwas hätte es nie gegeben bei den Holzers. Ja, ja, der Umgang der Frau sei Schuld an allem gewesen.

So könne man das nicht sagen, meint *eine andere Bekannte.* Im Haus sei ja immer alles tipptopp gewesen *trotz Arbeit* und Kind; und das sei doch eine Leistung...

*

Waltraud ist also fort, *womöglich* bei einem anderen, und das ist insofern dumm, als Hans nicht um sie trauern darf.

Hans soll sich nicht so anstellen.

Hans soll seinen Stolz haben.

Er soll nicht herumheulen, sonst macht er sich lächerlich.

Wäre Waltraud gestorben, dürfte Hans herumheulen und allgemeines Mitgefühl wäre ihm sicher. Doch so? Da Waltraud nicht tot, sondern bloß abgehauen ist, soll sie für Hans gestorben sein, aber bitte ohne Klagegesang.

Vergiß das Weibsstück doch, sagt der Vater.

Schau vorwärts, fang von vorne an, rät Martin, *der sich nach längerem wieder einmal blicken läßt.*

Hans striche, würde er die in ihn gesetzten Erwartungen erfüllen, fünfzehn Jahre seines Lebens aus seinem Leben wie den Posten »Liptauer« vom Einkaufszettel, wenn es im Supermarkt gerade keinen Liptauer gibt. Hans ist genauso allein, als wäre Waltraud gestorben, sein Schmerz ist nicht geringer als der eines Witwers. Er leidet nicht nur unter dem Verlust von Waltraud, sondern auch unter gekränkter Eitelkeit, aber gerade wegen der Eitelkeit soll er um Gottes willen nicht den trauernden Witwer machen, also wirklich.

Wäre Waltraud tot, dann hätte Hans in ihr eine untadelige Person, dann hätte Hans eine untadelige Liebe verloren. Unter Tränenschleiern dürfte Hans all das Schöne beschwören, das er mit Waltraud erlebt hat, und man würde seine Erinnerungsseligkeit billigen.

Waltraud ist nicht tot, sondern vielleicht im Bett mit einem Neuen, darum ist Hans' Wehmut Wehleidigkeit, die er sich schleunigst abschminken soll. Da Waltraud Hans verlassen hat, kann das Schöne, das er mit ihr erlebt hat, so schön nicht gewesen sein (jedenfalls nicht für Waltraud), muß sich in ihrer angeblichen Liebe der Wurm befunden haben, ist Waltraud tadelnswert, und um tadelnswerte Personen weint man nicht, ist vor allem Hans tadelnswert, und um sich selbst weint man schon gar nicht, an sich arbeitet man.

Der Kummer eines Witwers ist zu respektieren, weil ihm nichts Despektierliches nachgewiesen werden kann. Bitte ganz so sonnig dürfte auch nicht immer alles, und natürlich geht das Leben weiter, aber zunächst einmal hat der Mann ein Recht darauf, sich die Haare zu raufen, schließlich ist die Frau bis zu ihrem Tod bei ihm geblieben, also muß was dran gewesen sein an der Verbindung, also muß was dran gewesen sein an dem Mann. An Hans muß zu wenig dran sein. Sein Kummer gilt nicht, weil seine Verbindung mit Waltraud nichts mehr gilt. Hans' Verbindung mit Waltraud gilt nichts mehr, weil sie in die Binsen gegangen ist, Hans war Waltraud nicht mehr lieb und wert, also ist er vielleicht überhaupt nicht liebenswert, wenn man einem nichts mehr wert ist, ist man möglicherweise an und für sich wenig wert.

Hans soll in sich gehen und dort nach Schuld schürfen. Was hat er falsch gemacht? Er muß was falsch gemacht haben. Erstens liegt, es wie gesagt, immer an beiden, wenn eine Partnerschaft, und zweitens liegt es, *wie der psychologisch gebildete Leser im Unterschied zu der zuvor erwähnten Nachbarin weiß*, vor allem an den Verlassenen, daß sie verlassen wurden: Wer schlecht behandelt wird, hat die schlechte Behandlung provoziert, wer eine schlechte Behandlung erleidet, verdient vermutlich keine bessere, ganz abgesehen davon, daß wir doch nicht in spießigen Kategorien wie »gut« und »schlecht« denken wollen. »Gut« und »schlecht« und »unmoralisch« sind spießige Wörter. »Schuld«, kein spießiges Wort, solange es auf die Opfer angewendet wird (»Opfer« ist natürlich auch ein spießiges Wort).

Was ist also schuld am Auseinanderknacksen von Hans' und Waltrauds Beziehung? Geben wir Hans eine Chance, stellen wir die Frage scheinheilig so, obwohl sie in Wirklichkeit lauten müßte: Wer ist schuld, beziehungsweise: Inwiefern ist Hans schuld an Waltrauds Weggang?

Wie *nach allem, was wir bisher von den Ereignissen wissen,* zu erwarten war, verdient Hans die Chance nicht, die wir ihm geben, denn die Deutung, die ihm am liebsten wäre, ist nicht zulässig. Hans würde gerne sagen: Waltraud hat sich als egoistisches Arschloch entpuppt. Als Hans unbequem wurde, weil er Schwierigkeiten im Beruf bekam, ist Waltraud geflohen, wahrscheinlich zu einem unbelasteten, sorglosen und daher bequemen Gefährten. Waltraud mochte Hans' Sorgen nicht teilen, Waltraud ist vor Hans und seinen Problemen geflüchtet. Das würde ihr Hans am liebsten ankreiden, aber wir erlauben es ihm nicht, wir sind nicht so kleinlich wie er. Daß Waltraud tadelnswert ist, lassen wir nur in Zusammenhang mit dem Tränenverbot für Hans gelten. Waltraud ist insoweit nicht untadelig, als Hans keine Berechtigung auf Tränen um sie hat.

Ansonsten verurteilen wir Waltraud nicht, wir verstehen sie. Und schon wird am Unterschied zwischen unserem und Hans' Verhalten, Hans' Versagen deutlich: Hans klammerte, Hans hat Waltraud überfordert, Hans wollte aus Waltraud eine Mutterfigur machen, statt ihr *ein echter Partner zu werden.* Hans hing überholten Vorstellungen *von der Rolle der Frau* nach, Hans hat Waltraud falsch eingeschätzt, Hans hat Waltraud nicht verstanden, Hans hat Waltraud nie verstanden.

Wir haben Mitleid mit Waltraud. Waltraud ist so arm, ihre Freundin hofft für sie, daß sie einen besseren findet und Martin sagt, es sei nicht leicht für Hans, aber für Waltraud ist es noch schwerer, weil zu dem ganzen Veränderungskrempel *die Sorge um das Kind und* der Groll von Hans kommt, mit dem Waltraud fertig werden muß.

Hans sollte aufhören zu jammern und endlich den Tatsachen ins Auge sehen, die da lauten: Die Schuld am Bruch zwischen Waltraud und ihm liegt eindeutig bei ihm mit seinen *Paschaallüren* und seiner miesen beruflichen Situation. Hans war für Waltraud unzumutbar. Vielleicht wäre eine andere als Waltraud trotz allem bei Hans geblieben, das ist schon möglich, es gibt ja Masochisten, dann liegt Hans' Schuld eben in der falschen Partnerwahl.

Waltraud hat mich im Stich gelassen, klagt Hans weinerlich. Er hegt offenbar total verstaubte Ansichten über Partnerschaft – auf ewig dein, durch dick und dünn, in Freud und Leid. Ich bin so allein! heult Hans zum Mond. Er hat offenbar noch nicht mitgekriegt, daß die Zeiten des Kollektivs vorbei sind, daß man sein Leben wieder selbst in die Hand nimmt, statt sich auf die Gesellschaft oder sonstwen zu verlassen. Streng raten wir ihm, sich der alten Werte zu entsinnen, und meinen damit, er soll sich vor Augen halten, daß jeder seines Glückes Schmied ist.

Hans jammert aber: Ja, genau! und faselt was von Treue. Langsam denken wir, daß Waltraud ihn auch wegen seiner störrischen Dummheit verlassen hat.

*

Ein ehemaliger Arbeitskollege des Vaters, welcher nach seiner schon vor längerem erfolgten Kündigung durch das Werk, Anstellung in einem der großen Wintersporthotels der Bergregion gefunden hat, besucht während eines kurzen Heimaturlaubs den alten Holzer. Der klagt ihm bei dieser Gelegenheit das Leid seines Sohnes, bei dem er im Gegensatz zum soeben zu Wort gekommenen psychologisch gebildeten Leser keine Schuld zu finden vermag.

»Angefangen hat es alles mit ihr. Mit 17 heiraten. Er hat das aus Mitleid tan, nie eine Freundin vorher oder nachher. ›Schau, Papa, was hat die denn daheim‹, hat er gsagt zu mir damals. Na, haben wir ihn gfragt, ob sie ein Kind kriegen. ›Geh, da is nix‹, hat er gsagt, und es war auch nix. Aus Mitleid hat er sie gheirat. Ich hab eh gsagt zu ihm damals, ›hüte dich vor den Gezeichneten, das is eine Rothaarige. Da sagt man aus Erfahrung, die sind geil.‹

Ich will die Traude net schlechtmachen, aber es steht fest, daß sie die Schuldige is. Man kann net wegrennen wegen Nichtigkeiten. Einkaufen war er sogar, alles nur für Haus und Familie. Sie hat ja nix ghabt, nix, nix, nix. Ich hab denen doch alles kauft. Ich bin bekannt, *war doch einmal Leiter vom Werksschutz*. Ich steh im öffentlichen Leben. Und da heirat mein Bub eine, die nix hat. Und die macht ihn fertig. Ja, wenn wir ihr was gmacht hätten, dann – Aber der Bub is so erzogen worden, nur für Ordnung und Sauberkeit. Da hat immer alles gstimmt.

Das einzige war, er hat sich net leicht anschließen können. Im Urlaub war er immer nur mit uns, einmal mit der Beiwagenmaschin in Italien. Wie wir am Lido waren, hat er seine Tetschn kriegt. Geht er *mit einem Sonnenbrand* ins Wasser und *ersauft beinah*. Hat er seine Watsch kriegt.

Na sicher hat er plärrt mit ihr, wenn was net so war. Er is Nichtraucher, trinkt kaum, anständig, zrückzogen, fürs Kind und die Frau. Braucht sie ja net gleich davonrennen, weil gschlagen hat er sie ja net, nein. Gut, einmal hat er sie da von der Stiegn runterghaut, aber das war nur einmal. Der is ja nur für die Ordnung.«

Die beiden Männer stehen auf von dem Tisch im Vorraum, wo der Vater seine Zigarette geraucht hat, damit das Wohnzimmer nicht stinkt. Den Zigarettenstummel läßt er sorgfältig in eine leere Fruchtsaftpackung fallen, dann gehen sie durch das Haus, das übrigens laut Grundbuch sein eigenes ist. Alles ist repräsentabel. Im Wohnzimmer hängen zwei von seinem Enkel gezeichnete Sternbilder, hinter Glas mit Rahmen.

»Das is auch typisch dafür, wie die Frau den Buben rüberzogen hat zu ihr, gegen den Vater.« *Er zeigt auf die Sternbilder:* »Wassermann, das is sie, das is das große Bild, und daneben der kleine Krebs, das is mein Bub. Hätt er den net genau so groß machen können? Das is verräterisch, sag ich dir.

Das mit der Ehe hat voriges Jahr angfangen. *Seit der Bub zu Haus is.* Das hätt er net *erlauben* solln, daß sie *arbeiten geht und* dann *nach der Arbeit* herumfliegt, wenn er weg is. Er war halt zu gutmütig, er hätt es net erlauben solln. Da hat sie dann immer Luft ghabt. Sie hat sich net ersperrn lassen.

Wie das mit ihrem angeblichen Verhältnis war, ich weiß net, vermutlich wars halt. Vermutlich. Er hat ja nix gwußt davon. Hätt er sie net auslassen sollen. So geht halt eine Ehe net, mit so einem Verhältnis.

Die Frau, die hat nur angschmierte Nägel ghabt und Make-up und den Orsch dreht. Der Frau hat nix gfehlt als jeden Tag von der Früh bis wieder in der Früh Schläg.

Ob er eine Freundin – nein, sicher net. Aber, mein Gott, wir sind halt Männer, eine Freundin is doch keine Affäre, das geht vorbei.

Freunde hat er nie ghabt, bis 20 war er nur mit uns, dann nur mit ihr. Ja, seit einiger Zeit hätt er einen Freund, *einen Arbeitskollegen,* da hab ich aber gsagt: ›Leider, das geht net, weißt, dem seine Eltern *sind ja Kommunisten.*‹ Ja, den hat er dann nimmer ins Haus bracht. Es war ja immer schwer für uns in unserer Stellung. Ein Lehrer hat ihn sogar in der Pause sitzenlassen, damit er besonders brav is, der Sohn vom Herrn Werkschutzleiter. Is der Bub heimkommen und sagt: ›Papa, geh weg vom Werkschutz‹, na bin ich zum Lehrer, hab ihn fertiggmacht und er hat sich entschuldigt. Später einmal is der Bub zu mir kommen und sagt: ›weißt Papa, der Lehrer war eh net so arg. Der hat schon recht ghabt.‹ Der Bub hat eingsehn, daß das damals gut war für ihn.

Net einmal Gehaltserhöhung hat er verlangt. ›Glaubst, ich stell mich hin mit dem Chef?‹, hat er gsagt. Dann hat er gekündigt, weils der Frau zu blöd war, daß er dort arbeit *und hat beim Hochofen angfangen.* Is er wieder dem Streit ausgwichen, aber daheim dem Streit hat er net ausweichen können.«

Nun sitzen die beiden einander wieder *bei einer Zigarette* an dem Tisch im Vorraum gegenüber. Der Vater stöbert in der Brieftasche zwischen alten Fotos von seinem Sohn und dessen Familie herum.

»Das hat er net verdient, der Hans. Er war halt zu gut. Er hat keine Liebe ghabt. Nur von uns. Die Mutter war immer gut, viel zu gut. Zu ihm und zum Kind. Sie hat halt immer gsagt, es is ihr einziger, für den tut sie alles. Das war ein Fehler vielleicht, sie hat alles tan, und jetzt haben wir nix. Dabei war das Verhältnis Mutter-Sohn ja noch enger als das zu mir. Was die Mutter für die tan hat, was die kauft hat! Ja, er hat schon einmal gsagt, ›Mama, du kümmer dich um deine Familie, ich um die meine‹. Hat die Frau gsagt, ›geh Bub, nimm Vernunft an, brauchst net alles selber machen, wir sind doch erfahrener.‹

Naja, in seiner Jugend hat er wenigstens ein richtiges Leben ghabt, er hat sich alles leisten können. Ich hab ihm das neueste Spielzeugauto kauft, mit 12 das Radl, mit 16 ein Moped, mit 18 natürlich das Autor, klar. Dem Enkerl haben wir ja auch alles kauft. ›Du bist besser zum Kleinen als die leibliche Mutter‹, hat der Bub einmal zur Mama gsagt. Die Frau wollt nur ihr Leben leben.«

Am Sonntag hat er wieder gweint wie ein kleines Kind: ›Ich halts net aus ohne sie«.‹

Der Besucher, dem der Vater leid tut, glaubt Rat zu wissen: In dem Hotel, in welchem er als Hausarbeiter tätig sei, suche man gerade Aushilfskräfte. Das wäre doch etwas für den Hans. Die Landluft werde ihm sicherlich gut tun und auf die Höhe des Lohnes komme es ja nun, wo er nurmehr für sich selbst zu sorgen habe, nicht mehr so sehr an.

7
Landluft

In der vagen Hoffnung, durch einen Ortswechsel und intensive Arbeit seinem Unglück einfliehen zu können, nimmt Hans die Stelle im Hotel an. Im Zug auf der Fahrt in die Bergregion *blättert er in* einer Sondernummer der Haushofener Dorfrundschau, herausgegeben vom örtlichen Fremdenverkehrsverband, *die seinen künftigen Arbeitsort* euphorisch sieht: »Das Paradies, das wir meinen, finden Sie auf halbem Weg zwischen Erde und Himmel. Genaugenommen auf 1.246 Meter Seehöhe – so hoch nämlich liegt das Bergdorf Haushofen in einem Seitental des weltberühmten Gründltals.«

Das Paradies auf halbem Himmelsweg sei bewohnt von wackeren Leutln, die ihr sprichwörtlich gastfreundliches Herz noch am rechten Fleck hätten: Der Bürgermeister höchstpersönlich spiele auf seiner Zither – die ein altes Familienstück sei – für die Gäste auf; der Senner hinten auf der Schwarzalm werde auch beim hunderstenmal nicht ungeduldig, wenn er erzähle, wie orginal Gründltaler Bergkäse gemacht wird; und der Herbert, der Haushofener Wanderführer, sei berühmt für das Gröstl, das er für seine Wandergäste am offenen Feuer besonders liebevoll zubereite. Der Tisch in diesem Hausgärtlein Gottes, wie es ein bekannter Heimatdichter einmal genannt hat, sei überreich gedeckt.

Bei der nächsten Station steigt ein Künstler aus der Bergregion zu, der in der Großstadt lebt. Ein Trinker, aufgedunsen, er hat alles nur im Kopf, und wer will davon schon wissen. Seine Heimat rückt näher und die Biere häufen sich. Ein behäbiger Mann – ohne Platz bei sich im Leib, dennoch hellsichtig und kompakt wie ein Augapfel. Und er bringt das ganze Abteil in Verbindung. Etwas kommt ihm aus den Augen heraus, das er nicht los wird, es drängt, wirft, drückt, er greift zur Flasche, trinkt, ist voller Dunst und Lust und Haß und Durst und ist sich selbst zu eng, verfängt, lacht los, hält die Hand, reißt die Augen, saugt die Lippen, springt auf, zieht zurück, zeigt aufs Bier, sagt, er komme aus den Bergen. Der Großvater – Bergbauer und Tischler – hat Geige, hat wundervoll Geige gespielt. Als er im Sterben lag, sagte er zu seiner Frau: »Muß i itzt aufi?« Sie, bissig wie seit eh und je, schnappte zu ihm hin: »Es sein scho Bessere oben als wie du.« Der Mann hält inne. Die anderen warten, daß er weiterspricht. Er trinkt. Mit zwölf, sagt er, sah er, wie ein Schaf geschlachtet wurde. Der Schlächter schlug dem Tier mit einem Hammer auf den Kopf, stach ihm in den Hals, das Blut rann in den Kübel, er hängte das Schaf, das noch nicht ganz tot war, auf einen Haken und schlitzte ihm den Bauch auf. Die Eingeweide platzten heraus. Und plötzlich zappelte etwas an dem Tier. Es wehrte sich, wehrte sich ein allerletztes Mal. Der Schlächter tätschelte es, sagte: »Geh laß, Liab's es isch aus.«

Im Bus durchs Gründltal Richtung Haushofen sitzt das alte Bergland: fromm, engstirnig und unsterblich. Ein altes Großmütterchen. Mitten in dem Gewimmel der Skitouristen, umschwirrt von Fremdsprachen und selber stumm. Die Skifahrer kommen von weit oben, wo schon Schnee ist. Ihre Gesichter brutzeln unterm Sonnenöl, der Mittelgang ist verstellt von ihren Stöcken, Schuhen, Säcken, sie schwitzen, tauen ab. Unter ihrem Gerät breiten sich Flecken imperialer Wonnen aus; erst ist das bunte Großmachttrüppchen im Fersenschub über die fremden Abhänge hergefallen, und jetzt nimmt es erhitzt das Tal in Besitz.

45.000 Wintersportgäste bewirtet das Tal zur Zeit und seine Berge lassen es geschehen; ihr Großmut ist unermeßlich wie ihre Weiße, und der Mensch kurvt zuhauf darin herum, befördert von 130 Liftanlagen. Das Tal ist vollgewürfelt mit Baustoffabriken, Möbellagern, Lastwagenfirmen, mit Discos, Pensionen, Appartmenthäusern, und es ist ordentlich verspannt von Starkstromleitungen. Das alte Mütterchen sieht aus dem Fenster: Auf einem Hügel, wo früher, als es jung war, ein Kirchlein stand, mit einer Turmspitze, die in den Himmel hineinragte, da thront jetzt das Gotteshaus von heute: eine Filiale der Genossenschaftsbank.

*

Haushofen: 750 Einwohner, 3.300 Gästebetten. Alles, was Haushofen einmal war, ist weg, zerstört, ausradiert, tot. Die Höfe, die Schätze – alles ist niedergerissen, dem Fremdenverkehr zuliebe, der zweckmäßige Bauten braucht. Schön ist nur mehr, was sich rentiert. Haushofen ist gegen sich selber vorgegangen. Es hat, um des schnellen Profits willen, seine Wurzeln ausgerissen und das organische Wachstum beschnitten. Wie eine Wolkenkratzer-Servicestation im Wilden Westen ist es hochgeschossen und weiß heute schon nicht, wohin mit seinem Dreck: der Verkehr ist ein Problem, die Abgase, der Müll, die Abwässer. Die Wälder verkarsten und kommen herunter, weil mit den Lifttrassen Schneisen in den Berg gehauen wurden, die ihm seinen Zusammenhalt nehmen.

Es gibt in Haushofen keine Vergangenheit mehr, die sich sehen läßt. Erst hat man die Bräuche zerstört, die Traditionen – alles, was Identität ausmacht und Kraft zur Liebe; und jetzt driftet der Ort ab in den immer sinnloseren Verschleiß, driftet ab in gleißender Verirrung – wie ein Bewußtsein ohne Erinnerung.

Die Eltern wußten noch um den Umgang mit Holz, Eisen, Leder und Textilien, ihre Kinder sind zu Liftkartenzwickern und Saisonkartenausgebern geworden. Wer sich heute noch beim Holz auskennt, schnitzt aus Wurzeln die absonderlichsten Perversitäten, diese Mischungen aus Kruzifix, Alraunen und Bergböcken, diese verkitschten und verkommenen Produkte einer neuen Bergkultur. Zimmerleute übertreffen einander damit, die wuchtigsten Balkonschnitzwerke an die überdimensionierten Lederhosen-Hotels zu kleben, Tischler richten Hotelbars und Stuben mit fremdländischen Furnieren und zusammengeklebten Spanplatten ein. Weil sie verlernt haben, mit sich und ihren Grundsätzlichkeiten zurechtzukommen, besuchen sie in der Erwachsenenschule des Hauptschulortes Schnitz- und Bauernmalkurse. So rutschen sie immer weiter vom Berg ins Tal, vom alten Wissen zu aufgesetzten Pflanzereien.

Das Busineß verlangt Gegenwart, nichts als die baustoffversiegelte Gegenwart einer Betonstraße. Und um den Verrat an Gewesenem ist niemand leid: Kürzlich hat man sogar die toten Verwandten belästigt und den Friedhof vom Kirchplatz verlegt.

Vor den »Kramerwirt« und den »Schloßhof«, zwei Spitzenhotels, paßt keine Erde aus menschlichen Knochen. Die Toten ruhen abseits, und ihre Geschichten sterben aus. Die Alten, die erzählen könnten, sind eingespannt in den Hotelbetrieb wie früher in den Pflug, und ihr Gedächtnis ist überladen mit facts. Gegen Erinnerung, diese wunderbare, zuweilen schmerzvolle Möglichkeit für den Frieden, hilft auch in des Berges Höhen das fade Kalkül. Im Herrgottswinkel steht heute der Computer und die Alten tippen die Speisen ein.

Hans erfaßt die Verkommenheit dieses Ortes nicht bewußt, stellt aber verwundert fest, daß er die schöne Bergkulisse nicht richtig genießen kann und fürs erste nur eine seltsame Irritation empfindet. Nach seiner Ankunft irrt er durch Massen von Menschen, Autos, Reisebussen. Altes lockt, stößt weg. Nichts wie knalliger Ramschprotz und rohe Werbung. Keine ruhige Ecke. Er streunt durch Cafés, Foyers, Hotelhallen. Alles verstopft, gefräßig und blind. Geräuschsoßen in jeder Halle, überall der gleiche Kassettenjodler. Kein Halt da, kein Kern, nichts, was zentriert. Ein Dorf, das im Glanz des Warenangebots verfällt wie eine Apfelschale. *Als Hans endlich vor dem Hotel »Schloßhof«, seinem künftigen Arbeitsplatz steht, wird es bereits Abend.* In der Dämmerung leuchten die bunten Neonlichter, und die Berge verblassen unter den Aufschriften.

*

Der Spannteppich, auf dem der ankommende Gast steht, ist von der Güte, die das Knallen eines Sektkorkens zu einem dezenten »Plop« dämpft. Die üppigen Blumenvasen, die blankgeputzten Kristalluster, die goldverzierten Marmorsäulen und die Stilvitrinen sind von jener luxuriösen Machart, die der Kategorie dieses Hauses entspricht: Der »Schloßhof« hat Stil.

Zur Zeit tummeln sich in ihm gerade die heikelsten aller Gäste. Die höchste Prominenz der Gastronomie und Manager bedeutender internationaler Reisebüros *treffen einander* beim großen »Gastwirteball«. Um halb sieben Uhr morgens fragt ein Kochlehrling die Chefin des Hauses, ob er jetzt endlich zu Bett gehen dürfe. Obwohl auch noch ein ausgelernter Koch anwesend ist, zögert diese keine Sekunde mit der Antwort. »Es könnt ja noch was geben.« Um diese Uhrzeit sind das erfahrungsgemäß vielleicht ein Paar Würstel.

Dafür tröstet die »fabelhafte Wirtin«, wie sie vom Gesellschaftskolumnisten einer großen Boulevardzeitung bewundernd genannt wird, den übermüdeten Lehrling damit, daß er ohnehin anschließend seinen freien Tag hat und erst morgen wieder zur Arbeit kommen muß. Der Lehrling verbringt seinen freien Tag in erschöpftem Halbschlaf. Er ist einer der Arbeitskollegen von Hans.

Dieser selbst ist Abwäscher und es geht ihm kaum besser. Bis um sieben Uhr früh sortiert er gemeinsam mit einer zweiten Arbeitskraft in einem abgelegenen Seitengang des weitläufigen Hotelkomplexes Tausende geblümte Teller, Hunderte von silbernen Kannen und Kännchen, Dutzende von Schüsseln und Platten sowie eine unübersehbare Anzahl Tee- und Mokkatassen. Mit der Hand streifen sie die Speisereste in einen Plastikkübel. Immer wieder schwappt ihnen irgendeine Soße auf die Kleider, weil sie ein volles Schüsserl übersehen und mit dem Ellbogen umgeworfen haben. Mit Kaffee- und Sahnekannen geht es ihnen ähnlich. Nach kurzer Zeit ist die Ablage vor der Maschine überschwemmt, und sein Kollege erklärt Hans: »Wir sein Schwein von Schloßhof. Alle Dreck, was andere machen, ist für uns.«

»Weiter, weiter, weiter, vorwärts, mach schon, zack, zack, zack, zack!« hetzt sie mit schriller Stimme die Chefin, als sie ohnehin schon im Akkordtempo das Geschirr in das Gitter des Förderbandes stecken, das unaufhörlich durch die Spülmaschine läuft.

So wie die Wagen durch die Schwingtüren einer Geisterbahn stoßen, verschwinden jede Sekunde zwei Teller oder Tassen hinter einem Plastikvorhang, der die Abwäscher vor den Spritzdüsen im Inneren der Maschine schützen soll. Beugen sie sich aber über das Fließbandgitter – etwa um die Sektkübel aus der Ecke zu holen – trifft sie trotzdem ein scharfer Wasserstrahl mitten ins Gesicht. Weil sich die Gullys immer wieder verstopfen, sind die Steinfliesen unter ihren Füßen rutschig und Hans' Schuhe nach wenigen Stunden völlig durchgeweicht. Fetzt es den – bloß provisorisch befestigten – Wasserschlauch aus der Maschine, wird er naß bis auf die Haut, denn seine Arbeitskleidung besteht nur aus einer verwaschenen Stoffschürze, die gerade noch seine Knie bedeckt, aber gegen Wasser und Schmutz kaum Schutz bietet. Eine Gummischürze gibt es nur für den Schwarzspüler (der in der Küche Kochtöpfe, Pfannen und Kuchenbleche händisch reinigen muß) und zwei andere Gastarbeiter – und das auch, *wie Hans erfahren hat* – erst seit dieser Saison.

Ebenfalls naß wird man am hinteren Ende der über fünf Meter langen Spülmaschine. Schmutzwasser tropft auf jeden, der das saubere Geschirr aus der Maschine holen und aufs neue sortieren muß. Nicht die Wassermenge macht einen dabei ganz verrückt, sondern die Heimtücke, mit der die fetten Wassertropfen trotz schneller Körperbewegungen ständig auf Haare und Hände fallen. Wenn das Band nur wenige Augenblicke anhält, heizen sich die Teller und Silberplatten so auf, daß sie wie heiße Kartoffeln auf den Handflächen brennen. Zwischen Wand und Fließband eingeklemmt, schlägt den Abwäschern die dicke Heißluft des Gebläses voll ins Gesicht, und in dem feuchten Schloßgewölbe, das kein Fenster ins Freie hat, staut sich der Dampf.

Die Geschirrberge in der Abwasch türmen sich bis spät in die Nacht hinein, da das Hotel seinen Gästen »warme Küche bis 2 Uhr früh« bietet. Für Hans ist das keine Verlockung, sondern eine Drohung. Denn anders als im Stahlwerk ist die Schichtarbeit im »Schloßhof« nicht mit fixen Arbeitszeiten verbunden. In der Nachtschicht stehen sie einmal von 16 Uhr bis 3 Uhr früh an der Maschine, dann wieder zwischen 18 Uhr und 6 Uhr morgens oder bloß von 19 Uhr bis 2 Uhr. Konstant bleibt nur, daß die gesetzlich erlaubte Maximal-Wochenarbeitszeit von 55 Stunden Woche für Woche deutlich überschritten wird. *Für Depressionen bleibt da zwar wenig Zeit, eine gute Arbeitstherapie ist's aber trotzdem nicht, denn woran denkt wohl ein von seiner Gattin verlassener Mann beim Geschirrspülen?*

8
Das Tagebuch

Die »Freien Tage« sind im »Schloßhof« eine Gnade, um die man immer wieder betteln muß. Vom gesetzlich garantierten wöchentlichen Ruhetag kann keine Rede sein. Auf dem Schichtplan befindet sich schon zu Saisonbeginn der Vermerk: »Kein »frei« bis 7. Jänner«. Am 8. Jänner wird ein anderer Zettel auf das Anschlagbrett geheftet: »›Frei‹ nur auf Anfrage«. *Immer wieder gibt es aber zwischendurch ein paar tote Stunden, und die nutzt der ruhelose Hans für Spaziergänge in die Umgebung. Seinen geliebten Fotoapparat über der Schulter läuft er dann, äußerlich nicht von den Touristen zu unterscheiden, durch die kaputte Natur.*

Über den Hang hinter dem Hotel, dessen sterbende Bäume bereits durch einen Wald aus unzerstörbaren Hochspannungsmasten ersetzt sind, geht's hin zur Ache, die nur noch ein Rinnsal ist, durch das im Sommer verachtungsvoll die Kühe waten. Und weiter dann vorbei am berühmten Schleierfall, der schon längst von der E-Wirtschaft kassiert ist. Zügig schreitet man gerade zur 3. Ausbaustufe: Trockenlegung eines weiteren unnützen Wasserfalls. Denn wozu ist der denn gut? Die Fremden macht lärmende Natur nur nervös. Was sie brauchen zum gesunden Schlummer sind Autos und Mopeds, die nächtlich durch den Ort rasen, und einen Fernseher im Zimmer, zum sicheren Einschlafen. Trotz aller jüngsten Mühe um kostspielige Kanalisierung der Fremdenexkremente ist der Wasserfall undankbar und boshaft. Er sagt auf seine Weise, was er vom Fortschritt hält und kommt dabei mit einem einzigen Wort aus. Er stinkt nach Scheiße. Es würde genügen, ihn ab und zu bei günstigem Licht zum Fotografieren einzuschalten.

Nach der Überquerung der alten Paßstraße geht es auf dem berühmten Höhenweg, aus dem in seinem gesamten ersten Abschnitt eine betonierte Autostraße wurde, *zum benachbarten*

Fremdenverkehrszentrum. Vor ein paar verbliebenen alten Bauernhäusern protzen breite Leitplanken aus Aluminium, um die Schande solcher Rückständigkeit zu verdecken, bis auch sie durch betonene Fremdensilos ersetzt sind. Nach und nach findet Hans aber immer neue Schleichwege, um Betonkilometer zu vermeiden. Und im Café Gamskar, im Nachbarort, weiß er einen Tisch, davor ist ein Strauch, und dieser eine Strauch, wenn man auf dem richtigen Sessel sitzt, verdeckt die Wüste aus Betonbunkern, Tennisplätzen und brutal breiten Zufahrtsstraßen. Direkt über dem barmherzigen Strauch wächst der ehrwürdige Hausberg in den Himmel, grau und weißmeliert, Gneis und Schnee. Wenn Hans das rechte Auge zukneift, sieht er die 80-Meter-Masten nicht, die seine Flanke bis fast zum Gipfel schänden.

*

Am Rückweg im Wald trifft Hans eines Tages eine uralte Frau, die sich selber ihr Holz sammelt. Die Frau ist vermummt, sie trägt eine braune Trainingshose und zwei dicke Wolljacken; den Kopf hat sie in ein weißes Wolltuch gehüllt. Er sieht nur ihr Gesicht und ihre Hände. Die Finger sind klammgefroren, im Gesicht hat sie rote Flecken. Aus ihren Augen, ihrer Nase rinnt das Wasser vor Kälte.

Hans möchte ein Foto von der urigen Einheimischen schießen. »Net so nah, net so nah« – mit ihren langen, schmalen Fingern hält sie den Fotoapparat auf Distanz – »aus der Näh is nur meine große Nasn drauf.« Sie stellt sich fürs Foto zurecht: Ernsthaft und fast feierlich sieht sie aus. Fotografiert worden ist sie häufig in ihrem Leben: Mina in Zimmermädchenkleidung, Mina mit weißer Schürze im Kreis von Arbeitskollegen, Mina im mondänen Pelzmantel, Mina im Badeanzug mit ihrem Geliebten, Mina mit Grandhotel im Hintergrund, viele, viele Albumseiten voll. Jetzt ist sie weit über achtzig, abgemagert, spindeldürr. *Das Holz lastet schwer auf ihrem Rücken. Als Dank für das gewährte Foto hilft ihr Hans, es nach Hause zu tragen.*

Sie wohnt allein in einem Haus *an der alten Paßstraße*, in dem offenbar bis vor einigen Jahren ein Gasthausbetrieb untergebracht war. Straßenseitig weist noch eine Reklametafel des örtlichen Brauunternehmens darauf hin. Jetzt wirkt das Haus unbewohnt und desolat: An einer Stelle sind die Fassadenfliesen abgefallen, es gibt Mauerrisse und defekte Jalousien. An der Außenmauer ist eine emaillierte Bassena angebracht, der Wasserhahn ist abmontiert, das Wasserleitungsrohr stillgelegt. Eine schwarze Katze schleicht ums Haus.

Die Alte lädt Hans auf einen Tee ein. Ein wenig später sitzt sie vor ihm auf einer ärmlichen Polsterbank *und erzählt aus ihrem Leben.* Ihre früheren Wohnadressen hätten sich wie ein Führer durch die Nobelhotels der angrenzenden Länder gelesen. Wer es sich leisten konnte, in den zwanziger und dreißiger Jahren in diesen Palästen zu wohnen, mußte wohlhabend sein, sehr wohlhabend. Sie selbst, Pirmina Schwarz – Mina, wie sie die Freunde genannt hätten – sei hier zu Hause gewesen. Nicht als Gast, sondern »zu Diensten«, wie es in dem Dutzend Zeugnissen heiße, die ihr von den Besitzern der Hotels ausgestellt worden seien. Mina war Buffethilfe, 2. Gouvernante, Dame de buffet, Fille de salle oder schlicht: Servierfräulein.

Erst nach dem Krieg ist sie in ihre alte Heimat zurückgekommen und hat dieses Haus gemietet. Hier eröffnete sie *dann unter Einsatz ihrer gesamten Ersparnisse* das »Gasthaus zur Forelle« samt Fischbraterei. Der Geschäftsgang war gut. Wenn die *Fremden über den Paß* fuhren, kehrten sie unterwegs in der »Forelle« ein. *Später hat sie das Haus sogar gekauft.* Die Raten aus der Hypothek, die sie darauf aufgenommen hatte, konnte sie mühelos zahlen.

Aber dann, Anfang der sechziger Jahre, gab es im scheinbar sorglosen Leben der Mina Schwarz einen Bruch: Als die neue Paßstraße gebaut wurde, war das »Gasthaus zur Forelle« vom Durchzugsverkehr abgeschnitten, und nach und nach blieb auch die Stammkundschaft aus. Die wenigen Gäste, die trotz Straßenverlegung die »Forelle« frequentierten, bedurften der genauen Ortskenntnis: Der alte Straßentorso ist nur mangelhaft in die neue Paßstraße eingebunden. Eine Anrainerin der alten Straße wollte auch diesen letzten Zufahrtsverkehr zum Gasthaus unterbinden. Sie parkte ihr Auto an der schmalen Einbindung so, daß kein anderes Fahrzeug passieren konnte.

Für Mina gab es keine Entschädigung. Weder für den Geschäftsausfall noch für die Schäden, die durch Sprengungen im Zuge des Straßenneubaus am Haus entstanden waren. Die neue Straße, 30 Meter davon entfernt, ist breit, mit langgezogenen sanften Kurven – Ausdruck des Wohlstands, der weiteren Wohlstand bringen soll. 30 Meter abseits hat der Wohlstand Armut gebracht.

Zu Minas Glück war zu diesem Zeitpunkt der Kredit bereits zurückgezahlt und so konnte sie auf die wohlverdiente, aber nur sehr kleine Rente ausweichen. Ihre ehemals weite Welt schrumpfte nun immer mehr zusammen wie sie selber: Sie zog sich zurück auf das kleine Extrazimmer ihres alten Wirtshauses. Hier sitzt sie nun, lacht, schläft und ißt. Von hier aus unternimmt sie phantastische Reisen nach überallhin. Arrangiert von ihrem Tisch aus die Welt neu, nach ihren Vorstellungen, schneidet aus Zeitungen und Zeitschriften Menschen, Tiere und Landschaften, klebt sie auf Papierbogen, legt sie ab in Aktenordnern. In Minas Arrangements hat der Papst nichts gegen Fidel Castro als Nachbar, und Lady Di kann sich durchaus für Clark Gable erwärmen; Charles hat überhaupt nichts dagegen zu sagen. Mina hat ihn einfach weggeschnitten. Den Frieden stellt sie mit ein paar Scherenschnitten her: Cruise-Missiles werden in Schnipsel zerlegt und landen auf dem Fußboden, unbrauchbar für jeden Kalten Krieger.

Fast jeden Tag kommt der Briefträger vorbei, bringt Post oder auch nur ein paar Scherzworte. Besuch erhält sie von der schwarzen Katze, die am Fliederbaum und an den Holzschindeln hochklettert, durchs Fenster hereinspaziert und Minas Zimmer als zeitweiliges Zuhause benützt. *Bevor er geht, sagt Hans zu, wieder einmal vorbeizuschauen.*

*

Als er in Erfüllung seines Versprechens Wochen später die ehemalige Gaststube betritt, wirkt der Raum sonderbar leer. Das

Haus ist ungeheizt, alles eisig. *Dann bemerkt er die alte Frau, regungslos auf dem Sofa liegend. Er sieht sofort, daß sie tot ist. Auf dem Tisch neben ihr ein altertümliches Schulheft. Er blättert es auf und erkennt, daß er eine Art Tagebuch vor sich hat. Hans beginnt darin zu lesen.*

Aus dem Tagebuch der Mina Schwarz:

Ich bin 1895 geboren. Ein Kind der Liebe, ein uneheliches Kind. Damals ein lediges Kind haben, war nicht einfach. Meine Mutter hat mit drei Geschwistern hier in diesem Haus gewohnt. Ich wundere mich heute noch, daß sie wegen mir nicht hinausbugsiert worden ist.

Sechs Jahre Schule. Mit zwölf mußte ich arbeiten gehen, in eine Villa als Küchenhilfe, und Kühe hüten. Von dort kam ich in eine Bäckerei und Handlung als Lehrling, meine Tante Babetta war in diesem Haus Köchin. Als sie starb, ging ich weg – ins Gasthaus Stocher als Küchenlehrling. Ich mußte im Speisesaal helfen, Offiziere bedienen. An einem Sonntagvormittag verließ ich das Haus in aller Stille, fuhr ins Blaue. Ich war zu jung, um mir viel Gedanken zu machen. Mir war zu eng, ich wollte weg, die Welt sehen. Arbeiten hatte ich gelernt, fand auch gleich eine. Am Montag saß ich schon in einer Stickerei.

1917; drei Jahre später; eine *im Heft eingeklebte* Postkarte an die Mutter: »Liebste Mutter. Kann Dir Bericht geben, daß ich wieder Glück gehabt hab. Bin jetzt in einem richtigen Grandhotel.«

Ich war dort am Buffet 2. Hilfe. Jede Woche zwei bis drei Hochzeiten. Es war ein sehr teures Hotel, alles vom Feinsten. Wir hatten sehr gut zu essen, Eis und Torten in Hülle und Fülle. Viel Essen landete im Abfall, als lebte man im Überfluß. Dabei war Krieg, wo so viele Hunger leiden. Ich dachte oft an zu Hause. Meine Mutter hätte den ganzen Monat hier leben können von dem Essen, das hier an einem einzigen Tag weggeworfen wurde. Leider machte der Chef kurze Zeit nach meiner Ankunft Pleite. Wir alle mußten auseinander.

März 1918:
Kam zu Mittag nach einer Fahrt mit dem Eilzug hier im Süden, im Hotel Kursaal an. Vier andere Mädchen saßen schon da, bewarben sich auch um eine Stelle. Nach einer Stunde banger Wahl war ich zum großen Staunen aufgenommen, da ich eine gute Schriftsprache hatte. Ich schrieb der Mutter, ich sei ins Paradies gekommen. Alles blühte, im Kurgarten waren Pfirsichbäume mit rosaroten Blüten. Viele tropische Pflanzen. Ich war dort 2. Buffethilfe, nebenbei auch in der Büglerei. Es war ideal für mich. Ich war aber nur zwei Monate dort, bis etwas Mysteriöses passierte: Der Mann der Herrschaft lebte in einer anderen Stadt zusammen mit der Tochter und zwei Söhnen. Alle vier starben innerhalb von zwei Tagen. Zuerst der Mann, dann die Tochter, die beiden Söhne begingen Selbstmord. Da zog die Frau in diese andere Stadt, aus Kummer.

Mein erster Schatz Georg hat ebenfalls Selbstmord begangen. Ich wollte im Herbst heiraten, da hat mein Verlobter sich von einem hohen Haus in die Tiefe gestürzt wegen Kummer im Büro. Ein Arbeitskollege hat ihn zu Tode geärgert, sagten die Freunde von ihm. Er arbeitete im Stadtbüro, da hat man ihm Papiere entwendet, um ihm zu schaden. Jedenfalls glaubt das sein Chef. Welche Schlechtigkeit! Aber es ist so.

Ich wollte nicht mehr an diesem Ort bleiben und ging in die Nachbarstadt. Dort hab ich dann ihn kennengelernt. Ihn, Robert. Es war Karfreitag. Ich war mit einer Freundin gekommen. Wir haben gesagt: Wir arbeiten zu Ostern nicht, wir feiern ein paar Tage. Wir sind in eine Metzgerei gegangen. Die Chefin wollte eine Aushilfe über Ostern, und meine Freundin wollte sofort anfangen. Gegenüber der Metzgerei war ein Gasthaus. Dort hab ich ein Bier getrunken. Sie suchten einen Bedienung. Ich hab ja gesagt, wollte nur über Ostern bleiben. Dann sind 13 Monate draus geworden. Robert, der Pächter des Wirtshauses, und ich sind ein Paar geworden. Geheiratet haben wir nicht. Ich habe in meinem Leben zwei Schätze gehabt, zwei große Lieben. Die anderen waren, ach, es ist nicht der Rede wert.

Robert war nicht treu. Ich wußte das, aber ich habe ihn trotzdem geliebt. In seinem Heimatland gehört der Samstag immer den Männern, da haben die Frauen nichts zu sagen. Man muß froh sein, wenn sie am Samstag gehen und am Sonntag wieder kommen. Robert hat mich oft betrogen. Er wollte nicht heiraten. Ich konnte nicht. Wenn man im Hotel arbeitet, kann man nicht heiraten. Ich wäre gern nach England gegangen, die Sprache besser zu lernen. Aber Robert war dagegen. Er sagte: Du bleibst da.

Abends war viel los bei uns im Gasthaus, weil ein gutes Kino in der Nähe war. Wir hatten einen alten Kellner, sehr gut, aber ein ziemliches Luder, einen Office-Burschen, eine Köchin, Robert und ich. Nach 2 Jahren ging ich weg von Robert. Ich hatte genug von der Wirtschaft. Ich hab den Haushalt geführt und keinen Lohn bekommen.

1921 bis 1925, Hotel Alexandra:
Ein elegantes, schönes Familienhotel, sehr gute Verpflegung. Dort war ich in der Büglerei tätig. Es ging streng her, da man noch gestärkte, schöne Leibwäsche hatte mit echten Spitzen und Falten. Handgefaltet! Es war sehr schwer zu bügeln, da dieselben oft nicht aufeinanderpaßten. Auch die gestärkten Herrenhemden waren ein großes Problem mit ihren Manschetten und Kragen. Da war die 1. Büglerin zuständig, ich war die 2., mußte aber der 1. viel helfen, da sie nicht nachkam. Wehe, wenn etwas angebrannt war, das mußte vom Hotel ersetzt werden. Man hatte noch keine elektrischen Eisen, nur die schweren Kohle-Eisen.

Im zweiten Stock eines großbürgerlichen Hauses hatten wir ein Zimmer gemietet. In der Freizeit gingen wir dorthin, verbrachten schöne Stunden bei Wein und gutem Essen. Auch Robert, mein Schatz, war immer dabei. Da konnten wir ruhig einmal länger feiern, nicht nur bis 23 Uhr.

1926 bis 1929, Palmenhotel:
Das Palmenhotel war ein Traum von einer Stelle, war zweimal dort, einmal am Buffet und als Zimmerbedienstete. Alle Abende Konzerte, alle 14 Tage eine neue Besetzung. Da war ein Pianist, er machte mir schöne Augen, und ich sah sie mir gern an. Robert war sehr eifersüchtig.

1930 bis 1933, Hotel Britannia:
Der Chef war ein Italiener, sehr gute italienische Küche mit Pilzen, viel Tomaten und Nudeln. Als Gäste waren hauptsächlich Engländer und Amerikaner. Man konnte den ganzen Winter durch englisch reden mit ihnen. Ich ging weg vom Britannia, weil der Chef so ein Schludriwudri war, er konnte nicht treu sein. Er versuchte es bei allen Frauen, seine Frau und seine Töchter litten sehr darunter. Es war nicht mehr mit anzusehen.

1933 bis 1940, Hotel Belvedere:
Ruhige Lage, prächtige Aussicht auf See und Berge. Eingerichtet mit neuestem Komfort. Diät auf Wunsch. Autogarage. Im Belvedere war ich viele Jahre. Zum Schluß wurde Militär einquartiert, lauter Offiziere mit ihren Untertanen. Ich war die einzige Ausländerin. Man fühlte sich wie in einer Kaserne. Wenn man später als 23 Uhr in das Haus wollte, mußte man sich ausweisen, wo man gewesen war und mit wem. Wir waren wie Gefangene. Man konnte diese Prozedur mit Tricks umgehen, aber es war nicht einfach. Eines Tages fielen Bomben in der Nachbarschaft. Alles flüchtete in die Berge. Man konnte nicht mehr nach Hause schreiben und kein Geld mehr schicken. Am 13. September starb Robert (Herzschlag), da war ich voll beschäftigt. Man schrieb es mir erst im Oktober, das war gut so...

1941, wenige Kilometer von zu Hause:
Für das Militär genäht, zwei Lokale voll Arbeiterinnen und Schneider. Etwa 50 Leute vom Arbeitsdienst und wir aus der Umgebung. Da war ein Mädchen aus dem Osten, 13 Jahre alt, mit traurigen Augen. Sie weinte oft stundenlang vor Heimweh. Man hatte sie einfach vom Feld weg hierher verschleppt. Sie wußte nicht ob ihre Eltern noch lebten. Man konnte ja nicht schreiben. Und da war eine Landsmännin von ihr, auch noch ein Kind. Die wurde auch direkt vom Feld weg hierher gebracht. Ich mußte sie oft trösten. Ich weiß nicht, was aus ihnen geworden ist.

Ich mußte an der Achselkappen-Maschine arbeiten. Achselkappe um Achselkappe. Ganze Armeen von Achselkappen. Ich hab mir immer die Männer dazu vorgestellt, die in diese Uniform gesteckt werden. Männer, Tote, Tote.

1945, Haushofen:
Am 1. Mai war der Krieg aus. Ich ging zurück nach Haushofen. Man holte mich zum Dolmetschen für die fremdsprachige Besatzung. Es war mir sehr unangenehm, mitgehen zu müssen in die Häuser der Leute. Die Soldaten hatten immer Listen von Leuten dabei, wo etwas zu holen war: Hühner, Schafe, Lebensmittel. Auch auf Uhren und Gewehre waren sie sehr scharf.

Und dann beschreibt Mina, den Hans bereits aus ihrer Erzählung bekannten Abschnitt ihres Lebens im »Gasthaus zur Forelle«. Er überblättert diese Seiten und liest nur die letzten Zeilen des Tagebuchs:

Ich hab's schön gehabt in meinem Leben, ich nehme keinen Tag zurück. Jetzt beginnen meine Kräfte zu schwinden. Bald wird alles vorbei sein.

Hans schließt nachdenklich das Heft, wirft einen letzten Blick auf die Tote und verläßt den Raum. Als er durch den Schnee heimwärts stapft, merkt er, daß er soeben zum erstenmal seit Monaten für kurze Zeit seine Trauer und die an ihm nagende Wut vergessen hat.

9
Lebenshilfe

»Jeder Mißerfolg«, sagt Lubesch, »ist auch eine Kommunikationsstörung.« Weder das eine ist ihm aus eigenem Erleben bekannt noch das andere. Lubesch ist einer der Leute, auf die die Milieutheorie nicht paßt, die Praxis des seiner Herkunft entfremdeten Selfmademan aber auch nicht. Lubeschs Milieu war schädlich, doch milieugeschädigt ist Lubesch nicht. Lubeschs Aufstieg war selfmade, aber made nicht in Amerika, sondern hier. Hier heißt Sauerbach und Neustadt. Strikter, harter Vater; Unterschicht; Mutter schwach, bigott und hilflos; lehrt den Vierjährigen Schreiben, damit er dem Bischof eine Geburtstagskarte schicke; soll Pfarrer werden nach ihren Wünschen und Wirt nach denen des Vaters.

Er geht noch nicht zur Schule, da kann er schon ein Pferdefuhrwerk lenken. Später reißt ein Klassenlehrer und Sadist ihn an den Haaren, bis die Kopfhaut blutet. Jens Lubesch will wie sein Großvater werden; Bauer. Er repetiert im Humanistischen Gymnasium, das ihn nur seiner sportlichen Leistungen wegen behält. Auf öffentlichen Toiletten setzt er Eau-de-Cologne-Automaten in Brand, macht Mutproben mit seinen Freunden: Eine russische Patrone – auf dem Dachboden gibt's davon gut 100 Kilo – wird in einer Pfanne mit Benzin übergossen und angezündet. Sekunden vergehen, bis das Ding explodiert. Der letzte, der rennt, hat gewonnen.

Lubesch gewann nicht das Spiel und verlor nicht das Leben. Auch war er damals schon im 60-Meter-Lauf sehr schnell. Er trat ins Militär-Realgymnasium in Neustadt ein, das ihn allein der sportlichen Begabung wegen nahm. Die Begabung für den Rest war ihm selbst noch verborgen. Während er anfangs noch zur Luftwaffe wollte, mit Düsenjets Husarenstücke machen, *interessierte er sich bald mehr für die* Zivilisten mit ihren gegen sich gerichteten Krankheiten als Waffen. Psychologie in Rekordzeit und nebenher auch Betriebswirtschaft. Er wird einer jener, die nicht nur in die Tiefen der Seele vordringen, sondern *auch Gruppen und Organisationen* behandeln, und ist heute als *Unternehmensberater durch seine ganz persönliche Art der Verschmelzung des betriebswirtschaftlichen mit dem psychologischen Ansatz* hierzulande ein Novum.

Zur Zeit leitet er im Rahmen der sogenannten »Akademie der Führungskräfte« *an Hans' Arbeitsplatz,* dem Hotel »Schloßhof«, *eine Reihe von Kursen für Manager. Soeben hat er ein Seminar abgeschlossen, in dem er* Führungskräfte über die teilweise unbewußt ablaufenden Prozesse in ihrem Verhalten aufklärte. Jeder Führer, der die nötige finanzielle Kraft hatte, konnte sich dabei unter anderem darüber informieren, daß die scheinbar souveränen, durchdachten, objektivierbaren Entscheidungen von Topmanagern in Wahrheit häufig der rationalen Basis entbehren. Lubeschs Kernthese: Der rationale Manager sei ein mythisches Wesen. Er entscheide – wie alle anderen Menschen auch – auf Grund von Erinnerungsspuren, Enttäuschungen und symbolischen Elementen aus der frühesten Kindheit. Sein Erfolg hänge letztlich nur davon ab, ob die Lösung seiner individuellen Konflikte sich positiv auf die wirtschaftlichen Notwendigkeiten seiner Zeit auswirke.

Wie Hans liebt auch Lubesch Spaziergänge und das Café Gamskar. Es ist daher fast nur eine Frage der Zeit bis die beiden aufeinandertreffen. Als Hans einige Tage nach dem Tod der alten Mina wieder in das Café kommt, sitzt Lubesch an »seinem« Tisch. Da der bewußte Sessel hinter dem Strauch, der die Wüsteaus Betonbunkern, Tennisplätzen und brutal breiten Zufahrtsstraße verdeckt, *noch frei ist, bittet Hans Platz nehmen zu dürfen. Lubesch gestattet es selbstverständlich, denn* wenn er ein Lokal aufsucht, und das geschieht häufig, um nicht täglich zu sagen, geht er zu den Menschen, um zu hören, was sie denken.

Bald hat er den schweigsamen Hans dazu gebracht, ihm von seiner langen Arbeitslosigkeit und dem Zerbrechen seiner Familie zu erzählen. Er habe es sich so schön vorgestellt, gemeinsam alt zu werden. Fünfzehn Jahre seien mit seiner Frau gut verlaufen. Er habe seine Partnerschaft für stabil gehalten. Dann ein Abschiedsbrief aus heiterem Himmel. Kurz und bündig: »...und versuche nicht, mich anzurufen.« Zuerst habe er Verzweiflung und Einsamkeit empfunden. Dann sei die Kränkung umgeschlagen in Wut und Haß.

Lubesch lächelt Hans ermunternd zu. Lubesch lächelt praktisch unentwegt, seit er in seinen Büchern gelesen hat, daß ein kleines Lächeln wie ein Zaubermittel wirken kann. Seit er die vielen Bücher intus hat, kann man ihm nichts mehr vorspiegeln, er blickt jetzt durch und weiß, daß alles machbar ist, ja, nicht nur das, es ist auch alles gemacht, das heißt, von einem selber herbeigeführt, mehr oder weniger bewußt hat man alles, was einem so widerfährt, gewollt. Jeder kriegt, was er braucht. Würde man in Lubeschs Beisein von einem zufällig des Weges kommenden Amokläufer hinterrücks erschossen, Lubesch wüßte, was einen vor die Büchse des Irren getrieben hat: nicht der Zufall, sondern Todessehnsucht.

Sie haben oft Halsweh, Herr Holzer? So, so. Denken Sie einmal nach, warum. Umweltbedingt? Ach Quatsch. Wollen Sie nicht viel eher erzwingen, daß man Sie umsorgt? Es umsorgt Hans aber niemand. Es ist keiner da, der ihn umsorgen könnte.

Das ändere doch nichts an seinen Wünschen. Sie wünschen sich, daß Sie umsorgt werden. Lubesch lächelt mitleidlos. Seit er über den großen Durchblick verfügt, erspart er sich jedwedes Erbarmen. Das tut ihm gut. Erbarmen kostet Kräfte. Lubesch hebt sich seine Kräfte für sein Vorwärtskommen auf. Lubesch weiß nämlich, was er will. Lubesch verzettelt sich nicht mit Jammern und Wehklagen. Schon gar nicht mit Wehklagen über das Los solcher, die nicht wissen, was sie wollen.

Er gönnt Hans keine Rast. Bekenne dich zu deinen Wünschen, und mache das beste draus, *so laute das oberste Prinzip.* Hans solle übungshalber sein eigenes Beispiel hernehmen: Wieso habe er nicht mehr aus seinem Leben herausgeholt, wieso sei er nicht *weiter im Stahlwerk beschäftigt, wieso nicht Vorarbeiter oder gar Abteilungsleiter* geworden? Lubesch sagt: Weil Sie nichts davon werden wollten.

Hans würde sagen, *er habe nichts Rechtes gelernt, sei körperlich eher schwach, kränklich.*

Alles Mumpitz, weiß Lubesch, negatives Denken, faule Ausreden. In Wahrheit gefalle er sich in seiner Märtyrerrolle, in Wahrheit sei er an Ausbildung nicht interessiert gewesen. Seine ewigen Halsentzündungen drückten nur seine gestörte Beziehung zu allem Körperlichen aus, möglicherweise habe diese körperfeindliche Einstellung auch seine Frau in die Flucht getrieben.

Entweder er *macht sich über mich lustig,* oder er spinnt, *denkt Hans.* Aber unerbittlich (und unerbittlich lächelnd) zwingt ihn Lubesch zu neuen Betrachtungsweisen. Es gäbe keine Schicksalsschläge, es gäbe keine Ungerechtigkeiten, es gäbe nur ein ganz persönliches Versagen. Aber für niemanden sei es zu spät, jeder könne dem Leben noch Sonnenschein abgewinnen. Wichtig sei, laut grinsendem Lubesch, daß man sich immer vor Augen halte: Es gilt nicht, gesellschaftliche Bedingungen zu ändern, sondern uns selbst und unsere Wünsche.

Er spinnt. Ganz klar. Er spinnt, *denkt Hans eben noch, aber dann fällt ihm ganz plötzlich die alte Mina ein. Er entsinnt sich des friedlichen Ausdrucks auf dem Gesicht der Toten und fragt sich, ob vielleicht doch etwas dran sein könnte an dem, was Lubesch da soeben sagte.*

*

Die beiden so unterschiedlichen Männer fassen eine seltsame Sympathie für einander und spazieren jetzt öfter gemeinsam durch den Schnee. So hat Hans Gelegenheit, genauer verstehen zu lernen, was Lubesch meint, wenn er sagt, es gäbe keine Ungerechtigkeiten, es gäbe nur ein ganz persönliches Versagen und es gelte nicht gesellschaftliche Bedingungen zu ändern, sondern nur uns selbst und unsere Wünsche.

Als sie zum Beispiel einmal an einigen verlassenen Gehöften vorbeikommen, beginnt der Unternehmensberater von den vielversprechenden neuen Lebensformen auf dem Lande *zu schwärmen.* Er sähe die Zukunft vieler Bauernfamilien – auch »zuagraster«, alternativer Neubauern – in einer Kombination von landwirtschaftlicher und gewerblicher oder freiberuflicher Tätigkeit, meine aber nicht den bettelarmen schriftstellernden Biobauern. Er denke eher an jenen Kleinbauern, der ein gutes Rezept und eine gute Hand für die Erzeugung einer erstklassigen Haussalami habe und sich mit beachtlichem unternehmerischen Elan eine für ihn viel zu große Trockenkammer kaufe, mit deren Hilfe er nun für einen immer größeren Kreis von Nachbarn, die ihm ihr Fleisch brächten, in Lohnarbeit individuelle Hauswürste produziere – die wieder bei Touristen reißenden Absatz fänden.

Natürlich sei die Angelegenheit gewerberechtlich und vermutlich auch steuerlich nicht astrein, aber neue Entwicklungen entzögen sich fast automatisch der herkömmlichen Reglementierung.

Der große Vorteil einer eigenen Landwirtschaft für den unternehmerischen Menschen sei zunächst das Vorhandensein von Grund und Gebäuden, die praktisch kostenlos Lagerraum und Experimentierfläche böten. Von einer solchen Basis aus ließen sich gewerblich-unternehmerische Versuche und Initiativen viel leichter starten als in einer städtischen Mietwohnung. Ein weiterer Vorteil sei der Arbeitsanfall in der Land- und insbesondere in der Forstwirtschaft, der neben Fixpunkten – wie Viehfütterung oder Melken – auch elastisch verschiebbare Tätigkeiten kenne. Das betriebsinterne Pendeln zwischen verschiedenen Tätigkeiten, von denen ein Teil auch auf Vorrat ausgeübt werden könne, sei die Idealform der kapazitätsorientierten Arbeitszeit und müsse traumhafte Rentabilitätszahlen ergeben.

Ziel und Ergebnis einer solchen Entwicklung könne es sein, daß Familien – auch mehrere Generationen – ihren bäuerlichen Wohnsitz mit allen Vorteilen des Landlebens als Zentrale eines kleinen, familiären Mischkonzerns gestalten: Ein oder zwei Familienmitglieder pendelten vielleicht nach wie vor aus und brächten dafür fixe Gehälter heim. Eine Tochter betreibe im Stammhaus oder in einem Zubau eine Ausbesserungsschneiderei oder einen Videoverleih oder eine Putzereiannahmestelle für die Umgebung. Im ersten Stock arbeite ein Sohn nach einem entsprechenden Studium als freiberuflicher Programmierer. Dazu genügten ihm ein Personalcomputer und eine datenfeste Telefonleitung, um mit seinen Kunden und anderen Rechnern Kontakt zu halten. Und die ehemalige Nebenerwerbsbäuerin werde nach dem Zusperren des letzten Lebensmittelhändlers, bei dem sie angestellt war, eine Teilzeitgreißlerei aufmachen, in der sie bei Kundenmangel nicht verzweifelt herumzusitzen brauche, da ohnehin der Salat im Garten gegossen und die Solaranlage für das Heizwasser auf dem Dach kontrolliert werden müsse.

Er sähe in dieser Vision den neuen Bauernhof als Basis eines gewerblich-freiberuflich-landwirtschaftlichen Familienkonglomerates und als starken, krisenfesten Pfeiler eines zukünftigen Mittelstandes. Voraussetzung für eine solche Entwicklung sei natürlich *das Vorhandensein mündiger Staatsbürger, die,* statt ihr Schicksal zu beweinen, versuchten etwas zu unternehmen, also Unternehmer würden.

Und Unternehmer sein bedeute, ein Angebot zu organisieren, das Käufer finde – wie etwa jene Absolventen einer Lehrerausbildungsanstalt, *von denen er jüngst in der Zeitung gelesen habe.* Statt ihr Schicksal zu beweinen, ein aussichtsarmes Studium gewagt zu haben, oder Demonstrationen zu organisieren, der Staat möge gefälligst Arbeitsplätze schaffen und die Schulen in Wärmestuben für überflüssige Lehrer umfunktionieren, seien sie auf die Idee gekommen, Nachhilfeunterricht zu erteilen. *An sich sei dieser Einfall* gewiß nicht weltbewegend. Aber die unternehmerische Initiative, dieser Idee auch einen organisatorischen Rahmen zu geben, stehe in wohltuendem Kontrast zur immer noch vorhandenen Mentalität beschäftigungsloser Jungbürger, die zwischen der maßlosen Forderung nach einer Basisrente und der bodenlosen Lethargie des »No Future« pendelten.

Was diese Lehrer denn getan hätten, will Hans wissen.

Man habe einen Verein gegründet, dem die arbeitswilligen Junglehrer und die Eltern der betreuten Schüler angehörten. Mit einem relativ geringen Monatsbeitrag könnten die Eltern für ihr Kind den Anspruch auf zwei Doppelstunden pro Woche erwerben. Jede zusätzlich gewünschte Stunde koste einen etwas höheren Betrag. Unterrichtet werde in Gruppen von maximal sechs Schülern. Die Lehrer – vorwiegend einsatzbereite Frauen – seien selbst Vereinsmitglieder und zahlten einen monatlichen Vereinsbeitrag. Gleichzeitig seien sie freie Mitarbeiter des Vereins, der sie mit einem gewissen Betrag pro Kinderstunde honoriere. Bei einer Fünfergruppe komme der Junglehrer so auf einen recht ansehnlichen Stundenlohn.

Hans hat zwar inzwischen etwas enttäuscht gemerkt, daß dies alles doch nichts mit dem friedlichen Antlitz der toten Mina zu tun hat, ist aber trotzdem tief beeindruckt und fühlt sich mehr denn je als Versager. Schüchtern wendet er ein, daß es sich bei diesen Leuten doch wohl um Ausnahmeerscheinungen handle, denen es nicht jeder gleich tun könne.

Da setzt Lubesch wieder sein gefährliches Lächeln auf und verweist auf die wohltuenden Auswirkungen der derzeitigen Wirtschaftskrise, die darin bestünden, daß der Sozialstaat gezwungen werde, seine Kinder in die Mündigkeit zu entlassen und nicht mehr behaupten könne, er werde ohnehin für alles und jedes sorgen. Das schaffe schöpferische Unruhe im Karpfenteich. Die Öffentlichkeit reagiere zunächst mit dem Schreckensruf: »Das Vertrauen in den Sozialstaat wird untergraben.« Er könne da nur sagen: höchste Zeit! Das blinde Vertrauen in den Sozial-, Fürsorge- und Bevormundungsstaat unserer Tage habe schon genug Schaden gestiftet und eine Illusion genährt, die jedes persönliche Lebensrisiko leugne oder wehleidig als unzumutbare Belastung empfinde. Sozialpolitiker aller Farben hätten diese Illusion gern ausgenützt und den Bürger als Sozialfall konzipiert, der von der Wiege bis zum Grab ihrer Hilfe bedürfe.

In dieser Übertreibung wirke der Fürsorgestaat doppelt leistungshemmend: Träge Persönlichkeiten hielten die aktive Bewältigung normaler Überlebensprobleme für überflüssig und unzumutbar, da der Staat ohnehin für alles vorzusorgen habe und ein abstraktes Recht auf einen auskömmlichen Lebensunterhalt bestehe. Und der durch das hohe Fürsorgeniveau verursachte hohe Steuerdruck dämpfe auch den Eifer der Leistungswilligen. Der überzogene Fürsorgestaat tendiere somit dazu, das Land in eine Bewahranstalt für vor sich hindämmernde Sozialfälle zu verwandeln.

Die krisenbedingte Zerstörung der Sozialillusion und des blinden Glaubens in den Fürsorgestaat komme hoffentlich gerade noch rechtzeitig, um jene Mentalitätsänderung in Richtung auf höhere Leistungsbereitschaft und Selbstverantwortung einzuleiten, die zur Überwindung der Krise beitrage und die Voraussetzung schaffe, daß die wirklichen Segnungen des Sozialstaates, die Hilfe der Gemeinschaft bei persönlichen Katastrophen und eine Basisvorsorge für Alter und Krankheit, finanzierbar blieben. Er, Lubesch, halte das für einen Vorteil der Krise, die, so betrachtet, gerade noch rechtzeitig eingetreten sei, um den leichtfertigen weiteren Ausbau des Fürsorgestaates und der damit verbundenen leistungshemmenden Sozialillusion zu stoppen.

*

Als Hans wieder einmal allein das Café Gamskar aufsuchen will, trifft er hier Lubesch, der mit Teilnehmern seines neuen Kurses, den Chefs von finanziell gesunden Klein- und Mittelbetrieben, denen er moderne Unternehmensführung *beibringen soll, einen der großen Tische des Lokals in Beschlag genommen hat. Mit einer großzügigen Geste lädt Lubesch seinen neuen Bekannten ein, doch bei der Runde Platz zu nehmen. Während Hans sich verlegen nickend mit seinem Jagatee zu den anderen setzt, berichtet gerade einer der* Unternehmer, Eigentümer einer 32-Mann-Gesellschaft für Labortechnik, daß er letzte Nacht von einem Alptraum geplagt worden sei. Er habe an Mafia-Leute Geld austeilen müssen, erzählt er seinen Kollegen. Da er darüber genau Buch geführt habe, hätte er gezittert, daß alles auffliegen werde. Dann habe er sich in seiner Not ein Bein abgeschnitten.

Diese Amputationsängste hätten mit der aktuellen Situation seines Betriebes zu tun, *klärt ihn Lubesch auf.* Er sei doch gerade dabei, eine zweite Führungsebene einzuziehen, wisse aber nicht, welche Kompetenzen er überhaupt abgeben, also welchen Haxen er hergeben solle.

Auch er wäre lange Zeit ein Getriebener gewesen, gibt ein *neben Hans sitzender* Tischlereichef zu. Er habe einfach geglaubt, daß er, wie sein Vater, alles allein machen müsse. Vor einem Jahr hätte er dann begonnen Aufgaben zu delegieren. Bei regelmäßigen Besprechungen habe er von den Wünschen seiner Mitarbeiter erfahren, die er nun beim Produktionsablauf mitberücksichtige. Das sei ein regelrechter Energieausbruch gewesen, freut sich der Bekehrte. Jetzt könne er beruhigt auf Kundenbesuche fahren, ohne daß zu Hause alles anstehe.

Hans, der bei solchen Themen nicht mitreden kann, trinkt seinen Jagatee viel zu schnell aus und holt sich dann gleich noch einen. Als er zurückkommt, ist das Gespräch inzwischen bei Subventionen und staatlichen Förderungen *angelangt,* von denen Hans' Nachbar nichts hält. Er glaube an ein gesundes Unternehmertum. Dies bedinge, daß Firmen zugrunde gingen und auf der anderen Seite Raum für Tüchtige geschaffen werde. Das Klima sei aber dafür in diesem Lande denkbar schlecht. Zum einen, weil die herkömmlichen Strukturen der Wirtschaftspolitik ein großes Beharrungsvermögen zeigten; zum anderen, weil hierzulande die Vetternwirtschaft dominiere. Wer nicht zu einer Clique gehöre, könne kaum reüssieren.

Das Problem, *meint ein anderer, fange ja schon bei* der mangelnden Bereitschaft vieler Firmen an, neue Ideen ihrer Mitarbeiter aufzugreifen. Der Weg zum selbständigen Unternehmer schließlich sei, wenn man von Null weg beginnen müsse, mit entmutigenden bürokratischen Hindernissen gepflastert.

Nach einem weiteren Jagatee kann Hans keine Zusammenhänge mehr, sondern nur noch Worthülsen aufnehmen:

Risikobewußte und wettbewerbsfreudige Bürger –
Weg vom dauerbefürsorgten Untertanen –
Eigentum macht stark –
Selbständiges und damit relativ freies Leben –
Leistungsfreude –
Immer am Ball bleiben –

Als die Kursteilnehmer nach etwa einer Stunde aufbrechen,

bleibt Hans sitzen, da er sich schämt, nicht mehr ganz gerade gehen zu können.

*

In der folgenden Nacht träumt Hans davon, selbständig zu werden. *Und als anderntags* in einem Zeitungsinserat ein Superjob verheißen wird, *begibt er sich zu der durch die Annonce angekündigten* Informationsveranstaltung *in die nahegelegene Kreisstadt. An der genannten Adresse,* einem Bürohaus mit prächtigem Firmenschild beim Eingang, *liest Hans »IEL«.*

Das IEL (»Institut für erfolgreiche Lebensführung«) ist eine Firma, die ihr sensibles Produkt – *psychologische Beratung und Lebenshilfe – auf unkonventionelle Weise* vertreiben will. Dazu werden Lizenznehmer angeworben, die gegen Bezahlung einer Gebühr das Recht erhalten, IEL-Produkte, *das sind einschlägige Bücher, Tondbandkassetten und ähnliches,* auf Provisionsbasis zu verkaufen. *Hinter dem Institut steht* eine Gruppe cleverer Geschäftsleute, die auf derlei Unternehmen spezialisiert ist und damit in den Nachbarstaaten schon kräftig abgesahnt hat.

Bei den zur Anwerbung von Lizenznehmern veranstalteten Informationsveranstaltungen werden mit psychologisch ausgefeilten Methoden hauptsächlich junge Leute dazugebracht, ihr Geld IEL in den Rachen zu werfen. Dröhnende Musik über Stunden hinweg, standing ovations, von Einpeitschern skandierte »IEL-IEL-IEL«, Rufe, Schlachtgesänge und ähnliches werden eingesetzt, um die Interessenten willig zu machen. Die Vortragenden rechnen den potentiellen Jungunternehmern das Blaue vom Himmel herunter. Den Zuhörern werden am Anfang ein paar zig-tausend und am Ende der Veranstaltungen mehrere hunderttausend Scheinchen versprochen. Aber nur den allerfaulsten Nieten: Sonst sei selbstverständlich noch mehr drin; wenn man nur ein bißchen Geld bei IEL investiere.

Hat jemand wie zum Beispiel Hans das geniale Geschäftskonzept von IEL nicht gleich ganz verstanden und will nicht unterschreiben, gibt's eine Spezialschulung. Fünf oder sechs IEL-Leute bestürmen den Widerspenstigen, diese einzigartige

Chance nicht zu versäumen. Um das Startkapital aufzubringen, raten sie, einen Bankkredit für die Wohnung oder Möbel zu beantragen.

Die Methoden der Rekrutierung ähneln denen von Sekten. Geschickt werden Musik und gruppendynamische Effekte ausgenützt, und die IEL-Keiler tragen stets ein glückliches Lächeln zur Schau, während sie die Angekeilten von einem sogenannten Geschäftstraining zum anderen schleppen bis die Rücktrittsfrist vorbei ist.

Drei Wochen und zwei Geschäftstrainings später ist Hans Neo-Unternehmer, *das heißt, Besitzer einer auf Kreditbasis erworbenen* Musterkollektion von IEL-Produkten im Werte eines vollen Tellerwäschermonatslohns, sowie des für das Zehnfache jenes Betrages *ebenfalls auf Kreditbasis erworbenen* Rechts, diese Produkte zu verkaufen. *Er kündigt die Stelle im »Schloßhof« und bereitet seine Übersiedlung in die Hauptstadt vor, da dort angeblich die günstigsten Voraussetzungen für den Vertrieb von IEL-Produkten bestehen sollen.*

10
Rien ne va plus

Für Hans wird in der Hauptstadt ein neuer Lebensabschnitt beginnen. Und auch das Land, in dem er lebt, steht an einem Wendepunkt. Eine lange Periode sozialdemokratischer Regierungen scheint sich ihrem Ende zuzuneigen. Man wird sie später die Ära des größten Triumphes nennen, den eine demokratische Partei dieses Kontinents jemals erringen konnte: Keine andere Partei hat jemals – im Wettbewerb mit anderen – so oft hintereinander die absolute Mehrheit an Stimmen erringen können. Keine hat – zumindest nach den Spielregeln des Parlamentarismus – eine so gute Chance besessen, die Gesellschaft nach ihren Vorstellungen zu gestalten. Was ihre Gründungsväter stets beschworen, aber nie erreicht hatten, die runde, knappe, wunderschöne Absolute, sie kriegte sie dreimal, und jedesmal runder: beim erstenmal waren es nur 50,04 Prozent, dann schon 50,42 Prozent und schließlich 51,03 Prozent.

Sie kam gerade zu den Boom-Jahren der Republik zurecht: Alles wurde besser, größer, schneller und effektiver. Alles, was machbar war, wurde auch gemacht. Es waren jene fetten Jahre, da jeder immer mehr hatte. Und sie waren ein grandioser Erfolg der Sozialdemokratie. Sie konnte sich als natürliche Regierungspartei etablieren und besetzt seither alle Rollen, die in einer liberalen Wettbewerbsdemokratie nur zu besetzen sind. Sie ist Regierung und gleichzeitig ihre eigene Opposition; aus ihren Reihen kommen die entschiedensten Befürworter der Atomenergie – und gleichzeitig die schärfsten Gegner; sozialdemokratische Manager im Zusammenspiel mit sozialdemokratischen Betriebsräten machten, *wie wir bereits gesehen haben,* aus dem Land einen Exporteur von Waffen – sozialdemokratische Aktivisten und Funktionäre wie etwa Martin gehören zu den entschiedensten Kritikern des sozialdemokratisch firmierten militärisch-industriellen Komplexes. Die Partei kann es sich sogar leisten, daß sozialdemokratisch geführte Konzernbetriebe, gestützt auf die nunmehr ebenfalls sozialdemokratisch geführte größte verstaatlichte Bank, im Umweg über Mitgliedsbeiträge an die Vereinigung der heimischen Industriellen indirekt auch die konservativen Oppositionsparteien mitfinanzieren. Die Sozialdemokraten sind so selbstbewußt, so selbstverständlich und umfassend stark geworden, daß sie sich ihre eigenen Gegner noch hochzüchten, um ein gewisses Minimum an Wettbewerb aufrecht zu erhalten.

Und doch ist diese Ära zugleich auch ein grandioser Mißerfolg der Arbeiterpartei. Alle Statistiken ergeben zweifelsfrei, daß das Land im Laufe jener Periode nicht »sozialdemokratischer« geworden ist: Der Anteil der Arbeiter- und Bauernkinder an den Universitäten stagnierte, die Einkommensverteilung zwischen arm und reich änderte sich in keiner Weise, die Unternehmergewinne wuchsen so lange, wie sie in der ganzen Welt wuchsen, und schrumpften in der Zeit, in der sie in der ganzen Welt schrumpften. Es hat keine zusätzliche Verstaatlichung gegeben. Allenfalls der Anteil des Budgets am Sozialprodukt ist langsam gewachsen, was freilich wiederum auch eine Reihe nicht sozialdemokratisch regierter Länder kennzeichnet. Aber man kann eben nicht alles haben, *und so störten auch die häßlichsten Verteilungsstatistiken kaum jemanden ernsthaft* in jenen fetten Jahren, in denen jeder immer mehr hatte.

Diese Jahre gingen dann jedoch zu Ende. Angesichts der weltweiten Konjunkturflaute wurde es immer schwieriger, das Land, das sich in der letzten Zeit mit Riesenschritten zum modernen Industriestaat gemausert hatte, gegen die widrigen Winde aus den großen Industrieländern abzuschirmen. In letzter Zeit wird immer klarer, daß die von den Sozialdemokraten konsequent praktizierte, künstliche Konjunkturverlängerung über öffentliche Ausgaben in Anbetracht der rasch steigenden Staatsverschuldung nicht ad infinitum praktiziert werden kann. *Und so verdunkeln* Arbeitslosigkeit und schwächliches Wirtschaftswachstum die Atmosphäre der letzten Jahre der sozialdemokratischen Regierungen.

Aber auch Zweifel, die aus der moralischen Sphäre in das

öffentliche Bewußtsein dringen, tragen immer mehr zu dem Zwielicht der ausgehenden sozialdemokratischen Ära bei. *Sie richten sich auf jene* neue Klasse von hochdotierten Managern, Multifunktionären und sonstigen get-rich-quick-Existenzen, die unter der Ägide der Arbeiterpartei aufgestiegen sind *und damit die Prognose jenes klugen Mannes erfüllen, der bereits sechzig Jahre zuvor* prophezeite, daß sich aus sozialdemokratischen Reichsfeinden ein zunehmendes Heer von Leuten entwickeln werde, die vor allen Dingen Avancementinteressen haben würden, und daß nicht die Sozialdemokratie die Städte oder den Staat erobern werde, sondern es umgekehrt der Staat sein werde, der die Partei erobert.

Weltweite Konjunkturprobleme und hausgemachte Schwierigkeiten der Sozialdemokratie verbinden sich im Bewußtsein der Bevölkerung mit noch tiefer gehenden Sorgen. Es lasse sich, diagnostizieren Meinungsforscher, soziologisch eine zunehmende Endzeitstimmung konstatieren: das verbreitete Bewußtsein, daß es so nicht weitergehe und ein fundamentales Umdenken notwendig sei.

Immer mehr Menschen erkennen, daß die bisherigen Entwicklungstrends nicht mehr einfach fortzuschreiben sind: Statistischer Wohlstandszuwachs und erlebtes Wohlbefinden klaffen immer deutlicher auseinander. Selbst die Flucht in die heile Urlaubswelt konfrontiert mit verseuchten und umweltverschmutzten Stränden. Am Horizont wetterleuchtet im Nord-Süd-Konflikt zwischen dem reichen Norden und dem Armenhaus des Südens eine Art weltweite französische Revolution, *und in nächster Nähe grassieren* Alkoholismus, Drogensucht, Disco-Rausch und sinnlose Zerstörungswut als neurotische Fluchtreaktionen. In einigen Jahren, prophezeien Psychologen, werde die Zahl der Neurotiker sicher 25 Prozent der Bevölkerung erreicht haben, ein Teil davon sei behandlungsbedürftig, nicht mehr voll berufsfähig und auch außerstande, seine Kinder zur gesunden Reife zu erziehen.

In ihnen kulminiert das Unbehagen an einem Gemeinwesen, welches das Leistungsprinzip auf den Maßstab des Geldverdienens pervertiert und als Kehrseite protzig Konsum als »Leistenkönnen« herausstellt. *Sie sind Opfer* einer Gesellschaft, die den Menschen weithin auf seine Funktion im Produktions- und Konsumprozeß reduziert hat, die ihre Kinder in die Krippe und ihre Alten ins Ghetto von Heimen abschiebt, wo sie zwar materiell versorgt sind, aber zugleich ihre menschlichen Beziehungen und ihren Lebenssinn verlieren. *Ihr Leiden* ist die Verzweiflung an der Kontaktarmut der Auto- und TV-Gesellschaft mit ihren Supereinkaufs- und Wohnmaschinen, sowie die Irritation durch die Zerlegung der menschlichen Person in verschiedene Sachbereiche, gerade so, als ließe sich der eine Herr Mayer auf die Funktionen »Autofahrer«, »Wohnungsbenützer«, »Familienvater«, »Berufstätiger«, »Urlauber«, »Pensionsanwärter«, »Wähler« aufspalten, und als bildeten nicht erst alle diese Teilaspekte – und noch viel mehr – seine Person.

So macht sich nach der Fortschrittsgläubigkeit der letzten Jahrzehnte zunehmend Weltuntergangsstimmung breit. Und zur diffusen Angst vor dem nahenden Ende gesellt sich folgerichtig die Forderung nach einer Wende. Immer häufiger wird für eine neue Moral plädiert, ohne die sich die Menschheit selbst zugrunde richten würde.

*

Die Sozialdemokraten wissen mit solchen Ängsten und Wünschen nur wenig anzufangen. Ihr Wachstumswahn übertrifft bei weitem den der Konservativen. Ihr Verständnis für ökologische Probleme beschränkt sich auf begrünte Wahlplakate. Ihre Fähigkeit, Sinn zu vermitteln, ist gleich Null.

In dieser Situation wittert die lange von der Macht ausgesperrte bürgerliche Opposition Morgenluft: Die Sozialdemokraten seien an allen Problemen der letzten Jahre schuld. Sie hätten durch ihre Verschwendungspolitik die Inflation gebracht. Die hohen Preise aber seien die Ursache dafür, daß die Nachfrage stagniere und immer mehr Arbeitskräfte überflüssig würden. Weil der *unter ihrer Herrschaft aufgeblähte* Staat die Wirtschaft von den Kapitalmärkten verdränge (indem er einfach bessere Zinsen biete), seien sie natürlich auch an dem hohen Zinsniveau schuld. Ab einer bestimmten Relation von Steuern und Staatsschuld vermehre sich dann die Staatsverschuldung automatisch, und so könne man mittels einfacher Extrapolation allen *sozialdemokratisch regierten* Ländern den Zeitpunkt ihres Bankrotts voraussagen.

Das von den Konservativen angebotene Gegenmittel ist indes nichts anderes als simpler Antisozialismus. Als Hauptwaffe gegen die Inflation wird von ihnen »Runter mit den Löhnen!« gefordert. Wer dann die schon jetzt kaum mehr absetzbaren Produkte kaufen solle, *sagen sie nicht. Und der Staat?* Ja der möge sich gefälligst auf das reduzieren, was ihm zustehe – die Landesverteidigung, die Justiz, die Außenpolitik. Aus der Wirtschaft aber habe sich die Regierung zum Wohle aller Beteiligten gefälligst weitgehend herauszuhalten. Privat ist »in«.

Der neue freiheitssuchende Bürger tritt in vielen Masken auf die Bühne der Wirtschaft und Politik: Deregulierung, Entbürokratisierung, Eigenvorsorge, Selbstbehalt, Privatisierung, Eigentumsbildung sind seine neuen Kleider. *Begeistert wird von Leuten wie Lubesch registriert,* daß sich in fast allen Ländern des Westens der Staat als Unternehmer zurückziehe. Noch nie hätten so viele Regierungen so vielen Bürgern so viele Nationalunternehmen verkauft.

Der besondere bürgerliche Jubel gilt der Wirtschaftspolitik eines anderen Kleinstaates des Kontinents, welcher in der Tat eine jener ökonomischen Revolutionen gelungen ist, die gemeinhin als unmöglich gelten: Sie hat einen Staatshaushalt mit Überschuß statt Defizit zustandegebracht. Man wird demnächst mehr einnehmen als ausgeben. *Geglückt ist dies mittels* eines Sanierungskonzepts von bestechender Schlichtheit: Einnahmen erhöhen, Ausgaben senken. Die Budgetsanierung läßt sich, wird dieser Kurs stramm durchgehalten, kaum vermeiden. Gesenkt wurden vor allem die Aufwendungen für den Sozialstaat. Kaum eine Sozialleistung, die nicht gekürzt wurde, kaum ein Sozialtarif, der nicht erhöht wurde.

Das Blut-Schweiß-und-Tränen-Programm griff schnell und hart. In einem Land, das den Begriff »Armut« schon fast aus seinen Wörterbüchern gestrichen hatte, wurden wieder Garküchen, öffentliche Notausspeisungen und Suppenküchen eröffnet; alte Leute suchen gelegentlich in öffentlichen Parks nach Pfandflaschen, um die Rente aufzubessern. Der konservative Regierungschef kann dies alles nicht bestreiten und *muß zugeben,* daß die Menschen, die die Kürzungen der öffentlichen Ausgaben persönlich zu spüren hätten, offenkundig unglücklich seien. Aber jeder andere, der die Dinge von einer gehobenen Warte aus betrachte, glaube er, habe das Gefühl, daß es leichter geworden sei.

Es ist nicht verwunderlich, daß viele mit der heimischen Sozialdemokratie unzufriedene Wähler in solchen Konzepten keine Alternative zu sehen vermögen. In der Suche nach entsprechenden politischen Artikulationsmöglichkeiten, wird daher allenthalben von der Gründung neuer, radikaler Parteien *gesprochen.* Die »grünen Listen«, die bei kommunalen und regionalen Wahlen auftauchen, können als Vorläufer einer solchen Entwicklung gelten. Trotz ihrer ökologischen Ausrichtung sind sie zugleich ein Auffangbecken für alle, die sich von den großen Integrationsparteien nicht mehr ausreichend vertreten fühlen.

Schon werden die Machtträger der alten Ordnung *von ihren Experten gewarnt,* daß deutliche Signale eines sinkenden Vertrauens in die politischen Regelmechanismen zu registrieren seien, daß die Unzufriedenen, die vom Staat nichts mehr erwarteten, versuchen könnten, auf eigene Faust und unter zunehmender Mißachtung der akzeptierten Werte und Normen für sich das Beste herauszuholen, und daß schließlich ein solcher Rückzug in den privaten Egoismus des »Ohne Mich« zu einer Auflösung der hochentwickelten Wirtschafts- und Gesellschaftsordnung führen könnte.

Natürlich beabsichtigen Regierungen, Parteien und Verbände sich gegen ein Hinwegspülen und Zerfallen der etablierten Strukturen zu wehren, da für sie derartige Veränderungen existenzbedrohend sind. *Weil aber die mit einem solchen Widerstand verbundenen* autoritären Tendenzen das Potential an Unzufriedenen erhöhen müßten, *droht am Horizont* eine gefährliche Aufschaukelung von zunehmender Staatsverdrossenheit auf der einen und immer lauteren Rufen nach dem starken Staat auf der anderen Seite.

11
Des Kanzlers Kinder

Politische Nachschlagewerke werden ihn vermutlich als »ersten freigewählten sozialdemokratischen Bundeskanzler« verewigen. Ihm sei es gelungen, die Partei so weit zu öffnen, daß der liberale Mittelstand sich bereit gefunden habe, ein Stück Weges mit ihm gemeinsam zu gehen.

Dieser Satz ist nur halbrichtig. Die Sozialdemokraten waren schon vor ihm auf dem Weg zur Mehrheit. Schon Ende der fünfziger Jahre hat nur mehr die Wahlarithmetik verhindert, daß sie als stimmenstärkste Partei die Regierung zu bilden vermochten. Dieser Aufwärtstrend entsprach einer simplen sozioökonomischen Verschiebung: Aus dem Agrarstaat wurde ein Industriestaat – mit immer weniger konservativ wählenden Bürgern und immer mehr sozialdemokratisch wählenden Arbeitern. Ganz sicher war es aber er, der Kanzler, der die Sozialdemokraten für jedermann wählbar gemacht hat.

Die Partei, die er übernommen hatte, war das nicht. Sie war eine mehr als seltsame Mischung aus marxistischem Vokabular und pragmatischem Handeln. Er beseitigte dieses marxistische Vokabular, indem er es aus dem öffentlichen Sprachgebrauch verbannte und zur Fachsprache eines kleinen Grüppchens von Parteiideologen werden ließ – eine Veränderung, die allerdings wie so viele seiner Aktivitäten den Charakter des Improvisierens trägt: Die Partei hat den Marxismus nicht abgelegt, nachdem sie ihn in gründlicher Diskussion für falsch befunden hat, sondern er ist ihr im Zuge der allgemeinen Schlamperei weitgehend abhanden gekommen, ohne daß sie das je zugeben würde.

Dieser unbestimmte Zustand hat den Vorteil, daß junge Neomarxisten, die in den meisten anderen Ländern in heftigem Streit mit der Parteiführung liegen, die Sozialdemokratie zu spalten drohen oder es gar nicht erst mit ihr versuchen, hierzulande brave, harmlose Mitglieder der Arbeiterpartei bleiben:

Sie können stets mit gleichem Recht behaupten, die Sozialdemokraten seien eine marxistische Partei, wie der rechte Flügel behaupten kann, sie seien es nicht. Im privaten Gespräch gibt der Kanzler beiden recht.

Ob es nun Klugheit oder Feigheit ist, daß sein Sozialismus das kleinste gemeinsame Vielfache dessen verkörpert, was beinahe jeder Wähler unterschreiben kann, es ist ihm jedenfalls in keiner Weise gelungen, das Vakuum, das der Verlust des marxistischen Weltbildes hinterlassen hat, mit neuen Inhalten zu füllen. Die Explosion der wirtschaftlichen Korruption in seiner Ära ist kein Zufall, sondern logische Konsequenz dieses ideologischen Vakuums.

Im Gegensatz zu seinen großen Vorgängern als Parteiführer war der Kanzler nie ein Theoretiker. Einer seiner Kritiker hat einmal zu Recht vermerkt, daß es von ihm nicht eine einzige große schriftliche Arbeit gäbe, die über simple Wahlkampfrhetorik hinausgehe, *was zeige,* daß es ihm an Tiefe, Format und Atem fehle. Seine Verteidiger wenden ein, er sei sich so sehr der Vergänglichkeit und Relativität aller politischen Thesen bewußt, daß er es vorziehe, Gedankenskizzen zu entwerfen, wo andere Bücher geschrieben hätten.

So war für ihn der Prozeß der Öffnung der Partei nicht Konsequenz eines durchdachten ideologischen Entschlusses, sondern instinktives Erfassen und Vorantreiben eines in der Geschichte schon vorgezeichneten Trends. Die Menschen hatten Dogmen satt. Er räumte sie beiseite. Es war ja auch bei den sozialdemokratischen Funktionären nicht mehr so, daß sie bei Marx nachlasen, was sie zu denken oder zu sagen hätten (viele hatten ihn niemals gelesen). Aber es waren so etwas wie vulgär vergröberte Klischees und Feindbilder übriggeblieben, die in den Emotionen, nicht im Verstand fortwirkten: Lagermentalität an Stelle der Theorie von der Unvermeidlichkeit des Klassenkampfes. Unternehmerbeschimpfungen als Ersatz für die Veränderung der Produktiionsverhältnisse.

Gerade weil die Sozialdemokratie den wirklichen Kampf um die Veränderung der herrschenden Verhältnisse aufgegeben hatte, hielt sie eisern an ihren Feidnbildern fest. Der Kanzler hatte diese Pappkameraden beiseite geräumt. Ihm kam dabei ein seltsamer psychologischer Mechanismus zugute: Er stammt nicht, wie es das Gerücht wissen will, aus großbürgerlich-jüdischem Geschlecht, sondern seine Familie war mäßig begüterter jüdischer Mittelstand. Im Grunde nirgendwo angesiedelt, nirgendwo sicher, ständig den Gefahren der Verfolgung ausgesetzt, die sich auch durch Assimilation nicht bannen ließen. Er erlebte wie jeder Jude in diesem Land das Phänomen, nicht als gleichberechtigt anerkannt zu werden, obwohl er sich in nichts von seiner Umgebung zu unterscheiden glaubte. Horte dieses Antisemitismus waren Kirche, Adel und Kleinbürgertum. Ein Großbürgertum war kaum vorhanden. Nie wäre er in seiner Jugend von einem Adeligen auch nur eingeladen worden.

Nun, als alter Mann im Nadelstreif, mit maßgeschneiderten Hemden und Schuhen, die englische Automarke Rover bevorzugend, kann er einem Freiherrn die Gnade erweisen, ihn zum Verteidigungsminister zu ernennen und wird dafür vom hierzulande zutiefst kleinbürgerlichen »bürgerlichen Lager« als »Großbürger«, der er von seiner Herkunft nie gewesen ist, bewundert.

Man könnte ihn lächelnd den letzten Monarchen nennen, denn indem er dieses Land wie ein König regiert, verwandelt er es ein klein wenig in die Monarchie, die es einmal war, zurück. Man kann dies aber auch politischer formulieren: Das Land war bis zu seiner Ära ein Land, das seine Identität nur aus der Negation bezog. Man wollte kein Anhängsel jenes größeren Staates sein, der sich im Zeitalter des Faschismus den kleinen Nachbarn einverleibt hatte, aber man hatte doch beständig das Gefühl, man wäre ungleich mehr, wäre man noch immer Teil dieses großen Bruders. Charakteristisch war die Überzeugung von der eigenen Inferiorität: die heimischen Produkte wurden selbstverständlich für schlechter gehalten als ausländische. Die eigene Industrie wurde als unproduktiv und veraltet erachtet. Die Wirtschaftspolitik galt als ineffizient. Ein tüchtiger Landsmann, der etwas werden wollte, so war die allgemeine Überzeugung, müsse ins Ausland gehen.

Das historische Verdienst des Kanzlers besteht – *so meinen seine Bewunderer* – darin, dem nach der Niederlage des

Faschismus neu entstandenen Nationalgefühl seinen Minderwertigkeitskomplex genommen zu haben. Die Menschen dieses Landes seien dadurch stolz auf den seither eingeschlagenen Weg geworden.

Vielleicht ist aber auch dies kein Verdienst. Denn zur Aussöhnung mit der eigenen Geschichte gehörte auch die Aussöhnung mit der faschistischen Vergangenheit: Selbst ein Mann wie der alte Holzer, sollte ihn, den Kanzler, achten lernen. So berief er schon in die erste von ihm gebildete Regierung mehr ehemalige Faschisten als irgendein Kanzler vor ihm *und versuchte damit* den Beweis anzutreten, daß Juden nicht so sein müssen, wie man sie sich hierzulande vorstellt. Er wurde, »obwohl er ein Jud ist, ein hochanständiger Mensch.« Diesen Zustand verwechselte er mit einem Sieg über den Antisemitismus und hat dadurch mit dazu beigetragen, daß dieser so wenig bewältigt wurde wie der *Faschismus.*

*

Sie wuchsen heran, als er alterte. In seinen besten Jahren begannen sie mündig zu werden, sodaß sich nun all ihre Vorstellungen von Politik mit ihren Vorstellungen von ihm, dem Kanzler verknüpfen. Die Jüngeren unter ihnen kennen keinen anderen Regierungschef außer ihm und keine andere Regierungsform außer seinem Patriarchat. Ihm verdanken sie ihre politische Erziehung – wohin sie auch immer geführt haben mag –, und er prägt ihr Selbstverständnis als Bürger der Republik.

Für Martins und Hans' Generation wuchs dieser an und für sich schwärmerische Politiker zum alles überragenden Monument, das sie anhimmeln oder anpinkeln dürfen und dem sie den Rücken zukehren können, ohne zu bemerken, daß sie sich dabei nur rundherum drehen und ihm neuerlich von Angesicht zu Angesicht gegenüberstehen. Der »Alte« ist nicht aus Granit, und trotzdem beißen sie sich an ihm die Zähne aus.

Zu einer großen Zahl sind es auch politische Waisenkinder, abgestoßen, *oder auch nur, wie etwa Hans, sich selbst überlassen* von den elterlichen Jubelfaschisten und den Marschkolonnen der Mit- und Nachläufer, *denen beim Zusammenbruch des faschistischen Regimes* die Politik so gründlich ausgetrieben worden war, daß sie nun ihren Kindern beibrachten, daran am besten nicht anzustreifen; großgezogen im Geist des Wiederaufbaues nach dem Krieg; aufgewachsen in einem muffigen Gedankengut aus Anstand, Mißmut und Unverstand; letztlich niedergedrückt und orientierungslos, von einem Selbstbewußtsein, das vom Drang zum Anderssein bestimmt worden ist, an der Nase herumgeführt. Urplötzlich aber fand sich ein Adoptivvater: Sie lernten über seine Marotten zu schmunzeln, sie meckern über sein maßgeschneidertes Gehabe, sie halten ihm trotzig und grimmig seine Fehler vor, sie fordern mehr Unabhängigkeit, zu guter Letzt aber verharren sie in positiver Identifikation.

Und auch für diejenigen, welche wie Martin keine sozialistische Vaterfigur suchen mußten, mit der sie sich identifizieren, aber auch auseinandersetzen konnten, weil sie einen solchen Vater schon zu Hause hatten, war er der Mann der Stunde. Als kritische Wähler marschierten sie nicht mit Parolen, sondern mit Analysen zum Gesundheits- und Sozialbereich, mit Reformvorschlägen für Schule, Erziehung *und Wirtschaft.* Alles sollte lustvoll und demokratisch werden, vor allem der Alltag und die Arbeit. Und alles sollte rasch aus dem Papierregiment heraus und wirklich werden. Der Spruch des Kanzlers vom »Stück gemeinsamen Weges«, der ihm die Mehrheit brachte, betraf sie nicht. Sie hatten nicht die Unverbindlichkeit der Unterschriftsgaleristen der Blutgruppe Null im Sinn, die sich auf Abruf in der wachsenden Reputation des Kanzlers sonnten und von denen nicht wenige nur sich, sicher aber keinen Schritt in Richtung Sozialismus im Sinn hatten.

Selbst als er immer mehr zum eigensinnigen Erbhofbauern verkorkste, dem die steten Mühen des täglichen Kleinkrams und der nichtssagend-lächelnden Verstellungskunststücke doch schon recht zuwider waren, da blieb dennoch seiner der Weisheit letzter Schluß *für seine Kinder. Erst in allerletzter Zeit* läßt die Kraft des Bannes, in den er sie geschlagen hat, immer mehr nach. Die Beharrlichkeit, mit der er auf seinem Patriarchat besteht, stärkt nur ihre Kampfeslust. Der Alte, wer sonst? *Jetzt, da wieder Wahlen nahen,* ist diese Frage plötzlich gar nicht mehr so rhetorisch wie vordem. Viele seiner Kinder hoffen zwar insgeheim, er werde noch einmal das Mehrheitswunder vollbringen, obschon mit knapper Not, damit ihm die Zeichen der neuen Zeit einsichtig würden, *aber sie selbst wollen ihm diesmal ihre Stimme versagen.*

Im Unterschied zu Hans, der sich ja schon seinerzeit, angesichts der verschärften Rationalisierungsmaßnahmen im Werk, geschworen hat, keinen von den Roten mehr zu wählen, *gehört Martin nicht zu diesen Abtrünnigen. Zwar fühlt auch er, daß* die Arbeiterpartei jetzt am Scheideweg steht zwischen dem Aufnehmen wichtiger Impulse der Friedens-, Frauen- und Umweltschutzbewegung sowie der Forderungen nach politischer, moralischer und personeller Erneuerung und dem Abgleiten zur bloßen Servicestelle für Karrieristen und Apparatschiks. Auch hat er sich schon oft gefragt, wie und in welcher Organisation fortschrittliche Politik in diesem Land eine realistische Verwirklichungsperspektive habe. Es gab für ihn allerdings nie auch nur ein Denkergebnis, das an der Sozialdemokratie vorbeiführte.

Wer jetzt die Partei verlasse, *beschwört er seine Mitstreiter in der Friedensinitiative,* riskiere mitverantwortlich dafür zu sein, daß der Tanker Sozialdemokratie vor einer möglichen Kurskorrektur auf Grund laufe. Es sei daher immer noch besser, auch um den Preis vieler Mühen, Frustrationen und Niederlagen, an der Kurskorrektur dieses Tankers mitzuwirken, als Gefahr zu laufen, durch die Mitarbeit in der neuen grünalternativen Bewegung den politischen Kontakt mit großen Teilen der Arbeitnehmer zu verlieren. Es sei nach wie vor ein entscheidender Unterschied, ob man sich als Mitglied der Arbeiterpartei in Betrieben und Parteisektionen an den Diskussionsprozessen beteilige und dabei für den Abbau der Rüstungsproduktion oder etwa die 35-Stunden-Woche bei vollem Lohnausgleich, eine gerechte Einkommenspolitik, oder eine effiziente Umweltpolitik eintrete, oder ob man ausschließlich von außen versuche, neue Gedanken und Inhalte in die Partei hineinzutragen.

*

Es beginnt alles ganz fröhlich. Nach einem Drehbuch des Parteisekretärs wird den Delegierten des Regionalparteitages am Abend des Nationalfeiertags eine perfekt gemachte Propagandashow mit Film, Dias und Kinderchor vorgeführt. Ein bekannter Humorist reißt Witzchen und eine Schlagersängerin trällert belanglose Texte: »Oho, tu nicht so, als ob dir wirklich alles ganz egal wär', und denk daran, daß ich auch ohne dich glücklich sein kann.«

Der folgende Vormittag ist dann programgemäß ausschließlich für das Referat des *aus der Hauptstadt angereisten* Kanzlers reserviert. Zuvor lediglich ein Routinetagesordnungspunkt: Der Tagungsvorsitzende berichtet, daß die Wahlkommission eine Vorschlagsliste für den Regionalparteivorstand beschlossen habe, die den Delegierten nun vorliege. »Keine Wortmeldung«, registriert er blitzschnell, um sich dann zu korrigieren, »eine Wortmeldung. Zu Wort gemeldet hat sich der Genosse Weiß.«

Einer *aus der Riege der Betriebsräte des Werks* mit dem Schild »Geladener Gast« am Revers kommentiert: »O, der Trottel!« Die Kommentare der *anwesenden Betriebsräte* reißen die folgenden Minuten nicht ab: »Du bist ja deppert!« – »Steig runter da!« – »Das is ein Witz!« – »Der is ja net zurechnungsfähig!«

»Ich weiß, daß gerade im Stahlrevier die Vertrauensleute eine sagenhafte Leistung vollbracht haben«, beginnt Martin dialektisch. »Aber: Ich möchte dem Genossen Stillhalter drei Fragen stellen: Stimmt es, daß du mehr verdienst als der Bundeskanzler, und wenn ja, warum? Stimmt es, daß du trotz dieses hohen Einkommens vom Werk verbilligten Strom beziehst? Stimmt es, daß es unter anderem zu deinen Freizeitvergnügungen gehört, mit Maschinenpistolen zu schießen?« Der vordere Teil des Saales murrt, der hintere Teil spendet Beifall. Der Parteitag ist aus dem Lot.

Im Foyer setzen sich Delegierte offen über die Vorwürfe gegen den Regionalparteivorsitzenden auseinander und sogar am Rednerpult marschieren einige Pro-Martin-Redner auf. Diese Fragen hätten Berechtigung, meint einer, auf die Antworten des Genossen Stillhalter warte er noch immer, *bemerkt ein anderer.*

Und ein sehr junger Delegierter sagt: auf den Gängen hätte er Diskussionen gehört, ob die Wortmeldung geschickt gewesen sei. Für ihn sei nur eines wichtig: ihre Ehrlichkeit.

Der Alte, der sich in seinem Schlußwort um das unangenehme Thema nicht drücken will, *spricht zwar* von einem hohen Maß an politischer Unklugheit, in der konkreten Sache nimmt aber auch er den Regionalparteivorsitzenden nicht in Schutz. Für den während des ganzen Parteitags trotzig schweigenden Betriebskaiser muß sein Parteisekretär antworten: Es stimme nicht, daß der Regionalparteivorsitzende ein so hohes Einkommen habe. Stillhalter habe einen ermäßigten Strombezug wie alle Werksangehörigen, und: Es gäbe so viele Hobbyschützen im Werkssportklub und niemand mache es ihnen zum Vorwurf. Stillhalter selbst findet erst gegenüber den Medien wieder Worte: Der Herr Weiß habe halt Neurosen, schimpft er, und die wolle er auf seine Kosten vor dem Parteitag abbauen.

Während ein großer Teil der örtlichen Parteibasis gemeinsam mit Stillhalter noch über Martins Auftritt schäumt, hat der schlaue Kanzler bereits die einmalige Chance erkannt, die sich dadurch für die Partei bei den kommenden Wahlen eröffnet. Die Summe der Jungwähler, rechnet er kühl, repräsentiert zehn Prozent aller Wähler. Diesen kritischen jungen Menschen gilt es begreiflich zu machen, daß es Sinn hat, in die Arbeiterpartei zu gehen und dort mitzuarbeiten. Sie sollen sehen, daß sich ein Mann wie Weiß durchsetzt in dieser Partei. *Und so wird von allerhöchster Stelle der Wunsch geäußert, Martin an wählbarer Position in die Kandidatenliste für die kommenden landesweiten Wahlen aufzunehmen.*

*

Regionalkonferenz der Arbeiterpartei im Stahlrevier. Wichtigster Tagesordnungspunkt: Erstellung der Kandidatenliste für die kommende Wahl. *An Martin, der von der Wende, die die jüngsten Ereignisse für ihn genommen haben, überrumpelt wurde, zieht dieser Tag wie ein Film vorbei.*

6.30 – Was anziehen? Möglichst anständig, unauffällig,

6.45 – Wo ist die Delegiertenkarte? Unauffindbar, wie alles, das man schnell finden soll...

10 vor 7 – Ohne Delegiertenkarte beim Eingang; Martin sagt seinen Namen, Sektion, Sektionsleiter auf, gesteht der Mandatsprüfungskommission an der Tür, bestehend aus zwei älteren Genossen, das unerklärliche Verschwinden.

»Ah, der Herr Kritiker, so gscheit und weiß net einmal, wo er die Karten hat.«

7 vor 7 – Seltsam, irgend etwas ist anders...

5 vor 7 – Langsam wird's ihm klar, ihm fehlen die sozialdemokratisch ausgestreckten Hände, keiner schüttelt die seinen. Nach ein paar mißglückten Versuchen, doch noch jemand anzusteuern – mit vorzuckender Hand, schon etwas verschüchtert lächelnd –, drückt er sich zu den »Seinigen«. Dort gibt ihm eine jüngere Regionalrätin offiziell ein Busserl: »Damit dich wenigstens einer küßt...« Es ist schon ein Unterschied, ob man gewählt werden will, oder ob man wählen soll, denkt er sich.

5 nach 7 – Konferenzbeginn.

10 nach 7 – Ein Vertreter des Präsidiums präsentiert den Wahlvorschlag des Vorstandes. Versucht auch – völlig unüblich – Worte der Erklärung zu finden: die neue, *erstmals landesweit kandidierende* Grünpartei hätte so viele junge Leute, es gäbe auch Jungwähler..., seltsam, denkt Martin, wozu die Rechtfertigung, auf der Liste ist er ohnehin der einzige Kandidat an wählbarer Stelle, der unter vierzig ist.

7.15 – Der Regionskassier meldet sich zu Wort. Er ist kein großer Rhetoriker, so sagt er's halt recht direkt. Er versteht nicht, was ein Herr Weiß auf der Liste soll. Ein Skandal. Ein Schlag ins Gesicht der arbeitenden Menschen, daß ihnen solche Leute vorgesetzt werden. Ein Schlag ins Gesicht der Basis, die da 30 Jahre und mehr hackelt, und dann kommt so ein *Besserwisser und* Quereinsteiger. Halt, das darf doch nicht wahr sein, denkt Martin, neun Jahre Jugendarbeit, drei Jahre Subkassier, ein Jahr Sektionskassier, was heißt denn hier Quereinsteiger, noch dazu du, Genosse Kassier, weißt, daß ich zu dir abrechnen komm...
– Es kommt noch einmal, vielleicht noch dicker: Was macht ein Herr Weiß an wählbarer Stelle, warum nicht der Sektions-

leiter? Und dann wieder: Schlag ins Gesicht der Basis... und: »Wir werden ihnen eine Lektion erteilen!«

20 nach 7 – Applaus.

22 nach 7 – Martins rechter Nachbar ist hinausgeeilt. Ein Skandal, eine Frechheit, sagt er, gerade denen, die unten was tun – außer Marken abrechnen –, Nichtstun vorzuwerfen...

7.30 – Kein Applaus, d. h., verzweifeltes Händeklatschen von zirka einem Dutzend... Noch ein bis zwei derartige Wortmeldungen – etwa gleiche Applausstärke.

7.45 – Kein Wort vom Präsidium.

10 vor 8 – Dann ein Sektionsleiter, zirka 50: sind wir Alten denn gar nichts mehr wert...? Lebhafter Applaus.

8 – Wieder ein Mitglied der Basis: Früher haben wir Jungen auf die Erfahrung der Älteren gehört. Er versteht nicht, wie man nach so wenigen Jahren schon eine Region kennen könne. Jedenfalls dies könnten jene, die schon 30 Jahre und länger hier arbeiten, besser. Lebhafter Applaus.

5 nach 8 – Im Parkett: Ein *Vertrauter des Kanzlers* kommt herbeigeeilt und will wissen, was hier eigentlich los ist...

Kein Wort vom Präsidium.

10 nach 8 – Martin selbst am Rednerpult: »Aber es sind doch eh 90 Prozent der Wählbaren verdiente ältere Genossen« – d. h. zu 70 Prozent vom Pensionistenverband mitnominiert, und dann von der Fraktion. Die haben auch noch keine Sektion von innen gesehen, denkt er bei sich... ihm fällt die Geschichte von einer anderen Region ein, vor kurzem hat sie ihm ein frustrierter Genosse erzählt. Da forderten die Jungen für die Wahl zur Regionalvertretung nicht nur eine flächendeckende Vertretung (= pro Sektion ein Regionalrat), sondern auch eine alters-, geschlechts- bzw. organisationsmäßige. Das Ergebnis: Ein Vertreter des Pensionistenverbands mehr plus je ein Vertreter der parteinahen Autofahrer- und Sportlerorganisationen..., aber kein Junger mehr. Keine Frau mehr...

Kein Wort vom Präsidium.

20 nach 8 – Ende der Diskussion. *Der Vertraute des Kanzlers* eilt wieder zu Martin und wirft ihm – eher konspirativ als scherzhaft – vor: Kannst Deine Buben net im Zaum halten...?

Diese These wird hegemonial: Die Gegenredner zum Bezirkskassier seien schuld an der Stimmung gegen den »Quereinsteiger«.

8.30 bis 9 – Der Wahlvorgang – Martin traut sich kaum hinaus, die andern trauen sich nicht, ihn anzuschauen. Ein Sektionsleiter sammelt gerade die Stimmzettel seiner Sektion ab – bei den Wahlzellen staut sich's eh...

9 bis 11.30 – Stimmauszählung, inzwischen Referat und Antrag und Pause und...

5 nach 11.30 – Verkündung des Urteils bei stark gelichteten Reihen: Genosse Weiß *zwar nominiert, aber* an 46. und damit aussichtsloser Stelle gereiht.

12
Der Sieger

Martins Niederlage ist keine endgültige, denn durch seine bald im ganzen Land berühmten drei Fragen an Stillhalter ist er über Nacht zur Symbolfigur für alle kritischen Anhänger der Arbeiterpartei geworden. Und so rückt er einem Nationalratssessel wieder näher, als sich ein prominent besetztes Künstler-Komitee für ihn stark macht.

Initiator dieser Aktion ist einer der wichtigsten politischen Schriftsteller des Landes, *ein Mann,* dessen Protest an herrschenden Zuständen *sich zumindest in den ersten Jahren der linken Alleinregierung so gut* als Propaganda im Dienst der Sozialdemokratie eignete, daß er ihm den Titel »Staatsdichter« einbrachte, und so den einstigen Bürgerschreck in die Doppelrolle *drängte,* die Mächtigen zu kritisieren und zugleich mit ihnen per du zu sein. Bald sonnte er sich darin, vom bewunderten Kanzler selbst bewundert zu werden, war glücklich, daß ihn jener gelegentlich auf ein weiches Ei einlud und machte für diese – wie er es nannte – »merkwürdig schöne Beziehung« sogar einen Kniefall im Vorwort für einen Bildband über den Kanzler.

Heute betrachtet er zwar den sozialdemokratischen Versuch einer Annäherung von Kunst und Politik als gescheitert, kann sich aber nur schwer lösen von der Partei, die er zur Familie verinnerlicht hat. *In dieser schwierigen Situation gibt ihm das* »Komitee für Weiß« *die Möglichkeit zur Lösung seines inneren Konflikts, indem es Kritik an der Partei mit Engagement für sie verbindet.*

Im Nu hat er eine Schar ähnlich gesinnter Intellektueller und Künstler um sich gesammelt. Nachdem sich dann auch eine große Boulevardzeitung, immer auf der Suche nach Sensationen und mit gutem Gespür fürs Populäre, der Sache angenommen hat, spricht man bald vom Künstleraufstand im Boulevard, denn die Mischung der Prominentennamen *unter den in diesem Blatt veröffentlichten Unterstützungserklärungen für Martin* hört sich an wie der Auszug aus dem Personenregister eines wöchentlichen TV-Programms oder der Seite des Klatschkolumnisten.

Und als man nach einigen Wochen in gewissen Kreisen der Hauptstadt »Hast du schon unterschrieben?« anstatt »Hallo« sagt, *da reiht sich sogar jener geniale Poet in den Protest ein,* der soeben in seinem letzten Werk *auf der Suche nach* einer Art weltlicher Mystik ohne Gott erstmals eine Grenzüberschreitung der Literatur in die sprachlose Leere hinein riskierte und dabei erfahren hat, daß, wenn er aufs Ganze geht, eine seltsame Schwade auf ihn zukommt, welche er bei sich »die Schwade des Neuen« nennt.

Schließlich spricht der Staatsdichter beim Kanzler vor und deponiert die lange Unterschriftenliste. Der Alte übernimmt die Petition durchaus wohlwollend, läßt aber offiziell nur verlauten, er habe von dieser Initiative der Künstler gehört, und das müsse alles erst im nächsten Parteivorstand besprochen werden.

Nach Bekanntwerden dieser ausweichenden Antwort entsteht im Kreis des Komitees eine neue Idee: Wenn es Weiß über die roten Gremien nicht schaffe, sollten seine Fans dem chancenlosen Listenkandidaten durch ausdrücklichen Vermerk auf dem Stimmzettel eine sogenannte Vorzugsstimme geben. Das heimische Wahlrecht bestimmt nämlich, daß ein (auch unter »ferner liefen« gereihter) Kandidat, der die für ein Grundmandat notwendige Anzahl an Vorzugsstimmen erreicht, unwiderruflich im Hohen Haus sitzt.

Als dann kurze Zeit später allerorten Plakate einer »Aktion kritischer Wähler für Weiß« *auftauchen, die um eine* Vorzugsstimme für Weiß bitten, weil dieser die Privilegien beseitigen wolle, alternative und grüne Ideen bei den Sozialdemokraten stärke und die Anliegen der Friedensbewegung ins Parlament bringe, *da kann Martin wieder Hoffnung schöpfen.* Und mit ihm hofft die Partei – wenn auch zum Teil aus anderen Motiven als er selbst. Leute, die Weiß ins Parlament befördern wollen, müssen nämlich zwangsläufig sozialdemokratisch wählen. Dieser von den Parteistrategen »Weiß-Effekt« genannte Mechanismus soll vor allem grüngefährdete Jungwähler bei der Stange halten.

*

Der Abgang zweifelsohne ist respektgebietend. Diese Leichtigkeit, mit der er die Macht, die er so viele Jahre genossen hat, jetzt aus der Hand gibt. Die Selbstverständlichkeit, mit der er als klare Niederlage einstuft, was künftige Parteiführer als großen Wahlsieg feiern werden. Die Gelassenheit, mit der er die Fehler bei sich selbst anstatt bei anderen sucht. Und nirgendwo auch nur ein Anflug von Pathos oder Wehleidigkeit, wie er dem Abgang anderer Politiker das Gepräge gibt. Höchstens begnadete Schauspieler können so von der Bühne gehen: die Szene beherrschen, indem sie keinerlei Szene machen. Indem sie der Erwartung des Publikums nach einem dramtischen Ausbruch mit einem beiseitegesagten Satz und einer kleinen Geste begegnen, die eben deshalb ungleich wirkungsvoller ist.

Dutzende Male in den letzten Jahren hat das ganze Land erwartet, daß der Kanzler bei einer Entscheidung, die er laut und dezidiert verkündigt hatte, bliebe – und er hat sie ohne mit der Wimper zu zucken revidiert. Diesmal erwarten alle, die ihn kennen, er werde seine Rücktrittsdrohung revidieren und aufs neue bleiben. Er aber geht.

Es gibt Siege, die von Niederlagen schwer zu unterscheiden sind. Wer in den Tagen vor der Wahl in nahezu allen Zeitungen den unverhohlenen Ruf nach einem »echten Umschwung«, nach Milderung des »langsam schon bedrohenden Herrschaftssystems der Sozialdemokraten«, kurzum nach einer »Blutwäsche für das Land« richtig verstanden hat, der kommt in den Tagen nach der Wahl aus dem Staunen nicht heraus: Derselbe Blätterwald hallt nur so wider von wehmütigen, fast selbstmitleidigen Abschiedsgesängen auf den Glanz der Weltpolitik, der auf dem Kanzleramt gelegen wäre und nicht immer nur Talmiglanz gewesen sei, über den eindrucksvollen Abgang angesichts des nun drohenden Beginns der Normalität. Selbst der Scharfmacher des größten Boulevardblatts kann auf einmal nicht umhin, jenem Mann, der auch zuvor schon der unbestritten bedeutendste Politiker der Republik gewesen sei, seine Reverenz zu erweisen.

Eine andere Art von Rührung, eine gewisse Angst vor der nun drohenden Öde, Intoleranz, Borniertheit, einen traurigen Blick zurück auf die letzten Jahre bemerkt man auch im Gespräch mit Künstlern, Intellektuellen, Alternativen. Vor der Wahl waren viele entschlossen, ihre eigene Theorie vom Ende der charismatischen Führer und Heldenväter endlich beim Wort zu nehmen. Bei der Wahl haben einige dann doch wieder sozialdemokratisch mit Zusatz »Weiß« angekreuzelt. Aber nach der Wahl sind so gut wie alle fast beleidigt darüber, daß der Alte nun wirklich geht.

Und Martin? Martin, der noch vor wenigen Wochen angesichts des großen Wahlkampffinales des Kanzlers *gejubelt hatte,* der Alte sei wieder »der King«, Martin, der eigentliche Wahlsieger, der so viele Vorzugsstimmen bekommen hat, daß er als erster Abgeordneter seiner Region – noch vor Franz Stillhalter – ins Parlament einziehen wird, der empfindet den Rücktritt des Alten demütigend, unwürdig und ungerecht. Überragt und überschattet er denn nicht noch immer unübersehbar seine Konkurrenten und Nachfolger, die sich nun eiligst daranmachen, um das Erbe zu schachern? Wo bleibt, fragt er sich, der Dank, den ihm die Republik und die Partei schulden? Ihn so ins Altenteil verschwinden zu sehen, schmerzt Martin. Wenn überhaupt, so hat er sich das Ende der Ära des Kanzlers in nicht absehbarer Zukunft als eine Art prunkvolles Leichenbegängnis vorgestellt: ein barockes Trauerspektakel, das Freund und Feind in Lobpreisungen vereint.

Nun wartet aber ein anderes Spektakel auf ihn, denn er selbst hat noch zwei Tage vor der Wahl für den Tag nach der Wahl seine Freunde telegrafisch zur Feier seines Einzugs ins Parlament von 18 bis 24 Uhr auf die Hochalmhütte eingeladen.

*

Eines der vielen Interviews, die Martin jetzt gibt.

REPORTER: »Herr Weiß, fühlen Sie sich jetzt als der eigentliche Wahlsieger?«

MARTIN (*der sich bemüht, nach der Schrift zu sprechen*): »Man darf nicht den Fehler machen, die Vorzugsstimme zu sehr in einen persönlichen Bezug zu setzen. Das war nur eine Chance für die Wähler, über das bloße Ankreuzen einer Partei hinaus Kritik einzubringen. Ich glaube, daß diese Kritik viele Wurzeln hat. Aber im Kern lautet sie: Kräfte der Kritik sollen in der Arbeiterpartei ihren Platz haben.«

REPORTER: »Welche konkreten Veränderungen erwarten Sie sich *für die Partei auf Grund der Stärkung dieser* Kräfte der Kritik?«

MARTIN: »Ich glaube, daß die Sozialdemokraten am Scheideweg sind zwischen Reformpartei einerseits und Servicestelle für Billigstrombezieher andererseits. Insofern waren die Vorzugsstimmen schon eine deutliche Entscheidung für die Reformpartei und für sozialdemokratische Grundsätze. Sie lassen mich hoffen, daß es künftig mehr Toleranz gegenüber unseren Kontakten zu den Umweltschützern und zur Friedensbewegung, mehr Toleranz in der Jugendarbeit geben wird – trotz der nun wahrscheinlichen Koalition mit den Konservativen.«

REPORTER: »Freut Sie die Aussicht auf eine solche Koalition?«

MARTIN: »Nein, ich stehe ihr eher negativ gegenüber.«

REPORTER: »Warum?«

MARTIN: »Weil ich glaube, daß das eine Konstruktion wäre, die an den Grundlagen des sozialdemokratischen Programms rüttelt, und dann würden weitere Wähler – junge, kritische, aber auch ältere – abwandern.«

REPORTER: »Sie würden also in Kauf nehmen, daß die Sozialdemokraten acht oder zwölf Jahre weg sind von der Regierungsgewalt?«

MARTIN: »Ich bin mir bewußt, daß der Ruf nach der Opposition eine sehr schwierige Forderung ist. 48 Prozent ist ein großer Wählerauftrag. Aber ich könnte mir vorstellen, daß rein bürgerliche Regierung unter den gegenwärtigen wirtschaftlichen Bedingungen in keiner Weise imstande ist, die anstehenden Probleme zu lösen, und daß das unserer Partei in Opposition mit dem Rückhalt in der Bevölkerung in vier Jahren wieder die Mehrheit bringen würde.«

*

Martin ist also optimistisch, was die Zukunft seiner kritischen Linie in der Partei betrifft und irgendwie bestärkt fühlen sich auch alle jene, die ihn gewählt haben. *Nur die Vertreter der neuen Grün-Partei sind verärgert, da sie der Weiß-Effekt Stimmen und Mandate gekostet hat. Sie kleiden ihren Zorn in beißenden Spott:*

Weiß sei ein Zauberkünstler. Was er vollbrachte, habe Kanzler-Klasse. Das müsse man erst einmal zusammenbringen: Man verdichte das Problem einer politisch ausgezehrten Regierungspartei auf das moralische Defizit eines prominenten Provinzfürsten. Das schaffe man auf dem Hochamt eines Regionalparteitages, in Anwesenheit des Alten persönlich und aller unheimlichen Meinungsmacher und Befrager. Es entstehe ein Tumult, aus dem der Putschist Weiß mit einem Ansehen hervorgehe, als hätte er das Land von allen sozialdemokratischen Übeln befreit.

Und von dieser Stunde an, werde es dereinst in der sozialdemokratischen Bibel heißen, wüßten die Sänger und Tänzer, die Fiedler und Dichter, daß es keinen Sinn habe gegen die Alten zu sein, wenn es so einen Neuen gäbe. Die Kabarettisten spotteten nicht mehr über den Kanzler, wie sie es so oft in ihrem Kabarett getan hätten. Sie würden nun Weißwäscher. Und als solche könnten sie beim Alten bleiben. Der neue Mystiker weise allen den Weg vorbei an einem Konflikt mit dem Alten. Denn die Wahrheit, das sei *die Schwade* im Kopf, und der heiße jetzt Weiß. Und auch des Bildungsbürgertums herzliebster Staatsdichter könne weiterdichten, ohne den Alten zu vernichten. »Kommt Zeit kommt Weiß. Nur keine Brüche. Es reichen linke Sprüche.«

Werden die Spötter recht behalten? Das weitere Geschehen um Martin wird es uns zeigen.

13
Die Bassena lebt

Eine Stadt ist keine Summe. Rational kommt man da nicht weiter. Es trägt ja jeder seine eigene Vorstellung von ihr im Herzen. Hans zum Beispiel besitzt ein ideales Bild der Hauptstadt. Sie ist für ihn die schönste Stadt der Welt.

Sein erster Spaziergang am neuen Wohnort führt ihn in den großen, im Grünen gelegenen Vergnügungspark, den er einmal als Kind mit seinen Eltern besucht hat. Es ist ein Sonntagmorgen im späten April. Ein Tag, der das Hemd heraushängen läßt, ein behaglicher Morgen, der barfuß daherkommt mit der Zeitung unterm Arm. Die Sonne scheint und bringt das frische Grün zum Leuchten. Die Ziege vorm Ausflugslokal käut dösend an die Wand gelehnt. Es sind noch wenig Leute unterwegs, heiter, aber nicht ausgelassen. Alles ist damit beschäftigt, so viel Frühling wie möglich an sich heranzulassen. Hans lehnt an einem Pfosten des lebenden Pferderingelspiels, horcht der Orgel zu und beobachtet die Kinder auf der angrenzenden Märchenautobahn. Es hat sich hier nichts geändert seit 30 Jahren. Noch immer kurbeln alle wie verrückt am Lenkrad, wenn es darum geht, die blechernen Kisten auf der schmalen Holzstraße zu halten. Er wollte damals lange nicht wahrhaben, daß die Autos in einer Führungsschiene sitzen, die das Lenken übernimmt.

Hans lehnt also bei den Pferden, horcht auf die Orgel und erkennt sich in den Kindern. Dann setzt der atemlose Moment ein, in dem sich der Frühling sammelt. Die Autos stehen still, die Orgel ist stumm, die Pferde schnaufen nach innen. Ein paar Kinder, eine Großmutter sitzen in den Bänken, bereit für die nächste Fahrt, nach der es im Moment gar nicht aussieht. Um ein Bild aus der Umgebung zu nehmen: Alle sitzen in der großen Überschwunghutsche kopfüber am oberen Totpunkt. Wie man weiß, besitzen diese Hutschen die längste Sekunde aller Zeiten. Sie dauert eine Sekunde und eine Ewigkeit, bis es sich entscheidet, ob das Schifferl eine Umdrehung nach vorne schafft oder wieder nach hinten kippt. Und man weiß oben nie sehr genau, ob es sich je wieder in Bewegung setzt.

In diesem Jahr braucht der Frühling einen Anstoß. Ein Pferdeführer, der an einem Wagen lungert, stößt sich ab und sagt halblaut: »Na, was is? Fahr ma!« Die Orgel setzt einen Ton vor den anderen, die Pferde legen ihr träges Gewicht in die Riemen, die Kinder rufen den Eltern Übermütiges zu, und die Blechkisten rumpeln immer schneller über die Holzbohlen.

Soviel über den Frühling in der Hauptstadt, der diesmal auf Aufforderung begonnen hat.

*

Nicht weit vom Vergnügungspark beginnt und endet jener sich wie ein Gürtel um den Kern der Stadt legende Verkehrsweg, den ein Journalist mit poetischem Ehrgeiz einmal »die Unendliche Straße« *genannt hat.* Gezählte 11,2 Kilometer ist er lang: Von der großen Brücke im Norden bis zur ehemaligen Kaserne im Südosten eine markante Stadtlandschaft, einmal gebirgig, einmal flach, einmal grad, einmal gewunden. An ihm wohnen sogar noch Menschen. Tatsächlich.

Nicht mehr so viele wie früher, als nach dem Abbruch der alten Befestigungsanlagen der Stadt sehr rasch private Zinshäuser in begehrter Wohnlage entstanden. Auch nicht mehr so viele wie damals, als nach dem Ersten Weltkrieg die sozialdemokratische Stadtverwaltung daranging, am südlichen Teil der Straße die ersten kommunalen Wohnbauten in ihrer gewaltigen Formensprache, mit den geschlossenen Höfen zu errichten. An der Spitze der großstädtischen Sozialpolitik stehe in dieser Stadt seit dem Jahre 1919 die Sicherung des Obdaches und die Schaffung moderner, gesundheitlich einwandfreier Wohnungen, schrieb 1926 der damalige Stadtrat für das Wohnungswesen.

Vorbei. Die Blechlawine rollt. Unbarmherzig. Tag. Nacht. 24 Stunden lang, ununterbrochen. Brüllend, stampfend, tosend, kreischend, jaulend, quietschend, bremsend, stinkend. Rechts, links, in vier Spuren, in sechs Spuren, in acht Spuren. Von

Ampel zu Ampel, von Stau zu Stau. Bremsen, quietschen, Gas geben. Zwicken, schneiden, hupen. 70.000, 80.000, 90.000, an manchen Tagen und an manchen Kreuzungen 100.000 und mitunter noch mehr Autos rollen heute in 24 Stunden über die unendliche Straße. Der Moloch Verkehr hat aus der einst begehrten Wohnlage eine lärm- und abgasumtoste Hölle gemacht.

Durch die Dominanz des Verkehrs, heißt es trocken in einer städtebaulichen Analyse durch die Stadtplanung, sei diese Straße heute in ihrer Funktion als Freiraum und klimawirksame städtische Grünschneise weitgehend eingeschränkt. Für eine Erneuerung, die attraktive Wohn- und Arbeitsbedingungen schaffen solle, seien neue Impulse unerläßlich. Ohne solche Impulse sei heute schon zu befürchten, daß die Entleerung dieses Gebietes der Erneuerung davonlaufe und damit jener Verfall und jene soziale Erosion eintreten, die aus internationalen Beispielen nur zu bekannt seien.

Der Verfall ist zum Teil schon da. Die »Entleerung« ist im Gange. Wohnhäuser, Geschäfte verschwinden. Magazine verrotten. Hinterhöfe, einst grüne Oasen, vergammeln. Jeder Quadratzentimeter ist verparkt. Die Gartenanlagen auf dem Westteil der Straßen versinken in Abgasen, Lärm und Staub. Die Bäume sind im Frühsommer schon todkrank, sie sterben in den Herbst hinüber. Und Metastasenartig fressen sich die Verfallserscheinungen in die angrenzenden Stadtteile, wo graue, abgewohnte Zonen entstehen, *in denen die Mieten so niedrig sind, daß sich auch Leute wie Hans hier eine Wohnung leisten können.*

*

Von der Fassade bröckelt dezent der Putz. Im Inneren erinnert das Stiegenhaus an jene dunklen Treppen, die in süditalienischen Städten von der Pizzeria in den Keller führen. Gleich nach Betreten des außen verschnörkelten Hauses empfangen einen unverkennbare Geräusche und Gerüche – das Dröhnen geschwungener Schnitzelklopfer vermengt mit Küchendüften knoblauchträchtiger Gerichte oder vanillezuckerintensiver

Mehlspeisen, und spätestens nach Erreichen der ersten Stockwerke über eine schmale Stiege und zehnmaligem »Grüß Gott«-Sagen wird gewiß, wo's Schweinsbraten gibt, wo Buchteln und wo Gulasch. Tür an Tür, Küche an Küche klopft und kocht, dampft und scheppert es, und der lange enge Gang mit seinen hauserfüllend quietschenden, stark beanspruchten Klotüren nimmt alles auf, vermischt und verteilt. Blasenleiden, Durchfall und andere liebwerdende Gewohnheiten bleiben unverborgen, man kann sie hören und riechen; oder auch sehen – wie böse Blicke aus verhärmten Gesichtern, die einstige Wohnungsnöte im Bassenahaus nur erahnen lassen wollen.

Heute liegt die Bassena ruhig und ist staubtrocken. Das einstige Kommunikationszentrum hat seine Funktion für immer verloren. Jetzt ist es Symbol für Substandard, ein gründerzeitlicher Dorn im frischbetonfeuchten Auge des weitblickenden Stadtpolitikers, denn noch immer beträgt der Anteil der nicht mit einem eigenen WC ausgestatteten Kleinwohnungen mehr als ein Viertel des gesamten Wohnungsbestandes der Hauptstadt.

Fast eine halbe Million Wohnungen wurden in der Zeit von 1840 bis 1918 herausgestampft, und schon 1860 schrieben Kritiker, das Zinshaus sei in dieser Stadt gar nicht danach angelegt, wohlfeile Wohnungen zu schaffen; es sei Gegenstand einer Spekulation: Hausherr zu sein, sei eine Art bürgerlicher Lebensberuf geworden. Man habe bei der ganzen Anlage eines Gebäudes vor allem den hohen Zins im Auge, die Prozente, welche das Kapital abwerfen solle.

Dabei hat der Höhepunkt der Bau- und Spekulationswut im Taumel von Wirtschaftskrisen und Hochkonjunkturen die Stadt erst viele Jahre später erfaßt. Bis über die Jahrhundertwende hinaus blieb der Wohnbau Spielball einer profitgierigen Bauwirtschaft, die Grund- und Hausbesitzer lagen im Rentabilitätsfieber. Einen Wochenlohn steckten Familien in ihre 30 Quadratmeter, und da konnten sie noch nicht einmal im geschlossenen Familienverband leben. Laut Volkszählungsstatistik 1890 hausten in einem Viertel aller Zimmer-Küche-Wohnungen in den Arbeiterbezirken sechs und mehr Personen; fast die Hälfte war mit drei bis fünf Personen belegt. Was nicht nur auf Kinderreichtum zurückzuführen war – Untermieter (sogenannte »Aftermieter«) beleben die Zimmerszene, der Zins wäre allein nicht zu schaffen gewesen. Nicht nur die Höhe der Mieten unterlag der hauseigenen Willkür des »Zinsgeiers«, des »Haustyrannen«, sondern auch die fristlose Kündigung in allen Lebenslagen. Mietzinsrückstände berechtigten den Hausbesitzer, darüber hinaus den gesamten Wohnungsinhalt zu pfänden – Hab und Gut von Untermietern und Bettgehern eingeschlossen.

In diese makabre Hochblüte der Bassenageschichte hinein fiel jäh ihr architektonisches Ende: Die Kleinwohnungen des Arbeitermietshauses wurden ersetzt durch Kleinwohnungen des zwischenkriegszeitlichen Kommunalwohnbauprogramms. Das Ende der Bassena selbst als Wasserentnahmestelle und Kommunikationsort kam dann in den sechziger Jahren, als der gemeinschaftliche Hahn zugedreht ward, da nur mehr ganz wenige Wohnungen ohne nachträgliche Wassereinleitung verblieben waren.

Zur Zeit als Hans in die Hauptstadt übersiedelt, erfährt das bislang in hochgradigem Maß von alten Menschen bewohnte Bassenahaus gerade eine deutliche Verjüngung – der Trend zu neuem Leben in den Gangküchenwohnungen ist nicht zu übersehen; vor allem obere Stockwerke werden aufgefüllt von einkommensschwachen Bevölkerungsteilen. Die Miete ist konkurrenzlos billig – trotz meist stark überhöhter Ablöseforderungen –, und der Wohnungsbelag von im Schnitt mehr als zwei Personen auf 40 Quadratmetern mit Kabinett wird als erträglich angesehen. »Des was mich am meisten stört«, *erfährt Hans von jenem jungen Mann, von dem er die Wohnung übernimmt,* »des is des Klo am Gang. Des is uroarsch, die *Tschuschen* san nämlich richtige Säu, die scheißen immer daneben.«

Er meint die acht Gastarbeiter *von vis-à-vis,* die eine neue Form des Bettgehertums *praktizieren:* An Stelle von Mietverträgen wurden ihnen sogenannte »Schlafstellenverträge« (um den Preis einer teuren Kleinwohnung) angedient, die innerhalb einer Woche gekündigt werden können. Besuche sind verboten, tagsüber steht dem Vermieter die Wohnung zur Verfügung.

14
Der Gang der Geschäfte

Beim Geschäftstraining hat Hans gelernt, wie das Business läuft: »Lassen Sie bei der Besprechung der Persönlichkeitstests die hohen Werte mehr oder weniger außer acht. Sie müssen herausfinden, was die Person ruiniert. Was macht sie fertig. Wenn Sie die Sache gut gemacht haben, ist die Person besorgt und fragt, was sie denn tun könne«. An diesem Punkt muß Hans dann seine *Bücher und Kassetten*, sowie die vom IEL veranstalteten Kurse anbieten. Die Kommunikationskassette, den Auf- und Ab-Kurs und dazu vielleicht das Selbstanalyse-Buch. Zuerst jedenfalls die billigen Angebote. Den Vollendungs-Kurs würden die Leute dann schon kaufen, wenn sie erst einmal das billige Anfänger-Workshop absolviert hätten. Und auch das Handbuch für den *Erfolg im Leben* kaufen nicht die Frischgefangten, sondern erst eingefleischte IEL-Fans, die auch vor Kursen um den Preis mehrerer Monatsgehälter nicht mehr zurückschrecken.

Hans, dem man auch gezeigt hat, wie er jovial bleiben kann, während er die Leute auf ihren Ruin festnagelt, *soll nun die Businesstheorie in die Praxis umsetzen. Das erste Übungsfeld liegt direkt vor seiner neuen Haustür. Es ist* der Markt, der sich schlauchartig, eng wie eine Basarzeile die Gasse entlangwindet und sich in Lokale, Geschäfte und Nebengäßchen hineinfrißt, ehe er oben, auf dem große Platz, breit und ausladend im Kreis geht. Unten der Straßenmarkt – in dieser Form der letzte in Mitteleuropa, wie der Bezirksvorsteher nicht ohne Stolz vermerkt –, mit den transportablen Standln, so 130 an der Zahl, weiter oben fixe Standln, der Großmarkt, Plätze für die »Landparteien«, wie's in der Amtssprache so schön heißt. Marktfahrer, die Obst, Gemüse, Blumen herankarren. Im Morgengrauen werden freie Plätze verlost. Fixe Standorte mit einem festen Preis pro Quadratmeter und Monat. Penibel genug die Marktordnung.

Abgezirkelte Rituale: Schon um drei, vier Uhr nachts rückt das Heer der Markthelfer aus, um halb fünf belebt sich der Großmarkt, eine halbe Stunde später hebt der Lärm am Straßenmarkt an. Originale hat's einmal gegeben, berichten die alten Markthasen – so einen 92jährigen, der es sich nicht nehmen ließ, um drei Uhr nachts mit schöner Regelmäßigkeit am Markt Kisten zu arretieren, für ihn die billigste Form der Brennholzbeschaffung. Einmal wurde er von Marktlieferanten verprügelt.

Die Originale sterben aus, Typen überdauern: Hasardeure schwärmen kurz vor Torschluß aus, weil dann die Preise in den Keller fallen. Stierler gehen ans Werk. Wenn die Standln abgeräumt sind, suchen sie nach Verwertbarem in den Resten. *Und wer wie Hans professionell im Menschenabfall stöbern will, der geht ins* Marktbeisl, wo dann, wenn draußen, zwischen den Standln, Steigen, Salatpletschen und bunten Blumensträußchen schon der Vormittag ans Sonnenlicht kriecht, der Rest vom nächtlichen Strich auf der unendlichen Straße versumpft.

Kopfüber, müde, leer, wie Marionetten hängen sie um einen Tisch, zwei Damen, einige Herren, eing'spritzt, mehr oder weniger. Als Kellnerin hat's die eine einmal probiert, ist Gesprächsfetzen zu entnehmen, aber irgendwann wurde ihr ein »Glasl übern Schädel zogen«, es war wohl nichts mit der Kellnerei.

»Laß nie ein Weib an dich heran«, lallt einer an der Theke und läßt einen weiteren Schluck Weinbrand-Verschnitt an sich heran.

Die Wände sprechen die ihnen eigene Sprache. »Müde bin ich, geh zur Ruh, decke meinen Bierbauch zu, Herrgott, laß den Kater mein, morgen nicht so schrecklich sein. Bitte gib mir wieder Durst, alles andere ist mir Wurst«, lädt »des Säufers Abendgebet« zur Beisl-Andacht ein. Sonst Action. Filmplakate. Amerika 1930, tschinbum. *Manchmal* kracht's *auch in der Realität, wie etwa* im Vorjahr, als ein lokalfremdes Saugerl, das ist ein Geldverleiher, beim Stoß-Spiel angeschossen wurde.

Hans hat sich daran gewöhnt, hier Tag für Tag Kaputtniks *anzusprechen, oder von der nächtlichen unendlichen Straße heran-*

zuschleppen, um ihnen zu zeigen, daß sie kaputt sind und ihnen dann mit einem Buch oder einem Kurs zu helfen. »Wissenschaftliche Auswertung deiner eigenen Meinung«, legt er los. *Und dann mit immer mehr Routine:* »Das schaut aber schlecht aus...«, »die Kurve ist ja überall ganz unten...«, »wie stehts denn mit deinen Freunden?...«, »ah, hast keine Freunde in dieser Stadt...«, »bist kontaktscheu«. *Anfangs* schwitzte er, wollte sie loswerden, wenn sie ihm fast auf die Tischplatte tränten. Er konnte dann nicht mehr an Bücher und Kurse denken und machte peinliche Versuche, sie aufzumuntern: »Das is net so schlimm, wird schon werden...«. *Aber allmählich ließ er das dann sein.*

Er stellt überrascht fest, daß die Menschen sich ihm offenbar leicht anvertrauen, und daß er ihre Geschichten immer lieber hört. Viel später erst wird ihm rückblickend klar, daß sein *nun erwachtes* Interesse an Gesprächen wohl aus seiner früheren Einsamkeit als Kind, das Kontakte mit anderen Kindern scheute, herrührt.

*

Bald ist Hans Stammgast im Marktbeisl und kennt als solcher auch die anderen Dauergäste – jene, die kommen, um mit den Mädchen nebenan ins Hotel zu gehen und jene, die nur in aller Ruhe ihren Kaffee trinken und den wartenden Mädchen beim Stadt-Land-Spielen, Lesen und Scherzen zusehen wollen.

Drei Damen machen Tagesschicht, sechs warten abends. Früher sind hier oft über zwanzig Mädchen gesessen. Die Gründe für die Verschlimmerung der Zeiten sind mannigfach. Der Kellner, *der auf den seltsamen Spitznamen* »Charmeur« *hört,* nennt sie Hans: Da ist einmal der tödliche Wohnungsstrich, das hauptsächliche Krebsübel unserer Tage. Das Messegeschäft, einst Garant für Hochkonjunktur im Gewerbe, wurde durch die allgemeine Motorisierung verdorben. »Früher sind alle mit der Bahn gefahren. Da haben's dann daheim sagen können, sie hätten den letzten Zug verpaßt. Heute mit den Autos geht das nimmer. Und außerdem nimmt jeder seine Alte mit.«

Überhaupt sei der Fall traditioneller Werte zu beklagen: »Die Jugend hat heute ganz andere Interessen, Mopedfahren zum Beispiel.« Nichts sei mehr im Lot: »Jetzt zahln ja schon die Madeln den Burschen den Tee.« Und das ist nicht die einzige Verrohung, die dem Kellner ins Auge sticht. Außerhalb seines kleinen Beisls sei die Welt nicht mehr heil. Fußballrowdies, Polizisten und vor allem Ausländer sorgten draußen für Unruhe. Hier am Markt müsse man jetzt schon Jugoslawisch lernen, wenn man ein Kilo Äpfel kaufen wolle, ist bittere Erfahrung des Charmeurs, der für den Fall des Falles »immer was Spitzes in der Taschen hat ...«

Fünfzig wird er in ein paar Tagen, der Johann Schinkl, und der Charmeur ist ihm geblieben. Ironie seiner Welt, die für brutale Züge ihre eigenen Namen hat. Wie »Braut« für Prostituierte. Der Zug um seinen Mund, die Schmeichelstimme, wenn er Hans von der und der ... erzählt. »Die nennen einen auch noch Bubi, wenn er schon sechzig is«, entschuldigt er sich. Der Charmeur muß wohl auf die Zeiten zurückgehen, als der »Gstösi« und der »Sedi« Sedlacek, der Katzenberger-Franz und der Rotzucker-Peter auf der unendlichen Straße ihre Cadillacs und Frauen patrouillieren haben lassen.

»Nobelstrizzi« waren das, sagt der Charmeur. Den »Gstösi« hat ein Justizwachler auf der Flucht erschossen, und der Ströbl-Peter ist an Krebs gestorben. »Sein ganzes Vermögen hat er den Ärzten vermacht.« Viel habe er schon gesehen, aber was der Rotzucker einmal mit einer Braut gemacht habe, 20 Zigarettennarben am ganzen Körper, das sei ehrlich brutal gewesen.

Jaja, lockerer, weicher ist heute alles. Sie hätten sechs Mädchen stehen gehabt und seien sechs Freunde gewesen, und da habe sich keine mehr dazugestellt. 100 Meter weiter vielleicht, und dann habe sie was zahlen müssen.

Anfang der sechziger Jahre habe man dann versucht, die Prostitution mit drakonischen Strafen in den Griff zu bekommen. Da sei er drangekommen wie alle anderen auch. 40 Fälle von Kuppelei wollte ihm eine seiner damaligen Bräute – »ich hab immer nur zwei, einmal drei ghabt« – anhängen. Geblieben seien vier. Machte zwei Jahre Arbeitshaus. Na und ab da sei er gezeichnet gewesen in der Unterwelt der Hauptstadt, habe dazugehört. »Kellner eines Nobelvarietés verurteilt« schrieben die Chronisten damals.

Damals in den Sechzigern, als er die Saudis in ihrem Hotel mit Hasen versorgt habe. 100 Dollar hätt er kassiert, 100 die Hasen, und von denen hätt er noch einmal 50 bekommen. Da war der Dollar noch was wert und den Friseur zahlten sie natürlich selbst, die Hasen.

Einmal hat es ihn dann auch im Ausland erwischt. Glücksspiel, Paßvergehen, Erpressung, Körperverletzung, was man in seinem Metier halt so sammelt. Vor der dortigen Polizei hat er allerdings Hochachtung, der Charmeur. Es ist vor sieben Jahren gewesen, als man ihn eingenäht hat und die Zeitungen zwei Tage später, auch mit Hochachtung, von einem klassischen Gefängnisausbruch berichtet haben: »Gitterstäbe durchgesägt und ab durch die Mitte... am Morgen sah ein Polizeimann nur noch weiße Wäsche aus einer Zelle wehen.« Der Charmeur zeigt Hans den abgegriffenen Zeitungsausschnitt, den er mit sich trägt, wie andere eine Visitenkarte.

»Gemma?« hat er seine zwei Mitsitzenden damals nur gefragt, und Hans müßte lügen, wollte er behaupten, ihm da nicht mit einem gewissen Vergnügen zuzuhören. Engelshaar habe er mit sich gehabt. »Weißt was das is, *Gscherter?« fragt er Hans,* und der ganze Schalk der Gaunersprache schaut ihm dabei aus den wäßrigen blauen Augen. Mit dem Engelshaar jedenfalls habe er die Gitter durchgesägt. Und die Weberknoten in den Leintüchern, »schön grissen, naßgmacht und grollt«, die seien auch von ihm gewesen. Die Polizei hatte das auch gleich spitz, als sie den ersten der drei Ausbrecher stellte und der, wie vereinbart, alles auf sich nehmen wollte. Man gab ihm einfach ein Leintuch, und er konnte den Knoten nicht.

Mit derlei Erzählungen will er sich ein wenig wichtig machen, der Charmeur, der jetzt hier im Vorstadtbeisl kellnert statt im Nobelvarieté. Er habe sich, sinniert er einmal bei einem kleinen Mokka, *den ihm Hans spendiert hat,* von den anderen in der unteren Welt distanziert. Nur den roten Heinzi sähe er noch öfter. »Grau is er worden...«

Er habe viele schöne Frauen gehabt in seinem Leben. Und sich bei jeder vorgenommen, »wann ich die einbraten kann, dann bleib ich bei der.« Nach zwei Wochen sei es dann aber doch meist wieder aus gewesen. Treu war er nie. Wenn er eine gern habe, dann müsse sie auch etwas für ihn tun, das sei einfach selbstverständlich, oder? Wieviel sie jeweils tut, meldet zuverlässig der Hotelportier. Irgendwann sei ihm dann die Achtung vor den Frauen verlorengegangen. »Weil jede käuflich is, verschieden is nur der Preis.«

Hans fragt sich, ob die Enttäuschung des Charmeurs gespielte oder echte Naivität ist, wenn er erzählt, daß selbst die eine, die absolut nicht im Separée arbeiten hatte wollen, nach zwei Minuten dann schon nackt war. Und Abhöranlagen hat man ja auch in den Separées. Seine ganzen anderen Geschäfte – und die Richter schauten, wüßten sie von denen – die teuren Fluchten und teuren Hotels, seien bloßer Gelderwerb gewesen. Wirklich beschäftigt hätten ihn immer nur die Frauen. Sie hätten – eingestandene – Angst vor ihm. Und er hat, *wie Hans bemerkt,* uneingestandene Angst vor ihnen.

Jetzt lebt der Charmeur *schon längere Zeit mit einem der hier arbeitenden Mädchen zusammen.* Und auf einmal tut ihm die Aussicht weh, wieder einmal ins Gefängnis zu müssen. »Irgendwann muß das doch aufhörn, oder was sagst du, *Gscherter?*«

*

Als der Charmeur einmal gerade seinen freien Tag hat, wird Hans von dessen Freundin angesprochen: »Ich feier mein Achtundzwanzigsten, kommst mit?« lädt sie ihn in ein anderes Lokal ein. *Hans, der seit dem Verschwinden Waltrauds die Frauen gemieden hat und auch bei seinen Geschäftsbeziehungen zu Kaputtniks das eigene Geschlecht bevorzugt, ist zu überrascht um das unerwartete Angebot abzulehnen. Zum ersten Mal sieht er sich dieses Mädchen genauer an.* Lange blonde Haare fallen um ihr schmales Gesicht. Nicht, daß man sich auf der Straße automatisch nach ihr umdrehen würde, aber sie hat doch so im Minirock das, was man eine gute Figur nennt. Die dunklen Ringe unter ihren großen blauen Augen fallen im künstlichen Licht des Marktbeisls kaum auf.

Eine halbe Stunde später, die Band *des Lokals im Vergnügungspark* spielt gerade »La Paloma«, sagt sie zu ihm: »Das habens' auch vor dreizehn Jahren gspielt, bevor ich mein ersten Herrn gmacht hab. Jessas, da war ich nervös.« *Plötzlich wird sie ernst. Sie habe gehört, er sei so etwas wie ein Psychologe.* Dies Treffen mit ihm sei ihr letzter Versuch, sich zu retten. Sie habe, sagt sie, Gebärmutterkrebs und wüßte, daß ihr den ihre Probleme gebracht hätten. Hans solle ihr helfen, diese Probleme zu lösen. *Sie brauche* einen Menschen, mit dem sie alles besprechen könne. Der sich für sie wirklich interessiere. Für ihre Schwierigkeiten – für ihre Angst.

Sie habe sich, *beginnt sie dann zu erzählen,* schon als Kind prostituiert. Der Vater sei ein Grobian gewesen. Die Mutter hätte ihre Tochter stets vorgeschickt, wenn sie selbst etwas gewollt hätte: »Geh zum Vater und mach ihm schöne Augen.« Mit 15 *sei sie von zu Hause fortgegangen* und habe einen Serviererinnenkurs gemacht. Drei Wochen lang habe sie anschließend versucht eine Stelle zu finden. Ohne Erfolg. Erst habe sie es als Serviererin versucht, dann als Schankhilfe. Aber genommen habe sie keiner. Einen Arbeitsplatz, für den sie weder Zeugnis noch Praxis vorweisen mußte, fand sie schließlich hier im Vergnügungspark.

Geld habe sie fast keines mehr gehabt und eine Freundin, die sich ihr Geld schon seit zwei Jahren auf dem Strich verdiente, habe immer nur erzählt, wie leicht sie auf diese Art viel Geld mache. Da habe sie sich gedacht, probier's auch einmal. Von der Freundin habe sie erfahren, was sie wissen mußte und noch am selben Abend habe sie ihren ersten Herrn gemacht.

»Angst hab ich schon ghabt beim erstenmal. Aber nach drei Vierteln hab ich nur mehr ans Geld dacht.« Das müsse sie immer vorher kassieren, habe ihr die Freundin erklärt. Für zwei Hunderter gäb's nur Handarbeit im Auto, für's Bumsen mit Gummi verlange man 600 und Extrawünsche gäb's nicht unter 1500. Als dann der rote Ford – daran erinnere sie sich, als wenn es gestern gewesen wäre – neben ihr stehen blieb, stieg sie ein.

Der Gogl, das ist, *wie Hans längst weiß,* die Bezeichnung für Kunden, habe ihr 2000 für die ganze Nacht geboten.

»Eigentlich war er ganz nett«, erinnert sie sich an ihn, »so ein typischer Familienvater, der einmal was anders erleben will. Ich sag dir *Gscherter,* da gibt's miesere Gogln.« Damals habe sie das freilich anders empfunden. Am nächsten Tag sei es ihr dreckig gegangen. Aber dann habe sie die zwei Tausender in der Hand gehabt – das sei schon viel Geld gewesen, und sie habe sich überlegt, wie lange sie sonst dafür hätte arbeiten müssen. *Kurze Zeit darauf habe sie* den zehn Jahre älteren Manfred kennengelernt. Dessen Geschenke und Einladungen habe sie mit Liebe und Zuwendung verwechselt, die sie bis dahin nie bekommen hatte.

»Er hat immer viel Geld ghabt; damals hab ich net gfragt woher. Heut weiß ich das.« Manfred habe ihr die Zukunft in den schillerndsten Farben geschildert und sie von dem Geschäft träumen lassen, das sie sich gemeinsam aufbauen wollten. Ganz langsam habe er ihr dann beigebracht, wie er sich die Finanzierung ihrer gemeinsamen Träume vorstellte. Kurz darauf habe er ihr den ersten Freier vermittelt – bald sei sie jede Nacht vermietet worden. Als sie eines Tages hätte sehen wollen, wieviel Angespartes inzwischen da war, hätte es ein böses Erwachen und Schläge gegeben.

Ob sie denn nie versucht hätte, auszusteigen, fragt Hans.

Doch, natürlich. Nachdem einmal ein Gogl auf dem Zimmer plötzlich total durchgedreht und sie verprügelt hatte. Der habe sie aufs Bett geworfen und ihr die Telefonschnur um den Hals gelegt. Zum Glück habe eine Freundin nebenan den Lärm gehört und den Portier gerufen. Erst als der die Tür eintrat, hörte der Mann auf sie zu würgen. Da war sie aber schon ganz blau im Gesicht. Nach diesem Erlebnis hatte sie erst einmal genug. Sie versuchte sich ihr Geld auf andere Weise zu verdienen. In einer großen Fabrik fand sie eine Stelle am Fließband. Einen Monat hielt sie durch, dann stand sie wieder auf der Straße.

»Vorher bin ich aufgstanden, wann ich wolln hab und hab 25.000 im Monat verdient. Für die Fabrik bin ich jeden Tag um sechse auf – und am Monatsend warn's 6.000.«

Sie sei dann in einem einschlägigen Saunaclub gelandet und habe Mädchen für alles gespielt. *Und nun sitze sie schon seit einigen Jahren im Marktbeisl. Der Charmeur,* ihr derzeitiger Lebensgefährte und Zuhälter sei ein grober Typ wie ihr Vater, der für seine verkrebste Tochter nur Verachtung übrig habe. Er beschimpfe sie: »Du dreckige Hurensau.« Und auch von der Mutter werde sie abgelehnt.

In den folgenden Monaten *verabredet sich die Frau mit Hans ohne Wissen des Charmeurs immer wieder in verschiedenen Lokalen. An der Seite ihres Gesprächspartners, der sich im wesentlichen aufs Zuhören beschränkt, da ihm angesichts des Elends dieses Menschen der Gedanke ans Geschäft vergangen ist,* durchforstet sie ihr Leben nach einer möglichen Perspektive. Ihr Krankheitsbefund bleibt während dieser Zeit stationär.

15
Aus der Traum

Als es Sommer wird, verlegt Hans seinen Arbeitsplatz an heißen Tagen ins nahegelegene städtische Bad. Der Rasen ist hier so voll von Matten und Handtüchern, daß man vorsichtig wie ein Seiltänzer auf den Fußballen tapsen muß, will man auf keinen Zipfel treten. Ob türkische Großfamilie oder heimischer Einzelgänger – alle umgeben sich mit einer Art Bannkreis, bestehend aus dem unsäglichsten Kleinkram zum Kauen, Saugen und Einschmieren, den sie beim Umkippen der Küchenlade gefunden haben. Der Inhalt zahlloser Supermarktregale scheint über diesen Rasen gestreut worden zu sein wie Lametta und bunter Streusel über ein einsames Neujahrsgesicht.

Die älteren Badegäste sitzen in ihren plätschengemusterten Schwimmanzügen wie daheim im Sofa. Sie hocken mit abgewinkelten Beinen auf tellergroßen Geschirrtüchern, oder wälzen sich auf Autodecken und Stoffresten wie in schlafloser Nacht. Sie sitzen nur meterweit voneinander entfernt, lösen aber lieber Kreuzworträtsel, als Kontakt aufzunehmen. Die jüngeren Männer tätowieren ihre Not, die Frauen verstopfen sie mit Fleischlaberln. Sie kommen aus dem Schwimmbecken, streifen den Bikinioberteil ab und lassen die Wassertropfen auf der Haut trocknen. Statt Kontakt herzustellen, fingern sie gedankenverloren an Grashalmen oder machen der »Neuen Post« Eselsohren. Die dünnen Trennwände der Gemeindebauwohnungen, aus denen sie stammen, sind ihnen anscheinend zur zweiten Haut geworden. Sie bringen sie sogar auf diesen klitschnassen Rummelplatz und ziehen sie um sich selbst herum hoch.

Über den Holzpritschen liegt ein Duftgemisch aus Zwiebeln, Sonnenöl, Knoblauch und Picksüßem. Ob In- oder Ausländer – alle haben ihren Proviant mit und entleeren Frischhaltedosen und Kühltaschen. Sie sitzen um mitgebrachte Klapptische und vereinzelt im Boden festgemauerte, runde, regenschirmgroße

Betontische. Wer was auf sich hält, meidet das Gras und baut sich auf der Bretterliege mittels Luftmatratze, Badematte und Badetuch ein Bett, dem er selten entsteigt.

Hinter den Pritschen die 400 Saisonkabinen in Reihen unter Bäumen stehend. Alle sind vermietet, meist an mehrköpfige Familien, die lieber hier in der Vorstadt ihren Urlaub verbringen, als am Meer. Für solch eine Kabine sperrt sogar ein Rechtsanwalt, der seit zwölf Jahren in Los Angeles praktiziert, übern Sommer die Kanzlei und jettet von den USA herüber ins Marktbad. Saisonkabinenmieter lassen ihre Sachen über den Winter in der Kabine. Sie gehören zur Crème de la Crème. Viele sind alte Pensionisten. Wenn sie sterben, werden sie auf dem Friedhof gleich gegenüber vom Bad beerdigt. Und Bademeister, Bassinaufseher und Badewascheln gehen aufs Begräbnis. Sie spenden Bukett und Kranz. Über den Winter ist die Kabine versperrt und verschneit. Im Mai öffnen die Verwandten sie und finden Schlapfen und Schnapskarten des Verstorbenen.

Wie alle modernen Bäder der Stadt ist das Marktbad eine Terrassenlandschaft aus genoppelten, zusammengeschraubten Fertigbauteilen. Hier ein blumentopfgroßer Rasenflecken, da ein wasserkübelgroßes Planschbecken – die Ästhetik entstammt einer Mischung aus Fußgängerzone und Beserlparkanlage für Altersheiminsassen. Auf der Terrasse neben dem Schwimmbecken befindet sich ein Geländer, das als informelle Zuschauertribüne dient. Denn auf der Terrasse unmittelbar darunter wird auf einem schwarzweißen Karofeld Schach gespielt. Der Lärm vom Bad und das Gekreische der Kinder auf der Riesenrutsche sind zwar unüberhörbar, dennoch geht von den zwischen schenkelhohen Schachfiguren verharrenden Spielern große Stille aus. *Hier treffen einander die Grübler sowie jene einsamen Kibitze, die übers Fachsimpeln Gespräche suchen. Und hier gelingt es auch Hans, den einen oder anderen Geschäftskontakt anzubahnen.*

Hat er den Verkauf eines seiner Produkte geschafft, dann erholt er sich von der Anstrengung in seinem Klappbett *mit Blick auf* die turmhohe Rutsche, über deren Zickzackstufen dicht aneinandergedrängt Große und Kleine dem roten Plastikdrachen ins Maul steigen, um sich durch die wäßrige Darmschlinge hinunterspülen zu lassen. Sie gleiten über den glitschigen Rand ins lauwarme, nur kniehohe Nirostabecken für Kinder und stellen sich sogleich wieder an, um den Vorgang zu wiederholen. Und das durch Stunden hindurch. Ein Gekrabbel und Gewurrle, als hätten Würmer einen Elefanten befallen. Und dazu Kreischen und Schreien.

Hans hat die Ohren gegen das Geschrei mit Wattepfropfen verstopft, und nun hängt er verstöpselt in seinem Bett wie weiland Odysseus auf dem Schiffsmast. Manchmal nimmt er die Watte erst am Abend heraus, wenn sich im leer und still werdenden Bad schon die Tschikarretierer und Papierlzamklauber an die Arbeit machen. Und später in der Nacht, wenn er nach Schnitzel und Gspritztem im Marktbeisl in sein Zimmer wankt, dann hört er sie wieder – die Sirenen. Ihre Stimmen tönen hinter dem offenen Fenster, aber an den Sims kommt keine. Die Hauswände strahlen die Hitze des vergangenen Tages ab, und an der Decke seines Zimmers flimmert fahlblauer, von Schatten bewegter Schein.

*

Als der Sommer zu Ende geht, ist Hans' Traum von der Selbständigkeit schon wieder vorbei. *Er merkt jetzt nämlich, daß er es auch mit den schönsten Verkaufserfolgen bei weitem nicht schafft, die Raten für den bei seinem Start als Jungunternehmer aufgenommenen Kredit zu zahlen. Als er nicht weiter weiß, begibt er sich in die örtliche IEL-Niederlassung und bittet deren Direktorin um eine Unterredung.*

Die Frau ist erst zweiundzwanzig, energisch und laut. Sie werkt seit fünf Jahren bei IEL und hat hier eine Traumkarriere gemacht. Bis vor ein paar Monaten hat sie in einer anderen Zweigstelle angeschafft. Vor kurzem wurde sie hierher in die Hauptstadt beordert, um den Laden hochzubringen. Was ihr auch gelungen ist. Den Umsatz aus dem Kurs- und Buchverkauf hat sie verfünffacht, neue Mitarbeiter werden laufend eingestellt, die Statistiken gehen hoch.

Die Direktorin bietet Hans eine Lösung für sein Problem an. Anstatt als freier Unternehmer IEL-Produkte zu verkaufen, könne er auch als Angestellter in der Zentrale arbeiten. *Nach einer kurzen Einarbeitungszeit* wolle sie ihn zum Abteilungsleiter machen. Auf einer zwei mal drei Meter großen Tafel, dem Organisationsschema, erläutert sie ihre Pläne. Ganz oben, wo man noch hinschauen, aber nicht mehr hingreifen kann, steht ihr Name. Gleich darunter sind drei leitende Sekretäre eingezeichnet: der PR-Sekretär ist vakant, da soll Hans später hin.

Wieviel er dann verdienen werde, wolle sie nicht sagen, *es werde aber jedenfalls zur Kreditrückzahlung reichen:* »If you bring good production, you get good pay«. *Zuerst müsse er sich aber* einem Test mit dem sogenannten E-Meter *unterziehen.*

Auf dem Tisch neben ihnen steht ein etwa suppentellergroßer Plastikkasten. An je einem Kabel hängen zwei blecherne Konservendosen, eine für die linke, eine für die rechte Hand. Wenn Hans die Blechdosen angreift, schlägt ein Zeiger nach rechts, pendelt und kommt wieder zurück. So eine Art Lügendetektor sei das, erklärt ihm die Direktorin, »aber kein richtiger, das Gerät mißt nur den Hautwiderstand, während Sie mir einige Fragen beantworten.«

Sie setzt sich und stellt eine Sichtblende zwischen sich und Hans, damit dieser die Anzeige nicht sehen kann. Hans schwitzt. Ob er IEL gegenüber feindlich eingestellt sei, ob er *außer den genannten noch weitere* Schulden habe, drogensüchtig, oder sonst kriminell sei, will sie wissen. Der Zeiger bleibt ruhig, Hans wird nervös.

»Waren oder sind Sie für die Polizei tätig? Sind Sie hier, um sich Zeitungsgeschichten zu erschleichen?«

Nein.

Die Direktorin glaubt ihm, weil sie dem Elektrometer vertraut. Der Zeiger steht konstant: »Ich darf dich bei uns als Mitarbeiter begrüßen, du bist sauber.«

*

Fürs erste ist Hans noch nicht Abteilungsleiter, sondern erst »director of communication«. Er wird häufig gelobt. Am Fernschreiber ist er der Chef. Schafft er es, alle eingehenden Fernschreiben zu beantworten, dann hat er 100 Prozent und die Statistik geht rauf. Auf blauem Millimeterpapier darf er jede Woche einen Strich machen: einen Schwarzen nach oben, wenn er mehr Fernschreiben beantwortet hat als in der vergangenen Woche, einen roten nach unten, wenn es weniger waren. Einmal lobt ihn auch noch ein Anonymus aus der Zentrale im Nachbarstaat per Telex: »Jonny, you really mean business.«

Er arbeitet täglich von 13 bis 22 Uhr, und da er dafür etwas weniger bekommt als zuvor beim Tellerwaschen, sitzt er an den Wochenenden *und an manchen Vormittagen* als Portier in einem kleinen Hotel, um sich das Geld für *die Kreditrückzahlung* zu verdienen. *Darüberhinaus muß er, wenn er es bis zum Abteilungsleiter bringen will, etwas für seine Fortbildung tun.* Bei der Direktorin, die festgelegt hat, welche Kurse in der nächsten Zeit von ihm zu absolvieren sind, hat Hans eine Rechnung für den »Grundlegenden Studierkurs« unterschrieben. Sein Vertrag bindet ihn für mindestens fünf Jahre an IEL, und sollte er je den Wunsch verspüren, dem Institut den Rücken zu kehren, sind die bis dahin aufgelaufenen Kursgebühren fällig.

Da die an der sogenannten Studienakademie *angebotenen Beratungen und Kurse als Ergänzung des IEL-Angebots an Büchern, Skripten und Tonbandkassetten dienen, und somit nicht nur von den an Fortbildung interessierten Mitarbeitern, sondern vor allem auch von deren Kunden, den Käufern von IEL-Produkten, frequentiert werden, trifft sich hier eine sehr gemischte Gesellschaft. An seinem ersten Tag im Grundkurs begegnet Hans* einer blonden 30jährigen, die vor einem Topf mit Knetmasse sitzt und stundenlang verkrüppelte Plastilin-Männchen formt, und einem 80jährigen, buckligen Knickerbockerträger, der sich über seine Schwerhörigkeit hinweg von einer jungen Kollegin »auschecken« (IEL-Vokabel für prüfen) lassen muß. Er selbst wird vom Studienleiter auf Linie gebracht.

STUDIENLEITER: »Definiere Psychiatrie!«

HANS (*der sich an das im Geschäftstraining Gelernte erinnert*):

Das ist ein Bereich der Medizin, der sich mit dem Seelischen befaßt. Auf jeden Fall schädlich.«

STUDIENLEITER: »Gut. Gib mir einen Satz mit Psychiatrie!«

HANS: »Die Psychiatrie sollte man auf jeden Fall meiden.«

Etwas später sitzt er über seinen Studienskripten, liest die Aufsätze und muß sie gleichzeitig über Tonband mithören. *Manches dabei erinnert ihn an die Worte seines Freundes Lubesch, ist aber viel verständlicher für ihn ausgedrückt und – wie ihm scheint – pädagogisch sehr klug aufgebaut:*

»Das Alphabet. Die Wörter sind in allen Wörterbüchern in alphabetischer Reihenfolge aufgeführt. Alle Wörter, die mit A beginnen, im ersten Teil. Alle Wörter, die mit B beginnen, im zweiten Teil. Die genaue Benennung von Dingen ist in jedem Gebiet ein sehr wichtiger Teil.«

Damit Hans auch wirklich verstehen kann, was gemeint ist, wird gleich ein Beispiel geliefert: »Wenn Herr Mayer Schwierigkeiten mit der Programmierung von Computern hat, so gibt es innerhalb des Vokabulars der Computerprogrammierung ein Wort, das Herr Mayer nicht verstanden hat, und dies wird gefolgt von einer Unfähigkeit, auf dem Gebiet der Computerprogrammierung zu handeln.«

Im Kurspreis inbegriffen ist die Benutzung des »Demo-kit«, einer Keksdose mit Muscheln, zerkauten Flaschenverschlüssen, verdrückten Filmdöschen und anderem Kleingerümpel. Der Studienleiter weist Hans an, das studierte Material gleich zu demonstrieren: Er sei der Kronenkork, der Studienleiter selbst die Zündholzschachtel und der dazwischen gelegte Kuli ihre Kommunikation. Alles sei ganz einfach.

Nach einigen Tagen hat Hans seinen ersten sogenannten »Talk«. *Es handelt sich dabei, wie ihm vorher erklärt wurde, um* so eine Art Gesprächstherapie. Während die Psychoanalyse überall versage, gehe man hier in seinem Leben ganz zurück und finde den Auslöser seiner Schwierigkeiten. Der würde dann ausgemerzt und – schwups – könne seine Persönlichkeitskurve über die Mittellinie ansteigen.

Die Direktorin persönlich schiebt ihn in ein enges, schmuddeliges Kammerl. Neonlicht. Ein wackeliger Holztisch. «Bequem und entspannt« soll er sich in den dreckigen, abgewetzten Fauteuil setzen. Sie selbst thront hinter einer hölzernen Sichtblende.

»Schließe die Augen und erzähl mir ein Geschehnis aus deiner Kindheit, bei dem du Schmerz empfunden hast.«

Die Direktheit der Frage irritiert Hans. Es will ihm nichts einfallen. Als sie beharrt, erzählt er ihr vom Zahnarzt.

»Schön. Geh zurück zum Anfang des Geschehnisses und erzähl es noch einmal«. Ob er den Schmerz jetzt spüren könne. Nein. Also noch einmal. Vier, fünfmal geht das so. Dann will sie »ein Geschehnis mit seelischem Schmerz«.

Hans zwickt an seinem Oberschenkel herum, will sich nicht hilflos ausliefern und lügt nach Kräften. So bringt er sie dazu, den Talk nach einer Stunde zu beenden.

Da sitzt sie wieder, strahlend rundes Gesicht, rot eingefärbte Minidauerwelle, beglücktes Lächeln: Ob's ihm gutgetan hat. Ob er spüre, wie sie ihm helfe beim Talk. O ja, *schwindelt er,* ganz toll.

*

Trotz seiner großen Skepsis beschließt Hans die für ihn neue Psychotechnik bei seinem nächsten Gespräch mit der krebskranken Frau auszuprobieren. Vielleicht wirkt sie bei ihr besser als bei ihm selbst. Vielleicht kann er damit endlich einen sichtbaren Erfolg erzielen und muß nicht bloß wie bisher den hilflosen Zuhörer bei ihren Monologen spielen.

Das Ergebnis dieses Experiments ist furchtbar. Die Frau bricht das Gespräch verstört ab und erklärt, sie fühle sich verraten und verkauft. Und überhaupt: sie sähe keinen Sinn mehr in ihrem Leben, auch keinen beruflichen Ausweg. Sie gebe auf. Drei Tage danach versagt ihre Niere. Sie fällt ins Koma und wacht nicht mehr auf.

Hans ist entsetzt, möchte von Psychologie im allgemeinen und Talks im besonderen nichts mehr hören und verzichtet ab sofort auf die weitere Mitarbeit bei IEL. In den nächsten Tagen deckt ihn das Institut mit Briefen, Telefonanrufen und Telegrammen ein. Man könne nicht verstehen, daß ein Mitarbeiter so ohne weiteres wieder verschwinde. Immer wieder erinnern sie ihn an den Fünfjahresvertrag. *Nach zwei Wochen hören dann die Anrufe plötzlich auf und als Hans schon denkt, die Angelegenheit sei erledigt, kommt plötzlich ein Brief ins Haus: Es ist die Zahlungsaufforderung für die bei Vertragsauflösung fälligen Kursgebühren.*

16
Das Haus am Ende der Straße

Die Katastrophe ist jetzt endgültig da. Hans' Schulden sind nun noch größer geworden. Was er durch Jobben als Vertreter für Lärmschutzfenster *und seine Arbeit als Hotelportier verdient,* reicht nicht einmal aus, um die Raten für seinen Schuldenberg zu zahlen. *Als er es einmal nicht schafft, das Geld für die Miete rechtzeitig aufzutreiben, kündigt ihn der Hausherr.* Hans übersieht den Einspruchstermin bei Gericht und schon stehen an einem kalten Jännermorgen die Möbel auf der Straße. Delogiert. Die Nachbarn lugen durchs geschlossene Fenster. Er ist obdachlos geworden.

Wohin soll er gehen? Nach Hause will er nicht mehr zurück. Die Angst vor der Konfrontation mit dem Vater wiegt schwerer als seine Sorge um die Zukunft. Als er an diesem ersten Tag ohne Wohnung an der öffentlichen Ausspeisung einer Kirche vorbeikommt, setzt er sich gegenüber auf eine Bank und sieht sich die Leute an. Jetzt bist auch bald so weit, sagt er zu sich selbst und weint wie ein kleines Kind. *Dann nimmt er sich zusammen:* In der Großstadt, denkt er, muß doch irgendwo eine Bleibe für ihn sein. Er findet sie, indem er einen der Sandler, die sich um eine Klostersuppe anstellen, auf ein Bier einlädt. Der nennt ihm die Adresse eines Obdachlosenquartiers.

Als Hans dort ankommt, regnet es schwer. Der Blick auf das Haus am Ende der Straße ist müde verschleiert. *Er tritt näher und gelangt über* einen engen Stiegenaufgang zu einer zwei mal zwei Meter großen Portierloge, deren Tür geschlossen ist. Die Glasscheibe des Schalters ist mit allerlei Zettelwerk, Namenslisten, Post und einem roten Plakat der Katholischen Glaubensinformation mit dem Spruch: »Geben bereitet mehr Freude als empfangen!« vollgepickt. Über die Gänge huschen Männer, die nur mit den Schultern zucken, oder einfach die Tür hinter sich zuschmeißen, wenn Hans sie etwas fragen will. Alkoholdunst. Menschen ohne Zähne und mit flachen Gesichtern. *Vom Gang aus kann Hans Blicke in einige der* dreckigen und menschenunwürdigen Zimmer *werfen.* Sie sind klein, manche mit, manche ohne Fenster, nur mit Dachluke. Steht man in der Mitte des Raumes, kann man mit den Händen beide Wände berühren.

Plötzlich taucht eine Frau vor ihm auf. Es ist die 86jährige Inhaberin der Herberge, die wie 65 aussieht und Geld macht wie ein junger Börsenspekulant, da ihr mehrere solcher unsympathischer Elendsquartiere gehören. Selbst die härtesten Burschen ziehen den Schwanz ein, wenn die Chefin aus ihrer Wohnung kommt. Bleich, mit blauen, blassen Augen geht sie mit Hans die Stiegen hinauf und schiebt ihn in ihre gräßlich riechende Wohnung, in der sie ein schwarzer Pudelmischling schwanzwedelnd begrüßt und Mirko, ein Jugoslawe, ihre rechte Hand, *dem Neuankömmling die Hausordnung* erklärt.

*

Die erste Nacht in diesem *schrecklichen Haus* dauert bis zum nächsten Nachmittag, *da Hans seinen Ankunftsschock mit einer Flasche Weinbrand betäubt.* Als er seinen Rausch ausgeschlafen hat, ist auch der Portiersjob weg. Er ruft zwar gleich im Hotel an und sagt, er sei krank, aber man läßt ihm ausrichten, daß auf seinem Platz schon ein anderer sitze. Er brauche gar nicht mehr zu kommen. Hans akzeptiert es ohne Widerspruch. Sogar seine Stimme hat sich in den letzten Wochen geduckt.

Weil er unter den gegebenen Bedingungen auch nicht mehr die Kraft hat, als Fensterkeiler umherzulaufen, ist er bald auf neue Einnahmequellen angewiesen. Eine davon kommt direkt vom Himmel – und zwar in Gestalt jener 127 Zentimeter Schnee, *die in diesem Winter* in der Hauptstadt fallen. *Sie machen aus Hans eine* der Aushilfskräfte, die zu Hunderten dem größten privaten Schneeräumer der Stadt jährlich einen Millionenumsatz und einen Marktanteil von 50 Prozent erschaufeln.

Kontrolliert werden die Schneeschaufler vom Chef persönlich, der bei seinen Fahrten durch die Straßen die Zentrale via

Funk wissen läßt, wo nicht jedes Patzerl Schnee zu seiner Zufriedenheit weggeräumt wurde. Der umtriebige Multiunternehmer, der mit der letzten weggeschaufelten Schneeflocke seine Geräte für Gartenarbeiten umrüstet, und so ganz nebenbei, da ihm keine Marktnische zu klein ist, um es sich darin bequem zu machen, auch als Entroster, Sprengmeister und Hausreiniger werkelt, *kommt dabei aber nie in näheren Kontakt mit Hans. Und das ist sicherlich besser so, denn was hätten sie wohl einander zu sagen, der Obdachlose und der Aufsteiger, der* Schwächlichkeiten aus seinem Leben verbannt hat und die Hilfskräfte, deren er sich zur Bewältigung der weißen Massen bedient, nur als Menschenmaterial der untersten Klasse charakterisiert? *Der Mann würde Hans wahrscheinlich nur ermahnen,* man müsse eben wissen, was man wolle und dann vielleicht psychologisierend den Grund *für seinen Erfolg* in seiner Mutter suchen, die ihm mit 20 Jahren noch nicht geglaubt habe, daß er schwimmen könne, und der er seitdem unablässig beweisen müsse, daß er es doch könne.

Und Hans – was sollte der ihm wohl darauf antworten?

*

Wer keinen – oder einen zu geringen – Anspruch auf Arbeitslosengeld, Krankengeld, Pension oder Rente hat, wer seine persönlichen und familiären Verhältnisse offengelegt, seine Arbeitsbewilligung und -losigkeit durch Bestätigungen des Arbeitsamtes unter Beweis gestellt hat, wer seine Sparguthaben aufgelöst und sein Eigentum verkauft hat, der kann Sozialhilfe beantragen und kommt so, wenn er alt und arbeitsunfähig ist, in den Genuß einer langfristigen Hilfe. *Ist einer aber noch jünger, wie Hans, und kann vom Schneeschaufeln allein nicht leben, dann* wird er mit einmaligen Zahlungen abgespeist und muß sich in einem wöchentlichen, vierzehntägigen oder monatlichen Rhythmus neu anstellen. Mit Wartezeiten bis zu fünf Stunden.

Da sitzt er nun in dem Saal, der an eine Bahnhofshalle erinnert: verschmutzte, vormals gelb gefärbelte Wände, grelles

Neonlicht, eine lange hölzerne Bank, vollgepfercht mit Leuten. Manche dösen dumpf vor sich hin, manche stoßen ab und zu leise Beschimpfungen aus, und einige sind voll auf die Tür 14 A konzentriert, denn in diese Tür ist der gläserne Anmeldeschalter mit der Sprechluke eingebaut. Der Mann dahinter zieht seinen gestrickten Pullunder über den Bauch, trinkt noch ein Schluckerl Kaffee, kritzelt was auf dem Schreibtisch, ehe er sich der Schlange hinter der Glasscheibe zuwendet.

Hat Hans den Meldeschein, Lichtbildausweis und eine Bestätigung vom Arbeitsamt mitgebracht, dann darf er nach langem Warten und kurzem Aufruf *durch den Mann am Anmeldeschalter* ins Referat. Dort sind die Aktenmappen so zahlreich wie grün und die Beamten wie Bankangestellte durch Glasscheiben abgesichert. Papiere und Worte werden durch einen Schlitz hin- und hergeschoben. Hinter der Glaswand Routinegriffe, davor Verzweiflung, Demütigung, Angst, Unsicherheit und Aggression, die nirgends ankommen kann.

Zwischen neun und zehn Uhr wächst die Zahl der Wartenden im Saal. Früher, als die Wirtschaft noch besser lief, war es eine Stammklientel von Alten, die keine Pension hatten, oder Leuten, die arbeitsunfähig waren. Das hat sich jetzt verändert. Es kommen Jüngere, auch ganz junge Leute. Die meisten unterscheiden sich keineswegs vom Durchschnitt auf der Straße: Die älteren sind sichtlich um Reste von Eleganz bemüht – sie tragen Hüte und Pelzkappen, manchmal Schals – und versuchen solcherart ihre Armut zu verbergen.

Eine Frau im leopardenähnlichen Kunstpelz zittert am ganzen Körper bei der Papierübergabe und wischt sich nachher den Schweiß vom Gesicht. »Mein Sohn«, sagt eine andere, »hat vor einem Jahr das Doktorat gemacht und sucht seither vergeblich Arbeit. Darf ich morgen mit ihm um Sozialhilfe vorbeikommen?«

Eine alte Frau, die irgendeinen Zuschuß will, soll zuerst von der Pensionsversicherung einen Schein abholen. Sie ist verzweifelt – »Wie komm ich denn dorthin?« – und offenbar im Zustand altersbedingter Verwirrung. »Tun S' Ihnen nix an. Das werdn S' schon finden.« Die Nummern der Straßenbahnlinien, mit denen sie nichts anfangen kann, werden ihr aufgeschrieben.

Fast alle Hilfeanwärter befleißigen sich einer unterwürfigen Demutshaltung, die vergessen läßt, daß sie ein gesetzlich verankertes Recht auf Unterstützung haben. Nur zwei junge Burschen, zirka 18, mit wippendem Gang und verspielt wie junge Hunde, vermitteln mit Luftboxen unterdrückte Aufsässigkeit. Und ein Ehepaar verläßt zornig den Saal: »Früher wars kein Problem«, fuchtelt der Mann mit den Krücken, »jetzt müssen wir uns schickanieren lassen.« Er ist Frührentner und fährt mit seiner behinderten Tochter regelmäßig zur Therapie in ein am Stadtrand gelegenes Ambulatorium. Bisher bekam er die Taxirechnungen problemlos vergütet. Heute ist Schluß damit. Der Referent bezweifelt plötzlich zuerst seine Schwerstbehinderung, dann bezweifelt er, ob Therapie und Taxi nötig sind, und erklärt schließlich, das Ehepaar müsse in das Ambulatorium fahren und eine Bestätigung holen.

Mit dem Ersatz der Taxispesen haben die beiden aber gerechnet: »Mir sollten damit auskommen bis zum Ersten. Ich kann net einmal eine Milch kaufn für mein Kind.« Eine Bekannte, die ebenfalls am Sozialamt wartet, hilft mit einem kleinen Betrag aus. *Und der neben Hans sitzende Mann* murmelt: »Naja, die Krise merken mir alle. Da krachen auch die Sozialreferate wie die Kaisersemmln.«

17
Der letzte Schritt

Lange halte er es hier nicht mehr aus, hat Hans schon vor Wochen seinem Zimmernachbarn geklagt. »Jeden zweiten Tag die Polizei im Haus, jeden dritten Tag der Krankenwagen.« Das Asyl sei ein Puff und ein Saustall. Ständig müsse man Angst haben, daß einem das Zimmer aufgebrochen werde.

Als das Befürchtete dann eines Tages tatsächlich eintritt und das gesamte Geld vom Sozialamt, das für die nächsten zwei Wochen hätte reichen sollen, beim Teufel ist, weiß Hans, daß er keine Nacht länger hier bleiben will. Er überlegt kurz, doch noch zu seinem Vater zurückzukehren. Beim Gedanken, als Versager wieder zu Hause anzuklopfen, packt ihn aber sofort panische Angst.

Stundenlang rennt er ziellos durch die Stadt. Kurz vor Mitternacht ist er dann todmüde und schläft in einem Münzklosett erschöpft ein. Das Aufwachen am Morgen ist furchtbar. Fest in seinen Mantel gehüllt, sitzt er zusammengesunken auf dem Boden. Das Haar fällt ihm in fettigen Strähnen auf die eingefallenen Wangen. Er zittert am ganzen Körper *vor Kälte.* Drei Tage zieht er so durch die Stadt. Dann ist der Hunger größer als sein Stolz, und er erbettelt sich auf einer großen Einkaufsstraße Geld *für eine Wurstsemmel.*

Schlimmer als alles ist aber die Einsamkeit. Deshalb ist er froh, als er eines Tages in einer U-Bahn-Station den Rudi kennenlernt. Rudi ist kaum vierzig und hat einen kahlen Schädel mit einem rotfleckig aufgedunsenen Gesicht, das von einem langen verfilzten Bart umrahmt wird. Eingehüllt in einen abgewetzten Mantel schläft er zusammengesunken auf einer Bank am Bahnsteig. Zwischen den Beinen, eingeklemmt von einem ungleichen Paar zerrissener Schuhe, steht ein zerknüllter Plastiksack. Darin bewahrt er alle Wärme auf, die ihm dieser kalte Tag zu bieten hat: zwei Flaschen Bier und einen angebrochenen Doppelliter Wein. *Als sich Hans müde auf die Bank fallen läßt und ihn dabei etwas unsanft* an der Schulter streift, fährt er erschreckt hoch. Seine Hand zuckt nach dem Sackerl, als gelte es, die Kronjuwelen in Sicherheit zu bringen. »Bist narrisch?« fährt er Hans an. »Du bist ja ärger als die Polizei.«

Obdachlose stehen mit Polizisten nie auf besonders gutem Fuß. Wo die einen nach durchfrorener Nacht ein bißchen Schlaf nachholen, wittern die anderen Erregung öffentlichen Ärgernisses. Im Wachzimmer werden dann meist nur die Personalien aufgenommen, manchmal auch Strafen verteilt. Das ist Rudi aber egal. Viel schlimmer für ihn ist es, wenn sie seinen letzten Doppler ausschütten, was sie regelmäßig tun. Lustig – und im übrigen Diebstahl.

Ursprünglich hatte sich Rudi seinen Umgang mit der Polizei und Justiz anders vorgestellt. Als Sandler wird man ja nicht geboren. Oft genug lösen sich Karrieren in Alkohol auf. Zwei Semester Jus hat er studiert, danach folgte die beinahe typische Sandlerlaufbahn. Alkohol, Streit mit der Familie, Kriminalität. »Auf der Uni war ich ein Jahr, im Häfen schon fünfe«, *erzählt er Hans, nachdem die beiden ins Gespräch gekommen sind.*

Und dann gibt Rudi seine in zwanzig Jahren gesammelten Erfahrungen an Hans weiter. Thema Nummer eins: Wie stell ich das nächste Bier auf? »Du kannst net einen jeden gleich anschnorren«, erklärt er. »Wenn ich seh, das is ein Zuhälter oder Häfenbruder, erzähl ich gleich, daß ich grad ausm Häfn komm und ein bißl ein Geld brauch. Der versteht das.« Immer wieder setzt er mit beiden Händen den Doppler an die Lippen. »Bei einem feinen Herrn tust am besten ganz auf arm und bescheiden. Wennst den um einen Zehner anhaust, kriegst gar nix. Fragst bescheiden nach einem oder zwei Schilling, gibt er dir eh meistens mehr.«

»Jetzt schau dir den Trottel an«, unterbricht Rudi seinen Vortrag. Hans hat sich vorgebeugt und einen Pensionisten, der nicht weit von ihnen auf einer Bank sitzt, angebettelt. »Steh auf und geh hin, wennst Geld haben willst, oder glaubst, der bringt dir das auch noch her?«

Wichtig ist nicht nur, lernt Hans, wie man jemanden anschnorrt, sondern auch wo. Viel zu holen ist in Einkaufsstraßen, auf Bahnhöfen und in U-Bahn-Stationen. »Da stehn die Leut und warten«, weiß Rudi. »Da könnens net einfach an dir vorbeirennen. Da kommt dir keiner aus.« Wem nach der U-Bahn-Tour noch etwas aufs letzte Bier fehlt, der zieht vors Casino im Stadtzentrum. »Wennst da Glück hast und einen erwischst, der grad ein bißl was gwonnen hat, kanns leicht sein, daß du gleich einen Hunderter auf einmal abstaubst.« Ähnlich freigiebig seien nur noch die Kirchgänger. Das wüßten aber Polizisten auch, deshalb gehe man besser immer nur gemeinsam zur Kirche. Einer halte draußen Ausschau nach Polizisten, einer drinnen die Hand auf.

Doppelt so viel wie die Pension eines Mindestrentners sondert so das Mitleid oder das schlechte Gewissen seiner Umwelt monatlich für Rudi ab. Aber für ihn und seine Freunde würde wohl auch das Dreifache nicht ausreichen. Ihre Unfähigkeit, sich ihr Leben und ihr Geld einzuteilen, wird von der Umwelt, die individuell verminderte Leistungsfähigkeit streng in Krankheit oder Faulheit unterschieden wissen will, kaum als spezielle Form der Behinderung, bei der es nicht am Fuß und auch nicht im Hirn fehlt, erkannt. Und doch liegt gerade darin der entscheidende Unterschied zur Situation eines Mindestrentners, der mit soviel weniger auskommen muß.

Hans versucht Rudis Tips in die Praxis umzusetzen, ist aber kein gelehriger Schüler. Und so kommt er mit dem Schnorren allein nicht über die Runden ...

*

Die Kassierin *der Lebensmittelabteilung des Großkaufhauses* war auf die *schlecht versteckte Stange Wurst* erst aufmerksam geworden, als Hans seine beiden Semmeln auffällig zitternd bezahlt hatte. Sie verständigte einen in der Nähe stehenden Regalbetreuer, der Hans auf die Straße folgte und dort festhielt. Ein Wort ergab das andere, bis dem Regalbetreuer ein Auslagendekorateur zu Hilfe kam und mit ihm Hans gewaltsam festhielt. Bei dem Gerangel wurde sein letztes Hemd zerrissen. Vor unzähligen Passanten wurde er von zwei Männern laut und mehrfach als »Du Dieb« bezeichnet.

Als er mit Gewalt ins Geschäft zurückgedrängt wurde, stürzte er über eine Obstkiste und verstauchte sich dabei sein linkes Bein. Aber das schmerzte ihn nicht so sehr wie die Öffentlichkeit seiner Schande. Danach im Büro des Kaufhauses unterwarf er sich willenlos der ganzen entwürdigenden Prozedur – sogar fotografiert haben sie ihn wie einen Verbrecher –, ohne gegen das Vorgehen der Angestellten zu protestieren. Er wollte nur raus, nur weg.

Und jetzt auf der Polizeiwache: Das beschämende Schauspiel, wie er sich zusammenkrümmt bei der Aufnahme seines Namens und aller persönlichen Daten (»nicht vorbestraft«). Was er zu dem Vorwurf des Kaufhausbediensteten sage? Nichts sagt er. Bis auf den Satz, den er in der vielleicht halbstündigen Amtshandlung gut zehnmal wiederholt: »Es soll nur nix bekanntwerden zu Haus. Ich weiß net, was dann passiert.«

Daß er sich das hätte früher überlegen sollen, lautet die lakonische Antwort des Beamten, die Hans noch als dunkle Drohung im Ohr hat, als er das Wachzimmer verläßt.

*

Gleich neben dem Wachzimmer der Abgang zur Metro. Während Hans wie betäubt mit der Rolltreppe tief in die U-Bahn-Schlucht fährt, *hämmert ein Ausspruch des Vaters in seinem Kopf:* »Wer einmal in der falschen Gasse ist, für den geht es nur mehr nach unten.«

Auf dem Bahnsteig angelangt, beobachtet er sich selbst im Monitor, der den Haltestellenbereich überwacht, beobachtet die Fahrgäste um sich, die gelangweilt oder gestreßt auf ihre Beförderung warten. Dann, man hört bereits das Grollen des planmäßig einfahrenden Zuges, tritt er einen Schritt näher an die Gleisanlage. *Und als er,* während der Zug mit einer Geschwindigkeit von 60 Kilometern pro Stunde in die Station einfährt, *bereit ist, auch* den letzten Schritt zu tun, um seinen Problemen ein Ende zu bereiten, *da taucht plötzlich wie aus dem Nichts der alte Mann vor ihm auf.*

Viele Male sind sie aneinander vorbeigegangen *auf der dunklen Treppe des Bassenahauses.* Er war ganz klein, die Nase wuchtig, der Rücken krumm. Er hat Hans immer mit einem schweren, alten Blick gestreift. Er schien an einer Last zu tragen. Hat ausgeschaut, als ob er nicht gesehen werden wollte. Nach und nach ist er Hans so vertraut geworden, daß er erwogen hat, ihn zu grüßen, doch ehe er nicken konnte, hatte sich der Alte immer schon abgewandt. Und nun sieht er ihn wieder.

Hans ist verwirrt und fühlt sich ertappt. In seiner Verlegenheit sucht er bei einem der in den letzten Wochen eingeübten Schnorrersprüche Zuflucht: »Haben S' ein bißl Geld übrig? Ich brauch was zum Trinken.« *Der Alte lädt ihn* in die Imbißstube gleich vor der Station ein und bestellt zwei Viertel Rotwein. Den Kopf weit zurückgelehnt, leert Hans sein Glas fast in einem Zug und greift, nun schon merklich ruhiger, nach den Zigaretten des Mannes...

Einige Tage danach wird Hans seinem Freund Rudi von einem alten Schwulen erzählen, der ihn jetzt ab und zu bei sich schlafen lasse. *Und Rudi wird später bei der Polizei angeben, daß* Hans irgendwann dann mit dem Mann für ein heißes Bad und eine warme Mahlzeit ins Bett gegangen und damit wochenlang nicht fertig geworden sei.

Die Polizei wird zu diesem Zeitpunkt bereits sehr genau Bescheid wissen über jenen Alten, von dem seine ehemaligen Arbeitskollegen sagen werden, er sei ein Gentleman gewesen, liebenswürdig, ein zauberhafter alter Herr. Er habe Wert auf seine Würde gelegt. Gewählt gesprochen, sich korrekt gekleidet. Seine Umgangsform sei verbindlich gewesen, aber unkonkret, freundlich, aber verschlossen, teilnehmend, aber distant. Über niemanden habe er böse gesprochen, über sich selbst nie. Man habe gefühlt, daß er persönlichen Kontakt nicht suche. Niemand habe gewußt, gemerkt oder auch nur geahnt, daß er ein Homosexueller gewesen sei.

*

Seine Neigung war ihm bewußt, doch er redete darüber nur mit dem, der sie teilte. Er trug die Last des Bürgers, der ein Laster verbirgt, um Bürger zu bleiben. Er mied den Männerstrich, den Häuslstrich, die Schwulenszene bis auf ein Lokal, das »Quick«, einst Tagestreff heterogener Männergesellschaft, heute verschwunden. Er zog Dauerfreundschaft einem Abenteuer vor.

Viele hielten ihn für zehn bis zwanzig Jahre jünger. Er dementierte nie. Er stimmte zu, indem er schwieg. Er täuschte einen Beruf vor, als er keinen mehr hatte. Es geschah, daß er Jünglinge ansprach, sie zu sich auf einen Drink bat. Manche mochten ihn, andere kamen der Bewirtung wegen. Einige bezahlte er. Seine Anträge waren dezent. Wurden sie abgelehnt, beschied er sich mit Gesten, Worten oder gab auf. Niemand hat ihn je mit jemandem auf der Straße gesehen.

Er war schon ein wenig vergeßlich, als er sich von der Arbeit zurückzog. Die Pension war gesichert. Man hatte ihm gedeutet, daß es Zeit sei. Er war 75. Mit 66 war er ins Bassenahaus beim Markt gezogen. Tisch mit Plastikplatte, ein paar Stühle, Kredenz mit zwei Laden, links das Geld. Buchregale, ein Fernsehgerät. Ein Fenster zum Hof. Der Fauteuil, in dem er starb. Das Bett, das er kürzen ließ.

Spät stand er auf, mittags aß er auswärts. Ihn zu fragen, wo, wäre nicht passend gewesen, sagt die Hausmeisterin. Abends die Zeitungen vom Eck. Kurzer, gepflegter Plausch, das war's. Höflich, gefällig hielt er die Haustür auf. Die gelegentlichen Einladungen früherer Kollegen blieben aus; er hatte sie zu oft nicht angenommen. Man sah ihn durch den Stadtpark spazieren. Man sah ihn im Kaffeehaus vor sich hinschauen. Man sah, daß er fühlte, und man fühlte, daß er litt.

Er suchte die Gesellschaft von Männern, aber vor allem Gesellschaft. Ein Kuppler, der die Diskretion und Vorsicht des Alten erkannte, brachte ihm durch viele Jahre junge Leute in die Wohnung, Friseure, Kellner, Pfarrer, Studenten, alles seriös, alle bis auf einen nur Gesprächspartner. Jede zweite, dritte Woche, und nie länger als bis 21 Uhr saß eine kleine Runde beisammen, schwätzend und lachend. Er bewirtete sie und verjüngte sich dabei.

Erst in allerletzter Zeit wurde aus ihm ein Greis. Dünn, ja dürr und gebrechlich, schien er sich nur noch schwer auf den Beinen zu halten. Hin und wieder schwankte er, überkam ihn ein leichter Schwindel; hin und wieder plumpste er auf sein Bett. Er aß nur noch die Hälfte, las die Illustrierten aus dem Müll. Im Winter glitt er aus; stürzte. Stimmlos, sprachlos lag er da, unter den Augen vorüberhastender Passanten. Eine Frau hob ihn auf, und da brach es hervor, es schüttelte ihn und er weinte. Im Taxi ließ er sich nach Hause fahren. Hatte den Oberarm gebrochen. Döste von Samstag bis Montag; fuhr am Montag, als die Schmerzen nicht mehr auszuhalten waren, ins Spital.

Nachher wollte er lange Zeit niemanden sehen. Er wirkte depressiv, ja lebensüberdrüssig. War müd, versank, um plötzlich aufzuschrecken. Er vernachlässigte sich, ließ sich die Haare seltener schneiden, wechselte den Anzug nicht. *Dies war sein Zustand, als er in der U-Bahn auf einen anderen Lebensmüden stieß.*

*

Als Hans, wie so oft in den letzten Monaten, an der Tür des Alten klingelt, öffnet ein Kriminalbeamter. Er wird am Mantelkragen gepackt und in die Wohnung geschoben.

Der Vorhang, der den Vorraum mit der Kochnische vom Zimmer trennt, ist geschlossen. Auf dem Boden liegt Papier. Es stinkt. *Kaum steht Hans im Vorraum,* schiebt ein zweiter Beamter den Vorhang zur Seite. Das Bett ist leer. Hans' Blick fällt auf den Fauteuil. Eine Decke ist darübergeworfen, und ein Haarschopf schaut heraus. Der Polizist lüpft die Decke und Hans sieht den zusammengesunkenen Alten, das getrocknete Blut, die Stiche in der Brust und den Schnitt durch die Gurgel.

Kurz darauf wird er aufs Kommissariat gebracht und dort intensiv befragt. Um Mitternacht kommen sie dann mit dem Haftbefehl, triumphierend. Er wird weiter verhört, um zwei führen sie ihn in eine Zelle. Es stinkt nach Schweiß, Urin. Er zieht seinen Mantel aus, legt ihn auf die dreckige Pritsche, legt sich selbst darauf. Draußen ist die ganze Nacht Lärm, er hört

Menschen schreien, hat den Eindruck, daß sie geschlagen werden. Ihm ist in dieser Nacht, in der er nicht träumt, weil er nicht schläft, als ob das alles nicht wirklich sein könne. Und ihm ist nach Weinen.

Um fünf kommen sie zum Wecken, drei Stunden warten, dann werden die Vernehmungen fortgesetzt. Ab da wird ihm endgültig klar, daß die Polizei eindeutig in seine Richtung ermittelt, und das mit allen Mitteln.

18
Nachtfahrt

Martin ist wütend, als die Sozialdemokraten schließlich doch eine Koalition mit den Konservativen bilden. »Anderswo«, schimpft er, »müssen sich die Reaktionäre ihre Wende selber machen; bei uns besorgt, wie alles, auch das die Partei.«

Sie tut dabei aber nur das, was schon ihr großer Führer in der Zwischenkriegszeit forderte, als er seinen Nachfolgern ins Stammbuch schrieb: »Wenn die bürgerliche Klasse die Gefahr des vollständigen Zusammenbruchs der Wirtschaft erkennt, wird die Sozialdemokratie bereit sein, die Wirtschaft aus solch schwerer Gefahr zu retten.« *Und sie präsentiert auch gleich einen neuen Kanzler und Parteiführer* als Wirtschaftsretter. Kaum drei Monate im Amt, schlägt dieser alles an Sympathie, was es in Umfragen zu schlagen gibt. Beinahe sprachlos sind manche Journalisten auf dem Boulevard schon, wenn sie vom »Superkanzler« stammeln oder atemlos Sensationelles vom »Sonnyboy« mitteilen.

Die Medieninszenierung des neuen politischen Idols ist wirklich beeindruckend: Der Kanzler in Knickerbocker auf dem Dreitausender, im Trachtenjankerl oder Pololeibchen auf Heimaturlaub – alles auf locker und immer in Bild und Ton präsent. Parteibroschüren preisen ihn als »in der Wolle gefärbten Sozialisten« an, und bürgerliche Stadtrandwähler halten ihn mit glänzenden Augen für einen der ihren, der auch da draußen wohnt und sich auf dem vertrauten Feld der Wirtschaft, die alle nährt, souverän und dankenswert undogmatisch bewegt.

Tatsächlich endet alles, was er zu Politik und Gesellschaft anmerkt, irgendwo in ökonomischen Kategorien. Was es hat, das soll es auch wiegen, und alles muß zu seinem meßbaren Zweck kommen: »Als ausgebildeter Betriebswirtschafter und Ökonom sag ich: ...« Und dann differenziert er, wägt ab, relativiert, nimmt Umwege und versteckt sich hinter Wortkaskaden, die ihren Sinn erst im Zusammenhang offenbaren. Spricht nicht von »Sozialdemontage«, vielmehr von »Liberalisierung der starren, staatlichen Zwangssicherheit« und kennt keinen »strikten Einsparungskurs«, sondern nur »budgetadäquate, ausgabenneutrale Maßnahmen.«

War sein Vorgänger, der Alte, seinerzeit angetreten, das Land moderner und europareif zu machen, so ist er nurmehr ein Krisenmanager, der, so wie er einstmals als Direktor einer Bank sein marodes Institut sanierte, jetzt darangeht, die Republik zu sanieren – für politische Visionen bleibt da kaum Platz.

*

Im Auto ist es kalt. Über der Straße liegt dichter Nebel. Es ist 11 Uhr nachts und Martin ist unterwegs in die Hauptstadt. *Er kommt von einem* Treffen mit Gesinnungsfreunden, auf dem unter dem Eindruck seiner 60.000 Vorzugsstimmen beraten wurde, wie die Parteilinke dieses Potential von Unzufriedenen nutzen könnte. Während er durch menschenleere Orte fährt, ertönt aus dem Autoradio wieder einmal eine Hiobsbotschaft für das Stahlrevier: Der Werksvorstand kündigt freiwillige Firmenpensionen und will die in Einzelverträgen zugesagten Pensionen kürzen; der Personalstand des Unternehmens soll in den nächsten vier Jahren um dreitausend Mann sinken.

Ein neuer Keulenschlag für die Menschen in der Heimat, *fährt es Martin durch den Sinn.* Noch mehr Angst um den Arbeitsplatz, noch mehr Kampf um die nackte Existenz. Die Leute sind verbittert, weil sie sich von uns im Stich gelassen fühlen. Der Partei zerrinnt das Kapital, das sie in 100 Jahren angesammelt hat, unter den Fingern. Sie ist im Begriff, ihr Herz zu verlieren und zum seelenlosen Apparat zu verkümmern, verwechsel- und austauschbar mit den Konservativen.

Dem Surren des Motors, der Reifen, dem kalten Fensterpfeifen lauschend *wird Martin plötzlich von Verbitterung erfaßt:* Das Projekt »Proletariat« ist nach 100 Jahren ausgereizt. Die Utopie, die in dieser Periode Realität wurde, die politische Demokratie, der Wohlfahrtsstaat, der Reformschub der siebziger

Jahre, die Integration der Arbeiterschaft in den Staat, vieles, was vor wenigen Jahren noch heftig umkämpft war, ist heute selbstverständlich und Alltag. Der Kampf ums nackte Überleben ist für die meisten geschlagen, bürgerliche Bastionen sind erobert. Wir sind jetzt staatstragend, die Anstrengung hat uns aber ideologische Substanz gekostet, der lange Atem ist verflogen. Viele in der Partei haben eine Hornhaut bekommen. Die Verletzlichkeit, die Sensibilität für die Schwachen in unserer Gesellschaft ist einfach verlorengegangen. Dabei könnten die gerechtere Verteilung des kaum mehr wachsenden Kuchens und die Verhinderung der zunehmenden Ausgrenzung immer größerer Bevölkerungsteile Stoff für ein neues Projekt in den nächsten 100 Jahren sein.

Martin selbst will seiner Partei dabei mit leuchtendem Beispiel vorangehen: Von seinem Abgeordnetengehalt sollen nicht nur der Fiskus, sondern ein eigenes Aufwandkonto zur Unterstützung politisch tätiger Gruppen soviel wegknabbern, daß unter dem Strich netto nur der Lohn eines Hochofenarbeiters bleibt.

Das heutige Treffen hat ihm Kraft gegeben. Man hat nämlich beschlossen, die Kommunikation untereinander zu verbessern und der Linken eine gewisse Organisationsstruktur zu verpassen. Es soll eine Art linkes Netzwerk geschaffen werden, das die paar Nationalratsabgeordneten, die mehr oder weniger aus den Reihen der Aufmüpfigen hervorgegangen sind, stärker an die Basis bindet. Durch dauernden Kontakt mit den Volksvertretern soll verhindert werden, daß diese sich von ihren geistigen Wurzeln lösen. Eine weitere Hoffnung, die in ein derartiges horizontal organisiertes Netzwerk gesetzt wird, ist die, eventueller innerparteilicher Repression besser zu entgehen: Früher hat man die Leute einzeln rausschießen können. Wenn jetzt Kooperation und Kommunikation klappen, kann man besonders Angegriffene rasch aus der Schußlinie nehmen und durch andere ersetzen. Nur weil jemand Abgeordneter ist, *spricht sich Martin selbst Mut zu,* muß er für die Linke noch nicht verloren sein!

Er wird auch sicher *keiner jener Sprüchemacher sein, die* vor allem das Instrument der Presseaussendungen und der wilden

Wochenenderklärungen wählen, sondern versuchen – so wie es der Entstehungsgeschichte seines Mandats entspricht – sich in Konflikte zu verbeißen und die jeweils betroffenen Leute am Ort zu mobilisieren, um so eine entsprechende Öffentlichkeit herzustellen, die den politischen Kontrahenten zur Stellungnahme zwingt. *Vielleicht trägt er so dazu bei, daß* die Partei wieder Leben und Farbe bekommt, daß sie wieder eine Partei zum Anfassen, Anhalten und Gernhaben wird und sich dann als so eine Art geistiger Strahler allmählich wieder an die Absolute heranrobben kann.

Die gelben Lichterketten der Großstadt reißen ihn aus seinen *immer kühneren Gedankenflügen. Endgültig hat ihn die Erde aber erst wieder, als er wenig später das Auto vor seiner neuen Wohnung parkt. Diese liegt in einem Haus, in dem Künstler und Intellektuelle leben, die er aus der »Aktion kritischer Wähler für Weiß« kennt, und wird von Martin, dessen Familie weiter in der Stahlstadt wohnt, nur während der Sitzungsperioden des Parlaments genutzt.*

Er öffnet das schwere, gewölbte Tor mit den alten Beschlägen und gelangt durch einen gepflasterten Hauseingang, an dessen dicken Mauern gut zehn Fahrräder lehnen, in den kiesbestreuten, von einer Akazie überdachten Hof. Vorbei an dem im Freien stehenden marmornen Kaffeehaustischchen *führt ihn sein erster Weg nicht in die eigene Wohnung, sondern zu seinem Nachbarn Swoboda, dem er versprochen hat, über die Ergebnisse des Treffens der Parteilinken zu berichten.*

Entsprechend den Gepflogenheiten der Hausgemeinschaft betritt Martin die Räume seines Mitbewohners ohne anzuklopfen. Die weitläufige Wohnung strahlt alternative Gediegenheit aus: Antiquarische Möbelstücke geschmackvoll mit funktional-modernen kombiniert, an den Wänden bis oben hin prall gefüllte Bücherregale, ein Glaskasten mit allerlei Spielzeug, auf dem Notenpult des elektronischen Pianos Johann Sebastian Bachs »Wohltemperiertes Klavier«. Und da erscheint auch schon der Hausherr in lässigem Blazer mit bunter Krawatte und reicht seinem Gast zur Begrüßung das Yuppi-Aphrodisiakum Perrier.

19
Einst im Mai

Der 1. Mai '68 war ein schöner Tag. Bei Sonnenschein und milden Temperaturen marschierten zehntausende Sozialdemokraten in Richtung Rathausplatz, wo sie vom damaligen Parteivorsitzenden und dem Bürgermeister der Hauptstadt mit »Freundschaft« begrüßt wurden. Man feierte den dritten 1. Mai in der Opposition. Die Marschparolen lauteten: »Ablösung der konservativen Alleinregierung wegen Unfähigkeit« und »Weg mit der Pleiteregierung«. Nach der schweren Niederlage bei den Wahlen des Jahres 1966 befand sich die Partei unter ihrem frischgewählten Vorsitzenden, dem späteren »Alten«, bereits im Aufwind, die Bürgerlichen bröckelten ab. Nach dem Maiaufmarsch sollte es am Nachmittag am Rathausplatz ein Volksfest geben, bei dem Blasmusiken aus allen Bundesländern für die Hauptstädter aufspielen wollten.

In dieses sozialdemokratische Idyll platzte eine Demonstration. Sie kam von der Altstadt her und bog über die große Prunkstraße auf den Rathausplatz. Rund 400 Demonstranten skandierten dort die Parole. »Mehr Sozialismus – weniger Blasmusik«. Das »Mai-68-Lüfterl« begann auch hierzulande zu wehen, eine »Rote Viertelstunde« durchbrach die heimische Friedhofsruhe.

Als der Bürgermeister Ruhe und Ordnung von den Demonstranten forderte, hielt ihm Swoboda, *der damals ganz vorne stand,* ein ausländisches Nachrichtenmagazin entgegen, das in dieser Woche Karl Marx auf dem Titel zeigte, und warf ihm vorlaut »Verrat am wahren Sozialismus« vor. Der Bürgermeister ließ sich nicht beeindrucken, und die Polizei räumte den Platz. Anderntags berichtete die Parteizeitung über »zwei Beamte mit Bauchquetschungen und Gehirnerschütterung« sowie über »fünf Störenfriede«, die festgenommen worden seien.

Einer von ihnen war Swoboda. Der Vorwurf lautete: Widerstand gegen die Staatsgewalt; Erregen öffentlichen Ärgernisses. In der Polizeikaserne stellte ein freundlicher Wachebeamter ein Radio zur Verfügung und die fünf Festgenommenen konnten in der Zelle das gerade stattfindende Fußballänderspiel verfolgen. Nach sechs Stunden waren sie entlassen. Eine geringfügige Strafverfügung folgte.

Gemessen an den Ereignissen in anderen Ländern war diese Auseinandersetzung am Rathausplatz der Hauptstadt eine gemütliche. Sie hatte nicht die Härte und Brutalität des Pariser Mai und der Konflikte in den USA. Die Gründe für die Unruhe unter den Studenten waren aber ähnlich. Das Land war 1968 reif für '68. Die Erbsünde der Verdrängung des Faschismus, die Heiligsprechung des Wirtschaftswunders mit seinen verschiedenen Konsumwellen, der Kulturkampf der Machtträger gegen lange Haare, kurze Röcke und Rockmusik. Neon, Nylon und Resopal, Pillen-Papst und Doppelmoral erzeugten ein dumpfes Gefühl der Ohnmacht und Wut. Politisiert wurde dieses dumpfe Gefühl und Unbehagen dann durch den Krieg, den der »Goliath« USA gegen den »David« Vietnam führte, den ersten Krieg, der tatsächlich über die TV-Schirme flimmerte, und durch die Erfahrungen mit der Universität, wo der »Herr Professor« als absoluter Monarch herrschte und sich beim Wort Mitbestimmung dreimal bekreuzigte.

Swobodas damaliger Gegner war sein Publizistikprofessor, der noch immer Schuhgröße und Kragenweite von Tuvora, dem Herausgeber eines revolutionären Blättchens im Jahr 1848, wissen wollte und sich partout nicht um die gesellschaftlichen Zusammenhänge kümmerte. Ihm schlug er die Kürzel Entfremdung, Emanzipation und Charaktermaske um die Ohren. Denn er hatte gerade Karl Marx für sich entdeckt und dessen frühe Schriften mit Heißhunger gelesen. Sein Anspruch war radikaldemokratisch, antiautoritär, internationalistisch und sozial. Seine Methoden der gesellschaftlichen Analyse waren die Dialektik, der Widerspruch und die Zuspitzung, und sein Lebensgefühl *war eines, von dem er heute sagt, daß* es keiner, der es einmal in seiner Brust gespürt habe, je vergessen werde.

*

Inzwischen sympathisieren *die einstigen Revolutionäre zwar noch* mit der Friedensbewegung, dem Feminismus und den Grünen, doch sind sie zumeist ohne allzu viele Umstände von der alten Tante Sozialdemokratie vereinnahmt worden. Sie haben jetzt selbst Lehrstühle inne, werkeln in Redaktionen und sitzen im Parlament. *Swoboda hat es sogar zum Herausgeber des Parteiblatts gebracht.*

Eines Tages entdeckte er, daß die Fähigkeit des Menschen, sich zu verändern, unendlich gering ist und daß die Unterschiede zu seinen Eltern und deren Sauberkeits- und Ordnungsvorstellungen viel geringer waren, als er 1968 erhofft hatte. Damals, als es sein Ziel gewesen war, nicht so zu werden wie sie. *Als er dies feststellte,* hängte er die Latzhose endgültig in den Kasten und beschloß in Zukunft erfolgreich zu sein. Das heißt, erfolgreich hatte er immer schon sein wollen. Nur hatte er den Erfolg auf andere Art angestrebt. War offen gegen Mißstände angerannt, in der Meinung, das Anrennen würde sie schließlich beseitigen. Nun erkannte er dies als überflüssigen Verschleiß von Energien und war daher nur mehr subversiv tätig: mit revolutionärer Geduld, mit Augenmaß und Ausdauer. Die beste Tarnung bei seiner Wühlarbeit war dann erreicht, wenn die anderen sich fragten: *Ist das noch ein Linker* oder gehört er schon zu uns. Dann freute er sich diebisch und wußte, daß er so viele Jahre nach '68 einige Meter weiter war.

Ja, und dann fing er eines Tages an, der Idee einer Hausgemeinschaft nachzuhängen: dem Gedanken einer sich ihre Lebensform selbst gestaltenden Gruppe, die seiner Sehnsucht nach Solidarität in dieser individualistisch geprägten Gesellschaft entsprach. *Einer seiner Freunde – wir sind ihm schon begegnet, es ist Lubesch – machte sich zwar über ihn lustig und meinte, dieser Wunsch* sei nur Produkt seiner Enttäuschung über die gescheiterte Studentenrevolte. Er, der progressive Intellektuelle wolle nicht auf die andere Seite überlaufen, also ziehe er sich zurück in kleine Kreise romantischer Geselligkeit.

Aber Swoboda ließ sich nicht beirren, suchte ein nicht zu kleines Gebäude mit Grundstück, letzteres gleichermaßen groß genug für Familien mit bewegungshungrigen Kindern sowie ruhebedürftige Alleinstehende, wie ihn selbst, und sah sich um nach Leuten, die dieser Idee zuliebe Kosten, Wege und eine jahrelange Aktiv-Wartezeit auf sich zu nehmen bereit waren. Bald hatte er einige Interessierte, mit denen ein freundschaftliches Zusammenleben denkbar schien, gefunden und ebenso ein geeignet scheinendes Objekt. Das 200 Jahre alte Pawlatschenhaus umfaßte damals acht Kleinwohnungen, zwei Gassenlokale und einen Gewölbekeller, stand seit sechs Jahren leer und sollte abgerissen werden. Die Eigentümer ließen sich mit dem Verhandeln Zeit: Auch als Spekulationsobjekt schien die Bruchbude von keinerlei Interesse. Und erst ein brieflicher Appell des damaligen Kulturstadtrates, der von der Verantwortung aller für die Altstadtsanierung sprach und angesichts der beispielhaften Absichten der Käufer um Reduzierung des Kaufpreises bat, machte das Objekt erschwinglich und beschleunigte den Fortgang.

Über ein Jahr lang wurde dann verhandelt. Der Wert des Objekts wurde geschätzt, Architekten entwarfen Pläne, und drei weitere Interessenten, die als Symbol ihrer ernsten Absicht eine kleine Anzahlung leisteten, kamen hinzu. Als am Tag vor Abschluß des Kaufvertrages zwei von ihnen unvermutet ausschieden, tobte Swoboda vor Wut und das Projekt schien zu platzen. Man inserierte; 40 Leute meldeten sich, aber keiner paßte so recht ins Haus, und vielen paßte das Haus nicht. Das Risiko sei zu groß, fanden diese, die Einsturzgefahr nicht gering und die Finanzierung ungesichert, meinten jene. Dennoch war man schließlich komplett und vier Jahre darauf saß er dann erstmals auf der gewaltig großen Terrasse seiner Wohnung mit Blick in den Garten und sagte sich ganz schlicht, »für mich hat sich ein Traum erfüllt«.

*

Beim zweiten Glas Perrier beginnt Martin vom Treffen der Parteilinken zu erzählen. Als er über das Konzept des linken Netzwerks und seine Hoffnung, dadurch eventueller innerparteilicher Repression zu entgehen, berichtet, *verdüstert sich Swobodas Miene zusehends.*

Er sei zwar einer, dessen linke Vergangenheit kein Mißverständnis sei, von dem er sich heute distanziere, aber dem heimlichen Bienenfleiß von Netzwerkknüpfern stehe er dennoch skeptisch gegenüber. Von derartigem Fraktionieren und Im-eigenen-Saft-Kochen halte er im Grunde recht wenig. Die jungen Linken seien halt ein bißchen wehleidig. Die hätten einfach schon die Erwartungshaltung der Repression. *Und weil Martin ihn verständnislos anblickt, ergänzt er:* »Ich habe gute Gründe gehabt, mich aus den linken Organisationsstrukturen zurückzuziehen und habe nicht vor, das zu ändern. Um die Leute, mit denen ich heute zu tun habe, nicht zu provozieren, kann ich viele der Inhalte nicht mehr so vertreten, wie ich sie früher vertreten habe, respektive vertreten mußte.«

Verunsichert gibt Martin die nach der Wahlniederlage eingetretene neue Lage *zu bedenken:* Es werde doch zunehmend enger im linken Eck. Der Rückzug des Alten und der Wechsel von Gönnern aus der Parteizentrale in die Ministerien der neuen Koalitionsregierung werde den Wind für fortschrittliche Geister sicherlich rauher werden lassen. Es sähe doch ganz so aus, als ob in den nächsten Jahren ausschließlich der Begriff »Koalitionsdisziplin« die Politik der Sozialdemokraten bestimmen werde.

Swoboda kann dieser Situation indessen fast nur Positives abgewinnen: »Das tut den jungen Leuten sicher gut, wenn sie jetzt endlich einmal draufkommen, daß nicht alles Wonne und Waschtrog ist. Es wird Zeit, daß die guten Opas aus der Parteizentrale weg sind und man die Reaktion einmal konkret zu spüren bekommt, gegen die man bis jetzt immer nur abstrakt demonstriert hat. Das wird gewiß eine wertvolle Erfahrung.«

Ob er denn die Vorstellung nicht zum Fürchten fände, daß jetzt Männer auf der Regierungsbank säßen, gegen deren reaktionäre Parolen doch er selbst seinerzeit auf die Straße gegangen sei.

Diesen Leuten, *lenkt Swoboda ein,* gedenke er allerdings intensiv auf die Finger zu schauen und eventuell auch zu klopfen. *Und dann weist er Martin stolz darauf hin, daß es* gegen einen jener neuen Minister der Konservativen in dem von ihm herausgegebenen Parteiblatt immerhin schon ein kleines Glosserl gegeben habe.

Bei diesen letzten Worten hat sich Swoboda erhoben und verabschiedet sich nun unvermittelt, da er, wie er sagt, noch mit Freunden in seinem Stammbeisl verabredet sei.

20
Ein Anarchist

»Hiermit sende ich Dir Deine Papiere. Paß gut auf sie auf, denn das ist das Letzte, was ich für Dich tue. Für Dich gibt es kein Zurück mehr.«

Noch vier Wochen nach dem Eintreffen dieses Briefs seines Vaters ist Hans ein wimmerndes Nervenbündel gewesen. Jetzt sitzt er bereits seit einem halben Jahr in U-Haft und weiß immerhin schon, wie man sich höchst inoffiziell Zigaretten oder auch einmal einen hochprozentigen Drink verschaffen kann. *Es macht ihm nicht einmal mehr etwas aus,* sich vor seinen Zellengenossen aufs Klo im Zimmereck zu setzen. *Unangenehm ist nur,* daß sie tagsüber nicht auf ihren Betten liegen dürfen, sondern stehen oder auf Schemeln hocken müssen, da es sonst angeblich zu lange dauert, bis ein Häftling angezogen ist, wenn er irgendwo vorgeführt werden soll.

Vor den Vernehmungen heißt's immer »ab in den Waggon«. Das ist ein winziger Raum des Untersuchungsgefängnisses, in dem oft 20, 30 Leute nervös stehend zusammengepfercht stundenlang darauf warten, vorgeführt zu werden. Bei den Verhören selbst wird Hans den üblichen Vernehmungsmethoden unterzogen, die nur eines zum Ziel haben: ein Geständnis. Einmal gutväterlich, dann wieder drohend; auch Schläge zählen zum Alltag.

Von der ersten Befragung an hat Hans seine Unschuld beteuert. *Erst viel zu spät hat er sich eines jungen Mannes entsonnen, dem er einmal in der Wohnung des Alten begegnet ist.* Er sei wahrscheinlich 20, sportlich, nicht sehr groß, tätowiert. Habe goldene Kettchen, hohe Schuhabsätze und Ringe getragen. Seine Kleidung sei billig und gelackt gewesen. Die Kriminalpolizei überprüfte dann nach dieser Beschreibung rund 200 Personen *aus dem Strichermilieu.* Da sich jedoch alle dabei verfolgten Spuren verliefen und Hans kein stichhaltiges Alibi hatte, änderten die Ermittler abermals ihre Strategie und konzentrierten ihre Recherchen wieder ausschließlich auf ihn.

Das einzige greifbare Resultat ist bisher ein gerichtsmedizinisches Gutachten, das sich recht vage auf »Kleider des Johann Holzer« stützt, auf denen »Spurenmerkmale von Menschenblut der Gruppe 0«, das ist auch jene des Opfers, festgestellt werden konnten. Da jedoch rund 40 Prozent aller Menschen diese Blutgruppe haben, reicht dieses Ergebnis nur für die Begründung eines dringenden Verdachts und damit für einen Gerichtsbeschluß über die Verlängerung der U-Haft, nicht aber für eine Anklageschrift *und schon gar nicht für die von* den Medien noch vor wenigen Monaten behauptete »lückenlose Indizienkette«.

*

Eines Abends – es hat Kaffee und Kokoskuppeln gegeben und das Licht in den Zellen ist bereits abgedreht – hallen plötzlich Schritte in den Gängen. Ein Summen, ein Knacken. Und dann das schnappende, metallische Geräusch des Anstaltsschlüssels, der ins Schloß gesteckt und umgedreht wird. *Begleitet von zwei Wachebeamten betritt ein Häftling die Zelle.*

Es ist schwer, den Neuankömmling korrekt zu beschreiben. Schon mancher wackere Journalist, der die Geschichte des Albert Bauer recherchieren wollte, und zunächst geglaubt hatte, es mit einem mittleren Ganoven zu tun zu haben, für Banken und Konzerne mehr ärgerlich als bedrohlich, für Politiker mehr Strohmann als Drahtzieher, stand plötzlich vor einem Phantom. Hörte unfaßbare Geschichten, überdimensionale Kriminalmärchen aus Tausend-und-einer-Nacht. Zweifelte kurz am eigenen Realitätssinn, checkte, re-checkte, begann allmählich das wahre Kaliber Albert Bauers zu ahnen, verlor in der Recherche den Boden unter den Füßen und versank schließlich in einem Strudel aus über die Welt verstreuten Millionenkonten und Konstruktionen von Firmen, die in rasender Abfolge überall zwischen Nord- und Südamerika, Südafrika, Europa und Fernost entstehen und verschwinden.

Am ehesten kann man Bauer wohl als gewiegten Spieler

begreifen, der an jener Grenze entlangturnt, die den übertüchtigen Geschäftsmann vom schlichten Kriminellen trennt, den Ehrgeizigen vom Phantasten, den Genialen vom Gaukler. Wenn er dabei immer wieder jenseits der *durch das Gesetz gezogenen Linie* zu landen scheint, und hin und wieder die Handschellen klicken, so liegt das *nicht an entsprechenden Fehltritten seinerseits, sondern an den Schwierigkeiten, die die Justiz selbst mit* der Unübersichtlichkeit ihrer Grenzziehungen hat.

So auch bei seinem jüngsten Coup, bei dem er eine ausländische Düngemittelfirma um 35 Millionen Schweizer Franken erleichterte. Er hat von dem Unternehmen Ware dieses Werts gekauft und zu dessen Gunsten über eine Bank ein Akkreditiv eröffnet. Das heißt, er hat mit dem Hersteller einen Vertrag geschlossen, wonach die Bank bei Vorlage bestimmter Lieferdokumente 35 Millionen Schweizer Franken auszahlen müßte. Doch dazu kam es nie: Denn in diesem Akkreditiv waren so geschickt diverse Formmängel versteckt, daß sich die Bank unter Hinweis auf diese Mängel vor der Zahlung drückte. Sie machte zum Beispiel geltend, daß im Akkreditiv die fragliche Düngemittelmenge in Kilo gemessen wurde, während sich in den Lieferpapieren die Maßeinheit »Liter« fand. Der Produzent, dem diese Finessen entgangen waren, schaute durch die Finger, klagte, und so sind die Handschellen wieder einmal eingerastet.

*

Bauers Gesicht ist braungebrannt, sein Körper sportlich durchtrainiert und *er ist guter Dinge,* da er weiß, daß es bald zu einer Einstellung des Verfahrens gegen ihn kommen muß. Rechtlich ist seinen kleinen Tricks nicht beizukommen. *In der Zwischenzeit betreibt er eben seine Geschäfte von der Zelle aus mit Hilfe* eines Anwalts, den er beauftragt hat, ihn täglich zu besuchen und dabei Anweisungen hin und her zu tragen.

Den Mithäftlingen gegenüber gibt er sich leutselig. Hans scheint ihm besonders am Herzen zu liegen, kommt doch auch er aus der Stahlstadt. Sein Vater war organisierter Sozialdemokrat *wie der alte Weiß,* und den Bürgerkrieg hat Bauer selbst noch als kleines Kind miterlebt; auch die Armut hat er damals kennengelernt. *Viel später hieß es dann von ihm,* er sei eingefleischter Kommunist, ein Linker mit starker Affinität zum Kapital.

Es stimme, *pflegt er auf entsprechende Fragen zu antworten,* er sei in seiner Jugend Kommunist gewesen, bis in die fünfziger Jahre hinein, als er Produktionsleiter im Stahlwerk war. Er habe damals dem Personal einen so hohen Leistungslohn zugebilligt, daß das den Firmenvorstand gewurmt habe. Die Firmenchefs hätten den Arbeitern nur das geben wollen, was sie zum Leben brauchten. Er aber habe gesagt, das sei falsch. Man müsse den Arbeitern das geben, was sie leisteten. Daraufhin sei er gekündigt worden. Er habe sich dann vom damaligen Management die Vertretungsrechte für China und Rußland geben lassen und binnen zweier Jahre gegen Provision so viel Stahl verkauft, daß er mehr verdient habe als die Firmenvorstände. Das sei aber offenbar zu viel gewesen, denn man habe auch diesen Vertrag gelöst.

Damals, erklärt er Hans eines Tages, sei ihm endgültig aufgegangen, daß irgend etwas faul sei an dem Gerede vom Leistungsprinzip. Er habe sich daher gänzlich selbständig gemacht und nach seinen eigenen Prinzipien zu arbeiten begonnen. Heute sei er absolut frei, auch politisch unabhängig, weder rechts noch links, weder Kommunist oder Sozialist noch Konservativer – *am ehesten vielleicht noch* Anarchist.

Aber keiner von diesen Anarchisten im Schafspelz, die ein solides Doppelleben führten, sich vor ein großes Publikum hinstellten, von Ehre, Moral, Anstand redeten, weil sie wüßten, daß die Leute das hören wollten, und die dann in ihrem Privatleben nichts von dem praktizierten, was sie öffentlich verträten – so wie der Minister, der sich in der Pause einer Kabinettsitzung auf einen Quickie im Dienstwagen zu seiner Freundin chauffieren lasse, um gleich danach restriktive Maßnahmen im Bereich der Sexualpolitik zu fordern oder der rastlose Funktionär, der sich im Dienste seiner Organisation abarbeite, Akten nach Hause schleppe, seit zwanzig Jahren keinen Tag freigenommen habe und zugleich ihm anvertraute Gelder heimlich auf seine Konten umleite.

Zwar könne er auch diesen zwielichtigen Gestalten seine Anerkennung nicht gänzlich verweigern, denn genau das, was niemand für möglich gehalten habe, zeige doch nur den Rest an Menschlichkeit in ihnen: den kleinen Anarchisten, der sich selbst im hartnäckigsten Funktionär versteckt halte und nur auf seine Chance warte. Vollends rehabilitiert wären diese Leute in seinen Augen aber erst dann, wenn es sich herausstellen würde, daß sie jedes Wochenende nach Paris geflogen seien, um dort das Lido auf den Kopf zu stellen – Dom Perignon für alle! Aber die Phantasien dieser Kleinbürger seien eben begrenzt wie die Wirklichkeit, der sie zu entkommen versuchten.

Solche Sprüche blenden den schwachen, mit wenig Ego ausgestatteten Hans, auf welchen die von Bauer ausgestrahlte Stärke wie ein Spiegel wirkt, in dem sich seine obskursten Begierden reflektieren. *Und so wird er nicht müde zuzuhören, wenn der Geschäftsmann in Anfällen* jenes Rappels, der in Fachkreisen als der »Häfen-Protz« bekannt ist, Details seiner größten Coups verrät. *Am schönsten findet Hans* die Story vom Luftgeschäft, in der es um eine winzige Gesetzeslücke geht, die den heimischen Steuerzahler bis zu ihrer Schließung hunderte Millionen gekostet hat, *von denen ein beträchtlicher Teil auf Albert Bauers Konten geflossen ist.*

Der relativ einfache Dreh beruhte darauf, daß Investitionsgüter hierzulande vom Staat mit einer Investitionsprämie von acht Prozent gefördert werden. Ein Unternehmer, der beispielsweise eine neue Maschine für seine Fabrik um 100 Millionen anschafft, wird vom Fiskus mit einem Unkostenbeitrag von acht Millionen verwöhnt. Diese Bestimmung machte sich Bauer zusammen mit ausländischen Airlines zunutze. Eine seiner heimischen Leasingfirmen trat dabei als Käufer von Flugzeugen auf, kassierte die acht Prozent vom Fiskus und verleaste dann die Maschinen an die ausländischen Luftlinien. Erst eine jüngst beschlossene Gesetzesnovelle, die überwiegend im Ausland eingesetzte Wirtschaftsgüter von der Investitionsprämie ausschließt, machte dem paradoxen Zustand ein Ende, daß der heimische

Steuerzahler Flugzeuge subventionierte, die nie heimischen Boden gesehen hatten, sondern natürlich direkt von den amerikanischen Herstellern an die ausländischen Abnehmer geliefert wurden.

Mit jeder dieser unglaublichen Geschichten erfaßt Hans klarer, wie naiv es von ihm war, sich an den Ratschlägen Lubeschs zu orientieren, in denen es immer nur darum ging, wie man mehr leisten könne und nie um jenes von Bauer so raffiniert eingefädelte Überlisten der Regeln, nach denen Leistung bewertet wird.

*

Schon drei Monate nach Bauers Verhaftung stellt der Staatsanwalt das Verfahren gegen ihn wieder ein. *Als sich der Geschäftsmann von den Mithäftlingen verabschiedet, läßt er Hans neben aufmunternden Worten auch eine Telefonnummer zurück, unter der man ihn, wie er sagt, im Bedarfsfall immer erreichen könne.*

Kurz darauf ist auch Hans selbst zu seiner eigenen Überraschung wieder ein freier Mann: Der verschollene Stricher ist der Polizei doch noch ins Netz gegangen. Es ist einer jener jungen Leute, die der Kuppler seinerzeit in die Wohnung des alten Mannes gebracht hat. Wie die anderen ist auch er nach einiger Zeit wieder weggedriftet. Er saß dann ein paar Monate im Gefängnis und nahm hernach wieder seine alten Gewohnheiten auf: Placierte sich abends im Vergnügungspark, lungerte in Bahnhofshallen, hockte in Schwulenlokalen und bettelte brieflich. Einer seiner Adressaten war der alte Mann. Der aber reagierte nicht.

Der Stricher, *kann Hans* im Polizeiprotokoll *lesen,* habe dann wieder begonnen ihn zu besuchen. Der Alte habe sich verständnisvoll für ihn gezeigt, habe zuhören können, sei ein Freund gewesen und habe die Freundschaft stets mit kleinen Geldbeträgen bekräftigt. Gehabt hätten sie nie etwas miteinander.

Bei seinem letzten Besuch habe der alte Mann nichts am Leib gehabt als die Pyjamajacke. Sie hätten Kaffee getrunken. Der andere habe ihm mit einem Mal einen Antrag gemacht. Habe eine Gegenleistung verlangt für das investierte Geld. Für ihn sei das der Verrat ihrer Freundschaft gewesen. Dann sei der Alte aus dem Raum gegangen und er habe die Briefe entdeckt, die sein Gastgeber nicht erhalten haben wollte. Da sei sein Zorn unermeßlich geworden. Er habe ihm bei seiner Rückkehr einen Schlag versetzt. Der Alte sei getaumelt, habe geschrien. Er habe ihn gewürgt, habe in diesem Moment empfunden, er müsse ihn zum Schweigen bringen, töten, und habe sein Messer gezückt.

*

Nur ein paar Leute in diesem Land wissen, wie sie mit Albert Bauer jederzeit Kontakt aufnehmen können. Zu diesen Leuten zählen sicher nicht seine Gläubiger und auch nicht die Finanzbeamten, *wohl aber der eben aus der Haft entlassene Hans. Und der betreffende Zettel mit der Telefonnummer ist auch seine einzige Chance, denn* Entschädigung für die neun Monate, die er zu Unrecht in Haft verbracht hat, *steht ihm nicht zu,* da er nicht nachweisen kann, daß er dadurch an seinem Vermögen geschädigt worden ist – er ist ja vor seiner Verhaftung arbeitslos gewesen.

So setzt Hans all seine Hoffnungen in jenen Mann, der in der Haft immer wieder von seiner Großzügigkeit gegenüber Freunden und Geschäftspartnern erzählt hat. *Und er wird auch nicht enttäuscht. Bauer teilt ihm mit, er habe einen Job für ihn und* gibt seinem Anwalt sofort Anweisung, Hans jenen Betrag zur Verfügung zu stellen, den er braucht, *um sich einzukleiden und eine Wohnung anzumieten.*

Hans ist überglücklich, als er mit einem recht stattlichen Geldbündel in der Tasche das Büro des Anwalts verläßt. Er fährt mit der U-Bahn ins Zentrum, betritt das nächste Kaufhaus, begibt sich in die Herrenmodenabteilung *und erstarrt.* Zwischen Hängegestellen, Vitrinen, Regalen und zwei Kassenpulten turnt dort eine Frau hin und her, zeigt Kleidungsstücke vor, tippt Preise in die Kasse, zählt Geld und versucht zu lächeln. *Es ist Waltraud.*

21
Nummer 202

Wie jeden Tag ist Waltraud seit dreiviertel 6 auf den Beinen, nur sonntags schläft sie bis 8 und gönnt sich ein Frühstück. Werktags kann von Frühstück keine Rede sein, grad nur ein Pulverkaffee zwischendurch. Der Morgen ist ausgefüllt mit Hausarbeit, Einkäufen und Obsorge für ihren Sohn Thomas, der inzwischen 15 Jahre alt ist. *Er geht aufs Gymnasium und* muß rechtzeitig aus dem Haus.

Viertel vor 8. Der Bub ist längst weg. Jetzt schlüpft auch sie in Stiefel und Mantel, um im Menschengewühl der U-Bahn-Schächte ein Farbtropfen unter Hunderten anderen zu werden, ein Tropfen der sich im Ozean der Statistik unter Abertausenden gleichen verliert: katholisch, alleinstehend, ein Kind, Beruf: Verkäuferin.

Im Zentrum angelangt geht Waltraud durch die belebte Fußgängerzone, biegt vor dem Kaufhaus nach links ab und betritt das Gebäude von der Rückseite her durch den Personaleingang. Gegenüber der Portiersloge hängen Tafeln mit senkrechten Fächern, in denen weiße Stempelkärtchen stecken. Waltraud entnimmt ihre Karte dem Fach Nummer 202, steckt sie in die Stechuhr und fügt sie ins Fach Nummer 202 einer anderen Tafel, um damit zu zeigen, daß sie anwesend ist. Dann faßt sie in der Portiersloge ein rotes Stoffsäckchen mit dem Wechselgeld und fährt, zusammen mit mehreren Arbeitskolleginnen, mit dem Lift in den dritten Stock.

8 Uhr 12. Das Kaufhausinnere ist hell erleuchtet, Kundeneinlaß ist um halb 9. Waltraud hängt ihren Mantel in die Garderobe, tauscht ihre Stiefel gegen Holzschlapfen, zieht eine lange dunkelblaue Wolljacke, »Gilet« genannt, über ihre rosa Uniformbluse, füllt das Wechselgeld in die Kasse und beginnt mit der Putzarbeit. Ihr Arbeitsplatz umfaßt etwa 150 Quadratmeter. Von einer dreiviertelstündigen Mittagspause und ein bis

zwei 15 minütigen Jausenpausen abgesehen ist sie den ganzen Tag über *auf den Beinen*. Sich einmal niederzusetzen wäre »die Fristlose«.

Die Herrenmodenabteilung füllt eine halbe Geschoßfläche des Kaufhauses, in der anderen Geschoßhälfte ist die Spielwarenabteilung, ein beständig nervenfressender Lärmerzeuger, untergebracht. Kinder versuchen sich an Elektroorgeln, an Robotern, an allerlei motorisiertem Kram, schreien und kreischen im Wettstreit mit den Müttern durcheinander, ein ständiges Gequietsche und Getue. Oft möchte sie aus der Haut fahren. Dazu schafft die Klimaanlage manchmal eine Hitze, daß die Verkäuferinnen am liebsten im Bikini gingen, dann wieder solche Kälte, daß sie sich am liebsten die nächstliegenden Herrensocken überstreiften. Wenn sie vor Streß transpirieren, rufen sie einer Kollegin zu: »Ich geh auf 32«. »32« ist das Codewort für Toilette, dort schmieren sie sich mit einem 8 × 4-Stift die Achseln ein.

Nach jedem Kunden beginnt neue Sisyphusarbeit: Der Kunde hat gewühlt, bevor er gewählt hat. Einige Pullover hat er zu Knödeln geformt, andere hat er aus drei verschiedenen Regalen zu einem bunten Haufen geschichtet. Eben hat die Verkäuferin jedes Stück fein säuberlich zusammengelegt, geschichtet und geschlichtet, kommt schon der nächste Kunde und beginnt mit neuer Wühlarbeit. Es gibt schnellentschlossene Kunden, die sind angenehm; es gibt wenig entschlossene, denen kann man helfen, und dann gibt es nichtentschlossene, lästige. Wenn ein Kunde besonders sekkant ist, rufen sie einer Kollegin als bloße Lockerungsübung zu: »Ich brauch die Frau Hammer!«, und wenn der Kunde nichts kauft, sagen sie, »der is effgangen«.

Vor zwei Tagen verlangte eine Dame mittleren Alters nach einer Weste für ihren Gatten. Waltraud zeigte ihr fünf verschiedene Modelle. Das eine war der Dame zu groß, das andere zu klein, das dritte zu bunt. Obwohl es sich um genau gleiche Größen handelte, mußte Waltraud jede Weste mit dem Zentimetermaß abmessen. Nach anderthalb Stunden sagte die Dame, sie werde morgen wiederkommen. Gestern kam sie dann tatsächlich, zeigte eine Weste vor, die sie woanders erstanden hatte und verlangte mit dem gleichen Spiel ein dazupassendes Hemd.

Jetzt vor Weihnachten vervielfachen sich derlei Kunden. In der Abteilung arbeiten fünf Verkäuferinnen, eine davon ist nur eine Teilzeitkraft, aber plötzlich stehen zehn Kunden da. Ein elfter Kunde schreit: »Ja is das das ganze Personal?« Der zwölfte schreit: »Is denn da niemand?« Wenn Waltraud dann versucht, sechs Hände zu haben, sagt ein Herr: »Fräulein, ich will Sie für mich allein, die Dame is nach mir kommen!« *Und im Hintergrund* plärren die Lautsprecher: »Geschenke für Ihre Lieben« und »Tausend Geschenkideen, die Freude machen«.

Ihre eigenen Weihnachtseinkäufe schiebt Waltraud noch vor sich her. Thomas möchte heuer einen kleinen Heimcomputer, er hat seit einem Jahr in der Schule Informatik. Sonst hat sich der Bub nichts gewünscht. Er spart fleißig. Sicher wird er etwas dazulegen. Im Angebot wäre das Gerät stark verbilligt, aber sie weiß noch nicht, wie sie das schaffen wird. Es dauert lange, bis man die paar Tausender abzweigt.

Und ihre eigenen Wünsche? Wenn sich nach der Arbeit ein Schaufensterbummel ausgeht, muß sie immer drauf achten, in welche Auslagen sie hineinschauen darf und zu welchen sie besser erst gar nicht hingeht. Arm und reich – eine Unterscheidung, die den Stoff für Märchen und politische Bewegungen abgibt, ihr aber nicht viel sagt. Arm? Sie könnte nicht sagen, daß sie sich arm fühlt. Sie ist trotz allem zufriedener als je zuvor. Ob die, die im Überfluß leben, zufriedener sind als sie?

Arm ist nur der Bub. Sie kann ihm nicht das Leben bieten, das sie ihm gern bieten möchte. *Zwar hat sie ihn auf eine Schule mit gutem Namen geschickt, aber das bringt auch wieder Probleme mit sich:* Ein großer Teil der Kinder kommt aus den teuren Wohnungen der Nobelbezirke und da werden Autos, Ferienhäuser und Skiurlaube ebenso abschätzend verglichen wie die tägliche Kleidung. Einmal ist der Bub nach Haus gekommen und hat geweint. »Die anderen in der Schule lachen über meine karierten Hemden.« Die Hemden waren, wie fast alles, was er damals getragen hat, älter, von einem anderen Kind abgelegt. Sie hat den Thomas dann gefragt: »Na und, gefallen sie dir selbst, deine Hemden?« Auf das zögernde »Ja« hat sie nur gemeint, dann könne es ihm doch nichts ausmachen, wenn sie den anderen nicht gefielen.

Waltraud selbst leidet unter der mißlichen materiellen Situation weniger als unter der Isolation, in der sie mit ihrem Sohn lebt. Sicher, Hans hat sich um die Hausarbeit und die Elternabende gedrückt, aber etliches hat er ja doch getan. Er schaffte, *zumindest so lange er Arbeit hatte,* einen nicht unerheblichen Teil des Familieneinkommens herbei, ging mit dem Kind schwimmen, skifahren und ging mit ihm ins Kasperltheater, während sie den Weihnachtsbaum schmückte oder die Geburtstagsüberraschung besorgte. Vor allem aber: Er war am Wohlergehen des Kindes ebenso interessiert wie sie selbst. Und wenn der kleine Thomas bei der Schulfeier fehlerfrei ein Gedicht aufsagte, dann tauschte er mit ihr gerührte Blicke.

Jetzt hat sie niemanden, mit dem sie gerührte Blicke tauschen kann. Berichtet sie den Kolleginnen von den Fortschritten ihres Sohnes beim Umgang mit dem Computer, dann lächeln die bloß nachsichtig: Alle jungen Leute machen schließlich Fortschritte, wenn sie Informatikunterricht haben. Sie ist jetzt allein verantwortlich. Selbst für alles zuständig. Ständig in Zeitdruck, gehetzt und in Furcht, vor der Kettenreaktion, die jede Änderung im genau eingeteilten Tagesablauf auslöst. Einmal sprach sie doch tatsächlich zu ihrem Sohn: »Thomas, laß bitte deine Mütze auf, sonst kriegst wieder Mittelohrentzündung, und wennst Mittelohrentzündung kriegst, dann muß ich mit dir zum Doktor, und wenn ich mit dir zum Doktor geh, dann kann ich net ins Kaufhaus, und wenn ich net ins Kaufhaus kann, dann schmeißen sie mich raus, weil ich hab keinen Urlaub mehr.« Der Dreizehnjährige fand das komisch und sie selbst mußte ebenfalls lachen.

16 Uhr. Waltraud ist abgekämpft und grau im Gesicht. Ein Kunde will einen Mantel in einer bestimmten Größe, die im Augenblick nicht lagernd ist. Er wird sofort mißtrauisch: »Haben S' kein Lager? Schaun S' doch noch einmal nach.« Er jagt sie quer durch die Abteilung und sagt noch: »Mir scheint, Sie wollen mir den Mantel net geben!«

Jetzt kommt ein anderer daher wie ein Pfau, er will einen Pullover umtauschen, den er als Geburtstagsgeschenk von seinem Onkel bekommen hat. Er sagt nicht: »Bitte, kann ich den Pullover umtauschen?«, er sagt: »Ich will den Pullover umtauschen, der heißt nix.« Ob es keine Luxusmarken wie Lacoste oder Benetton gäbe – »Ja was haben Sie denn überhaupt?«

Waltraud kann nicht mehr nach der Frau Hammer rufen, *denn in diesem Moment erblickt sie Hans.* Die beiden stehen einander wie Säulen gegenüber. *Sie fängt sich als erste wieder.*

»Dick bist worden.«

»Die Gefängniskost –« *stammelt Hans. Genauere Erklärungen kann er Waltraud erst nach Ladenschluß geben.*

22
Die vier Musketiere

Er beginnt jeden Abend aufs neue, der nächtliche Kampf im Dickicht der Stadt: Fighten um Status und Stil, um Anerkennung und Ansehen, um Prestige und Protz. Das Leben als Gesamtkunstwerk. Oder: Besuchen Sie den Zeitgeist, solange er noch weht. Sie sind um jeden Preis auf der Höhe dessen, was Sie und die Zeit dafür halten. Krise und Arbeitslosigkeit gibt es, aber das ist kein Thema. Und wenn durch nächtlichen Zufall doch, dann als wunschloses Unglück derer, die das Pech wirklicher Probleme haben. Stattdessen geht es heftig um Details. Etwa, ob sich der venezianische Luster mit den übrigen Klassikzitaten der Postmoderne im neuen Beisl nicht doch ein wenig schlägt. Wenn ja, wäre es furchtbar, weil ja doch wieder nur pseudo.

Petitessen bewegen den urbanen Mikrokosmos derer, die dabei sind. Die Lofts von Manhattan sind eigentlich gleich ums Eck, der Industriefriedhof im Stahlrevier dagegen ist unheimlich weit weg – *wer hier an der Theke steht,* hat anderen Kummer. Konsum ist für ihn kein preisgünstiges Einkaufszentrum, wie für die, die sich nach der Decke strecken, sondern eine Grundhaltung, die Lebensgefühl gewährt und signalisiert. Und gependelt wird nicht zur Arbeit ins Werk, sondern zum Vergnügen: Zum Down-hill-Spektakel beim nächsten Weltcuprennen oder zum Extremskilauf, im Sommer zum Liegeplatz des Segelschiffes oder zu den Freunden und ihren kleinen, alten Häusern in der Toskana. Ende Oktober, Anfang November ist sowieso schon Venedig angesagt.

Wer da ist, zieht. Immer die gleichen Kreise rund um die Theken jener paar Innenstadtlokale, die halt »in« sind. Wenn – spießig – draußen in den Schlafstädten der Peripherie nach »Dallas« oder »Dynasty« die Lichter verlöschen, ist drinnen in der Stadt Partnerwahl bei Endzeittango und Apokalypso. Ein fetziges Stück Wirklichkeit.

Etwa beim Willi in der Müllerstraße, einem patinierten Schickeria-G'wölb mit weißen Wänden und fahlen Gästen. It's Zombie-time. Das Lokal ist die Rahmenhandlung für jenes Bild, das seine Besucher von sich haben. Der Reinzeichner wird hier zum Graphiker, der Anzeigenleiter zum gewichtigen Werbeboß, der Gelegenheitsarbeiter zum Art-Fotografen und die Möbelverkäuferin zur Innenarchitektin. In der Hitze der Beislnacht mutiert jeder zum Star. Wer jobt, um cash zu machen, ist selber schuld. Gefragt sind Kultberufe wie Designer, Architekt, Fernsehregisseur und Filmemacher. Dabeisein ist gut, besser aber ist es, den Wirt duzen zu dürfen, oder am notorisch überfüllten Stammtisch ein sicheres Plätzchen zu haben. Oder ungefragt das Achtel serviert zu bekommen.

Nur Mitläufer geben sich die ganze Nacht in einem einzigen Lokal. Wer bleibt, bleibt über, Action ist stets anderswo. Die andere Partie inszeniert sich nebenan. *Gespielt wird aber überall das gleiche Stück, denn* der Zeitgeist macht sie in ihrem Gefühl der Ohnmacht alle gleich: die um ihre Arbeitsplätze zittern und die, die drüber sind übers angestrengte Verdienen. Gemeinsam ist ihnen die Ablehnung der Auflehnung. Sei es, weil die Raten drücken, oder sei es, weil – *wie etwa bei Swoboda* – der lange Marsch durch die Institutionen kurz und gut zur Karriere verkommen ist.

Und so geht die Reise nach innen – zu sich – ins weite Land der Seele, wo die wechselnden Moden ihren Beziehungsschutt hinterlassen. Der Softie leidet, kaum hat er sich die Sanftheit mühsam anerzogen, an der weggetretenen Emanzipierten, die plötzlich nach einem dosierten Macho verlangt. Sie ist postemanzipiert und neo-sinnlich, er auf- statt abgeklärt. Er trainiert Intellektualismus und Beziehungsanalysen, sie sucht eine Schulter zum Kuscheln. Und er findet sie auf der Flucht vor sich und ihm – beim dritten Achtel und einem anderen, der es weiß. (Versteht wäre zu viel.) Dieses Beziehungsleid macht Sinn: So groß der Frust, so groß die Lust daran. Es ist der große neurotische Kreis, der Flucht und Ziel in einem ist.

Die Seeleninszenierung hat öffentlich zu sein: Das Psychodrama fordert trotz wechselnder Besetzungen stets gleiche Typen

– statt Applaus gibt's Mitgefühl und Anerkennung an der Theke. Schnickschnack – Lust liegt im Konsum. Die Erfolgsformel: Kommerz statt Schmerz. Leben ist Kampf, im Konsumdarwinismus überlebt nur der (Finanz-)Starke. Trendprodukte sind teuer, aber sie bringen es. Das wohlige Gefühl, Glück gekauft zu haben. Mit diesen Egoprothesen läßt sich in der amorphen städtischen Gesellschaft vortrefflich überleben: Wer Trends kauft, ersteht auch ein Stück längst verlorener Identität. Und erringt einen Platz in der Stammeshierarchie.

Ein atavistischer Mechanismus. Und so ist denn auch die Konkurrenz der vielen Gruppen vergleichbar den Fehden von Stämmen – *Stämmen, in denen alle nach dem gleichen Gesetz leben:* Anders als die anderen sein, ohne wirklich anders zu sein. Bevor der Rest auch wohin fährt, mußt du schon längst dortgewesen sein. Dort ist einfach dort, wo die Kommerz-Schrittmacher hinfahren. Wenn die Nachhut draufkommt, mußt du's vergessen und anderswo sein. Ganz wichtig ist vorne zu bleiben und zeitgerecht den Trendschwenk zu merken. Natürlich kosten diese Mühen, aus der Ebene zu ragen, Kraft. Aber sie haben die power. Denn sie alle sind riesig. Nur – wer sind sie?

*

Ja, wer sind sie wirklich? Sehen wir sie uns doch etwas näher an – zum Beispiel jene vier, die man so oft Schulter an Schulter vor Willis Tresen *sieht, daß der sie nur noch seine* »Vier Musketiere« *nennt. Zwei von ihnen – Lubesch und Swoboda – kennen wir schon. Die anderen beiden sind noch vorzustellen.*

Der Kleine da, schräg neben Swoboda, der grade auf der Gästefarm mit seinen Augen weidet und sich derweilen an seinem Viertel labt, ist Literat und heißt Jack Hirsch. Eigentlich heißt er ja Günther. Doch als Jack jung war, konnte man unmöglich Günther heißen, also nannte sich Jack Jack. Seit einiger Zeit nennt sich Jack Jakob. Die Epoche der kindlichen Anglizismen sei vorbei, sagt er, deshalb sei er wieder zu seinem eigentlichen, schönen Namen zurückgekehrt, sagt er. Die anderen trauen sich nicht, ihn zu erinnern, daß sein eigentlicher schöner Name Günther lautet, denn wenn sie sich irgend etwas bewahrt haben all die Jahre, dann ihre Feigheit.

Als Jakob noch Jack hieß, war er ein Achtundsechziger und hatte nie etwas anderes im Sinn gehabt als die klassenlose Gesellschaft. Dann wurde er grün *und im letzten Jahr auch noch* fromm. Derzeit schreibt er, weil der Termin der Manuskriptablieferung schon naht, wie irr an seinem neuen Buch »Komm wieder lieber Jesus«.

Weil er sich im Zuge der atemberaubenden Metamorphosen, die er in den letzten 15 Jahren mitgemacht hat, immer wieder zum Wortführer von verschiedenen Protestbewegungen aufschwang, werfen ihm manche gestandene Linke ein finsteres Doppelspiel vor: Er vereinnahme junge Bewegungen, um sie dann den Mächtigen zu verkaufen und den dabei entstandenen ideologischen Mehrwert einzustreifen. Er sei einer, der stets am Strand des Ideen-Ozeans stehe, nach neuen Wellen Ausschau halte und flugs sein Surfbrett packe, wenn ihm eine Welle stark genug erscheine, ihn ein wenig weiter zu tragen.

Zwergen, die solcherart mit Schmutzkübeln seine Hosenbeine begießen, *entgegnet er kühl, daß* dies doch in Wahrheit das einzige sittliche Verhalten sei. Wenn er eine Entwicklung erkenne und sie für gut halte, warum solle er da nicht mitmachen? Er sei ja nicht Napoleon oder Cäsar, warum müsse er selbst jede Entwicklung auch noch erfinden?

Ist Hirsch auch nicht der Erfinder, so ist er doch der Verkäufer der neuen Wellen, und er hat wohl ein beachtliches Talent in diesen Dingen. Wenn ein Häufchen ökologisch Bewegter eine Pressekonferenz für ein bedrohtes Biotop veranstaltet, dann fabriziert es in der Regel ein 30 Seiten langes Papier, liefert noch die 17 Minderheitenstandpunkte dazu und erreicht nur eines: gähnende Langeweile. Wenn Hirsch das gleiche Thema verkaufen will, setzt er sich eine Froschmaske auf und kann sicher sein, drei Minuten in den TV-Nachrichten zu bekommen. Da er zudem ein begnadeter Schreiber ist, der es wie kaum ein anderer versteht, die diffusen Gefühle, Ängste und Motive einer ganzen Generation in klare Sätze zu transformieren, kann er davon recht gut leben – und das ist das Wesentliche für ihn, denn »Gut leben«, definiert er, »heißt Widerstand leisten.«

Auch der vierte Musketier – *Michael Peterling sein Name* – ist ein begnadeter Schreiber. *Und auf seine Weise* ist auch er ein Achtundsechziger; aber ein anderer als Swoboda oder Hirsch, einer derjenigen, die damals gleichfalls studiert und sich politisch engagiert haben, doch nicht auf der Linken, sondern im bürgerlichen Lager. Die Systemkritiker, deren revolutionäre Ideen und Utopien hatte er immer schon abgelehnt, für Veränderungen und Reformen trat jedoch auch er ein. Dem eigenen politischen Lager, verschreckt durch die Turbulenzen in den Audimaxen und den Straßen, waren Leute wie er irgendwie verdächtig. Mancher junge Rechte galt 1968 den Chefs der konservativen Partei als »linker Spinner«. Ein Leben zwischen den Fronten – das prägt.

Noch Jahre später – er hatte sich längst ins Unvermeidliche dieser Welt gefügt und gerade die Chefredaktion eines großen bürgerlichen Massenblattes übernommen – kursierten alle möglichen Gerüchte, die ihn als Chefredakteur dieser Zeitung unmöglich machen sollten. Peterling sei nicht nur Mitglied der sozialdemokratischen Partei, sondern gar bei jenem legendären Maiaufmarsch *des Jahres 1968, von dem sein Freund Swoboda noch heute schwärmt,* gesichtet worden. Alles in allem sei er ein ganz gefährlicher Linker, der sich bisher nur geschickt zu tarnen verstanden habe.

Die Auflage des Blattes war damals schon über mehrere Jahre auf dem Weg in den kalten Keller gewesen. Peterling fing die Zeitung dann auf und drehte die negative Entwicklung um. Nachdem er die Leitung übernommen hatte, konnten die Manager Jahr für Jahr eine Auflagensteigerung von durchschnittlich vier Prozent verbuchen. Die Rezeptur, nach der er dabei vorging, lautete schlicht und einfach: Durchflutung aller Bereiche des Blattes mit Boulevard, und das hieß vor allem: Viele kurze statt einiger weniger langer Geschichten pro Seite. »Was man zwischen fünf Straßenbahnstationen nicht auslesen kann«, proklamierte Peterling, »frustriert den Leser.«

Wer zwischen so viel Würze mit Kürze noch Appetit auf Tiefsinniges hat, wird auf Seite fünf mit einem Beitrag des Chefredakteurs persönlich bedient. Das Beste aus diesen Analysen wurde jüngst erst als großer, übersichtlicher Brocken mit dem griffigen Titel »Auf der Suche nach der verlorenen Moral« unter die Menschen gebracht. Desillusioniert zwar, aber mit äußerster Kraft der ganzen Schlechtigkeit unserer Zeit widerstehend beweist Peterling hier, daß er moralischen Gewinn aus seiner ganz persönlichen Synthese von Revolutionär und Reaktionär gezogen hat, und gibt zu allem, was die Welt oder seinen Herausgeber bewegt, so weise engagiert, so couragiert Auskunft, daß *seine Freunde ihm den Spitznamen* »Pater Ling« gegeben haben.

*

Beisltotale. Rauchig, gemütlich, laut, aber nicht schrill. Vorn an der Theke residiert Lubesch, gleichsam inventarisiert wie ein Bierwärmer, am blanken Holzpult.

Er habe heute einen außerordentlichen Gewinn lukriert *und gebe daher eine Runde aus,* brummbaßt er den eben angekommenen Freunden entgegen. *Als Hirsch unvorsichtigerweise Näheres über die Ursache des Geldsegens erfahren möchte, folgt einer jener Monologe, die vor allem beim Beislwirt gefürchtet sind, da sie* eine nicht zu verachtende Sprengkraft haben: Lubesch braucht nur loszulegen und die Theke ist leer.

Der Gedanke, *anstatt Unternehmer zu beraten, einmal auch* ein kleines bißchen selbst Unternehmer zu sein und damit auch noch Steuern zu sparen, habe ihm schon lange gefallen, *und als er dann vor einiger Zeit auf* eine neue Steuerspar-Möglichkeit der besonderen Art *gestoßen sei,* habe er sich sofort daraufgestürzt. *Es handle sich dabei um die sogenannte* »Treuhändige Direktbeteiligung«. Neben einer nicht allzu hohen Summe Bargeld benötige man bei dieser noch wenig bekannten Anlageform nur zweierlei: erstens ein Unternehmen, in das man investieren wolle, und zweitens einen Beteiligungsfonds, der die gesetzlich vorgeschriebene treuhändige Verwahrung der Investitionssumme übernehme.

Für den veranlagten Betrag nehme einem der Finanzminister keine Vermögenssteuer weg und wenn das Unternehmen auch noch Gewinne mache, blieben selbst die bis zu einer recht hohen Grenze steuerfrei. Sei die Konstruktion erst einmal zurechtgeschneidert, könne sich der Anleger entspannt zurücklehnen und sich über *das regelmäßige Hochklettern seines Kontostandes* freuen, *was hiemit – er hebt bei diesen Worten sein Glas – geschehe. Übrigens handle es sich bei dem von ihm gewählten Unternehmen um das bekannte »Institut für erfolgreiche Lebensführung«, einen besonders dynamischen Vertreter der zur Zeit enorm expandierenden Lebenshilfebranche, auf den er durch einen Mann aufmerksam gemacht worden sei, den er bei seinem vorjährigen Arbeitsaufenthalt in Haushofen kennengelernt habe.*

Als Hirsch bei der Erwähnung des »IEL« die Nase rümpft, kommt Lubesch in Fahrt: Ja, ja, die heimischen Geschäftsleute, Snobs und Weltverbesserer neigten in seltener Einmütigkeit dazu, über Stil und Geschmack der Dienstleistungen eines Unternehmens wie IEL loszuziehen. Dabei könnten nüchterne Beobachter von diesen Lebenshelfern einiges lernen. Vor allem das Erfolgsgeheimnis, sich und seine Arbeit mit Freude ernst zu nehmen.

Die Gründer jener Beratungs-Kette hätten als Leitmotiv die Allerweltsformel »Qualität, Service und Preiswürdigkeit« gewählt. Jede ähnliche Parole hätte es aber auch getan. Denn das Wesentliche sei nur die missionarische Begeisterungsfähigkeit für die eigene Sache, die auf die Mitarbeiter abfärbe. Das beginne in der Zentralverwaltung, die nur aus sehr wenigen Spitzenmanagern bestehe, welche einander täglich zu einem informellen Gedankenaustausch träfen und höchstpersönlich überraschende Kontrollen der einzelnen Zweigstellen durchführten. *Und es reiche bis zu den* bis ins Detail gehenden Instruktionsbüchern, *in denen es zu Beispiel heiße:* »Der Berater hat mit jedem Kunden Augenkontakt herzustellen und zu lächeln . . .«.

Obwohl das Prinzip gälte, »Wir forschen uns nicht zu Tode«, werde in Testfilialen ununterbrochen experimentiert: neue Kursunterlagen, Tonbandkassetten, Preisabstufungen, und so weiter. In einem der Nachbarstaaten gäbe es Filialen, in deren Schulungsräumen ununterbrochen Videofilme – etwa über den günstigsten Augenblick des Ansprechens der Kunden –

liefen. Die Optimierung solcher Einzelheiten sei nur möglich, wenn man sein Geschäft vollkommen ernstnehme. Und eben dies sei seiner Beobachtung nach der Hauptunterschied zwischen ausländischen Erfolgsunternehmen und den durchschnittlichen heimischen Betrieben. Deren Schwäche bestehe ja genau darin, zwar gute Ideen und Programme zu entwickeln, jedoch zu scheitern, wenn es darum gehe, die Produkte marktreif zu machen und zu verkaufen.

Wenn man das als nationale Besonderheit betrachte, sei übrigens auch die derzeitige Koalitionsregierung eine für dieses Land typische Regierung. Die Firma SP und Co habe bei ihrer Gründung zwar ein desolates Unternehmen übernommen, aber gleichzeitig einen so aufnahmebereiten Markt vorgefunden, wie ihn redliche Kaufleute sonst nur erträumen könnten. Es habe ein Bedürfnis nach demokratischer – glücklicherweise noch nicht autoritärer – Führungsfähigkeit bestanden, nach klaren Richtlinien, eindeutigen Entscheidungen und konsequenter Durchführung. Der Aufgabenkatalog, den sich der Kanzler, das heißt der Vorstandsvorsitzende und Sprecher des neubestellten Vorstandes der Republik, in dieser Situation vorgegeben habe, sei entsprechend groß und wichtig – aber daher eben nur mit modernen Managementmethoden zu erfüllen: durch klare Zielvorgaben, vertrauensvolle Delegation der Zielerreichung und laufende nüchterne Kontrolle der Durchführung. Dauerpalaver aller über alles sei ungeeignet für ein Sanierungsteam.

Und an diesem Punkt setze seine Kritik an der neuen Regierung an: Sie zeige, zumindest bis jetzt, alle Zeichen von Entscheidungsunlust. Wo früher unbedacht durchgezogen worden sei, herrsche nunmehr tote Hose. Bedrohlich sei diese Entscheidungsschwäche vor allem für jene schöne Idee eines »Neuen Landes«, unter der der Kanzler angetreten sei. Er, Lubesch, glaube ihm wohl, daß er sich dieses neue Land wirklich wünsche. Ein Land, in dem der Kunde König sei, nicht der Verkäufer, der Bürger und nicht der Beamte, der Bahnfahrer und nicht der Eisenbahnergewerkschafter – ein gutdurchlüftetes, bewegliches Land.

Da sich Lubesch in diesem Augenblick umdreht, um sicher

zu gehen, daß sich kein Vertreter der genannten Berufsgruppen in Hörweite befindet, entsteht eine ganz kurze Pause, die Peterling blitzschnell dazu nutzt, um selbst ans Wort zu kommen.

Wer von der neuen Regierung eine Wende erwartet habe, sei selber schuld. Er, Peterling, sei zwar immer schon ein Befürworter der Großen Koalition gewesen, habe sich aber nie ein Feuerwerk an Problemlösungen erwartet. Dazu seien die Probleme zu groß und zu komplex und zu explosiv. Das Beste, was man von der Großen Koalition erhoffen dürfe, sei, daß sie die immer schon vorhandenen Ansätze zu Problemlösungen mit einer Nuance mehr Mut als die vorangehenden Regierungen wahrnehme. *Und eben diesen Mut* respektiere er am Kanzler, *welcher ihn in dieser Hinsicht an* den sagenumwobenen Begründer der einst das Land regierenden Herrscherdynastie *erinnere,* der vielleicht auch nur deshalb ein so bedeutender Kaiser geworden sei, weil keiner ihm eine Chance gegeben habe. So habe er nichts zu verlieren gehabt und Mut und Konsequenz gezeigt.

Genauso der neue Mann an der Spitze. Zum ersten Mal seit vielen, vielen Jahren tue ein Kanzler das, wovon er glaube, daß es gut für das Land sei – unabhängig davon, ob es gut für ihn und seine Partei ausgehe. *Darin unterscheide er sich vom* Alten, der vielleicht ein genialer Politiker, aber kein Staatsmann gewesen sei, denn dem Staatsmann gehe es zuerst um das Land und dann erst um seine Partei oder gar um sich selbst. *Besonders beeindruckt habe ihn in dieser Hinsicht* die Ankündigung von Massenkündigungen im Stahlrevier nur einen Monat vor den dortigen Regionalwahlen. Ihm sei ein größerer Bruch mit den politischen Sitten dieses Landes, mit der Verlogenheit der politischen Agitation, noch nicht untergekommen.

Weit werde der neue Mann damit aber nicht kommen, meint Hirsch, denn eine Sozialdemokratie ohne Arbeitsplätze sei ja wie ein Zahnarzt, der aus dem Mund stinke. Diese Partei hätte eben nicht begriffen, was die Wende eigentlich sei. Sie verstehe alles falsch, nämlich politisch. Das Entscheidende sei aber doch die hinter dem Politischen liegende geistige Wende. Und damit hätten sie, die Praktiker immer ihre Probleme. Industrie, Fortschritt, Wachstum – diese hilflosen Vokabeln und grauslichen Wirklichkeiten – signalisierten heutzutage doch nur mehr eine Sackgasse. *Jene letzten Weisheiten* der derzeit betriebenen rationalen Machtpolitik erzeugten nichts als Häßlichkeit.

Er wundere sich, daß es immer noch schöne Menschen gäbe, vor allem, das sei sein Vorurteil, schöne Frauen. Die seien das fortdauernde Versprechen Gottes auf künftige Schönheit, wenn nur rechtzeitig Widerstand geleistet werde. Und so könne die Wende aus der Sackgasse zurück zu den Werten, die der Fortschritt niedergewalzt habe, nur im Gegenteil der rationalen Machtpolitik, das heißt in sinnlicher Lebenspolitik liegen. Sinnlichkeit sei identisch mit Sittlichkeit. Sinnliche Politik sei daher die Erzeugung von Schönheit des Lebens. Sie bedeute den Einbruch von Liebhaberinnen und Liebhabern – auf lateinisch »Dilettanten« genannt – in die Berufspolitik.

An diesem Punkt glaubt Swoboda auf den ermutigenden Erfolg des Dilettanten Weiß bei den letzten Parlamentswahlen verweisen zu dürfen, kommt damit aber bei Hirsch an den Falschen.

Hier sei doch nur eine Perfektionierung des Machtkartells durch Einbau der neuen politischen Bewegung im Gange. Die Mafia streiche sich jetzt grün an. Er habe nun mehr als ein Jahr lang das Treiben dieses neuen Abgeordneten im Parlament verfolgt: anfangs voll Hoffnung, dann mit wachsender Skepsis und Enttäuschung. Doch jetzt sei es mit seiner Geduld vorbei. Der Mann werfe ja durch Anpassung und für das Wohlwollen der Parteioberen all seine Prinzipien über Bord. Die verlogene Heuchelei seiner Parlamentsreden sei das Mieseste, das er in letzter Zeit aus diesem Haus gehört habe.

Während hierauf Swoboda einräumt, daß Weiß derzeit wohl noch etwas zu viel Respekt vor dem Parlamentsbetrieb habe, *ziehen auf Peterlings Stirn tiefe Sorgenfalten auf.* »Keine Frage«, formuliert er scharf, »Martin Weiß ist, wenn er so weitermacht, sittlich gefährdet.«

23
Im Hohen Haus

Die Zeiger an der Wanduhr stehen auf 20 Minuten vor drei – früher Nachmittag an einem durchschnittlichen Sitzungstag im Plenum des Hohen Hauses. Aus dem Saallautsprecher dröhnt die sonore Stimme des Industrie-Staatssekretärs: er verteidigt von der Regierungsbank aus die Waffenexporte der verstaatlichten Unternehmen. Fast vollständig besetzt ist die Zuschauergalerie. Von insgesamt 183 Volksvertretern be-sitzen gezählte 26 schwarze und 30 rote Abgeordnete ihre drehbaren Polstersessel. Die anderen sitzen gemütlich in der Milchbar.

Diese sagenumwobene, weil exklusive Einrichtung hat fast noch jeden, der sie das erstemal betreten hat, enttäuscht: Ein Dutzend schwarzlackierter Tische auf zwei, durch einen Mauerdurchbruch verbundene Räume verteilt, rundherum die entsprechende Menge altmodisch aussehender blaugrüner Fauteuils. Rechter Hand vom Eingang eine Theke, dahinter eine riesige Espressomaschine, die übliche Drapierung durch Gläser, die hochgeistigen Flaschen eher unüblich versteckt in einer Ecke, davor drei hochbeinige Barhocker. Mit Bar hat das Etablissement wenig zu tun. Es wirkt eher wie ein Vorstadtespresso, versetzt in den noblen Rahmen eines alten Gemäuers.

Der sozialistische Klubobmannn vertieft sich gerade in die Titelgeschichte eines Wirtschaftsmagazins, ein konservativer Jungabgeordneter bleibt beim Durchblättern von Peterlings Boulevardblatt auf der »Leichter Leben«-Seite hängen, und in der letzten Reihe *erholt sich Martin bei einem großen Mokka von den Strapazen* der Plenardebatte. Diese Sitzungen des Plenums ziehen sich oft über zwölf bis vierzehn Stunden hin und sind für ihn weniger eine geistige als eine körperliche Anstrengung. Am Abend geht er dann todmüde und fertig aus dem Haus, hat aber das Gefühl, den ganzen Tag eigentlich nichts Richtiges gearbeitet zu haben *und denkt mit Grauen an* die noch unbewältigten Stöße von Papier auf seinem Schreibtisch. Für die regelmäßigen Sitzungen und Arbeitsgruppen des linken Netzwerks *bleibt da kaum noch Energie übrig.*

Martin hatte sich seinen neuen Beruf viel einfacher vorgestellt. Schon die ersten Tage im Parlament sind eine harte Prüfung für ihn gewesen. Er hat sein Amt an einem Dezembermorgen um 7 Uhr 30 angetreten. Im 2. Stock des Hohen Hauses hat er das ihm zugeteilte Büro gefunden, ein keines Kammerl gleich neben dem Klo mit einem Uralttelefon und einem Schreibtisch. Alles leer – kein Blatt Papier, kein Schreibgerät, nicht einmal eine Büroklammer. Die Bestürzung im Klub über mein Eindringen muß groß sein, hat er damals gedacht.

Unsichtbar auf seinem leeren Schreibtisch aufgehäuft hat er dann all die Mißstände und verschleppten Probleme gefunden, für die er nun plötzlich mitverantwortlich sein sollte. Er ist in die nächste Tabak-Trafik gegangen, um sich einen Schreibblock und einen Kugelschreiber zu kaufen. In den Gängen, durch die er danach zu seinem Büro zurückgegangen ist, hat er Gestalten gesehen, die ihn in ihrer huschenden, lautlosen Emsigkeit an jene in Eichhörnchen verwandelten Menschen erinnert haben, die im Märchen »Zwerg Nase« der Hexe bei der Zubereitung ihrer Zaubertränke dienen mußten.

Den Rest der Woche hat er damit verbracht, Gesetze und Aktenbündel Seite für Seite zu lesen. Das Resultat sind bohrende Fragen gewesen, mit denen er seinen Schreibblock gefüllt hat. Eine klägliche Ausrüstung *für die kommenden Auseinandersetzungen,* wie sich bald zeigen sollte. Don Quichotte hätte seine helle Freude an ihm gehabt. Heute weiß Martin, wogegen man hier gewappnet sein müßte.

Da gibt es erstens die Energievernichtungsmaschine: Eingesetzt wird sie, wenn der Klub einen Vorschlag umbringen will, aber nicht offen dagegen stimmen kann, weil der Vorschlag eigentlich richtig ist. Einholung von Gutachten und Stellungnahmen, Prüfung von Alternativlösungen und Rechtsfragen lassen jedes unliebsame politische Projekt verschwinden. Diese Methode hat den Vorteil, daß durch die oft schreiend unsinnige Zusatzarbeit gezielt jene Klubsekretäre bestraft werden, die an einem solchen unangenehmen Projekt mitgearbeitet haben. Außerdem ist die Methode zwar tödlich, aber nicht nachweisbar. Sollte es dennoch gelingen, für einen solchen Vorschlag die Mehrheit der Abgeordneten zu mobilisieren und die Klubführung unter Druck zu setzen, dann treten die Kronjuristen auf. Das sind sorgfältig ausgesuchte und privilegierte Beamte *aus den im Einflußbereich der Partei stehenden Ministerien,* die in jedem Stadium der Debatte jedes unangenehme politische Vorhaben zerlegen können.

Zweitens gibt es das Spiegelkabinett: Da im Klub nur ein Dutzend Leute die Fäden ziehen, gelingt es diesen jederzeit mit einem Minimum an Aufwand die übrigen Abgeordneten mit einer geradezu gespenstischen Scheindebatte zu verwirren. Die von Martin zu Anfang geplanten Anfragen zum Waffen- und Rüstungshandel wurden so innerhalb weniger Wochen *zu Fall gebracht.* Er hat solche Versuche dann aufgegeben, weil er keine sinnlosen Sachen macht. Die Usancen sind eben: Regierungsabgeordnete fragen auf Bestellung oder bestensfalls: Herr Minister, was haben Sie in den letzten Jahren alles für meinen Wahlkreis leisten können?

Ja und drittens ist da natürlich noch der Klubzwang. Verfassungsmäßig ist der Abgeordnete frei und unabhängig, aber real gibt es ein Listenwahlrecht, und von den Parteien wird nach dem internen Entscheidungsprozeß erwartet, daß die Abgeordneten geschlossen abstimmen. Wenn er sich nicht dran hält, ist er für den Rest der Legislaturperiode ein wilder Abgeordneter – ausgeschlossen vom Klub aus zwei Gründen: Weil er das Mehrheits-Minderheits-Prinzip verletzt hat, und weil er sich mit dem politischen Gegner solidarisiert hat. Damit könnte Martin zwar gegenüber seiner politischen Überzeugung und seiner Biographie redlich bleiben, hätte aber seine Wirkungsmöglichkeiten innerhalb der Partei verloren.

Wie hatte er sich doch über die Rolle und Bedeutung des Abgeordneten getäuscht! Nun erst, da er selbst einer geworden und damit in den inneren Kreis des parlamentarischen Systems vorgedrungen ist, erfährt er, was die Machthaber wirklich von den Abgeordneten denken. »Was willst du mit diesen Säufern und Halbdebilen?« hat ihn einmal der Klubobmann gefragt, als Martin ihm mit Plänen zur Belebung der Klubarbeit gekommen ist. Das ist an einem jener Nachmittage gewesen, an denen der Klubobmann selbst schon angeheitert war, *sodaß eine gewisse Chance bestand,* ein Anliegen durchzubringen.

Die Enttäuschung des neuen Abgeordneten *geht aber noch tiefer. Inzwischen hat er nämlich gemerkt,* daß im Parlament nichts entschieden wird: daß die Regierungsvorlagen, die man ihnen präsentiert, bereits mit den tatsächlichen Entscheidungsträgern abgesprochen sind und im Parlament nur mehr abgestimmt werden, daß Anträge, die nicht von den Regierungsparteien eingebracht werden, von vornherein keine Chance haben und daß schließlich alle Debatten, ob im Plenum oder aber – was Martin als noch schlimmer erscheint – auch im Ausschuß, nur Scheingefechte sind, nur Streit um die bessere Fernsehzeit und um die griffigere Formulierung, nicht um den besseren Inhalt, weil ja das Ergebnis ohnehin schon feststeht.

Manchmal hat er sich gefragt, ob er dabei mitspielen soll, oder ob er nicht auch deshalb ins Parlament gewählt worden ist, um mehr Ehrlichkeit, Lebendigkeit und Mut hineinzubringen. Schließlich hat der Realist in ihm gewonnen: Ich gehe, *hat er sich gesagt,* einen bitteren Weg. Ich bin auf dem Marsch durch die Institutionen und suche Leute, die diesen Weg mitgehen, um einen Prozeß des Umdenkens einzuleiten – im Rahmen einer klimatischen Veränderung, wie ein Sonnenstrahl am bewölkten Himmel. Wenn ich heute gegen den Klubzwang ankämpfe, schneide ich mir ja selber meine Durchmarschstrategie ab. Dann stimmen ja später einmal die, die ich noch nicht auf meiner Seite hab, gegen mich.

Die Partei, *redet er sich auch jetzt gerade bei seinem zweiten Mokka selbst zu,* ist veränderbar! Hat er nicht immerhin in verzweifeltem Ringen mit dem Klubobmann erreicht, daß er *bei der gleich folgenden Abstimmung über weitere Waffenexporte* nicht im Saal anwesend sein muß? Vielleicht geht es darum, an seinem Beispiel zu beweisen, daß sich eine Generation in die vorhandenen politischen Strukturen integrieren kann, ohne den aufrechten Gang zu verlieren.

In diesem Augenblick ruft das im ganzen Haus hörbare Klingelzeichen zur Abstimmung, die Milchbar leert sich *und auch Martin steht auf, da in seinem Büro eine Gesetzesvorlage darauf wartet, studiert zu werden.*

*

Bevor er sich dem Paragraphenwerk widmet, geht Martin die aktuelle Post durch.

Da sind sie wieder, diese Briefe, Telegramme und Petitionen, in denen sich Wut und Traurigkeit über eine Symbolfigur, deren Trotz Hoffnungscharakter bekommen hat, spiegeln. Vier dicke Bene-Ordner *sind schon voll davon. Er mag inzwischen nichts mehr hören von diesen* Voyeuren am Rande der Partei, die sich mehr »action« im parlamentarischen Alltag von ihm erwarten. Soll er vielleicht als eine Art Poltergeist durch die dunklen Gänge des Hohen Hauses ziehen und jedem, der ihm über den Weg läuft, drei kritische Fragen stellen? Er kann doch nicht wie manche Abgeordnete der Grünpartei jede Woche irgendeine Clownnummer abziehen.

Schau, schau, denkt er trotzig-rotzig *beim Überfliegen eines der Briefe,* wieder einer, der mich angeblich gewählt hat. Ich muß dir's glauben. Eure 62.000 Vorzugsstimmen waren zwar optisch stark, aber nicht real. Den ewigen Vorzugsstimmenkandidaten kann's nicht geben, das überleb ich ja nicht. Zustimmungen von der Art »Bist ein leiwander Alter, komm, ich lad dich ein auf ein Achtel«, bringen mir nichts. Für Sentimentalitäten ist in diesem Geschäft kein Platz.

Hin und wieder spielt Martin sogar mit dem Gedanken, sich vom Druck seiner linken Freunde aus dem Netzwerk zu emanzipieren. Ihn nervt dieses inoffizielle Delegierungsdenken mancher Leute, die sich nur am Kaffeehaustisch hinsetzen um herumzumotzen und dabei glauben, jetzt sitzt der Weiß im Parlament und erledigt eh alles für sie. Dabei haben viele von denen den auf seine Person zugeschnittenen Wahlkampf ohnehin nur mit inneren Reserven mitgetragen, einige haben sich sogar gänzlich verweigert. Der große Schub, befindet Martin, kam jedenfalls nicht von dort. Für ihn ist die SP-Linke nur mehr eine von mehreren Gruppen im Spektrum seiner Wähler.

Natürlich ist ein kritisches Korrektiv nötig. Das darf aber doch nicht darin ausarten, daß ihm Leute, die einmal im Monat beim Netzwerk vorbeischauen, aus dem bequemen linken Eck heraus ein imperatives Mandat erteilen und über ihn zu Gericht sitzen. Der Swoboda, der in dieser Frage vollstes Verständnis für ihn aufbringt, *hat schon recht, wenn er meint,* Debattierklubs dürfen nicht zu Femezirkeln werden. *Er hat ihm geraten,* sich auch in Zukunft nicht von Verbalradikalen ins Feuer schicken zu lassen. Was manche von denen verlangten, käme einer unverantwortlichen Kamikazetechnik gleich. *Der Swoboda sagt auch,* er glaube eher an die Durchsetzbarkeit sozialdemokratischer Positionen durch konsequente politische Millimeterarbeit als durch theoretische Diskussionen oder spektakuläre Aktionen.

Da! Schon wieder die alte Leier: »...Du hast den Marsch durch die Institutionen begonnen und kommst als ein anderer aus ihnen heraus. Nicht du veränderst die Institutionen, sondern die Institutionen haben dich verändert.«

Das muß ihm erst einmal inhaltlich nachgewiesen werden. Hat er nicht bei allen Fragen permanent innerhalb der Partei um andere Mehrheiten gerungen? Bei den Kraftwerksbauten zum Beispiel, oder bei der Energiepolitik. Und hat er in seiner Rede zum Sozialbericht nicht gesagt, daß die Armen immer ärmer und die Reichen immer reicher geworden sind? Das ist doch kein Anpassungsprozeß, sondern ein harter, mühsamer Kampf innerhalb der Institutionen.

Aber das verstehen ja anscheinend nicht einmal die Leute aus dem Komitee für Weiß. Er hat sie in den letzten Monaten alle, zum Teil mehrmals, aufgesucht und sie gebeten, die Dinge doch einmal aus seiner Warte zu sehen: Von der letzten Bank aus im roten Sektor des Nationalrates, als einer von 90 sozialdemokratischen Abgeordneten, die alle wenig Sinn für Extrawürste haben. Verständlich, plausibel und plastisch hat er ihnen seine neue Welt gemacht *und hat ihnen auch gesagt,* daß sich da draußen eben niemand vorstellen kann, wie stark der Druck in der Partei und im Klub ist.

Und was war ihre Antwort? Sie hätten ihn nicht zum Botschafter gekürt, der den Daheimgebliebenen von den exotischen Bräuchen der Eingeborenen im fernen Parlamentsland erzählen solle. Die seien nun doch schon hinlänglich bekannt. Nur der Staatsdichter *hat selbstkritisch angemerkt,* daß das Konzept vielleicht ein Irrtum gewesen sei, für eine Summe von Veränderungswünschen stellvertretend einen Menschen ins Parlament zu schicken.

Ah, schau her, noch ein Dichter:

»... Du bist eine gentechnische Sensation
Eine vermehrungsfähige Mutation,
Sitzt in Dein Kammerl gleich neben dem Klo
Und fürchtest Dich so.
Einst warst Du wild, einst warst Du schön,
Aber jetzt sagen alle: kannst scheißen gehn.«

Für heute hat Martin genug von Dichtern und wendet sich seiner Gesetzesvorlage zu.

24
Der weiße Riese

Anfangs freut sich Renate über Martins unerwartete Karriere. Die für sie immer schon etwas unheimliche Welt der Politik bleibt ihr jedoch nach wie vor fremd. Nur ein einziges Mal besucht sie ihren Mann in der Hauptstadt. Anlaß ist das Sommerfest des Kanzlers. Martin ist eingeladen und möchte Renate mitnehmen.

Wie vereinbart begibt sie sich vom Bahnhof aus sogleich in seine neue Wohnung und wartet dort auf ihn. Als Martin aus dem Parlament heimkommt, trägt er schlechte Laune wie einen Schild vor sich her. Hastig poltert er zur Tür herein, sagt: »Komm«; sagt: »Bist du noch nicht fertig?« Poltert durchs Vorzimmer, lehnt es ab, sich zu setzen, beißt in einen Apfel, ißt im Stehen einen Apfel, kann sich nur mühsam zum Stehen zügeln, ißt im Gehen einen Apfel, steht übellaunig, würde mit den Fingern trommeln, wenn er nicht den Apfel in einer und die Autoschlüssel in der anderen Hand hätte und wenn sich im Vorzimmer was zum Trommeln Geeignetes fände.

Martin hat Magenweh.

»Freust dich denn gar nicht, mich zu sehen?« fragt Renate klagend.

Martin will wissen, ob Renate nicht merkt, wie er sich freut, sie zu sehen.

»Sei jetzt freundlich!« bittet Martin, *als sie beim Fest eintreffen,* und sofort schläft Renate der Mund ein, wird Renates Gesicht starr. Martin bittet sie, freundlich zu sein, und sogleich weiß sie, daß sie es ihm nicht recht machen kann. Was versteht er unter f r e u n d l i c h? Schon ist sie befangen, schon fühlt sie sich beobachtet, schon fürchtet sie sich vor Zensuren, schon ist sie empört. Martin will sie witzig und schlagfertig erleben. Wer ist er, daß er glaubt, sich das herausnehmen zu können?

Sie käme mit den glatten Formeln im gesellschaftlichen Umgang nicht zurecht, behauptet sie, und da ist was Wahres dran. Ihr gehen die Phrasen, die einen gewandt erscheinen lassen, nicht von den Lippen. Martin selbst läßt sie ja heute abend aus sich herausrinnen wie Öl. Martin sagt: »Wenn Sie bitte die Freundlichkeit hätten«, und: »Das ist sehr liebenswürdig, vielen Dank«, und: »Unter diesem Aspekt würde ich die Sache nicht unbedingt betrachten«, und: »Das ist ein interessanter, wenn auch inzwischen vielfach angezweifelter Standpunkt«, und es wirkt alles ganz natürlich.

Renate hingegen beginnt und hört sich zu und kommt sich vor wie in einem schlecht synchronisierten Film und muß abbrechen. Renate sagt: »Bitte«, und: »Danke«, und: »So ein Blödsinn«, beziehungsweise sagt sie gar nichts, weil sie das Gefühl hat, ihr Provinzdialekt sei hier nicht angebracht.

Renate sitzt neben einem Botschaftsrat, der etwas Freundliches über die freundliche Einrichtung des alljährlichen Kanzlerfestes äußert. Renate stimmt ihm lahm lächelnd zu. Er fragt, ob sie in der Hauptstadt lebe, und sie verneint es unnötig weitschweifig. Dann fragt sie ihn, wie lange er schon hier sei, und er sagt, anderthalb Jahre. Darauf fragt sie ihn – schon fragt sie ihn, sie ist nämlich gewappnet, sie hat Fragen auf Vorrat mit, es soll ihr nichts passieren – , sie fragt ihn also, wo er vorher war. Er war in Holland.

Was soll sie jetzt um Gottes willen sagen? Alles, was ihr einfällt, ist Käse, und: Windmühlen, ein unbrauchbares Sortiment. Vielleicht soll sie ihn fragen, wie lange er in Holland gewesen ist, obwohl sie von der Auskunft nicht das geringste hat. Vor allem aber: Was fragt sie danach? Sie könnte ein Kalendarium seiner Berufslaufbahn erstellen. Sie fragt ihn, wie lange er in Holland war, und er sagt es ihr, und sie fragt, wo vorher, und er sagt es ihr, und sie fragt, wie lange, und er sagt es ihr, und sie fragt, wo vorher – aber das Spiel wäre auch bald zu Ende, weil der Mensch ziemlich jung und ja bloß Botschaftsrat ist.

Renates Schweigen hat ihn inzwischen das Wort an seine Nachbarin zur Linken richten lassen, die zwitschert routiniert zurück und zwitschert zugleich auch noch über den Tisch, bald ist ein lebhaftes Gespräch zwischen ihr und Renates Nachbarn aus Holland und zwei weiteren Leuten im Gange. Worüber sie reden, begreift Renate nicht, aber sie wirken amüsiert. Renate könnte sich jetzt mit einem leicht hingeworfenen Witzchen souverän einschalten, doch in Renates Kopf finden sich keine leicht hinzuwerfenden Witzchen, in Renates Kopf wälzen sich zähe Klumpen ineinander verkleisterter, zur Konversation ungeeigneter Gedanken, und darüber liegt schwer zu betäubende Langeweile.

Renates anderer Nachbar, der zur Rechten, spricht mit seiner Nachbarin zur Rechten, das erfüllt Renate vorübergehend mit Erleichterung, sie wendet sich konzentriert dem Geselchten auf ihrem Teller zu, bis ihr die Befürchtung kommt, daß Martin vielleicht mit Mißfallen und Verachtung wahrnimmt, wie sie sich schweigsam und abgekapselt ausschließlich dem Fressen hingibt, also beschließt sie, zu ihrem Nachbarn zur Rechten etwas zu sagen, nur fällt ihr leider nicht ein, was.

Je mehr sie sich in die Vorstellung hineinsteigert, sie müsse jetzt, sofort, in dieser Sekunde in irgendeinem Geplauder untertauchen, um auffälligem und tadelnswertem Einzelgängertum zu entgehen, desto unüberwindlicher wird die Sperre, die sie von ihrem Vorhaben trennt. Sie kann nicht. Sogar die sinnlosesten Redewendungen verkriechen sich unaufstöberbar in entfernte Gehirngänge, sie ist stumm, mit Sprachlosigkeit geschlagen, ein zur Kommunikation unfähiges Lebewesen. Und so beugt sie sich über ihren Teller und wird eins mit ihrem Geselchten in der Anstrengung, ein mageres und mundgerechtes Stück herunterzuschneiden.

*

In den ersten Monaten seines Politikerlebens kommt Martin noch an jedem Wochenende nach Hause in die Stahlstadt. Allmählich werden die Heimataufenthalte aber immer seltener, denn ein erfolgreicher Politiker hat rastlos unterwegs zu sein, Tag und Nacht im Dienst der Sache zu stehen, Bewegung für die Bewegung zu vollbringen. Er ist daher im privaten Dasein bestenfalls sporadisch vorhanden. Verlaß ist einzig auf die Unverläßlichkeit von Abmachungen mit ihm. Immer wird es später. Das Telefon zu Hause kennt die Entschuldigungen auswendig, bis es nicht mehr bemüht wird, weil sich das Ausbleiben eines Tages von selbst versteht. Seemannsehen sind das Beste, was dabei herauskommen kann.

Dazu kommt, daß man gerade bei denen, die Politik mit Leidenschaft betreiben, beobachten kann, wie sie sich als private Personen – selten zu ihrem Vorteil – verändern. Wer sich hauptberuflich mit dem Glück der Menschen im ganzen Land beschäftigt, läßt seine Partner im Glücksdefizit. Wer den ganzen Tag »gut« ist, hat nicht die Kraft, es auch noch privat zu sein. In der Privatheit dominiert dann meist die psychische Kälte, denn die ausschließliche Beschäftigung mit Politik und ihren seltsamen Spielregeln läßt für anderes keinen Platz. Je mehr aber Familie und Freunde zu kurz kommen, um so länger kommt die Öffentlichkeit. Wen die Unruhe umtreibt, der ist am Ende nur noch in Verflüchtigung zu erahnen: ein Fliegender Holländer für Politik, der hereinschneit und wieder fortstrebt, ehe ihm ein schwerwiegendes Gefühl gelingt.

Renate bemüht sich redlich, diesen Schwierigkeiten ihres Gatten mit Verständnis zu begegnen. Bald jedoch ist sie mit ihrer Toleranz am Ende und es folgt eine Phase quälender Auseinandersetzungen.

*

RENATE: »Ja, ja, ich weiß, ich soll dich in Ruh lassen, damit du dein neues Leben aufbauen kannst, aber mir gehts so schlecht. Unser Dirndl is so schlimm, seit du weg bist, und ich kann mit ihr net fertig werden. Kannst net wenigstens einmal mit ihr –«

MARTIN: »Ich kann gar nix. Früher haben dir meine Erziehungsmethoden nie gepaßt. Jetzt auf einmal soll ich eingreifen? Jetzt is es zu spät. Erinner dich doch: Wie ich gsagt hab, mit drei is das Dirndl weiß Gott groß genug, daß sie einmal am Abend allein bleibt, da hast du aufgschrien. Du hast sie verzogen und verhätschelt, und jetzt wunderst dich, daß du net fertig wirst mit ihr. Ich wunder mich net.«

RENATE: »Bei der Erziehungsberatung habens gsagt, daß sie verstört is, weil sie glaubt, ihr Vater will nix mehr zu tun haben mit ihr – «

MARTIN: »Fangst schon wieder an, mir Schuldgefühle unterzujubeln? Da drin warst ja immer eine Meisterin.«

RENATE: »Ich mein ja nur – «

MARTIN: »Ich werd dir einmal etwas sagen: Ich halt dich net aus. Dir fehlt jede Fröhlichkeit. Du bist die reinste Trauerversammlung. Immer deprimiert, immer pessimistisch. Kannst du mir erklären, was einen Mann an dir reizen soll?«

RENATE: »Ich kann doch nix dafür, wenn die Umstände – «

MARTIN: »Die Umstände, die Umstände! Trotz der Umstände kann man doch ab und zu lächeln, feminin sein, begehrenswert sein. Du lächelst nie.«

RENATE: »Ich hab keinen Grund zu lächeln.«

MARTIN: »Da haben wirs ja. Genau das mein ich. Wer so redet, is alt. Du bist alt. Du bist seit dein zwanzigsten Geburtstag alt. Du bringst einen dazu, daß man sich alt fühlt neben dir. Aber mein Leben is noch net zu End. Mein Leben hat grad erst angfangen. Ich laß mich net länger beschweren von dir.«

RENATE: »Und das Kind?«

MARTIN: »Und das Kind, und das Kind. Seit das Kind auf der Welt is, hör ich nix anderes von dir. Interessierst du dich für nix sonst? Der Mensch definiert sich doch net nur über seine Kinder!«

RENATE: »Nein, aber er muß für sie sorgen.«

MARTIN: »Was soll das jetzt wieder?«

RENATE: »*Daß du net freiwillig auf deinen halben Abgeordnetengehalt verzichten sollst.*«

MARTIN: »Ach, das hat ja kommen müssen. Geld, Geld, Geld! Als Mensch bin ich euch sowieso völlig gleichgültig. Aber wenns ums Geld geht, erinnerts euch an mich.«

RENATE: »Na, jetzt hörst aber – «

MARTIN: »Nein, jetzt hör ich net. Versuch net, mir was vorzumachen. Ich weiß, daß ich ja für euch nix als eine Melkkuh bin.«

RENATE: »Eine Melkkuh, die wenig hergibt – «

MARTIN: »Ja. Unangenehm, gell?«

RENATE: »Ich hab wochenlang für die Kleine hinter dir hertelefoniert, weil sie ein Geburtstagsgeschenk für dich ghabt hat. Aber du hast nie Zeit ghabt.«

MARTIN: »Du wirst lachen, ich arbeite auch.«

RENATE: »Jeden Abend und jedes Wochenende?«

MARTIN: »Wennst es nur lang genug versucht hättst, hättst mich schon erreicht. Aber ausdauernd warst ja noch nie.«

RENATE: »Ich habs sehr lang versucht. Bis dann dieses Mädchen am Telefon war – «

MARTIN: »Die Klubsekretärin.«

RENATE: »Ich weiß net. Es war deine Privatnummer, und sie hat gsagt – «

MARTIN: »Aha, jetzt schnüffelst du mir wieder nach?«

RENATE: »Ich versteh dich net, worauf willst du hinaus?«

MARTIN: »Ich will net hinaus, ich will net herein, ich will in Ruhe *politisch arbeiten*.«

*

Als die *Situation für Renate immer unerträglicher wird,* findet sie nächtelang keinen Schlaf und bittet den Hausarzt um ein Mittel. Der spricht von »Hausfrauensyndrom« und schreibt ein Medikament auf den Rezeptblock, von dem er sagt, es werde ihr helfen. Es nützt aber nichts, *ja Renates Zustand verschlimmert sich sogar noch:* Die qualvollen Schlafschwierigkeiten paaren sich bald mit Appetitlosigkeit, körperlichem Unwohlsein und Beklemmungen, die von innen kommen. Jeden Morgen ist sie unruhig und wie gelähmt zugleich, hat panische Angst, mit dem Kochen nicht rechtzeitig fertig zu werden. Sie reißt sich zusammen, kämpft, fürchtet ernstlich krank zu sein. Abends wird dann alles immer besser. Aber am nächsten Morgen sind die Schweißausbrüche wieder da.

Bald wird jeder Schritt, jeder Handgriff, alles, was früher selbstverständlich war, zu einem kaum überwindbaren Problem. *Nach und nach gerät sie so in einen* Zustand, in dem sie gefangen ist wie in einer Zelle mit grauen, einmal auseinanderweichenden, dann wieder sich zusammenziehenden Wänden, ohne Fenster, ohne Türen, erfüllt von einer schrecklichen Lautlosigkeit.

Der Psychiater, zu dem sie von Martin geschickt wird, konstatiert eine grundlose Verstimmung und verschreibt ein anderes Medikament. Er sagt, es werde ihr gut tun. Von Nebenwirkungen und Suchtgefahr spricht er nicht. Er verschweigt auch, daß die Heroinsüchtigen dieses Mittel den »weißen Riesen« nennen und daß sie umsteigen drauf, wenn sie keinen Stoff kriegen. Der Beipackzettel verspricht »Angstfreie Frische am Tag, entspannte Ruhe bei Nacht«, *und das stimmt auch:* Renate schläft jetzt wieder ohne Probleme ein und fühlt sich am nächsten Tag super.

Einmal geht sie nach der Einnahme des Mittels nicht gleich ins Bett, und da spürt sie, wie eine große Beruhigung sie ausfüllt. Seither teilt sie sich das Schlucken der Pillen genau ein: Wenn sie am Morgen eine nimmt, kann sie den Haushalt locker schaffen. Und wenn sie dann schlaff wird, ist es ohnehin bald Zeit zum Schlafengehen. Nach und nach kann sie ihr Wohlbefinden genau steuern. Je nachdem, wie sie sich fühlt, nimmt sie eine Tablette. *Daß sie dabei ihre durchschnittliche tägliche Dosis langsam steigert, fällt ihr erst viel später auf.*

25
Hans im Glück

Es war einmal ein kleiner Sandler, der hieß Hans. Dann trat Albert Bauer in sein Leben und aus dem Sandler wurde ein Mitarbeiter des Bauer-Imperiums. Am Anfang *war Hans nur einfacher Bote* und reiste, ohne einen Überblick über die tatsächlichen Vorgänge in den von Bauer beherrschten Firmen zu haben, im Rahmen dubioser Devisentransaktionen mit Wertpapieren und Bargeld im Koffer über die verschiedensten Grenzen.

Kaum hatte er aber auf diese Weise den Duft der großen, weiten Handelswelt in die Nase gekriegt, geschah mit ihm Erstaunliches: Er begann das wirtschaftliche und juristische Wissen seines Chefs wie ein Staubsauger in sich aufzusaugen und lebte sich mit solcher Akribie in die atemberaubende Systematik der Geschäfte Bauers ein, daß dieser über seinen neuen Mitarbeiter staunte: »So emsig wie du ist noch keiner in die Firma eingestiegen. Eines muß man euch Stahlkumpels lassen: Arbeiten gelernt – das habt ihr!«

Inzwischen kann Hans viel mehr als Koffer tragen und hat gemeinsam mit Bauer schon so manches tolle Ding gedreht – *angefangen von jenem berüchtigten* Goldkarussell, welches den Staat und damit die Steuerzahler eine satte halbe Milliarde kostete und das einst so lückenlos überwachbar scheinende Mehrwertsteuer-System seines fiskalischen und steuertheoretischen Glanzes beraubte, über ein nur fast illegales Kaffeebohnengeschäft, das den beiden ohne nennenswerte Arbeit einen Reinertrag von 20 Millionen brachte, bis zum größten Erdäpfelcoup aller Zeiten, von dem etwa 30.000 Lastzüge voll Erdäpfel, die niemand kaufen will und kann, sowie wütende, um ihr Geld geprellte Farmer übrigblieben.

Aus dem Versager-Frosch, der er früher war, ist nun ein Erfolgsprinz geworden, der als rastloser Dynamo in anscheinend nicht kleinzukriegendem Einsatz mit bunten Akkreditiven jongliert, schwarzes Geld in Hüte steckt und sofort ganz weißgewaschen wieder hervorzieht und viele andere Kunststücke mehr vollbringt. »Schnell« ist sein neues Schlüsselwort und »profit« wird von ihm ganz deutlich auf der ersten Silbe betont.

Beseelt vom glühenden Willen, in jeder Hinsicht zu einer nicht näher definierten Elite zu gehören, *beseitigt Hans jetzt auch* seinen enormen Nachholbedarf im Bereich des gehobenen Konsums. Er wird von einer intensiven Lust am Einkaufen erfaßt, wobei er sich nur für das Feinste, Beste und Teuerste interessiert. Vor allem außergewöhnliche Automobile sind für ihn mehr als bloß äußere Kennzeichen erfolgreicher Menschen. Er sieht in ihnen den sichtbaren Beweis einer Lebenseinstellung, die sich mit dem Mittelmäßigen nicht zufrieden gibt, sondern höchste Leistung und Qualität fordert.

*

Die Nacht vor dem Kauf des Ferrari wälzt er sich schlaflos im Bett, am Morgen ist er aber frisch und voller Begierde. Endlich steht er dann vor dem Auto. Es springt ihn an in seiner ganzen Röte, entzündet sich vor ihm, und verbrennt ihn sofort. Hans weidet sich an seinem Schmerz. Die Flachheit des Wagens und die Gummiwalzen erregen ihn. Von Null auf Hundert ist er jetzt schneller als alle anderen, *und wenn er es möchte,* schieben ihn die Engel bis zur 300 Stundenkilometermarke hoch.

Bald besitzt er auch drei Amischlitten, die selbstverständlich mit allen Extras ausgestattet sind und ganz ungeniert mit dem Reichtum ihres Fahrers protzen. Der zahmste der drei Riegel von drüben, eine viertürige Limousine von Chrysler, kostet eine Viertelmillion und ist von unaufdringlicher Natur. Er ist so schön schwarz, wie ihn der Knight Rider fährt, hat aus der Sicht des Fahrers eine gut zehn Meter lange Schnauze und einen vollbackigen Hintern. Dazwischen liegen aber nur 135 PS. Etwas entschlossener gibt sich die fünfeinhalb Meter lange Kutsche von Pontiac mit ihren geilen Haifischflossen. *Am aufregendsten findet Hans aber die* zweisitzige Chevrolet Corvette, eine verrucht schöne Exhibitionistin, die rote Lederwäsche und einen weißen Fetzenhut trägt. Sie ist herrlich unverdorben laut und unmanierlich – könnte ein Auto ausspucken, die Corvette würde es.

*

Neben dem Autofimmel entwickelt Hans eine zweite Leidenschaft: Er hält auf gutes Essen und langt dabei herzhaft zu. In seinem Lieblingsrestaurant ist man stolz, die Dekadenz auf dem Teller auch dekadent zu präsentieren. Wenn's da als Dessert »Ravioli von grünen Feigen mit Eierlikör« gibt, dann verbirgt sich diese Spezialität unter glänzendem Blattgold. Der Kaviar kommt hier von dem im Mündungsgebiet der großen mandschurischen Flüsse lebenden Ossetra-Stör und stellt wegen seines Nußgeschmacks und seines festen bernsteinfarbenen Kerns einen absoluten Zungenkuß dar. Hans – *inzwischen schon deutlich* übergewichtig – ist ganz verrückt danach.

Als er Waltraud zum erstenmal hierher ausführt, zeigt die Karte neben Hummer auf Basilikumnudeln, Kaiserbeuschl, Ente (im ganzen gebraten, mit Kartoffelkörbchen), und diversen Entrées, wie etwa Halaszle von Fischen sowie Strudelvariationen auf Sauce und Schaum von Grand Marnier, auch »Fasanenbrust mit Ingwersauce und gebackenem Meerrettich«.

»Hast du sowas wie backenen Kren schon ghört?« fragt Hans seine Frau.

»Komisch«, antwortet sie, »bei mir hast nie was essen wolln – und wenn, dann immer nur Fleischlaberln.«

26
Wer ist Thomas Holzer?

Hans bummelt allein durchs Zentrum, den Mantelkragen hochgeschlagen, den Kopf gesenkt. In zehn Minuten wird er Waltraud zum Mittagessen treffen. Er denkt über seine Beziehung zu ihr nach. Für ihn stimmt die Situation so, wie sie jetzt ist: Als er ihr vor zwei Jahren wieder begegnet ist, sind die alten Gefühle wieder aufgeflammt. Er liebe sie und merke erst jetzt, wie sehr er an ihr hänge, hat er geschluchzt. Aber sie ist konsequent geblieben. Ihre Kälte hat ihn zermürbt. Er hat getobt, geschrien und nachts hat ihm wieder das Herzrasen den Atem verschlagen.

Später, als er schon auf der Jagd nach dem großen Geld gewesen ist, hat er dann versucht, ihre Aufmerksamkeit durch Angebote großzügiger Zuwendungen zu erregen. Sie hat aber *mit Ausnahme seiner Einladungen zum Essen* einfach alles ignoriert. Sie verdiene selbst genug, hat sie gesagt, und sei jetzt frei von ihm.

Hans hat sich gerächt für ihren Stolz, indem er sich eine Freundin zulegte. *Das hat seinen Zorn gekühlt. Und als sich dann auch Waltraud* fest mit einem Mann liiert hat, haben sich ihre Konflikte nach und nach beruhigt. Inzwischen ist beiden klar geworden, daß sie gleichermaßen beteiligt waren an ihrem jahrelangen Krieg und während des letzten gemeinsamen Essens *hat Hans resümieren können*, was er aus der Geschichte seiner Trennung von Waltraud gelernt hat: »Heut weiß ich, daß man alles irgendwann einmal verliert.« Dann hat er ein wenig an seiner Pasta asciutta geschmatzt, ist sich mit der Hand über den Mund gefahren, um das Fett abzuwischen und hat feierlich ergänzt: »Zuletzt das eigene Leben.«

*

Waltraud ist unpünktlich wie immer und hat Unangenehmes zu berichten. Sie werde in der letzten Zeit mit Thomas nicht mehr fertig. Der Bub sei doch immer so brav gewesen, und jetzt reagiere er auf einmal mit kompletter Verneinung auf die Welt. Er verstecke seine Weichheit hinter demonstrativer Männlichkeit und spiele einen lockeren Typ, der alles im Griff habe. *Sie fürchte auch*, er sei in schlechte Gesellschaft geraten. Seit einigen Tagen kommt er oft grade nur zum Schlafen heim, sei immer todmüde und rede kaum noch mit ihr – *wenn doch, dann* baue er aus Wörtern Türme und aus Türmen eine Festung.

Hans hat selbst längst bemerkt, daß etwas nicht stimmt mit dem Buben. Da er ein besserer Vater sein wollte als früher, hat er Thomas in den beiden letzten Jahren regelmäßig getroffen und viel mit ihm unternommen. Sie fuhren zusammen in *Hans' schnellen Flitzern* und besuchten Filme oder Theaterstücke, über die sie anschließend oft stundenlang diskutierten. *Dabei fiel Hans auf,* daß sein Sohn es nicht vertrug, wenn jemandem Unrecht geschah. Auch politische Ungerechtigkeiten – zum Beispiel solche in der dritten Welt – regten ihn auf. *Einmal sagte Thomas:* »Du lebst in einer anderen Welt, Papa. Du hast verzichtet auf Gerechtigkeit, hast sie dir eines Tages einfach genommen. Ich fordere sie.«

Allmählich schien sich dann dieser Wunsch, gegen Mißstände und Ungerechtigkeiten anzukämpfen, zu verdichten, und so riet ihm Hans, an irgend einem Zipfel seiner Umwelt mit dem Kampf anzufangen. Aber damit war Thomas offenbar nicht zufrieden, denn er klagte, daß ihn Hans nicht verstehe. Etwa zur gleichen Zeit fiel Hans auf, daß Thomas ein seltsam gesteigertes Interesse auf seine Großeltern konzentrierte, mit denen er so etwas wie Geborgenheit, Zuneigung oder intakte Beziehung zu verbinden schien. Er halte viel auf sie, *eröffnete er Hans eines Tages,* denn die beiden hätten noch eine richtige Ehe geführt. Im Großvater, der zwar viel Zeit mit dem Buben verbracht hatte, dabei aber immer wie ein Verrückter hinter seiner ewigen Ordnung her gewesen war und das Kind manchmal sogar gedroschen hatte, sah er gar einen Idealisten, der dafür gekämpft habe, daß es den Arbeitern einst besser gehe.

Spätestens seit Beginn des letzten Sommers artikulierte Thomas sein Unbehagen an Hans dann nicht mehr so verschlüsselt. Er trat jetzt in immer offeneren Widerstand zu seinem Vater *und warf diesem vor*, daß man mit ihm nur über Belanglosigkeiten reden könne, weil er seine eigene Position nicht in Frage stelle. *Dabei schien er seinerseits* Einwände oft gar nicht mehr zu hören und Hans hatte immer stärker das Gefühl, daß nicht Thomas selbst, sondern dessen Sätze zu ihm sprachen. Ein pseudowissenschaftliches Kauderwelsch von den »Bedürfnissen des Volkes auf der Straße«, von »wahrer Demokratie« und »nationaler Revolution«. Alles zusammen ein chaotisches Gemisch aus linksgedralltem Anarchismus und Faschismus, das Hans Angst macht.

Beim zuletzt vereinbarten Treffen ist Thomas schließlich gar nicht mehr erschienen. An seiner statt ist anderntags ein seltsamer Brief gekommen, den Hans jetzt Waltraud zeigt. »Wie kann ich mich Dir vermitteln«, *steht da geschrieben,* »ohne dabei von vornherein bei Dir das Vorurteil zu erwecken, daß alles, was ich zu sagen habe, nur Phrasen sind.« *Verständlicher als die eigenen Worte seien vielleicht jene des von ihm verehrten* Gotthold Ephraim Lessing, der in einer seiner letzten Schriften die folgenden für ihn nicht nur sympathischen, sondern auch verbindlichen Sätze notiert habe:

»Ich weiß nicht, ob es Pflicht ist, Glück und Leben der Wahrheit zu opfern, aber das, weiß ich, ist Pflicht, wenn man die Wahrheit lehren will, sie ganz oder gar nicht zu lehren, sie klar und rund, ohne Rätsel, ohne Zurückhaltung, ohne Mißtrauen in ihre Kraft zu lehren, denn je größer der Irrtum, desto kürzer und gerader der Weg zur Wahrheit; dahingegen der verfeinerte Irrtum uns auf ewig von der Wahrheit entfernt halten kann, je schwerer uns einleuchtet, daß er Irrtum ist. Wer nur darauf denkt, die Wahrheit unter allerlei Larven und Schminken an den Mann zu bringen, der möchte wohl gern ihr Kuppler sein, nur ihr Liebhaber ist er nie gewesen.«

Waltraud ist sehr beunruhigt, als sie diese Zeilen liest und bittet Hans, doch irgend etwas zu unternehmen. Dieser verspricht, mit Mitschülern von Thomas Kontakt aufzunehmen, um auf diese Weise mehr über den Buben in Erfahrung zu bringen. Vielleicht kann man so den Panzer, den er um sich aufgebaut hat, durchdringen und bis zu seinem Inneren vorstoßen.

*

»Anarchist? Faschist?« Clemens wendet die Worte im Mund hin und her wie einen Bissen, den zu schlucken man aufgefordert, aber nicht gewillt ist. »Es stimmt, er gebärdet sich zur Zeit auf entsetzliche Weise extrem. Aber ich kann einfach nicht glauben, daß er wirklich – so ist er doch nicht, obwohl –«

Der Siebzehnjährige, dem Hans in einem Café der Innenstadt gegenübersitzt, war eine Zeit lang Thomas' bester Freund. Ein ausnehmend hübscher Bursch, dessen feine Züge Hans ein wenig an das Gesicht einer Madonna erinnern.

»Der Thomy ist in der dritten Klasse zu uns gekommen.« (Sie hätten ihn meist Thomy genannt, manchmal auch Holzi in Anlehnung an Holzer, und hin und wieder habe er seltsamerweise auch mit Georg unterschrieben.) »Er war damals eigentlich unheimlich lieb, so freundlich und natürlich...«

Alle Schilderungen der Klassenkameraden beginnen so und allen verbindet sich sein damaliges Wesen offenbar ebenso automatisch mit seinem Aussehen: Wuschelhaare, etwas Naturburschenhaftes, Jeans und großkarierte Holzhackerhemden. Einer, der in der neuen Klassengemeinschaft sofort Anschluß gefunden habe. Obwohl er damals keineswegs ein guter Schüler gewesen sei, habe er versucht, dort, wo er es gekonnt habe, den anderen bei den Aufgaben zu helfen. Bei den Schularbeiten habe er beinahe demonstrativ abschreiben lassen und sich bald darauf auch als Klassensprecher wortstark für seine Mitschüler eingesetzt.

Clemens sieht es heute so: Thomas habe damals auf eine freilich sehr sympathische Weise alles mögliche unternommen, um Eindruck zu machen. Vielleicht sei er ein bißchen zu sehr bemüht gewesen, sich Freunde zu schaffen. Er, Clemens, verstehe dieses Bemühen und habe, ohne etwas von den Familienverhältnissen des anderen zu wissen, schon damals dunkel geahnt, daß dessen unentwegte Versuche, in die Gruppe aufgenommen zu werden, mit tiefer Einsamkeit einhergingen. Vielleicht, meint Clemens nachdenklich, habe er selbst im anderen auch die gemeinsame Sehnsucht nach einem Vater wiedererkannt. Sein eigener Vater sei nämlich damals gerade von zu Hause ausgezogen, und er habe sehr darunter gelitten.

Thomas sei nicht bereit gewesen, sich preiszugeben. Als dann aber einmal wegen einer Absenz eine Unterschrift seiner Eltern notwendig gewesen sei, habe man auf der Entschuldigung den Namenszug einer Frau entdeckt. Das sei seine Mutter, habe Thomas die anderen wissen lassen. Angeblich wohnte er mit ihr in einer herrlichen Wohnung in einem der besseren Viertel der Stadt, in die er seine Freunde demnächst zu einer großen Party einladen würde. Es sei allerdings nie dazu gekommen.

»Mein Eindruck«, sagt Clemens, »war eher der, daß er mit seiner alleinstehenden Mutter in ziemlich einfachen Verhältnissen lebt.« Man habe das Gefühl gehabt, daß sie ziemlich streng sei. Wenn Thomas nur um ein paar Minuten zu spät drangewesen sei, habe er bereits bei ihr anrufen müssen. Bei Schülerparties sei er stets früher heimgegangen. Als er einmal gemeinsam mit ihm, Clemens, auf dem großen See im Norden der Stadt Boot gefahren sei und ihm der Schlüssel ins Wasser gefallen sei, habe er für den Freund zu Hause anrufen müssen, um einen Teil der Schuld auf sich zu nehmen. Ein anderes Mal habe Thomas ein Mädchen nicht von einem Tanzkurs nach Hause begleiten können, weil er nicht so lang habe ausbleiben dürfen. Diese Strenge sei aufgefallen, denn die anderen Eltern in der Klasse seien da ungeheuer liberal.

Sein Vater, habe Thomas gesagt, sei das auch. Immer wenn der *von seinen langen Geschäftsaufenthalten im Ausland* heimkäme, dürfe er Schule schwänzen, um mit ihm auszugehen. Erst neulich seien sie mit seinem Ferrari unterwegs gewesen, oder nein, habe er sich dann verbessert, es sei der Bentley gewesen. Sein Vater sei nämlich ein leidenschaftlicher Autonarr und hätte *tolle Schlitten*, mit denen sie alle mitfahren dürften, wenn sie zu ihm auf Besuch kämen. »Wundere dich nicht«, habe er einst an einen Mitschüler geschrieben, »daß ich auf so einem komischen Papier schreibe, aber ich bin grade im Büro meines Vaters.«

Hans ist peinlich berührt, als ihm klar wird, daß er in den beiden letzten Jahren, ohne es zu ahnen, die kindlichen Wunschträume seines Sohnes in grotesk buchstabengetreuer Weise erfüllt hat.

»Er hat im Grunde gar nicht so gut gelogen«, fährt Clemens jetzt fort, »aber er hat sich durch nichts von seinen Lügen abbringen lassen. Ich hab ihm immer wieder zu verstehen gegeben, daß ich ihn mag, wie er ist, auch wenn er keinen so reichen Vater mit einem Ferrari hat. Wir selbst haben damals ja auch nur einen alten VW gehabt. Er hätte solche Lügen doch nicht nötig, um gerngehabt zu werden. Aber er hat mir und auch den anderen gegenüber nie etwas zugegeben – er ist ausgewichen.«

Hans staunt über das seltsame Phänomen, daß nicht sein Sohn gezwungen wurde, seine Traumwelt aufzugeben, sondern daß seine Umgebung es aufgab, ihm diese Traumwelt auszureden.

In den letzten beiden Jahren, erzählt Clemens weiter, habe sich Thomas in den Augen der Mitschüler zunehmend verändert. Die Prahlerei mit seinem steinreichen Vater *habe auf einmal aufgehört und statt dessen* habe er die Klasse mit politischem Wissen überrascht. Er habe für Che Guevara geschwärmt und Nietzsche gelesen, was allerdings von manchem als Angeberei abgetan worden sei. *Seit einigen Monaten sei er offensichtlich auch* immer weniger bereit, sich irgendeinem Druck der Lehrer zu beugen, obwohl er es mit denen doch lange Zeit eher schwer gehabt habe. *Und seltsamerweise* ließen es dieselben Lehrer, die ihn früher wegen jeder Kleinigkeit angebrüllt hätten, nun zu, daß er weder Hausübungen mache noch Schulübungshefte führe, weil ihm angeblich im Augenblick etwas anderes wichtiger sei. Thomas habe, wenn sie ihn anschrien, eine Art dazustehen und sie von oben herab eisig zu mustern, die sie der Konfrontation mit ihm zunehmend ausweichen lasse.

Eines Tages habe er sich eine Spraydose gekauft, um die Wände der Klasse mit dem Slogan »Keine Angst« zu besprühen, *und vor ein paar Wochen sei er dann schließlich* in der Schule mit einem schauderhaften Flugblatt erschienen. Dieses Flugblatt, so seine Behauptung, habe er von irgendeinem Rechtsradikalen bekommen, der ihn in der Fußgängerzone im Zentrum angeredet habe. Gemeinsam seien sie zu einem bekannten Faschisten-Treff gegangen, wo er seither aus und ein ginge.

»Er hat mir erzählt, daß er jetzt Faschist ist«, erinnert sich Clemens, »und auch einem der Mädchen in der Klasse hat er das gesagt – sie hat sich davor richtig geekelt. Manche glauben ihm diese Sprüche, manche nicht. Faschismus ist ja derzeit bei vielen in der Schule ziemlich ›in‹ und viele geben damit an. Warum sollte er nicht wirklich – ich mein, wenn ihm danach ist. Wir stehen auf dem Standpunkt, daß man *auch in politischer Hinsicht* seinen Gefühlen nachgeben soll.«

Noch am selben Abend geht Hans in das von Clemens erwähnte Faschisten-Lokal, um sich über Thomas Gewißheit zu verschaffen. Als der Geschäftsführer bestreitet, den Gesuchten jemals gesehen zu haben, taucht in Hans die Erinnerung an die Beschreibung seines Sohnes durch eine der befragten Mitschülerinnen auf, welche ihm die folgenden Tage hindurch nicht mehr aus dem Kopf geht. *Er klammert sich an diese Aussage und gibt sie schließlich auch sinngemäß an Waltraud weiter als eine Art Ergebnis* seiner Recherchen:

»Der Thomas«, sagte das Mädchen, »hat immer irgendeine Pose eingenommen.« Seine »Masken« nannte sie es. Eine Zeitlang sei er der gute Kumpel gewesen, freundlich, hilfsbereit, die Hände in den Hosentaschen. »Derzeit«, spottete sie, »ist er der politische Provokateur. Sicherlich sogar noch unter seinen Faschistenfreunden ein Außenseiter: Der intelligenteste Extremist, den es je gab. Jetzt hat er wieder die Aufmerksamkeit, die er immer wollte.«

27
Martin wirft Ballast ab

Martins wachsende Parteiloyalität wird in den Führungsgremien der Sozialdemokraten aufmerksam registriert. Seine Wortmeldungen im Plenum zu Sozialbericht, Jugendbeschäftigung, Umweltschutz und Frieden weisen ihn als begabten Polemiker aus, der immer ein gehöriges Maß an Zwischenrufen provoziert, und nur die äußere Form seiner Reden erinnert bisweilen noch an jene linken Ideologieseminare, *die er vor Jahren besucht hat,* ihr Inhalt schon lange nicht mehr. Plädierte er doch beispielsweise in der Parlamentsdebatte über den von der Koalitionsregierung proklamierten Sparkurs etwas umständlich dafür, daß man für eine gewisse Phase die Verwertungsbedingungen des Kapitals verbessern müsse....

Auch rund um die letzten Massenkündigungen im Stahlrevier hat er mehr im Hintergrund vermittelt als öffentlich aufgestampft. Er sei in der Bunkerstimmung dieser Tage einer der Sensoren zur Außenwelt gewesen und habe intern zur Entspannung des Klimas beigetragen, erinnert sich der Klubobmann *in einem Interview und fügt hinzu, daß Weiß,* der zu Beginn zu einer anderen Gattung von Abgeordneten gehört habe, sich jetzt auf dem Weg zur Normalisierung befände. Und dann sagt er, daß er sich wünschen würde, daß Weiß auch nach den demnächst stattfindenden Wahlen im Haus verbliebe.

Dafür scheint bereits gesorgt, wurde doch jüngst in der Parteizentrale laut darüber nachgedacht, daß der heute 36jährige dereinst als Klubchef keine schlechte Figur machen würde. Der Moment, wo er zu praktischen Aufgaben herangezogen wird, scheint auch dem Altkanzler sehr bald zu kommen, und der neue Mann im Bundeskanzleramt, der Martin zweimal gegen den Willen der Klubführung den Weg auf die Rednerliste im Parlament geebnet hat, bittet ihn sogar hin und wieder zum Vieraugengespräch und will ihn im kommenden Wahlkampf nicht nur in der Stahlstadt als Redner einsetzen. Wen wundert es da noch, daß der Rebell von einst seine politische Position innerhalb der sozialdemokratischen Partei heute selber so beschreibt: »Inhaltlich stehe ich unserem Kanzler am nächsten.«

Die wahren Bruchlinien verlaufen für Martin längst nicht mehr zwischen links und rechts, sondern zwischen Erneuerern und Bewahrern: »Was in diesem Land zu kurz kommt, ist die Normierung durch die Marktkräfte«, dozierte er jüngst in einem Artikel für die parteikritische Zeitschrift seiner ehemaligen linken Freunde. »Ich finde es nicht schlecht, wenn in den nächsten Jahren Druck in Richtung Rationalisierung, Effizienzsteigerung und Steigerung der Produktivität ausgeübt wird.« Nicht nur die Partei müsse künftig ideologisch und sozial, modern und kapitalistisch denken, auch er selbst, begründete Martin seine neue Sicht der Dinge, habe einen großen Teil seiner Motivation aus Konkurrenz, besonderer Anstrengung und Leistung gezogen.

Gegenüber seinem Freund Swoboda, der sich vom Tempo dieser Wandlung überrascht zeigt, sucht er den raschen Gesinnungsschwenk so zu begründen: »Mir sind in den letzten dreieinhalb Jahren im Parlament Euter gewachsen bei den vielen Subventionsansprüchen, die da auf einen zukommen. Da sitzt man bald nur mehr wie eine Melkkuh dort. Diese Erfahrung hat mein Weltbild konkretisiert, ja bruchstückhaft verändert und *ich hab eingesehen, daß* wir, falls dieses kreativitäts- und innovationsfeindliche System nicht aufgelockert wird, Gefahr laufen, zu viel Geld von den wenigen produktiven in die unproduktiven Bereiche zu verlagern.«

Neben dem ideologischen wird Martin *demnächst auch materiellen* Ballast abwerfen: Er, der seit Beginn seiner Nationalratstätigkeit auf einen großen Teil seiner Staatsbezüge verzichtet hat, schwor kürzlich öffentlich von seinem Glaubenssatz, es müsse ein Einkommenslimit nach oben geben, ab, und wird dementsprechend mit Beginn der kommenden Legislaturperiode die selbstauferlegte Beschränkung seines Einkommens aufheben. Er wird dann aus dem vollen schöpfen können. Denn sein Gehalt aus Partei- und Parlamentsarbeit wird etwa das Dreifache seines früheren Stahlarbeiterlohns betragen. Das mache ihn – erklärt er Swoboda – unabhängig auf seinem Marsch durch die Parteiinstitutionen – bei dem er *übrigens ebenfalls* langsam aber stetig vorankommt. Ist er doch nunmehr auch in seiner Heimatregion als stellvertretender Regionalparteiobmann prominent verankert. Vom diesbezüglichen Abstimmungsergebnis der Genossen im Stahlrevier hätte er zur Zeit seiner Aktivität in der Friedensinitiative nur träumen können: Nur dreißig der rund 190 Wahlberechtigten haben ihn auf ihrem Stimmzettel gestrichen.

Martin könnte also mit seinem Leben rundum zufrieden sein, *wenn da nicht zwei private Probleme wären. Das eine betrifft die zunehmende Verschlechterung des Verhältnisses zu seinem Vater. Mit Schrecken erinnert er sich an seine letzte Begegnung mit ihm.*

DER VATER, *zornig:* »Ich hab dich abgeschrieben. Du hast alle Auffassungen preisgeben, die du je ghabt hast, und bist nur mehr von dem Ehrgeiz getrieben, alle anderen rechts zu überholen. Und das is dir auch fast schon gelungen.«

MARTIN: »Ich bin gegen Dogmen auf alle Seiten. Es muß doch zwischen dem Vorwurf, daß man ein unverbesserlicher Dogmatiker is, und dem, daß man nur in der Zeitgeisterbahn sitzt, eine Mittelposition geben. Ich weiß, daß ich damit bei euch alten Linken keinen Applaus find. Für mich is das aber alles kein opportunistisches Verabschieden von sozialistischen Positionen. Einen Lernprozeß durchmachen, das kann doch kein Vorwurf sein, das is doch Pflicht.«

DER VATER, ätzend: »Ja, ja, ein Lernprozeß. Aber in dem Sinn, daß du glernt hast, wie man materiell aufsteigt. Diese Frage is für dich jetzt anscheinend die wichtigste. Wie ich bei deinem letzten Besuch mit dir über deine Forderung nach einer Senkung vom Spitzensteuersatz gredet hab, da hast nur zynisch auf meine Einwände geantwortet. Daß das vielen Leuten gfallt, hast gsagt, auf die was heut ankommt, nämlich den sozialen Aufsteigern und der Mittelschicht.«

Als Martin darauf etwas von Wertewandel, Absage an geschlossene Weltbilder und Bestrebungen, die sozialstaatlichen Ketten zu sprengen, *gesagt hat, ist der Vater wütend aufgestanden und weggegangen.*

Ja, und da sind natürlich auch noch die Schwierigkeiten mit Renate. Eine Zeitlang ist alles gut gegangen mit dem neuen Medikament. Dann aber hat ihr die Urlaubsvertretung ihres Arztes auf den Kopf zugesagt, daß sie auf dieses Mittel süchtig sei. Wenn sie das so weiter esse, werde sie in fünf Jahren ein Hirn wie eine Nuß haben. Da ist sie furchtbar erschrocken und hat das Mittel abgesetzt. Daraufhin sind dramatische Entzugserscheinungen aufgetreten: Verwirrung, Gewichtsverlust, Muskelkrämpfe, Kopfschmerzen und sogar epileptische Anfälle. All dies hat wiederum Depressionen zur Folge gehabt, und so hat Renate aufs neue damit begonnen die Pillen zu schlucken. Seither sind Depressionen und Medikamente für sie zum regelrechten Teufelskreis geworden. *Martin fragt sich, wo das enden soll.*

28
Sinnliches und Besinnliches

Peterling feiert im Garten seiner Villa Geburtstag. Hirsch und Lubesch sind auch da. Nur Swoboda ist noch nicht eingetroffen. Da sich das Wetter verschlechtert, übersiedelt man aus dem windigen Garten ins Haus, wo sogar ein Feuer im Kachelofen brennt. Lubesch und seine zweite Frau haben ihr winziges Kind mit, die Mutter trägt es im Arm, während Lubesch seinen Arm um die Mutter legt; so schützt Lubesch seine kleine Familie.

Die Gastgeber haben inzwischen auch den Tisch aus dem Garten hereingetragen, alle sitzen jetzt daran und greifen tüchtig zu. Lubeschs neue Frau lobt den Champignon-Schinken-Salat, nur Lubesch kann nicht zugreifen und nicht loben, weil er seinen Sohn aus Beruhigungsgründen durchs Zimmer schleppt. Nach einiger Zeit tritt er erneut zu dessen Mutter und legt ihr das vorübergehend beschwichtigte Baby in den Schoß. Selbdritt fügen sich die drei nun wieder zu einem altmeisterlich komponierten Bild selbstverständlicher Harmonie.

»Wie groß sind eigentlich deine ersten Kinder?« fragt Hirsch, und Lubesch rät sich unter klingendem Gelächter seiner zweiten Frau durch mögliche Altersangaben – manche Sachen kann er sich einfach nicht merken. Er hat eben leider keine rechte Beziehung zu ihnen (genaugenommen hat er überhaupt keine), Lubesch war einfach zu jung, als sie hinterhältigerweise auf die Welt kamen.

Jetzt trampelt Peterlings Sohn ins Zimmer, und Lubesch weist ihn hinaus, da das Baby nicht gestört werden darf. Die Gastgeberin und ihr Sohn verlassen den Raum. Man unterhält sich mittlerweile über eine Ausstellung, nur Lubesch redet kaum mit: er ist damit beschäftigt, seine Zweier im Nacken zu kraulen und mit kleinen Häppchen zu füttern.

Da wagt sich das gastgeberische Kind abermals herein. Lubesch zuckt leidend zusammen, obwohl sein Säugling ohnehin schon vorher angefangen hat zu maunzen, und Peterling gehen die Nerven durch. Er gebietet seinem Sproß mit barschen Worten ein leiseres Auftreten. Sein Kind ist zu Recht empört, es strampft, sein Vater brüllt, Lubeschs Säugling brüllt, Peterlings Gattin verläßt mit ihrem protestierenden Sohn wieder den Raum. Lubesch kost das Baby, und seine Zweier erklärt mit sanfter Stimme, wie froh sie ist über das gute Verhältnis zwischen Lubesch und ihrem und Lubeschs Ableger: mit einem autoritären Mann könnte sie nicht leben.

Auch Hirsch, der die kleine Szene stumm beobachtet hat, findet scheinbar Gefallen an Lubesch als Familienvater. Er selbst, sagt er jetzt, habe zur Zeit Schwierigkeiten *in seinem Privatleben.* Die Fünfundzwanzigjährige, mit der er im Moment zusammenlebe, strenge ihn sehr an, eigentlich, sagt Hirsch, habe er keinen Draht mehr zu dieser Generation, nicht weil er selbst älter geworden sei, nein, er fühle sich nach wie vor blutjung, und äußerlich – also, es gäbe Dreißiger, die viel schlechter in Form seien als er mit seinen immerhin – , das sei nicht das Problem, das Problem sei vielmehr, daß er jung sei, während die Zwanzig- und Fünfundzwanzigjährigen heutzutage früh vergreist seien, innerlich seien sie alle alt, ohne Ausnahme, und das sei es, was ihm so zu schaffen mache. Andererseits könne er mit einer äußerlich gealterten Person Tisch und Bett schon gar nicht teilen, das würde ihn erst recht deprimieren, neben so einer käme er sich besonders fehl am Platz vor. Vielleicht sei er aber auch, gibt er zu bedenken, erschöpft von dem ewigen Beziehungsstreß. Er glaube, erklärt er schließlich kokett lächelnd, er sei ein Opfer der Frauen.

Opfer. Na, der hat's nötig, denkt Peterling, dem die vorangehende Auseinandersetzung die Geburtstagslaune verdorben hat, gereizt. Was die Frauen bloß an dem Hirsch finden, an dieser unansehnlichen Maus.

»Damit dich die Frauen mögen, dauerhaft, tief und immer wieder«, *hat er ihm unlängst großspurig auseinandergesetzt,* »mußt du sie a c h t e n.« *Von wegen »achten«. Peterling entsinnt sich noch genau, wie* Hirsch nach der Geburt seiner Tochter in eine Krise geraten ist. Das Kleinfamilienleben hat ihn in Panik versetzt, er fühle sich festgefahren und schlagartig gealtert, *hat er geklagt.* Und dann ist er ausgebrochen, durch Discos gestreift, hat sich Sechzehnjährige aufgerissen, um sich bestätigen zu lassen, daß er noch kein Opi ist. Seine Frau, die damals grad ihre postgravide Depression durchmachte, hat geheult und gestrampft, doch er hat ihr erklärt, er müsse seine Eigenständigkeit wahren, er wolle halt nicht eingesperrt und festgenagelt werden, das sei wohl sein gutes Recht.

Als das Kind dann vier war, hat Hirsch diese Karin kennengelernt, mit der ihn angeblich sofort eine heftige Leidenschaft verbunden hat. Nie vorher habe ihn ein weibliches Wesen sexuell derart gereizt, hat er gesagt; mit seiner Frau sei es auch ganz lustig gewesen, aber vom großen Sinnenrausch habe man eigentlich nie reden können, nun jedoch habe er, spät genug, den Sinnenrausch erfahren und wolle diese Erfahrung auskosten.

Mein Gott, und bei alledem hat sich *der Kerl* damals als Feminist bezeichnet! Ist mit Latzhosen, überlangen Haaren und dieser Art von kragenlosen gestreiften Hemden, wie sie früher nur von Hafenarbeitern und Möbelpackern getragen wurden, umhergelaufen und bei einer Talkshow sogar mit Wolle und Stricknadeln angekommen.

Naja, seit sogar die gestandenen Feministinnen wieder von Boas und Lackstiefeln schwärmen, sind auch die Haare vom Hirsch wieder kürzer und die Hemden solider geworden. *Wenn da jetzt nur nicht* sein Gerede vom »Neuen Mann« wäre, der angeblich kein Softy ist, sondern ein Macho neues Typs, ein ganzer Mann, ein Vollmann.

Manchmal fragt Peterling sich nicht ohne gelinde Verbitterung, weshalb ausgerechnet er *es sich nicht so leicht machen kann mit den Frauen. Gewiß,* einst hat auch er einer schwachen Stunde ihren Lauf gelassen. Aber er kann alle, die sich von außerehelichen Amouren schillernde Bereicherung versprechen, nur warnen: Der Rausch der Leidenschaft ist bald verflogen; was bleibt, ist doppelte Mühsal. Peterling würde sich seiner Freundin liebend gern entledigen, hielte ihn nicht blankes Mitleid ab vom entscheidenden Schritt: Peterling weiß, daß seine Freundin ohne ihn nicht existieren könnte. So muß Peterling aus Menschlichkeit das Verhältnis mit ihr aufrecht erhalten.

Dabei ist seine Freundin eine ziemlich hysterische Person, die ihm seine Rücksichtnahme übel lohnt. Immer wieder liefert sie zermürbende Szenen. Alle halben Jahre macht sie Schluß mit ihm und bittet ihn dramatisch aus ihrem Leben zu verschwinden. Wäre Peterling ein mieser Kerl wie Hirsch, würde er die Gelegenheit beim Schopf packen und tatsächlich abhauen auf Nimmerwiedersehen.

Soll er ihr an den Kopf werfen, daß er sie schon lange nicht mehr liebt, ja, eigentlich nie geliebt, sondern nur kurzfristig – sehr kurzfristig – begehrt hat? Nein, das bringt Peterling nicht übers Herz. Peterling ist nicht das Macho-Schwein, das sich über die Gefühle einer Frau einfach hinwegsetzt. Peterling kann einer Frau, für die er der ganze Lebensinhalt ist, nicht so ohne weiteres gestehen, daß er ihre schrankenlose Zuneigung nicht erwidert. Peterling will nicht schuld sein am Zusammenbruch eines anderen Menschen. Deshalb überwindet er sich, beziehungsweise setzt die ermüdende Affaire fort.

Dabei wünscht er sich nichts sehnlicher, als daß seine Freundin endlich einen würdigen Nachfolger für ihn findet, damit er sich mit Anstand zurückziehen kann. Aber leider taucht keiner auf, dem er seine Freundin, die durch ihn verwöhnt ist in puncto Qualität, anvertrauen könnte. Darum wird er sich, befürchtet er, wohl noch eine Weile lang opfern müssen.

Als Peterlings Stimmung durch die Gedanken an die Ausweglosigkeit dieser Situation gerade ihren Tiefpunkt erreicht, erscheint Swoboda und entschuldigt seine Verspätung damit, daß man seinen engen Freund, *den allen bekannten Politiker* Martin Weiß, soeben vom Selbstmord seiner Ehefrau *verständigt habe, worauf dieser* zusammengebrochen sei.

Die Anwesenden sind betroffen, obwohl sie Martin nur aus Gesprächen über politische An- und parteipolitische Absichten, das heißt nur in jener unverbindlichen und oberflächlichen Form kennen, in der man Politiker eben kennt. *Hirsch faßt sich als erster.*

»Berufspolitik ist halt was Mörderisches – manchmal bis hin zum Selbstmord.«

PETERLING: »Die Opfer sind immer die Frauen und die Kinder.«

SWOBODA: »Ja, die Politiker scheinen noch schlechtere Ehen zu führen als wir Journalisten.«

LUBESCH: »Die Gründe dafür dürften aber ähnliche sein: Die Politiker stellen, genau wie ihr Journalisten, eine besonders neurotische Auslese aus der Bevölkerung dar. Das Interesse am Gemeinwohl und an Weltproblemen kompensiert doch meistens nur die Unfähigkeit, die eigenen Probleme zu lösen und das Wohl der engsten Familie im Auge zu halten.«

PETERLING, *noch immer pessimistisch gestimmt durch seine eben erst unterbrochenen Beziehungsgrübeleien: »Machen wir uns doch nichts vor,* die so offensichtlich schlechten Ehen von Politikern und Journalisten sind ja ihrerseits nur der Gipfel eines Eisbergs: Die Mehrzahl aller Ehen ist schlecht, weil sich die Institution der Ehe in ihrer wahrscheinlich schwersten Krise befindet. Auf der einen Seite stellt das christliche Postulat absoluter, lebenslanger Treue eine Überforderung dar. Unter der heutigen Voraussetzung hoher Lebenserwartung ist es ja praktisch ausgeschlossen, daß jemand im Laufe der Jahre nicht irgendwann auf einen Partner stößt, der ihn in einem solchen Maß menschlich und erotisch anzieht, daß er dieser Anziehung nachgibt. Und auf der anderen Seite richtet allzu große Freizügigkeit die Ehe noch mehr zu Grunde als allzu große Strenge.«

Was für ihn aus jenem Dilemma folge, will Hirsch von Peterling wissen.

Es gehe, erklärt dieser, um die richtige Mitte, und da neige er persönlich zu etwas unter Progressiven schrecklich Verpöntem: zur Schein- und Doppelmoral: Die gesellschaftliche Forderung möge nach wie vor die absolute Treue sein – aber wenn die Leidenschaft so groß sei, daß sie sich darüber hinwegsetze, dann solle man daraus kein Drama machen. Zumal ja die Ehe als Institution noch immer in erster Linie dazu da sei, die Zukunft der Kinder zu sichern. Deshalb müsse es gesellschaftlich als unzulässig gelten, eine Ehe aufzulösen, in der es Kinder gäbe, die noch nicht erwachsen seien. Weil aber gesellschaftliche Ablehnung und gesetzliche Regelung nicht zu trennen seien, müsse dem auch im Scheidungsgesetz Rechnung getragen werden.

Natürlich werde es die große Leidenschaft, der ein Mensch sich unter keinen wie immer gearteten Bedingungen zu entziehen vermöge, trotzdem geben, so wie es sie auch in den strengen Zeiten der Königin Viktoria gegeben habe. Dann würden diese ganz spezifischen Liebespaare einander eben auf irgendeine Weise dennoch treffen und dennoch ein Verhältnis miteinander haben. Es sei nicht wahr, daß nicht auch unter den Bedingungen einer großen Leidenschaft das Decorum gewahrt werden könne. Man müsse es nur wollen.

Hirsch glaubt, seinen Ohren nicht trauen zu dürfen. Wer Treue übe, *donnert er,* indem er erfolgreich lüge, schädige zwar niemand anderen, dafür aber umsomehr sich selbst. Denn noch viel schlimmer als die Lüge, die aufkomme, sei die Lüge, die nicht aufkomme. Da sie nicht ans Licht gelange und so eine heilsame Krise bewirke, wühle sie weiter in unserem dunklen Selbst. Statt herauszueitern, vergifte sie innen die Seele. Und so sei Treue nichts als eine Falle. Indem die Partner sich unermüdlich auf ihre wechselseitige Treue prüften, nie enden wollend über ihre Treue diskutierten, stritten, einander verließen, wieder zurückkehrten um wieder zu streiten, werde ihre Beziehung zu einem großen Energiefresser. Er empfehle daher aus eigener Erfahrung den großen Rausch der Gesundheit, der einträte, wenn allen am lebenslangen Projekt Liebe Beteiligten die reine Wahrheit ausgeschenkt würde.

Mit heftigem Widerspruch meldet sich nun auch Swoboda, für den eine herkömmliche Zweierbeziehung nicht in Frage kommt, weswegen er allein lebt und *seine Freundin*, mit der er eine zwölfjährige Tochter hat, nur manchmal zum Wochenende besucht. Die von Peterling konstatierte Krise der Ehe sei auf der einen Seite ein Symptom für tiefergehende gesellschaftliche Umwälzungen, auf der anderen Seite aber Folge jenes kulturrevolutionären Prozesses, den mit in Gang gesetzt zu haben er *als alter Achtundsechziger* stolz sei. Hinter der traditionellen Ehe bürgerlichen Stils zeichne sich – *und er verweist an dieser Stelle in aller Bescheidenheit auf das von ihm selbst gelebte Beziehungsexperiment* – ein neueres Modell ab. Ob man es postbürgerlich oder postmateriell nenne, bleibe letztlich gleich.

Statt einer Verschärfung des Scheidungsrechts fordere er daher eher einen Ausbau der Familienberatung sowie ein größeres Angebot an Partner- und Familientherapie.

Hier kann endlich auch Lubesch einhaken. Swobodas Analyse sei korrekt. Was gebraucht werde, sei eine Verstärkung des Bewußtseins, daß das Gelingen einer Ehe nicht selbstverständlich sei, daß dazu Bemühung, Anstrengung, Lernen erforderlich seien. Der Ausbau entsprechender Beratungs- und Therapiemöglichkeiten *sollte aber um Gottes willen nicht* von öffentlicher Förderung an die Brust genommen und erdrückt werden, denn hier gäbe es ein Bedürfnis, ja vermutlich sogar eine Nachfrage, das heißt Kundschaft, die bereit wäre, für dieses neue Dienstleistungsprodukt zu zahlen.

Lubeschs kaufmännische Phantasie kommt gerade so richtig in Schwung, da öffnet sich die Tür, und es erscheint Peterlings Gattin mit ihren drei Kindern und einer riesigen Geburtstagstorte. Als wenig später auf jedem Teller ein Stück dieser Köstlichkeit liegt, steht der Gastgeber auf, klopft an sein Sektglas *und setzt zu einer seiner* berühmten Geburtstagsreden an, die schon manchem Zuhörer Tränen in die Augen getrieben haben.

Er habe beschlossen, hebt er an, sich diesmal mit seinen guten Vorsätzen für das kommende Lebensjahr herumzuschlagen. Je älter man werde, desto weniger gute Vorsätze fasse man: Man habe aus den letzten Jahren genügend auf Vorrat. Denn gute Vorsätze hätten ja überhaupt nur dann einen Sinn, wenn man bereit sei, sich zu ändern – und alle Psychoanalytiker erklärten übereinstimmend, man ändere sich nicht mehr über Dreißig. Er sei jetzt Zweiundvierzig. Die meisten Leute, die er kenne – *und hier müsse er seinem Freund Hirsch zustimmen* –, seien schon mit Fünfundzwanzig Zweiundvierzig und hätten dementsprechend bereits aufgehört sich zu ändern. Vielleicht solle man das ändern und sich wieder zu ändern beginnen. Er hielte das für einen guten Vorsatz.

Um sich aber ändern zu können, müsse man sich aufbrechen. Dazu brauche man entweder Liebe oder Kunst oder beides. Da man aber, solange man versteinert sei, nicht lieben könne, bleibe die Kunst allein: Jedes Theaterstück, jedes Bild, jeder

Roman, jede Melodie schaffe eine Chance, sich zu verändern. Je stiller die Kunst, desto besser. Denn man brauche die Stille nicht nur, um das Kunstwerk in sich aufzunehmen, sondern auch um das Eis brechen zu hören, wenn es zu wirken beginne.

Ihm selbst biete Lyrik die größte Stille. Gedichte seien die direkteste Spiegelung dessen, was in seiner Seele vorgehe. Wenn man imstande sei, ein Gedicht in aller Stille zu lesen, dann ereigne es sich in der eigenen Seele wieder und könne so im Kern verändern. Weshalb man wenigstens einmal in der Woche statt eines Nachrichtenmagazins, statt einer Zeitung, statt eines Sachbuchs, ja selbst statt eines Romans einen Gedichtband zur Hand nehmen solle, um sich zu bilden, statt sich fortzubilden. Er glaube deshalb inmitten der überbordenden, der chaotischen, der viel zu lauten, die Menschen in Wahrheit längst nicht mehr erreichenden Flut der Informationen an eine Renaissance der Lyrik, weil nur sie ins Innerste dringen und verändern könne.

An dieser Stelle empfiehlt Peterling seinen Freunden das poetische Schaffen des dem Leser bereits bekannten Staatsdichters, welches neben jener ewigen Dimension, die ein Merkmal eines jedes guten Gedichts sei, auch eine umgemein heutige habe: So wie dieser Mann leide, litten sie doch alle. *Dann nippt er an seinem Sektglas, lächelt seiner Gattin zu und fährt fort:*

Um ein Gedicht zu lesen, brauche man fünf Minuten – vielleicht noch fünf davor, um sich zu konzentrieren, und fünf danach, um nachzuklingen. Man brauche nicht viel Freizeit für Gedichte, sondern Muße. Sich Muße nehmen – vielleicht wäre auch das ein Vorsatz.

Die wenigste Muße hätten *abgesehen von den Politikern* Leute, die ein Vermögen schaffen wollten, das sie dereinst ihren Kindern vererben könnten. Sie schafften immer mehr sogenannte Werte, die langsam aber sicher an die Stelle der eigentlichen Werte träten. In den Jahren seiner Tätigkeit als Chefredakteur habe er jeden Tag von acht Uhr früh bis elf Uhr nachts gearbeitet, die Wochenenden eingeschlossen, um seine Zeitung zum Erfolg zu führen. Aus dem dabei verdienten Geld habe er sich dieses viel zu große Haus gebaut. Aber Harald *(Peterling deutet bei diesen Worten* auf seinen älteren Sohn) sei Abend für Abend am Gartentor gesessen und habe verzweifelt gehofft, daß sein Vater heimkommen werde, bevor er schlafen gehen müsse. *Auch er sei also ein Opfer, wie jene unglückselige Gattin des Politikers Weiß.*

Neulich habe er eine Auseinandersetzung mit seiner Tochter über die Größenordnung des ihr zur Matura zu schenkenden Autos gehabt: ob es ein teurer Sportwagen sein müsse, oder ob ein alter VW auch genüge. Daß man in einer Familie, die schon drei Autos habe, auch ohne viertes Auto leben könne, sei ihr gar nicht erst in den Sinn gekommen. Als die Diskussion immer heftiger geworden sei, habe er in seinem Kopf für den heutigen Anlaß eine zornige Rede über den Sinn des Lebens vorbereitet: daß er erschüttert sei, daß seine Kinder ihn zu einem so erheblichen Teil in einem teuren Sportwagen sehen könnten.

Dann aber habe er sich gefragt, von wem es die Kinder denn gelernt – oder nicht gelernt – haben könnten. Und er habe, weil gerade sein Geburtstag nahte, einen guten Vorsatz gefaßt: wieder so zu leben, daß die Kinder gar nicht erst auf die Idee kommen könnten, daß ein teurer Sportwagen auch nur halb so wichtig sein könnte wie eine einzige Zeile in einem Gedicht.

Das wäre wahrscheinlich sogar ein guter Geburtstagsvorsatz für alle hier Versammelten. Ein Jahr später könnten sie sich dann fragen, wohin er geraten sei.

29
Der blade Hans

Seit Hans mit dem Geld förmlich um sich wirft, *hat er Zugang zur besseren Gesellschaft. Keiner seiner neuen Freunde* kannte ihn schon zu der Zeit, da er noch schmal war. Beinahe richtig mager. Für die meisten ist er nur der etwas linkische Dicke, der mit nach innen geknickten Knien daherwatschelt und ewig feuchte Hände hat, der sagenumwobene Ferrari-Fahrer, der über Nacht auf geheimnisvolle Weise reich geworden ist und jetzt mit seinen Autos und exklusiven Parties protzt.

Merkwürdiges ist geschehen: Während sonst der Respekt der Leute vor einem Menschen mit dessen Einkommen steigt, bekommt Hans nichts dergleichen zu spüren. Man nennt ihn jetzt überall nur den »bladen Hans«, was eine jener Beschreibungen ist, welche mehr über die aussagen, die sie verwenden, als über denjenigen, auf den sie gemünzt sind. Das böse Wort meint jedenfalls etwas äußerlich nicht Sichtbares, denn Hans ist zwar ein massiger, aufgeschwemmter Mann mit hängenden Schultern, aber beileibe kein vollsaftig drauflos lebender Pykniker. Ein solcher Typ würde wahrscheinlich mehr imponieren.

Ein Foto, *das er immer bei sich trägt,* zeigt ihn zusammen mit Thomas, den er *jetzt wieder öfter trifft.* Seltsam freudlos wirkt er darauf, als hielte er sich an dem Burschen, den er mit seinen dicken Armen von hinten umfängt, an. *Auf seinem Schreibtisch steht* ein anderes, gut zehn Jahre altes Foto vom Stahlarbeiter Hans Holzer. Die Augen sind darauf noch nicht hinter Fettpolstern verschwunden, und das damals noch um gut die Hälfte geringere Körpergewicht vermittelt den Eindruck, es handle sich um zwei verschiedene Männer. Der unfrohe, wenig entschlossene Mund aber ist beiden Bildern gemeinsam *und zeigt, daß Hans der alte geblieben ist: auch jetzt wieder vergeblich* um Anerkennung bettelnd und so nur das Grundmuster seines Lebens wiederholend.

Das Geld, glaubt er, werde ihm endlich Achtung und Zuneigung sichern, und nimmt absurde Anstrengungen auf sich, um sich ein ein bißchen »Glück« zu kaufen. Am Ende bekommt er aber immer nur höhnische Verachtung. Seine Gäste, die bei verschwenderisch großzügigen Einladungen auf seine Kosten fressen, saufen und huren (letzteres übrigens immer ohne den nach wie vor eher prüden Hans), schütteln sich vor Lachen über den Provinzler, der den Maharadscha spielt. Schmarotzer und Anschmeißer aus der Halbwelt, aber auch honorige Herrn stieren ihn in allerschlimmster Weise ab (wobei die durchwegs unappetitlichen Details hier nicht von Interesse sind). Und sogar seine Freundin, die ihn gefühlsmäßig völlig beherrscht und laufend mit anderen Männern betrügt, kann mit ihm praktisch machen was sie will. 20 Millionen hat Hans für die Luxusvilla bezahlt, die er ihr bauen ließ, und jede der zahlreichen Versöhnungen mit der verwöhnten Dame kostet ihn, wie er einmal *Waltraud gegenüber* klagt, eine Million.

Je mehr der *Unglückliche* um die Gunst dieser Profiteure buhlt, desto offener wird deren Verachtung. Beschränkt, wie er in diesem Punkt nun einmal ist, steigert er als Reaktion die Dosis des verschenkten Geldes. Genau ist der Punkt nicht auszumachen, an dem ihn dieser Strudel endgültig in Verzweiflung stürzt, aber es muß wohl zu jener Zeit sein, als er alle (auch zuvor schon nur noch wenig wirksamen) Freßhemmungen fallen läßt. Mehrmals täglich wird er seitdem von unwiderstehlichem Heißhunger erfaßt. Diese Anfälle dauern manchmal eine Viertelstunde, zuweilen aber viel länger. Er verschlingt dann fünf bis sechs dicke Steaks, fetten Käse, Unmengen Pudding und Schokolade. Es ist wie beim Geldverdienen: Hans kann den Schlund nicht voll genug kriegen, obwohl er wenigstens beim Essen erkennt, daß es ihm nicht guttut.

30
Theater der Jugend

Thomas war immer an Hans gehangen und hatte ihn zugleich verachtet, *weil sich dieser nur* als schwacher, leidender Teil der Welt empfunden hatte. Die jähe Trennung von ihm hatte Thomas sehr verletzt, *zugleich jedoch die Möglichkeit gegeben,* einen Vater nach seinem Wunschbild zu phantasieren. Dies hatte seine durch den enormen sozialen Wettbewerb in der Schule sehr starke Angst, weniger zu gelten als die Oberschichtkinder, gemindert.

Als Hans dann unvermutet wieder auftauchte, hatte Thomas zwar mit einemmal tatsächlich einen reichen Vater, der schien ihm aber bald schwächer denn je zu sein. Umsomehr sehnte er sich nach einer starken Autorität, an die er sich hätte anlehnen können. *Er fand sie zunächst in der nicht zufällig wieder auflebenden Erinnerung an den Großvater,* zu dem er immer in viel engerem Kontakt gestanden war als zu seinem Vater, der sich im Grunde auf die Rolle des Ernährers beschränkt hatte. Der harte alte Mann, mit dem über Gefühle zu reden und vor dem Schwäche zu zeigen nicht möglich und ratsam gewesen war, hatte das Kind streng, aber gerecht behandelt. Thomas hatte ihn gefürchtet, doch noch mehr geliebt und war stark von ihm geprägt worden. Auch das, was man Ideale nennt, hat er von ihm mit auf den Weg bekommen.

Später begann er dann, die Wirklichkeit an diesen Idealen zu messen. Sie hielt ihnen nicht stand, *und er glaubte bald immer deutlicher,* das Zerfallensein mit seiner eigenen Existenz im Zustand der ihn umgebenden Gesellschaft wiederzufinden. *Immer stärker wurde da sein Bedürfnis,* die fehlende Autorität des Vaters durch eine politische zu ersetzen, die eigene Ohnmacht mit Macht zu kompensieren.

*

Das Flugblatt, das ihm der Mann in die Hand gedrückt hatte, versprach Aufregung. Von »Kampf« war da die Rede und von »Widerstand«. *Es ging um* »Demokratieverkrustung« und »Mißtrauen gegen die Politiker«, darum, daß dieses System nicht akzeptiert werde und daß man »kleine überschaubare Einheiten« zu bilden hätte.

Solche Sprüche gingen damals bei Thomas rein wie Öl *und sogar die daruntergemischten Hetzparolen gegen Ausländer* belebten eher seinen pubertären Gefühlswirrwarr mit einer gewissen Faszination des Bösen, *als daß sie ihn abstießen.* Vor allem aber reizte ihn das Tabu Faschismus. Von den Eltern weit weggeschoben statt erklärt, wurde es für ihn nun zum Symbol des Protests.

Die Gruppe, *die hinter dem Flugblatt stand,* nannte sich »Nationalrevolutionäre Volksbewegung«, und ihr Kellerlokal in einem der Arbeiterbezirke war stets gut gefüllt. Thomas traf dort Gymnasiasten, denen das Wörtchen »Kameradschaft« leicht über die Lippen kam, Studenten aus schlagenden Verbindungen, die das Vaterland über alles liebten und Glatzköpfe in Röhrljeans mit Schnürstiefeln, die man auf den Fußballplätzen aufgegabelt hatte. Dem 17jährigen machte es Spaß, gemeinsam mit ihnen auf Lager zu fahren, im Stroh zu schlafen oder am Feuer zu sitzen. Und wenn dann dort von Aktionen erzählt wurde, die Widerstand gegen das System ausdrückten, hatte er ein komisches Gefühl von Abenteuer und Stärke.

*

Jetzt ist Thomas neunzehn. Er lebt mit einem früheren Schulkollegen in einer möblierten Wohnung, studiert seit zwei Semestern am Institut für Theaterwissenschaften und hat sich aus seiner wirren politischen Vergangenheit gelöst. *Irgendwann ist ihm klar geworden, daß* sich der von der Nationalrevolutionären Volksbewegung angesagte Widerstand gegen das System ja doch nur an dessen schwächsten Gliedern, den ausländischen Arbeitskräften, abputzt.

Und auch die Provokation mit dem Tabu Faschismus *hat*

ihren Sinn für ihn verloren, seit er feststellen mußte, daß sie bei den anderen ja doch nur zum Aufbau einer Mauer von Abwehr und Nichtverstehenkönnen führte. Seinen verzweifelten Protest gegen das System zu verstehen, hätte geheißen, sich auch mit der eigenen Verzweiflung an diesem System auseinanderzusetzen. So aber hatte der Geschichtslehrer nur gemeint, Faschismus sei eben das absolut Böse, das von Zeit zu Zeit seine Opfer fordere, und auch der Vater hatte immer nur von Mordlust gesprochen und sich so das Nachdenken erspart.

Er müßte, sagt sich Thomas seit diesen Erfahrungen oft, eine andere Art der Provokation finden, eine, mit der er ähnlich wie damals mit seinen kindlichen Wahnideen von der reichen Familie *die anderen dazu zwingen könnte, sich mit ihm auseinanderzusetzen. Denn bei aller Wandlung und Reifung* sind ihm seine Unzufriedenheit und der Anspruch auf Weltverbesserung geblieben. So agiert er nun mit den Kollegen aus höheren Semestern für eine neue Studienordnung und organisiert daneben ein theaterwissenschaftliches Alternativseminar, dessen Zweck es ist, Theater aus einem anderen Blickwinkel zu sehen als die verzopfte Institutsleitung.

In dem Maß, in welchem dieser Arbeitskreis *sich auch mit politischen Themen befaßt,* fallen die Interessenten wieder aus. Zurück bleibt eine Gruppe, *deren Ziel die Entwicklung theatralischer Formen der politischen Provokation ist.* »Der Holzer und seine Theatergruppe«, wie man am Institut witzelt, kreuzen auf Studentenversammlungen, bei Vorlesungen sowie in Szenelokalen auf. *Und bald erhalten sie die Gelegenheit, auch in ganz anderem Rahmen eine Kostprobe ihres Könnens abzulegen.*

*

Die zweite Legislaturperiode der Wendekoalition nähert sich der Halbzeit und es ist wieder einmal einer jener berüchtigten Paukenschläge des Finanzministers *fällig, mit denen* die letzten Relikte aus der Zeit der Füllhorn-Politik der sozialdemokratischen Ära liquidiert werden. Dieses Mal sind unter anderem auch einige der Zusatzleistungen des Staates für Studenten an der Reihe.

Noch am Abend jenes Tages, an dem der Finanzminister das komplett geschnürte Sparpaket präsentiert, werden in der Hauptstadt die ersten Institute verbarrikadiert und der große Universitätshörsaal besetzt. Am folgenden Vormittag solidarisieren sich eine Reihe von Fachschaften, darunter die Lehrkräfte der Philosophen und Germanisten. Um 11 Uhr streiken bereits 11.000 Mediziner, und am Abend ist der gesamte Uni-Betrieb lahmgelegt. Die Anliegen der sich an den einzelnen Instituten etablierenden Aktionskomitees bleiben nicht auf ausschließlich studentische Themen beschränkt. Wirtschafts- und sozialpolitische Forderungen, so die Meinung der Aktivisten, müßten von den Studenten ebenfalls mitgetragen werden. Ihre Hauptparole lautet: »Rücknahme des gesamten Belastungspaketes«.

In weiten Kreisen der Öffentlichkeit wird der studentische Protest mit großer Skepsis aufgenommen. Besonders das von Peterling geleitete Boulevardblatt verteidigt vehement die Regierung. Am Paukenschlag des Finanzministers, *kann man dort in der Rubrik des Chefredakteurs lesen,* werde vor allem kritisiert, daß er sozial nicht ausgewogen sei. Demgegenüber scheine es notwendig festzuhalten, daß diese Regierung im Gegensatz zu den vorangegangenen erstmals zu handeln gewillt sei. Sie tue genau das, was man sich optimistischerweise von ihr habe erwarten dürfen: Sie setze sich über die Einwände der diversen Pressuregroups weitgehend hinweg. In diesem Sinne glaube er, Peterling, daß die Regierung bei aller berechtigten Kritik vor allem der Ermunterung bedürfe. *Er rufe ihr daher zu:* »Die Richtung stimmt!«

Und soweit die angekündigte Sparaktion die Studenten betreffe, so empfinde er es als besorgniserregend, daß ein Teil der zukünftigen geistigen Elite dieses Landes auf die Barrikaden steige, um für die Erhaltung seines etablierten Status als Dauerbefürsorgte zu agitieren. Was ihn an der gegenwärtigen Studentengeneration vor allem störe, sei deren zu starke Orientierung an vordergründig materiellen Dingen, während gesellschaftspolitische Fragen für viele dieser jungen Menschen oft nur am Rande eine Rolle zu spielen scheinen.

»Für die 68er-Generation«, *heißt es dann weiter,* »ist das noch anders gewesen. *Damals hat es noch nicht* diesen Mangel an Bereitschaft gegeben, sich für Ideen einzusetzen. Und was könnten *ideenreiche und einsatzbereite* Studenten angesichts der prekären Finanzlage des Staates nicht alles tun, um sich der schwierigen Situation flexibel anzupassen und sich gleichzeitig als konstruktive Mitbürger zu empfehlen, die dereinst in Führungspositionen ähnliche schwierige Situationen meistern werden. Wie wäre es zum Beispiel statt eines Streiks nach dem Motto: ›Geschieht Vater Staat schon recht, wenn wir nichts lernen‹, mit Vorschlägen, wie man die Belastung der Steuerzahler senken und die Studienbedingungen gleichzeitig verbessern könnte, indem man die Zahl der Studierenden durch strengere Zulassungsbedingungen reduziert, also Studenten einspart, statt an den Studierenden zu sparen?«

Kurz nach dem Erscheinen dieses Artikels liest Peterling im Rathaus der Hauptstadt aus *dem Fortsetzungsband der Sammlung seiner journalistischen Arbeiten, welcher soeben unter dem Titel* »Ideen für unser Land« *erschienen ist. Zwei Tage* nach dieser Veranstaltung *läßt er folgenden Zweispalter in sein Blatt setzen:*

»Neulich wurde ich Zuschauer einer mir bisher unbekannten Art politischen Theaters. Die spezielle Aufführung wäre nicht erwähnenswert; falls es jedoch zu Wiederholungen mit geschickterer Regie kommen sollte, mag es nützlich sein, den Aufbau des Stücks zu kennen: Der Anlaß war die Veranstaltung eines Verlages, bei dem ein als ›liberal‹ geltender Autor aus einer Neuerscheinung lesen und anschließend mit dem Publikum diskutieren sollte. Es kamen rund 40 Leute, darunter an die 10 Studenten. Sechs davon erschienen als geschlossene Gruppe, deren Mitglieder, ehe sie sich auf zwei Sitzreihen aufteilten, auffallend ›artig‹ grüßten. Der Autor, der mit einer Verlagsrepräsentantin beim Eingang stand, meinte dennoch: ›Die haben einen harten Blick, wie die Stänkerer vom Dienst.‹ Er wurde jedoch in ganz anderer Richtung überrascht:

Die vermeintlichen Störenfriede schienen den Autor geradezu anzuhimmeln. Jeder halbwegs gelungene Absatz wurde mit entzücktem Szenenapplaus bedacht, der dem weniger enthusiastischen Teil des Publikums schon lästig werden mußte. Zweimal gab es auch Zwischenrufe eines mit dem Gelesenen offenbar nicht einverstandenen Zuhörers, aber die Freunde des Autors schienen eindeutig die Mehrheit zu bilden. Nach der Lesung gab's Blumen für den Autor und eine Erklärung, wie dankbar die lernwilligen Studenten für seine kritische Haltung gegenüber streikenden Hochschülern seien. Der Autor war zunächst skeptisch, dann aber bedankte er sich doch erfreut und geschmeichelt mit einem Handkuß bei der Blumenüberreicherin (die – obwohl scheinbar aus konservativem Lager stammend – diesen Akt bürgerlicher Höflichkeit als höchst ungewohnt zu empfinden schien).

Nun meldete sich ein kleinbebrillter Zwischenrufer zu Wort, um die Meinung des Autors mit bewährtem Protestrepertoire vom Sozialabbau über Studentennot bis zu den Kosten des Heeres von links her zu hinterfragen. Er wurde jedoch von den scheinbar rechten Freunden des Autors ständig unterbrochen und schließlich durch zwei von ihnen unter dem Protest seiner Begleiter und anderer Veranstaltungsbesucher aus dem Saal gezerrt. Der Autor eilte ihm nach, versprach Redefreiheit und bat ihn, doch wieder zurückzukommen. Er aber sagte, er habe Angst und wage sich nicht mehr in den Saal, worauf ein bisheriger scheinbarer Freund des Autors melodramatisch die Front wechselte: Wenn der Autor zu einer solchen Radikalisierung beitrage, wolle er mit ihm nichts mehr zu tun haben!

Inzwischen war allerdings bekannt geworden, daß der fortschrittliche Diskutant und die beiden Liberal-Radikalinskis, die ihn aus dem Saal geschleppt hatten, einander vor der Tür freundschaftlich in die Arme gefallen waren. Der bräunlich-rote Nebel begann sich zu lichten: ›Linke‹ und ›Rechte‹ zogen gemeinsam ab und ließen ein kopfschüttelndes Normalpublikum zurück. Offenbar hatte die getrennt einmarschierende und vereint aufeinander losschlagende Laienspielertruppe demonstrieren wollen, wie radikal die liberale Bourgeoisie auf hilflose Linksdenker losgeht, und dabei wohl auch gehofft, harmlose Gäste zur Hatz auf den Zwischenrufer animieren zu können. So interpretierte man dann nachträglich auch die bescheidene Anfrage einer Besucherin, ob der Zwischenrufer, der mit ausländischem Akzent sprach, Bürger dieses Staates sei, als Indiz für aggressive Ausländerfeindlichkeit, die man aus der Reserve habe locken wollen.

Mögliche Erkenntnis aus diesem studentischen Lehrstück: Vorsicht bei enthusiastischer Zustimmung von Leuten mit dem gewissen seelenlosen kalten Blick des indoktrinierten Kämpfers (besonders der Kämpferin), denn diese Art politischer Benefizvorstellung könnte zu einer gefährlichen Ergänzung des Repertoires theatermachender Provos werden, deren destabilisierende Wirkung jedes chaotische Lausbubenherz höher schlagen läßt.«

Als Thomas diese Zeilen liest, hat er das Gefühl, endlich auf dem richtigen Weg zu sein.

31
Der Coup

Martin *hatte nur angerufen,* um mit seiner Tochter zu sprechen. »Jetzt is zu spät«, *hatte Renate in den Hörer geschluchzt.* »Die hat schon ihre Dosis und schläft.« In diesem Augenblick mußte die Kleine erfaßt haben, was sie bisher nur geahnt hatte, sprang an der Mutter, die weinend auf dem Boden neben dem Telefon kauerte, vorbei und lief zur Tür hinaus ins Stiegenhaus. *Durchs Telefon hörte Martin nur* ihren Schrei »Die Mama will mich umbringen!« *und verständigte darauf sofort in Panik die Rettung.* Die traf dann gleichzeitig mit der Polizei in dem Sozialbau ein und fand die Kleine bei der Hausmeisterin, zu der sie gelaufen war – in eine Decke eingewickelt und schon eingeschlafen. Ihre Mutter, *die man kurz darauf* neben leeren Schlaftablettenröllchen *entdeckte,* war nicht mehr am Leben.

Inzwischen hat sich Martin von dem entsetzlichen Schock erholt. Um das Kind nehmen sich jetzt die Großeltern an. Er selbst, auf Grund seines braven Politverhaltens mit einem sicheren Listenplatz im Parlament belohnt, arbeitet weiter an seiner Karriere *und flüchtet in* seinen dichtgedrängten Terminkalender mit den sogenannten unaufschiebbaren Verpflichtungen eines Abgeordneten. Denn Muße frißt die Seele auf.

Zur Zeit befindet er sich auf der alljährlichen Klubklausur seiner Partei in einem Berg-Kurort. Man bespricht Strategien, beredet Taktik, bemurmelt Finten, denkt mit den Köpfen der Gegner, mauschelt, trickst, sucht Verbündete und ist unablässig bemüht, die eigene politische Position abzusichern. Das alles in Pullover und Ausschlaghemd, statt mit Anzug und Krawatte. Martin hält eben ein angeregtes Schwätzchen mit einem anderen Abgeordneten und ist eingetaucht in jene von Karriere-Ratgebern so warm empfohlene, unverbindliche Heiterkeit, *als er zum Telefon gerufen wird. Jemand, dessen Stimme ihm irgendwie bekannt vorkommt,* fragt ihn zuerst, ob er allein sei, *gibt sich dann als Hans Holzer zu erkennen und* schlägt ihm schließlich für den nächsten Tag ein Gespräch vor, das ihnen beiden nützlich sein könnte. Er möge sich *zu diesem Zweck doch bitte* in das Büro des Anrufers begeben.

Martin, der von dem Freund seit dessen Abschied von der Stahlstadt nichts mehr gehört hat, ist überrascht und verwirrt: Hans und ein eigenes Büro? *Gespannt, was sein früherer Arbeitskollege von ihm wollen könnte,* sagt er sein Kommen zu. Ein genauer Zeitpunkt des Treffens wird nicht vereinbart, weil Martin nicht weiß, wie lange die Klubklausur dauern wird. Hans verspricht, den ganzen Nachmittag über im Büro zu bleiben, um ihn nicht zu verpassen.

*

Martin kann nicht glauben, daß das wirklich Hans sein soll, dieser Fettwanst, der da vor ihm mit verschwitzter Überheblichkeit sitzt und rot vor sprachlicher Aufregung mit teigigen Armen, an denen eine goldene Uhr schimmert, umherfuchtelt. Jetzt öffnet er gar die Schrankwand und holt einen dort versteckten guten Tropfen hervor, um damit zur Feier des Tages anzustoßen. Schließlich gäbe es ja nicht alle Tage ein Wiedersehen mit einem alten Freund.

Wie er das bloß alles geschafft habe, will Martin wissen. Diese Frage macht Hans offensichtlich ein wenig verlegen: Nun ja, eigentlich habe er alles, was er jetzt sei, nie so richtig angestrebt. Das habe sich alles einfach so ergeben. Natürlich hätte er schon immer gern mehr Geld verdient, habe aber nicht gewußt wie. Irgendwann habe er die Provinz einfach satt gehabt und sei in die Hauptstadt gegangen – »es war eine Flucht«, sagte er. Hier habe er dann eine Erfahrung gemacht, die ihn bis heute präge: Er sei draufgekommen, wie verdammt schwer man es habe, wenn man ein Niemand sei und keine Verbindungen habe, die man spielen lassen könne.

Das habe sich mittlerweile gründlich geändert, denn er habe viel Zeit in den Aufbau guter Kontakte investiert. Auch international habe er jetzt sehr gute Beziehungen. Gegenwärtig vertrete er hier in der Hauptstadt die Interessen eines Konsortiums von privaten Investoren aus verschiedenen Staaten, unter denen sich durchwegs erste Adressen befänden. Diese ausländischen Anleger hätten jüngst bei ihm die Absicht deponiert, ein Unternehmen der heimischen Staatsindustrie käuflich zu erwerben. Hans greift *bei diesen Worten* wie selbstverständlich nach seiner silbernen Tabakdose *und plötzlich scheint es Martin,* als strahle er das Flair der weiten Welt aus.

Was denn übrigens seine Meinung zur Frage des Eigentums in der verstaatlichten Industrie sei, *fragt jetzt Hans, und Martin windet sich wie immer, wenn ein Gespräch auf diesen Punkt kommt:* Diese Betriebe hätten seinerzeit ja die Aufgabe gehabt, die Versorgung der heimischen Industrie mit Energie und Rohstoffen zu sichern. Heute gelte das nicht mehr. Die Frage, wer Eigentümer sei, trete daher deutlich in den Hintergrund, sodaß Privatisierungen in diesem Bereich für ihn durchaus vorstellbar seien. Er möchte allerdings darauf hinweisen, daß die Entlassung des Staates aus seiner Eigentümerverantwortung nicht von heute auf morgen möglich sei. Man kenne genug Negativbeispiele, wo ein allzu hastiger Rückzug des Staates die Haie angelockt habe.

Als ihn daraufhin Hans als einen Mann *lobt,* der offenbar zu weiträumigem Denken fähig sei, *und dann sogar noch hinzufügt,* daß es ihm leid täte, wenn ein Kopf wie er auf den Hinterbänken des Parlaments versauern müßte, ersucht Martin den Freund doch endlich konkreter zu werden. Der nimmt den Ball auf und läßt die Katze aus dem Sack: Bei der Firma, in die das von ihm vertretene Konsortium sein Geld stecken wolle, *handle es sich um jenes Tochterunternehmen des Stahlkonzerns, in welchem ihr ehemaliger gemeinsamer Arbeitgeber seine Waffenproduktion konzentriert habe.* Martin könne ihm in dieser Angelegenheit sehr behilflich sein, da er einerseits im Moment zu den wichtigsten Gedankengebern des Kanzlers gehöre, andererseits aber ein Mann sei, der die Sprache des Volkes im Revier spreche und auch auf die Politiker und Stadtväter der Stahlstadt großen Eindruck mache.

Wenn Martin ihn frage, was die Sache ihm selbst bringen

könnte, dann mache er ein ganz konkretes Angebot, und zwar eine Zusage für die Erhaltung der Arbeitsplätze des in allen Fugen krachenden Unternehmens, sowie für den späteren Aufbau einer Zivilproduktion, *für eine Lösung also, die ihrem Initiator, dem Abgeordneten Weiß, zweifellos viel Lob sowohl bei den Stahlarbeitern als auch bei den Rüstungsgegnern am linken Rand der Partei einbringen müßte.*

In weiterer Folge entwickelte sich das Gespräch der beiden ziemlich rasant, und obwohl Martin seinen Freund darauf aufmerksam macht, daß er in der Partei nicht unerhebliche Schwierigkeiten haben werde, wenn er sich für solch ein im Grunde höchst unorthodoxes Geschäft engagiere, ist Hans bald sicher, daß sein Gegenüber anbeißen wird.

*

Die vom Kanzler in die öffentliche Diskussion eingebrachte und von Martin vehement unterstützte Idee einer Privatisierung der Kanonenfabrik fällt auf sehr fruchtbaren Boden. Zwar mokieren sich im parlamentarischen Verteidigungsausschuß keineswegs nur die sozialdemokratischen Abgeordneten, daß sich ausgerechnet der ehemalige Revoluzzer Weiß jetzt für Privatisierungen im Rüstungswesen stark macht, der Vorstand des staatlichen Stahlkonzerns jedoch ist froh, auf diese Weise eine Verlustquelle schließen zu können, und die Beschäftigten der Kanonenfabrik sowie deren Betriebsrat *glauben* den mit großer Überzeugungskraft vorgetragenen Arbeitsplatzversprechungen ihres Abgeordneten Weiß.

Allein die Aufgabe, den Betrieb loszuwerden, ohne ihn zu verschenken, erweist sich als schwieriger als urspünglich angenommen. Denn neben der von Hans repräsentierten Interessentengruppe klopft bald ein halbes Dutzend weiterer Bewerber unterschiedlichster Provenienz beim Konzern an. Werden die Karten bei den auf Hochtouren laufenden Verhandlungen zu Beginn noch jeden Tag neu gemischt, so gestalten sich die Gespräche nach und nach immer zäher. Langsam aber sicher läuft dem Staatsbetrieb die Zeit davon. Denn solange der neue Eigentümer nicht feststeht, kommen kaum neue Aufträge herein, und mit jedem weiteren Tag, der verstreicht, laufen weitere Verluste an.

Die genervten Stahlmanager vermuten bald Absprachen zwischen den diversen Interessenten als Ursache des zähen Verhandlungsverlaufs, *wissen aber natürlich nicht, was* inzwischen allen Lesern klar ist: *daß nämlich niemand anderer als* Albert Bauer Spiritus Rector dieser Inszenierung ist, bei der Strohmänner die sieche Waffenfabrik wie Geier umkreisen, um das Opfer zu schwächen. Als sich die Scheininteressenten schließlich zurückziehen, hat die von Hans repräsentierte Gruppe leichtes Spiel und handelt einen Vertrag aus, der ihr den ganzen, völlig schuldenfrei gestellten Laden mit Mann und Maus für einen Spottpreis sichert, wobei zur Finanzierung der geforderten Summe ein derart unkonventionelles pekuniäres Ringelspiel kreiert wird, daß die Bezahlung letztlich durch die gekaufte Kanonenfabrik selbst erfolgt.

Nach diesem ersten Aderlaß, der die Substanz des eben erworbenen Unternehmens naturgemäß ordentlich schwächt, geht *der nach wie vor nur im Hintergrund agierende* Albert Bauer dann konsequent ans Abkassieren. »Die unsererseits erforderlichen Maßnahmen«, läßt er unmittelbar nach Vertragsabschluß mit seinem feinen Sinn für Ironie an den Vorstand des Stahlkonzerns telexen, »werden wir sofort veranlassen.« Und das tut er dann tatsächlich: Praktisch ununterbrochen überweist der Betrieb von nun an Beträge an Firmen, fast immer im Ausland, die ihrem neuen Herrn nahestehen oder direkt gehören. Praktisch immer stehen diesen Zahlungen keine oder fast keine Gegenleistungen gegenüber.

Als erster ahnt der Betriebsrat Böses und erstellt eine Liste dieser dubiosen Zahlungen. Und bald wittert auch der Kanzler als oberster Vertreter des früheren Eigentümers eine krumme Sache. Drei Monate nach dem Verkauf läßt er über sein Büro dem Generaldirektor des Stahlkonzerns, *der übrigens noch immer Zach heißt,* folgenden Brief schreiben: »Auf Grund verschiedener Vorkommnisse hat der Herr Bundeskanzler die Erstellung eines Berichts über die *neuen Eigentümer der ehemals staatlichen Kanonenfabrik* veranlaßt. Nunmehr liegt dieses Schriftstück vor, welches wir Ihnen hiemit zur Verfügung stellen. Die *von Herrn Holzer vertretene,* sogenannte ›Unternehmensgruppe‹ besteht auf Grund dieser Unterlage – sieht man von der Kanonenfabrik ab – fast ausschließlich aus Firmen ohne Geschäftstätigkeit. Da diese Entwicklung wohl nicht erst in den letzten Wochen eingetreten sein kann, stellt sich die Frage, welcher Art die Bonitätsprüfung der Kaufinteressenten durch den Stahlkonzern gewesen ist. Der Herr Bundeskanzler ersucht Sie daher dringend, so rasch wie möglich eine Stellungnahme dazu abzugeben und darüber hinaus zu prüfen, welche Möglichkeiten bestehen, einer ähnlichen Entwicklung bei der Kanonenfabrik entgegenzutreten.«

In der Beilage zu diesem Schreiben läßt der Kanzler eine Übersicht über das seltsame Firmenreich Albert Bauers übermitteln. Doch Zach ist dadurch vorerst nicht zu beeindrucken. »Ich bin der Auffassung«, schreibt er zurück, »daß der Konzern in allen Schritten des Verkaufs und der Abwicklung des Geschäfts mit großer Sorgfalt und voller Professionalität vorgegangen ist und die für das Unternehmen und seine Belegschaft mögliche Bestlösung gewählt hat.«

Einige Monate später ist jedoch das wirtschaftliche Desaster *nicht mehr zu verheimlichen.* Immer dichter werden jetzt die Indizien, daß man die Firma zuerst systematisch ausgeräumt hat und nun gezielt in die Insolvenz zu treiben beabsichtigt. Fast 700 Leute, einschließlich des nun endgültig in Ungnade gefallenen und nur noch provisorisch gehaltenen Generaldirektors Zach haben Angst um ihre Arbeitsplätze. Der Kanzler legt in einer schriftlichen Anfragebeantwortung an das Parlament großen Wert auf die Feststellung, daß er weder bei der Problemlösungsphase noch bei den direkten Verkaufsgesprächen eingeschaltet war. Und der konservative Koalitionspartner sieht durch die völlig verunglückte Verkaufsaktion gar den ganzen Gedanken der Privatisierung gefährdet.

Schlimm sieht es auch für unsere beiden Freunde aus: Bei Martin, der gedacht hat, sich karrierewirksam als geschwinder Sanierer zu profilieren – und jetzt über seine Naivität zu stolpern droht, geht's um die politische und damit auch berufliche Existenz, um den Absturz aus den lichten Höhen der materiellen Absicherung eines Abgeordneten ins Bodenlose der bloßen Aufwandsentschädigung des Kleinfunktionärs. *Nein, so hat er sich* die Verwirklichung seines einstigen Traumes, den Ausstieg aus dem Geschäft mit der Rüstung, *wahrlich nicht vorgestellt.* Noch kann ihn zwar der Kanzler, der ja die Aktion von Anfang an gemeinsam mit ihm betrieben und durchgesetzt hat, nicht fallenlassen, er ist aber sichtlich ungehalten. Und er hat dem Generaldirektor Zach auch nicht widersprochen, als dieser Martin als den eigentlichen Drahtzieher der Intrige bezeichnete.

Längst steht das Barometer an der Parteibasis auf Sturm und schon wird er von Journalisten auf die Verbindung zu Johann Holzer angesprochen. Martin reagiert wohl furios – spricht von moralischem Niedergang der politischen Berichterstattung *und gibt im übrigen nur zu,* Hans so gut zu kennen, wie dies hunderte andere Leute auch tun; Duzfreund sei stark übertrieben – *in Wirklichkeit* ist er aber ratlos. Hereingelegt sei er worden, deponiert er kurz darauf vor laufenden Kameras. Falsch beschuldigt werde er. Opfer sei er und nicht Täter. Heute wisse er, daß es ein Fehler gewesen sei, sich in dieser Angelegenheit zu engagieren. Es sei aber für ihn nicht vorhersehbar gewesen, daß man sein Vertrauen derart eklatant mißbrauchen würde. Fest stehe nur, daß er von dem gesamten üblen Spiel nichts gewußt und selbstverständlich keinerlei finanziellen Nutzen gehabt habe.

Reingelegt und ausgenutzt *fühlt sich aber auch Hans, der für Bauer den Kauf der Kanonenfabrik organisiert hat, aber nicht eingeweiht war in dessen* Pläne zur Ausplünderung des Unternehmens. So grotesk-unwirklich seine *Rückkehr in die Stahlstadt als Käufer jenes Betriebes, der ihn einst auf die Straße gesetzt hat, auch auf Hans selbst* gewirkt haben mag, sie ist doch ein grandioses Finale seiner Jagd nach dem großen Geld gewesen. Mit wahrer Gottgläubigkeit haben dann auch die in seinem Geburtsort zurückgebliebenen Verwandten und Bekannten die Karriere des ehemaligen Hochofenarbeiters aufgenommen, und gerührt hat der Vater den einst geächteten Sohn umarmt. Das sei alles Schicksal, hat er gesagt, das sei einem bestimmt. Da könne man nicht einfach machen was man wolle.

Jetzt haben sie ihn *wieder mit scheelen Augen* angesehen, als er zu Allerheiligen ans Grab der Mutter gekommen ist, *und der Vater hat ihn gar* einen Judas genannt, der sich verkaufe. Welch eine Tortur für einen Menschen, der seine Unsicherheit, wer er denn nun eigentlich sei, stets im Gefallenwollen um jeden Preis aufgelöst und vor seinen Freunden immer mehr Angst gehabt hat als vor den geschäftlichen Widersachern.

So ist Hans' Stimmung auf einem Tiefpunkt angelangt, als ihn nach längerer Abwesenheit im Ausland wieder einmal Albert Bauer besucht. »Hans, was gibt es Neues bei der Kanonenfabrik?«, ist seine erste Frage. »Für dich gar nix«, antwortet ihm Hans *zuerst noch ruhig, »Du hast ja erreicht, was du wolln hast.«* Dann gibt er es auf, Gelassenheit vorzuspielen: »Alle, alle, die mit dir zu tun haben, stürzt du ins Unglück. Wenn du einen net mehr brauchst, dann laßt du ihn ausbrennt am Weg liegen. Im Grund bist ein ganz gewöhnlicher Gauner. Wenn man den Hokuspokus zerstört, den du drum herum aufbaut hast, dann bleibt nur ein Krimineller übrig.«

Hans hat sich in Rage geredet und wartet jetzt ein wenig ängstlich auf eine schroffe Reaktion Bauers. Der aber lächelt: »Etwas mehr Selbstironie, mein Lieber, nur so kannst du vom Manager zum Menschen reifen.« Hans sei offenbar sosehr konzentriert auf seinen Kampf um Erfolg und Anerkennung, daß er seinen gefährlichsten Gegner übersehe, nämlich sich selbst. Denn die Fähigkeit zu gewinnen hänge in erster Linie von der Überwindung der eigenen Unfähigkeit, das Leben spielend zu genießen, ab. Schon Sartre habe die Menschen in die Seriösen und die Spielenden eingeteilt und dabei den Spielenden den höheren Rang zugewiesen. Erst im Spiel mit der Situation entstehe die Möglichkeit, aktiv in das Geschehen einzugreifen, und durch eine kreative Idee, die plötzlich alles anders erscheinen lasse, die Ausgangslage zu verändern.

Warum es ihm eigentlich solche Freude mache, in Rätseln zu reden und ihn raten zu lassen, *will Hans wissen.*

Er rede nicht in Rätseln, *antwortet Bauer.* Es sei doch alles ganz einfach. Wenn Hans das Geschehen um die Kanonenfabrik noch einmal sorgfältig durchdenke, *und dazu noch die delikate Lage berücksichtige, in der sich die Regierung derzeit befinde,* werde er erkennen, daß die weitere Regie des Dramas nun allein bei ihnen selbst liege.

32
Kirchheim und Waldschläger

Wirtschaftspolitisch weiß die Regierung schon lange nicht mehr aus und ein. Unerbittlich steigende Dauerarbeitslosigkeit, drohende Pleite der Sozialversicherung und andere lebenswichtige Fragen – auf all das haben die Großkoalitionäre in Wahrheit nicht den Schatten einer Antwort. Ihr Sparkurs kostet viele den Arbeitsplatz, und jene wenigen, die über wirklich nennenswertes Kapital verfügen, höchstens einen Lacher. Kaum eine ihrer Maßnahmen trägt dazu bei, den *durch den enger geschnallten Gürtel verursachten* Schmerz wenigstens halbwegs gerecht zu verteilen.

Eine Zeitlang – während des weltweiten Wirtschaftsabschwunges in der ersten Hälfte der achtziger Jahre – ist dies offensichtlich und die Regierung taumelt von einem ökonomischen Problemfall in den anderen. Dann kommt der Aufschwung und deckt diese nach wie vor bestehenden Probleme zu, so daß die Koalition, ohne daß sie irgend etwas Neues zu ihrer Lösung unternimmt, den Ruf der wirtschaftspolitischen Kompetenz zurückgewinnt. *Doch gerade als Peterlings Boulevardblatt begeistert verkündet, das Land habe* die beste Regierung, die es je hatte, *bricht das Unheil herein.*

Staatskrisen kommen schleichend. Erst im Rückblick hat die Katastrophe ihre präzisen Daten, konkreten Handlungen, fahrlässigen Unterlassungen und insgesamt eine zwingende Logik des Ablaufs. Historiker, welche irgendwann beschreiben werden, wie dies scheinbar stabile, kleine, neutrale und wohlhabende Land in eine derart tiefe Krise taumeln konnte, *werden den Ausgangspunkt der verhängnisvollen Entwicklung zweifellos in* jener im Grunde lächerlichen Affäre orten, die das groß aufgezogene Parteispektakel prägt, mit dem die Sozialdemokraten den Wahlkampf für die kommenden Präsidentschaftswahlen offiziell eröffnen.

Prominente Unterstützer des Parteikandidaten erläutern eben, warum sie diesen wählen würden, als ein offener Brief im Saal zu kreisen beginnt und dort ziemlich belämmerte Gesichter hervorruft. *Kirchheim – so der Name des Kandidaten – sei schon allein deshalb der richtige Mann* für das höchste Amt des Staates, weil er sich seinerzeit in den letzten Stunden des großen Krieges *als wahrer Patriot bewährt habe.* »Es ist beispiellose Tapferkeit«, können die Anwesenden lesen, »wie Sie, Herr Kirchheim, auf Befehl des legendären Generals Sepp Dietrich sich den fliehenden vaterländischen Verbänden in den Weg gestellt haben, sie Ihrem Befehl unterwarfen und erneut in den Kampf führten, und wie Sie sich schließlich an der Spitze von 1200 völlig unbewaffneten, nur mit Fahrrädern ausgerüsteten Fahnenjunkern den feindlichen Armeen entgegenwarfen.«

Als der Mitarbeiter eines ausländischen Nachrichtenmagazins von den Herren am Podium wissen will, ob ihnen diese Episode aus der Vergangenheit ihres Kandidaten bekannt sei, empfinden diese die Frage als taktlos und verneinen. Der völlig unvorbereitet ans Rednerpult geschubste *Kirchheim spricht von einer* mehr als durchsichtigen Absicht der Heroisierung und sagt, er habe damals keine andere Wahl gehabt, habe eben einfach einen Befehl ausgeführt.

Die heimischen Zeitungen reagieren kaum *auf diesen Zwischenfall,* die Weltpresse jedoch nimmt Notiz davon und zerlegt Kirchheims Versuch der Verharmlosung seiner Kriegsvergangenheit, indem sie auf jene Offiziere der Faschistenarmee verweist, die ihre Truppen in diesen letzten Kriegstagen trotz wahnwitziger Befehle von oben nicht mehr in den Kampf, sondern nach Hause geführt hatten.

Da nach neuesten Meinungsumfragen der Kandidat der Konservativen um knapp zehn Prozentpunkte vor dem eigenen Mann liegt, reagieren die sozialdemokratischen Funktionäre leicht panisch auf dieses schlimme internationale Echo. Zum einen stellt man sich voll hinter Kirchheim, und der Altkanzler, welcher noch immer große Anziehungskraft auf die Bevölkerung ausübt, beschwert sich gar öffentlich über diese niederträchtige Einmischung des Auslandes in den heimischen Wahlkampf. *Zum anderen versucht man natürlich,* den Produzenten und Vervielfältiger des dubiosen Briefes auszuforschen. Da der jedoch nicht zu fassen ist, trifft die Aggression stellvertretend den der konservativen Partei nahestehenden Leiter eines Dokumentationszentrums für Kriegsverbrechen und Judenverfolgungen, welcher schon Monate zuvor *ohne Erfolg* ein Dossier zur Vergangenheit Kirchheims bei der sozialdemokratischen Parteispitze deponiert hat.

Wer immer, *formuliert man zunächst noch vorsichtig,* den unbekannten Provokateuren aus durchsichtigen tagespolitischen Gründen Papiere und Dokumente zugespielt habe, habe sich einer erschreckenden Verantwortungslosigkeit schuldig gemacht. Kurz darauf droht dann aber schon der Chef der sozialdemokratischen Parlamentsfraktion ganz offen, einen parlamentarischen Untersuchungsausschuß gegen dieses sogenannte Dokumentationszentrum einzuberufen, um dessen üble Tätigkeit endlich einmal vor aller Öffentlichkeit bloßzulegen. Es werde sich dann zeigen, ob dieser Staat solche private Femeorganisationen noch brauche.

Von diesem Punkt an eskaliert die Sache im 24-Stunden-Rhythmus: Im Ausland, wo man *solche Reaktionen* einer großen sozialdemokratischen Partei nicht zu begreifen vermag, schreiben die Leitartikler, daß die Affaire auf erschreckende Weise offenbare, wie wenig der Faschismus in diesem Land bewältigt worden sei. *Und bald heißt es gar, daß* Kirchheim, der nach dem Krieg nicht die innere Freiheit besessen habe, offen zu seiner moralischen Mitschuld zu stehen, sondern vielmehr bemüht gewesen sei, seine militärische Vergangenheit in Vergessenheit geraten zu lassen, nichts weiter als ein Symbol für sein ganzes Land sei, das ja auch nach 1945 das ungeheure Kunststück geschafft habe, sich als erstes Opfer der Aggressionspolitik des großen Nachbarstaates hinzustellen, und sich so aus der Mitverantwortung für *die Verbrechen dieses auch von vielen eigenen Landsleuten unterstützten* Regimes hinauszustehlen.

Aber auch im Inland schaukelt sich die Krise weiter auf: Journalisten, welche begonnen haben, über die Vergangenheit des Kandidaten der Sozialdemokraten zu recherchieren, rücken nämlich erstmals die Tatsache ans Licht der Öffentlichkeit, daß Kirchheim nicht nur seine Willfährigkeit im Weiterleiten von Befehlen verdunkelt, *sondern darüber hinaus* in den offiziellen Biographien auch verschwiegen hat, daß er seinerzeit Mitglied einer den heimischen Faschismus unterstützenden Vereinigung war. Darauf vergießt die konservative Partei sofort Krokodilstränen der Sorge um die Glaubwürdigkeit Kirchheims, was die Sozialdemokraten nun wieder als zutiefst unglaubwürdig bezeichnen. Finden sich nicht auch, *so fragen sie,* in der Biographie des derzeit noch amtierenden, *durch das bürgerliche Lager gestellten,* Präsidenten Waldschläger, welcher Kirchheim jetzt als hehre Lichtgestalt entgegengehalten wird, genug Belege für das, was man letzterem vorwirft?

Auch Waldschläger hat gegenüber den Zeiten und ihren wechselvollen Läufen nicht immer jenen Mut zum aufrechten Gang bewiesen, den *die Konservativen nun dem gegnerischen Kandidaten* so selbstverständlich abfordern. Man kann ihm zwar nicht vorwerfen, durch Ausführung eines sinnlosen Befehls hunderte Menschen in den sicheren Tod geführt zu haben, aber immerhin ist auch er ein Rädchen jener verbrecherischen Kriegsmaschinerie der Faschisten gewesen. *Und zeigt nicht auch er* einen eklatanten Mangel an Wahrhaftigkeit, wenn er bestreitet, von gewissen Greueln der Judendeportation, deren Zeuge er zweifellos geworden ist, gewußt zu haben?

Das sozialdemokratische Lager reagiert auf solche Heuchelei mit dumpfer Wut. Man beginnt von einem gegen den eigenen Kandidaten entfesselten nationalen und internationalen Vernichtungsfeldzug *zu sprechen, welcher* – so die in Wahlkampfzeiten naheliegende Vermutung – von den Konservativen gesteuert sei, *und startet* eine »Jetzt erst recht Kirchheim«-Aktion.

Entscheidend für die weitere Entwicklung ist, daß ein Teil der bürgerlichen Meinungsmacher *diesen nebulosen Vorwurf übernimmt, und dazu noch* das famose Argument ins Spiel bringt, man dürfe nicht vergessen, daß sich die an der üblen Hetze beteiligten, großen ausländischen Zeitungen zumeist in jüdischen Händen befänden. *Binnen kurzer Zeit* wird so ein Klima geschaffen, in welchem Kirchheim die populäre Rolle des Opferlamms einnimmt, die ihm so gut anschlägt, daß er schließlich die Wahl gewinnt. In seinem Gefolge siegen aber auch der Chauvinismus und der Antisemitismus.

Und vor dem ist keiner gefeit in diesem Klima, auch nicht die Sozialdemokraten. *Ermutigt durch entsprechende* Äußerungen des Altkanzlers, der auf Grund seiner Geburt als Jude all das sagen darf, was sonst nur Antisemiten sagen dürfen, gehen nun ständig irgendeinem von ihnen die Rösser durch, und immer wieder spricht einer aus, was viele von ihnen denken, was aber nur zu Hause gesagt werden darf, untereinander, und nicht im Fernsehen, wo man das anders sagen muß. Es geht aber nicht mehr anders, der Innendruck ist zu groß geworden; als ob dieser Mann Kirchheim, dem so viel Sympathie entgegenschlägt, weil er gesagt hat, er habe nur einen Befehl befolgt, den Deckel von dem riesigen Kessel abgehoben hätte, in dem die ganze Schande, der ganze Dreck und der ganze Abschaum dieses Landes brodeln.

Indem er aber diesen Deckel aus Phrasen und Lügen abgehoben hat, hat er, *ohne dies zu wollen, auch* die verschwiegene faschistische Vergangenheit des Landes ans Tageslicht gebracht. Und so ist er zum Spiegel geworden, in dem zu sehen ist, was man so gerne übersehen hätte. Nur wenige sind jedoch der Meinung, daß das Volk sich erst gänzlich sattsehen sollte am eigenen Antlitz, auf daß Schmerz und Schmach durchdringend würden und so zu neuen Einsichten führten. *Die meisten haben in diesen* schrecklichen Wochen genug von Schmach und Schmerz und werden zu Patrioten, die nur mehr das Wohl des Landes im Auge haben.

Grob gesprochen kann man zwei Arten solcher Patrioten unterscheiden. Da gibt es zunächst die Gruppe der »Wir wählen wen wir wollen«-Patrioten, in der sich die »Mir san mir«-Leute sammeln. Das sind diejenigen, die spitzgekriegt haben, daß wieder einmal eine Konspiration des Weltjudentums, jedenfalls aber finsterer ausländischer Kräfte im Gang ist und dafür plädieren, diesem Druck des Auslandes nicht nachzugeben, weil das ja noch schöner wäre, wenn das Ausland bestimmen könnte usw.

Die zweite Gruppe von Patrioten meint, es reiche, das Land

halte das alles nicht länger aus, der eben gewählte Präsident möge zurücktreten. Diese Gruppe hat relativ klein begonnen, ist dann aber immer größer geworden, als die Hoffnung aufs traurigste widerlegt wurde, daß sich die Aufregung um Kirchheim bald wieder legen und der neue Präsident in aller Welt Anerkennung finden werde wie jedes heimische Staatsoberhaupt vor ihm. Auch Monate nach seiner Wahl zum Präsidenten ist der Mann im Ausland noch immer Unperson *und trägt so bei zum* katastrophalen Imageverlust der Republik in der westlichen Welt.

Herrschte dort noch vor wenigen Jahren das Bild von einer Insel der Seligen vor, so dominieren jetzt Inhalte wie »Fremdenfeindlichkeit«, »Antisemitismus« und »unbewältigte Vergangenheit« das Image des *nur mehr spöttisch als* »die Kirchenheimat« *bezeichneten Staates. Als dies schließlich zu ersten* wirtschaftlichen Schäden im Tourismus führt und es auch in anderen Bereichen ans Geschäft geht, wird die Gruppe der Rücktritts-Patrioten so groß, daß besonnene Politiker das Land von einer tödlichen Spaltung bedroht sehen. An Schulen und in Betrieben kommt es zu ersten tätlichen Auseinandersetzungen zwischen Kritikern und Verteidigern Kirchheims, die Opposition überlegt die Initiierung einer Volksabstimmung zur Amtsenthebung des Präsidenten und auch die Koalition hängt in dieser Situation des geistigen Bürgerkriegs nur mehr an einem seidenen Faden.

*

Während ihres Gesprächs über die politische Lage ist es allmählich finster geworden. Albert Bauer steht am Fenster und starrt ins Dunkel. »Und er wird bleiben!« *sagt er jetzt mit Bestimmtheit.* »Ein Kirchheim verzichtet nie. Denn eines können alle Kirchheims: eisern ihre Sessel halten. Da mögen sie in der Funktion, die sie innehaben, noch so erfolglos, noch so lethargisch, noch so provinziell agieren – sobald es darum geht, ihre Position zu verteidigen, entwickeln sie eine Kampfkraft, eine Zähigkeit, ja manchmal sogar Einfühlungsgabe, die mir immer wieder Respekt abnötigt.«

Auch die Koalition werde ihre Krise überleben. *Die Frage sei nur,* wofür? Und für wie lange noch? Denn schon im nächsten Jahr werde die Katastrophe perfekt sein. Da werde man dann den 50. Jahrestag der Okkupation durch die Truppen des faschistischen Nachbarstaates begehen, jener Okkupation, *die doch in Wahrheit* überall nur mit später gründlich verdrängten Jubelstürmen erlebt worden sei. Und bei diesem fatalen Jubiläum werde vor den mißtrauischen Augen der Weltöffentlichkeit alles wieder aufbrechen. Das Land werde zerrissen sein wie nie zuvor und sein Ansehen werde erledigt sein wie nie zuvor. Dann werde die endgültige Demontage der Koalition beginnen.

*

Albert Bauer hat ausgesprochen, was viele denken. Ratlos steht man vor dem ominösen Gedenkjahr, voll von Ängsten, daß die Gespenster der Vergangenheit nach der Gegenwart auch die Zukunft vergiften könnten.

Manche sehen die einzige Möglichkeit, mit Anstand über die Runden zu kommen, darin, auch die letzten moralischen Reserven von Selbstkritik und Schuldbekenntnis zu mobilisieren, um die volle Wahrheit über die Vergangenheit zu sagen, und zwar ohne jegliches Tabu. Viele halten dies aber für einen gefährlichen Irrtum, eine Demutsgeste, ja einen unnötigen Exorzismus, und meinen, das Land müsse sich vor der Radikalität eines solchen permanenten Kniefalls hüten. *Einig ist man sich nur darin,* daß dieses Gedenkjahr die vielleicht letzte Chance ist, der Welt zu zeigen, daß die Bevölkerung heute anders denkt als vor 50 Jahren. *Und klar ist auch,* daß alle Festsitzungen, Symposien und Reden dazu nicht ausreichen, wenn nicht gleichzeitig bewiesen werden kann, daß hinter der offiziellen Bemühtheit, hinter den Feierstunden mit Topfgrün, Goldsessel und Streichquartett eine lebendige Demokratie und eine echte Ablehnung des »damals« stehen.

Es muß also etwas geschehen: irgendeine dramatische, aber glaubwürdige Geste, eine befreiende Tat, ein durch einen offensiven Kraftakt gesetztes Zeichen – mit einem Wort eine glanzvolle Lebenskundgebung des Landes als Markstein für die ganze Welt. Schon vor Monaten haben daher Patrioten aller Lager einen Weisen-Rat gegründet, der sich darüber den Kopf zerbrechen soll, was jetzt zu tun sei. *Als die Weisen zu keinem befriedigenden Ergebnis kommen, beschließen sie,* einen großen Ideenwettbewerb zu veranstalten. *Bald haben sie viele Ideen gesammelt. Die rettende ist aber nicht darunter.*

Einige finden, es sei einfach ein seriöses und intelligentes Trauern nötig, und wollen daher jenen Platz der Helden, auf dem einst der Okkupator vor einer rasenden Menge triumphiert hat, wieder mit Menschen füllen, diesmal aber mit Demokraten, welche zehn Minuten lang schweigen sollten, weil das lauter hallen würde als die Jubelschreie von damals. Diese Idee hat zwar Phantasie und ist, was man auch berücksichtigen muß, mediengerecht. Der Einwand jedoch, daß der flüchtige Fernsehzuschauer oder Zeitungsleser glauben könnte, die Bewohner der Hauptstadt hielten hier eine nostalgische Feierstunde ab, ist nicht von der Hand zu weisen. Und so findet der Ausruf eines der Weisen »Hände weg vom Platz der Helden!« viel Zustimmung im Rat.

Andere gehen die Sache vom Kern her an *und fragen, ob man nicht* mit der demonstrativen Verabschiedung eines Paketes verbesserter demokratischer Kontrollgesetze am besten beweisen könnte, daß man seine Lektionen als Musterschüler der Geschichte gelernt habe. Aber dieses Demokratiepaket wird ebenfalls wegdiskutiert.

Als zwar gut gemeint, aber zu wenig mediengerecht stuft man Vorschläge zur Korrektur des Images als Faschisten-Land ein, *in denen es unter anderem um* schnellere und großzügigere Erledigung von Wiedergutmachungsfragen, um die Herrichtung jüdischer Friedhöfe und die verstärkte Sorge um Emigranten geht.

Schließlich werden auch große Paraden und Aufmärsche als vermutlich nicht mehr zeitgemäß *abgelehnt, wobei allerdings Bedenken auftauchen,* ob nicht vielleicht bisher nur die richtige Hand zu deren Gestaltung gefehlt habe, galten doch lange Zeit auch Feuerwerke als hübsche, aber altmodische Spielerei, bis dann ein allseits bekannter Medienkünstler zur Lunte griff und das Gegenteil bewies.

Letztlich erscheint es dem Weisenrat am erfolgversprechendsten, etliche Millionen in eine groß angelegte Werbeaktion im westlichen Ausland zu buttern. Wenn möglich sollte man das Geld einer amerikanischen Agentur in die Hand drücken, auf jeden Fall aber privatwirtschaftlichen Profis und nicht ängstlichen, untereinander rivalisierenden Bürokraten oder rührenden Dilettanten. Denn Imagebuilding ist heute ein Job für Spezialisten, die auf Erfolg und sonst nichts getrimmt sind.

Glücklich ist jedoch niemand mit dieser Lösung und Peterling überlegt in einer seiner Glossen sogar, ob dieser Vorschlag nicht fragwürdig, vielleicht sogar zynisch sei, da eine solche Kampagne im Moment nur mit den abgedroschensten Klischees operieren könne, weil das Land eben zur Zeit nicht viel anderes zu bieten habe.

*

»Der Retter in der Not heißt natürlich Hans Holzer.«

Obwohl dies an sich das Unerwartetste ist, was Bauer ihm sagen kann, hat Hans nach dessen längeren Erklärungen zur politischen Lage doch etwas Ähnliches erwartet. Ganz selbstverständlich fragt er daher jetzt, was zu tun sei, *worauf sein Partner ohne weitere Umschweife jenes kühne Projekt entwickelt, von dem man später sagen wird,* es habe das Land allen anderen wieder vorangestellt, ihm somit gedient, sein eigenes wahres Wesen wiederzufinden und das alles überdies mit der endgültigen Sanierung der Kanonenfabrik verbunden.

33
Peaceland

So wie er die Schwächen seiner Mitmenschen stets präzise erfaßte, hat Albert Bauer auch die Schwäche der Koalition richtig erkannt – wie hätte sie *auf dem Höhepunkt ihrer tiefsten Krise* öffentlich zugeben können, welch schwerer Fehler der Verkauf der Kanonenfabrik war. Und da bekanntlich nichts mehr verbindet als eine gemeinsame Leiche im Keller, *empfängt man Hans,* der ja aus der Sicht der Politiker als bloßer Vermittler des Verkaufs nicht der Hauptschuldige am Mißlingen des Sanierungsprojekts ist, *mit offenen Armen,* als er ins Kanzleramt pilgert, um dort seinen Plan zu unterbreiten:

Man solle nicht länger über die Verluste weinen, sondern aus der Not eine Tugend machen und eine völlig neue Orientierung suchen. *Deshalb schlage er vor,* auf dem riesigen Areal der Kanonenfabrik einen Freizeitpark zu schaffen. Da aber im benachbarten Ausland bereits ein Eurodisneyland, ein Schlumpfland und ein Asterixland im Entstehen seien und auf diese Weise bald der gesamte Kontinent zu verschlumpfen drohe, denke er an etwas noch nie Dagewesenes. Denn im Fremdenverkehr sei nur die Einzigartigkeit der Schlüssel zu Gewinnen.

Das Zauberwort heiße *Peaceland.* Dort, wo sich bisher kriegerisches Denken manifestiert habe, wo bei der Erprobung der Haubitzen die Granaten gedonnert hätten, könnte in Zukunft die Idee des Friedens, das Bewußtsein, daß Kriege keine Möglichkeit zur Konfliktaustragung mehr sind, angeboten werden. Während andere Stahlstädte ihre Werksruinen durch Kräne mit schweren Eisenkugeln zertrümmern ließen, scheine ihm die Kanonenkulisse für seinen Peaceland-Traum wie geschaffen. So etwas habe nicht einmal Disney zur Verfügung gehabt.

Sein Peaceland solle im wesentlichen aus einem riesigen Freiluftmuseum zur Geschichte der menschlichen Aggression bestehen, *dessen Grundidee* Hans so erläutert: »Was hat der Mensch mit seiner Aggression gemacht, wie geht er damit um, was macht er falsch? – Von den urzeitlichen Stammesfehden bis zur Zähmung der Gewalt in der Demokratie und weiter hinein in die Zukunft.« Vom angrenzenden Fluß her müßte man gewundene Kanalfurchen ins Land ziehen, Seen und Wasserstraßen anlegen, Felshöhlen, Pfahlbauten, keltische Dörfer, römische Festungen, Amphitheater, Ritterburgen und ähnliches errichten. Alles im Maßstab 1 : 1, und nicht etwa aus Plastik oder Papiermaché à la Disneyland, sondern, very trendy, aus natürlichen Materialien wie Stein und Holz.

Vorn am Eingang säße dann ein bezahlter Neandertaler mit Keule und nage stilgerecht an einem Knochen. In welcher Art von Sprache oder Urlauten er die Besucher willkommen heißen müßte, sollten Wissenschafter klären. Er, Holzer, stelle sich jedenfalls ein ganzes Heer derartiger Animateure vor – *alles ehemalige Werksarbeiter,* die weiter 13. und 14. Monatsgehalt bezögen, ihre freien Tage hätten und sozialversichert wären. Manche werde man anlernen müssen, Begabtere könne man sicherlich so hinstellen, wie sie seien.

Hier würden Gladiatoren kämpfen, dort Rittersleute ihre Turniere ausfechten, *und daneben könnten* deren Schwerter vor Ort handgeschmiedet werden. Das alles sei gewiß anschaulicher und bestimmt lehrreicher als jedes Buch. Eine Art vorgelebter Fernsehshow, ernsthaft und doch lustig. Denn, so zitiert Hans einen alten Wahrspruch aus seiner Heimat, »eine Hetz muß sein, sonst geht keiner mit bei der Leich'«. Und so werde es in der Höhlenklause gewiß ein Mammutschnitzel à la Neandertal geben, in der Römertaverne werde man bei Tische liegen, manchmal auch darunter, und wer's gern galant habe, könne es unter dem Söller der Ritterburg mit der Minne versuchen.

Alle drei Stunden, weiß Hans *dem Kanzler zu berichten*, muß sich der Besucher ausruhen und auf den Hintern setzen, denn so eine Reise durch die Menschheitsgeschichte könne ebenso erbauend wie ermüdend sein, also lasse man sich zum Spektakel nieder. Nein, nicht mit Hot dog und Coca-Cola, das wäre zu disneyländlich, alles müsse seine historische Wahrheit haben: etwa eine Jungfer im Bärenfell, die Wurzelbrot und ein Gebräu aus Wildschweinblut verteile, oder leichtgeschürzte römische Sklaven, welche mit Tonkrügen durch die Reihen eilten, und Fasane, die im Burghof auf offenem Feuer bruzzelten.

Im Zentrum seiner Historienphantasien stünde aber die ehemalige Werkshalle der Kanonenfabrik. Er wolle den Betonkasten mit Erdwällen ummanteln und diese begrünen – als hängende Gärten der Stahlstadt. Innerhalb der Mauern solle dann unter dem Motto »Verpestetes Gewissen – gestern und heute« eine Ausstellung zur *jüngsten Vergangenheit ihren Platz haben. Als Halleneingang sähe er* eine gewaltige Höllenpforte aus weißem Marmor *vor sich,* in die allerlei Zeichen und Bilder des Grauens eingeritzt seien. Ein kurzes Stück dahinter vielleicht die Figur eines kriechenden, das Pflaster schrubbenden Juden als Erinnerung daran, was unser Jahrhundert diesem Volk angetan habe, und abermals ein wenig weiter könnte dann ein simulierter Bombentrichter klaffen. Schon ein flüchtiger Blick darauf werde genügen, um den Faschismus in seiner nackten Unmenschlichkeit vor Augen zu haben. Keiner *der ausländischen Besucher* werde später sagen können, die Menschen hierzulande, Kirchheim hin oder her, hätten nichts aus ihrer Geschichte gelernt. Daß das Land mit seinen internationalen Prestigeproblemen dadurch ungeheuer viel gewinnen könne, liege derart auf der Hand, daß es geradezu peinlich sei, lange darüber zu diskutieren.

Damit aber die Ausstellung in dem ehemaligen Fabriksgebäude der negativen Sinngebung, ein Denkmal der Schande der eigenen Väter zu sein, enthoben werde, gehe sein Vorschlag dahin, sich nicht auf die Greuel der faschistischen Vergangenheit zu beschränken, sondern zu versuchen, das zeitgeschichtliche Phänomen *totalitärer Herrschaft* so breit wie möglich aufzufächern: Vom Stalinismus über den südafrikanischen Apartheitsstaat bis zu den lateinamerikanischen Diktatoren. Die Schau werde dadurch aus allzu engen zeitlich-örtlichen Fixierungen herausgehoben und damit zum Glaubenssymbol für das Gute im Menschen, das sich – und davon sei er überzeugt – im Sinne einer höheren Gerechtigkeit letztlich für alle Menschen durchsetzen werde.

Meinungsmacher und Kommentatoren aller politischen Lager sind begeistert von diesen atemberaubenden Visionen. *Peterling etwa verspricht sich vom* Peacelandgedanken ein spannendes Weltereignis von olympischen Dimensionen, das wie angegossen in unsere Zeit der Ost-West-Entspannung und des Brückenbaus ins neue Jahrtausend passe. Der Abrüstungsgedanke, *erläutert er den Lesern seines Blattes,* werde hier eingebettet in ein historisches Ambiente und vom prickelnden Erlebnis praktizierter Vergangenheitsbewältigung überlagert. Wenn das kein Aussteller- und Publikumshit werde, dann müßten wohl die Veranstalter etwas falsch machen. Denn an der Idee, der politischen Konstellation und der potentiellen Attraktivität könne es nicht liegen. Im übrigen biete sich, und diesen Gedanken verdanke er dem Unternehmensberater Jens Lubesch, für den in wenigen Jahren fälligen Festreigen zur 1000-Jahr-Feier des Landes eine Nutzung der *ein historisches Panorama bildenden* Peacelandanlagen ebenso an wie eine Vorauswerbung bei den Besuchern des Freizeitparks: »Auf Wiedersehen bei der Jahrtausendfeier!«

Die heftigsten Befürworter findet der Vorschlag von Hans aber unter den Sozialdemokraten: Der Wirtschaftsminister, Exponent des rechten Parteiflügels, befürwortet das Projekt schon allein aus strukturpolitischen Gründen *und verweist im übrigen* auf den Beitrag, den Peaceland sowohl für die Arbeitsplätze als auch für die Nächtigungszahlen der gesamten Krisenregion leisten könnte. Die SP-Linke unterstützt die Absicht, in der derzeitigen Waffenfabrik einen zivilen Betrieb aufzubauen, und Swoboda erkennt darin sogar ein Zeichen, welches das Zuendegehen der politischen Epoche des Neokonservativismus, somit die Rückkehr von privatem Idealismus und sozialer Utopie signalisieren könnte. Ja selbst der sonst so kühle Kanzler, *von dem der Ausspruch* »Wer Visionen hat, braucht einen Arzt« *verbürgt ist,* bekennt sich voll zu diesem, den üblichen Rahmen sprengenden Projekt und plädiert in diesem Zusammenhang für eine Politik, die den Mut hat, über den Tag hinauszudenken und Phantasien zu entwickeln.

Da auch der bürgerliche Koalitionspartner, will er die Idee der

Privatisierung nicht gefährden, dieser Ersatzlösung für die verunglückte Sanierung der Kanonenfabrik sein Votum nicht verweigern kann, sind die politischen Würfel bald gefallen. Das von den Spitzenvertretern der beiden Regierungsparteien erzielte Verhandlungsergebnis findet einen breiten nationalen Konsens und stößt nur in der Stahlstadt selbst vorerst auf Widerstand.

Es sind dort vor allem die Falken unter den örtlichen Gewerkschaftern, die sich massiv dagegen aussprechen, daß das Land die Kanonenfabrik um einen minimalen symbolischen Betrag zurückkauft und sich damit deren Schulden aufhalst. Die Pleite des Unternehmens, argumentieren sie, wäre ein gedrehtes Ding gewesen, weshalb gegen den *inzwischen als Drahtzieher des Coups entlarvten* Albert Bauer die Staatsanwaltschaft einzuschalten sei. Man dürfe nicht zusehen, wie clevere Unternehmer mit dem Recht spielten und dabei den Staat um Millionen prellten.

Diese vielleicht etwas zu sehr vereinfachende Sichtweise wird jedoch letztlich vom Betriebsrat verworfen – und zwar auf Grund von Bedenken des Abgeordneten Weiß, welcher einwendet, daß das Gesetz nicht verabsolutiert werden dürfe und man vielmehr pragmatisch abwägen müsse, ob durch das Verfolgen eines absolut gesehenen Rechts nicht der Firma und damit den Arbeitnehmern großer Schaden zugefügt werde.

Auch die Arbeiter selbst rennen zuerst mit letztem Einsatz gegen das an, was sie als Schreckensvision empfinden und versuchen sich an ihre Kanonen zu klammern. In ihrer Existenz bedroht, voll der Angst *vor einer ungewissen Zukunft* fahren mehr als 1000 Bewohner der Stahlstadt mit Bussen und Bahn in die weitentfernte Hauptstadt, um dort vor dem Parlament zu demonstrieren. Vergeblich. Die Situation ist unhaltbar. *Und als sie dann einige Wochen später* an einem düsteren Regentag wie zu einer Urteilsverkündung auf den Schießplatz ziehen, um über dröhnende Lautsprecher die endgültige Schließungserklärung des Werksvorstands zu vernehmen, wissen sie, daß sie nur zwei Alternativen haben: Entweder in Resignation zu versinken oder sich zum *Sprung in die Welt* von morgen zu entschließen.

Sie wählen den zweiten Weg *und haben Glück,* denn die nun folgende Umstellung vollzieht sich in einem Tempo und in einer Konsequenz, die Regierungsstellen das Projekt *»Friede statt Kanonen«* schon bald als Erfolgsvorbild in die Auslage stellen lassen.

Sofort nach dem Tag X wird eine Planungs-, Errichtungs- und Durchführungsgesellschaft gegründet, in welche der Staat die zurückgekauften Anlagen und Liegenschaften der Kanonenfabrik einbringt. Die Geschäftsführung vertraut man Hans Holzer an, und der sichert zu, in den verbleibenden Monaten bis zu den Gedenktagen *als erste Phase des Gesamtprojekts* die Ausstellung im ehemaligen Fabriksgebäude fertigzustellen.

Da die Konservativen der *zur Vermeidung eines Waffenkonkurses* notwendigen Geldspritze nur dann zustimmen, wenn überzeugende Konzepte für eine Finanzierung von Peaceland durch privates Kapital vorliegen, hat der wie ein Pferd arbeitende Hans in Kooperation mit der weltweit führenden Sponsoragentur Howard Marlboro Group die totale Vermarktung des Projekts ausgeheckt. Die Agentur wird aus Anlaß des Gedenkjahres Sponsorlizenzen sowie steuerlich absetzbare Peaceland-Bausteine feilbieten, wobei 75 Prozent der Einnahmen in einen eigenen »Gedächtnisfonds« fließen sollen. Das ist dann die Basis, auf der Hans sein Peaceland baut. Damit aber das bevorstehende Gedenken nicht ins Geschmacklose ausufert, soll ein sogenannter Ethik-Beirat mit dem Abgeordneten Weiß an der Spitze Geschmacksgrenzen *für die kommerzielle Verwertung* ziehen.

Man habe, tönt Martin auf einem Symposium, bei dem Wirtschaftstreibenden das Sponsoring schmackhaft gemacht werden soll, einen Kulturauftrag und wolle daher keinen Friedenskitsch, oder gar Vergangenheitsbewältigung am Klobesen. *Er verspreche jedoch,* bei den Lizenzvergaben nicht unnötig streng zu urteilen: »Unsere Vergangenheit gehört schließlich uns. Warum sollen wir nicht auch um des guten Zwecks willen das eine oder andere Geschäft mit ihr machen?«

Kurz darauf laufen die ersten Aktionen an. Ein Pharmakonzern will den Niemals-Vergessens-Zeigefinger für seine Antibabypillenpackungen verwenden *und bald schon sieht man* Peaceland-Tauben auf Plastiksackerln und T-Shirts.

Als besonders schwierig erweist es sich in der Folge, einen Ausstellungsmacher aufzutreiben, welcher sich der auf ihn wartenden Aufgabe gewachsen zeigt. Selbstverständlich muß es eine in ihrer Ablehnung des Faschismus ebenso ehrliche wie glaubwürdige und diesbezüglich auch international über jeden Zweifel erhabene Persönlichkeit sein. Mit Recht wird aber darüber hinaus von konservativen Politikern gefordert, daß angesichts des auf die Totalität zielenden Ausstellungskonzepts auch eine allzu selektive Art der Wahrnehmung der Gefahren autoritärer Herrschaft, wie sie bei gewissen Linken und Pseudoantifaschisten zu befürchten sei, einen Ausschließungsgrund darstellen müsse.

Nachdem der fremdenverkehrsbewußte Hans sicherheitshalber auch alle jene Kandidaten ausgeschieden wissen will, bei denen eine mühelose Konsumierbarkeit des heiklen Themas *und ein gewisses Mindestmaß an* Kulinarik *nicht gewährleistet scheinen,* fällt die Wahl schließlich auf einen der renommiertesten Ausstellungspräsentatoren des Landes. Dieser inszeniert, unterstützt von einem im Schnellverfahren organisierten, 18-köpfigen Team internationaler Wissenschafter, in nur wenigen Monaten Vorbereitungszeit eine spektakuläre, ins Superlativische zielende Schau, in welcher die Begegnung des Landes mit seiner schrecklichen Vergangenheit *eingebettet ist* in das gesamte Welttheater der Grausamkeit.

Selbstverständlich ist der Versuch, die Verbrechen unserer Epoche in die Vitrinenansicht zu bringen, kitschig, Peaceland-Kitsch eben. Dank dem Genius des Präsentators wird jedoch die entwaffnende, gleichwohl aber fürchterliche Entschlossenheit, mit der Hans das schwierige moralische Problem angepackt hat, durch eine brillante und völlig respektfreie Mischung aus Neugier und Zynismus, Sentimentalität und Unverschämtheit einfach überspielt, so daß die Ausstellung schließlich zum geistigen und ästhetischen Abenteuer gerät.

Wer *das nach den Vorstellungen von Hans gestaltete* Spalier von schwülstigen Marmorschinken überstanden hat, wird mit einer musealen Sternsituation belohnt. Schon das Design der Schau stellt Gewohntes auf den Kopf und signalisiert, daß dieses Jahrhundert den Boden unter den Füßen verloren hat: Statt der gewohnten, fest im Boden verankerten Stellwände, an denen dann die Ausstellungsobjekte ihren Halt finden, ein Labyrinth aus hängenden Metallschleiern, durchsichtig oder opak, je nach Beleuchtung. Mit sparsamen Mitteln gesetzte Akzente, die die ausgestellten Objekte und Installationen umso wirkungsvoller zur Geltung bringen.

Aus ist es auch mit dem in Museen gewohnten Privileg des Blicks. Nachdem man gleich am Eingang der Ausstellung mit einem Walkman versorgt worden ist, muß man sich auf eine multimediale Entdeckungsreise gefaßt machen. Über die Kopfhörer sind, von Zone zu Zone wechselnd, Musik und literarische Texte, aber auch die Schreie von Gefolterten zu hören. Ständig gibt es etwas zu sehen, zu riechen und anzufassen, ständig die Einladung, selbst etwas zu erzeugen oder zu gestalten. Und oft erfährt der Besucher dabei in wenigen spannenden Minuten mehr als in mehreren langweiligen Unterrichtsstunden aus Zeitgeschichte und Politik.

Da kann sein Körper zur Figur werden, die sich auf dem gigantischen Brett eines Kriegsspiels bewegt, oder gar zum Folterinstrument, dessen Bewegungen ein Synthesizer in Schmerzenslaute umsetzt. Überall laden Computer zum Spielen ein, *und an einer Stelle* kann man sogar der großen Weltwirtschaftskrise beim Wachsen zusehen. Der Direktor von Olivetti befindet, daß er ein verrückteres Experiment nicht kenne. Was ihn aber nicht davon abhält, sich mit Computern und speziell entwickelter Software an der Ausstellung zu beteiligen.

Das Herzstück der Schau ist jedoch zweifellos der Raum mit dem stinkenden Waggon. *Es handelt sich dabei um einen jener mit Häftlingen beladenen* Viehwagen, von denen man später gesagt hat, man habe nicht gewußt, was da drinnen gewesen sei, *obwohl sie seinerzeit* so lange versiegelt auf dem Zentralbahnhof der Hauptstadt gestanden waren, bis Scheiße und Urin herausrannen. Ein Künstler, *dem aus Anlaß des Gedenkjahres* die Errichtung eines Mahnmals gegen Krieg und Faschismus übertragen worden ist, hat einfach wieder einen Viehwaggon auf den Zentralbahnhof hingestellt *und jede Woche aufs neue* Berge von tierischen Eingeweiden hineingeschüttet.

Ein solches Denkmal hat aber niemand gewollt, und Politiker aller Couleurs wären das Monument lieber heute als morgen wieder los gewesen. *Die einen* haben von einem ins Überdimensionale aufgedonnerten Zwergeneinfall *gesprochen und andere haben daran erinnert, daß* erfolgreiche Mahnmäler im Ausland stets auch etwas Einigendes und Befreiendes an sich hätten, auch dann, wenn sie künstlerisch keine Meisterwerke seien. Sie bildeten Zielpunkte von Demonstrationen und manchmal lägen sogar Blumen davor. Vor diesem Mahnmal jedoch stünden keine Familienväter oder Fremdenführer, die Kinder oder Touristen darauf hinweisen und dabei »wir« sagten. Statt dessen sähe man Reisende, die mit gereiztem Gesicht betont schnell daran vorübergingen, und Polizisten, die ständig daneben stehen müßten, damit es nicht geschändet werde.

Umso willkommener ist Hans' genialer Einfall gewesen, den umfehdeten Waggon ins Peacelandmuseum zu rollen. Der Präsentator hat für ihn ein Stück des originalen Zentralbahnhofs rekonstruiert *und da steht er nun* in beredter Spannung zu einem stummen grauen Prellbock, der sich erst an seiner Rückseite zu erkennen gibt – als Denk-Stein mit der Inschrift »Woran man sich nicht erinnern will, das muß man riechen«.

Schon kurz nach der pompösen Eröffnung des Museums durch den Kanzler entsteht zwischen den Kritikern ein spektakulärer, medienwirksamer Streit um das Ausstellungskonzept. Volle Zustimmung aller Experten findet nur die Tatsache, daß die Schau das heiße Thema nicht als Geisterbahnszenario banalisiert. *Während aber die einen von einer geglückten* Vermittlung von Sinnsuche und Unterhaltung *sprechen,* weisen die anderen gerade dies als Zumutung zurück und *vermögen in dem Museum nur* eine gewaltige Wiese für Ästhetikspiele auf Kosten von entwürdigten, gedemütigten oder gar ermordeten Menschen *zu sehen.* Sie wehren sich auch gegen die Relativierung der Greuel des Faschismus durch Vergleich mit anderen Beispielen autoritärer Herrschaft und *gegen eine gewisse Tendenz zur* Problematisierung des Verhaltens der Opfer der Unterdrükkung.

Demgegenüber wiederum wird von den anderen festgehalten, daß es in unserer Welt keine absolute Wahrheit mehr gäbe, und daß die Geschichte gezeigt habe, wie gefährlich es sei, das große moralische Pathos anzustimmen und heroistische Positionen einzunehmen. Gerade ein Museum wie dieses dürfe daher nicht darauf aus sein, für alles fertige Bewertungen zu bieten, *sondern müsse vielmehr* versuchen, den Besucher vom Gläubigen zum Kritiker zu bekehren, und so aus einem demokratiegläubigen Paulus einen herrschaftskritischen Saulus *zu machen. Manche Kritiker schätzen* dieses pädagogische Konzept der Ausstellung *gar so sehr, daß sie sich von* einem Besuch derselben eine stärkere didaktische Wirkung versprechen als *von den bisher praktizierten* Schulausflügen in Konzentrationslager, welche infolge mangelnden Engagements der Lehrer bei der Vor- und Nachbereitung bei der Mehrheit der Teenies offensichtlich ohne jegliche moralische Wirkung bleiben.

Der Kritikerstreit wirkt sich derart positiv aufs Publikumsinteresse aus, daß das Museum von Besuchermassen gestürmt wird. Reiseveranstalter aus dem ganzen Kontinent, ja sogar aus Übersee, drängeln sich bei der Reservierung von Führungsterminen, und die Gemeindeverwaltung der Stahlstadt *tut das Ihre, um* diese erfreuliche Tendenz in der wirtschaftlichen Hoffnungsbranche Fremdenverkehr zu verstärken. Bautrupps rücken an, betonieren Straßen, begrünen das Land um den neu entstandenen Freizeitpark, ziehen Hotels in die Höhe und fegen, da die Zukunft helle Farben trägt, den in Jahren angesammelten schwarzen Hüttenstaub von den Häusern, Straßenlampen und Plätzen. *Für den Winter* hat man bereits ein Gerät zur Anlage von Langlaufloipen angeschafft, *während im Sommer* Radtourismus und Reitsport das Angebot abrunden sollen.

Angesichts der vielen Fremden, die jetzt in die Stadt kommen, ist mittlerweile das Fehlen großer Hotels – das erste wird erst Anfang nächsten Jahres eröffnet – zum ernsthaften Problem geworden. Als freundliche Quartiergeber springen – natürlich – die seinerzeitigen Rüstungsarbeiter selbst ein. Für viele von ihnen, die vor kurzem noch Lasten trugen und in heißen Fabrikhallen mit nacktem Oberkörper schufteten, ist die Umstellung nicht leicht gewesen. Etwas unbehaglich haben sie sich anfangs an ihren neuen Arbeitsplätzen *bei den Bauarbeiten für den Freizeitpark* gefühlt. Doch die *Rasanz der Entwicklung* hat ihnen nicht allzuviel Zeit gelassen, darüber nachzudenken oder über die Tatsache zu räsonieren, daß Peaceland im Schnitt weit niedrigerere Löhne zahlt als die Kanonenfabrik. *Denn schon übersiedeln viele von ihnen von den Bauarbeiten zur Umschulung für ihre künftige Tätigkeit als Animateure,* welche ihnen neues Selbstvertrauen geben soll, *und schon naht der Höhepunkt des Gedenkjahres, welcher Peaceland* im Schlaglicht der internationalen Medien sehen wird.

*

Lange Nächte hat der schlaflose Präsident mit sich gerungen, ob es nicht am besten sei, alles hinzuschmeißen. Doch dann hat er seinen Familienrat zusammengetrommelt, und seine Frau und seine Kinder haben gesagt: »Du mußt bleiben.« Also ist er geblieben und hat die Krise einfach ausgesessen; irgendwann geht das Leben ja weiter.

Tatsächlich hat die Kirchheimgeschichte für die ausländische Presse, die den Präsidenten noch vor wenigen Monaten als Faschistenschlächter diabolisiert hatte, mit der Zeit einfach ihren Sexappeal verloren. Ja vereinzelt beginnt man sogar schon wieder sein Land zu bewundern, *und zwar wegen des Peaceland-Projekts, in dem bedeutende internationale Kommentatoren* das einmalige Schauspiel eines Seiltanzes zwischen staatspolitischem Gedenken und einem sich historisch legitimierenden gegenwartspolitischen Aufbruch *zu sehen vermeinen.* Dank der *einigenden Kraft* dieses Jahrhundertvorhabens ist die Misere *auch im Inland* sanft entschlafen. Und so rüstet man *in neu errungener Gemeinsamkeit* für jenen Tag, der im Volksmund einprägsam »das Jubiläum« heißt, und zweifellos ein internationales publizistisches Nachbeben der Kirchheimaffaire *bringen wird.*

Exakt an diesem Tag muß gedacht und erinnert, bewiesen oder dementiert werden, denn davor ist's zu früh, und danach ist's zu spät. Parteien, Religionsgemeinschaften, Wissenschaftler, Museen, Medien und Privatpersonen planen daher eine Fülle von Veranstaltungen. *Natürlich* wird auch ein prunkvoller Staatsakt mit einer wegen des unterschiedlichen Geschichtsbildes der Koalitionspartner sehr heiklen Rede des Kanzlers stattfinden, und schließlich sollen pünktlich um 11.10 Uhr des betreffenden Tages gemäß sozialpartnerschaftlicher Vereinbarung alle Fahrzeuge ruhen und die Glocken läuten, damit ein ganzes Volk gedenke und schweige.

Als es dann aber soweit ist und Fernsehteams von New York bis Tokio, Moskau bis Lissabon und von London bis Rom in der Hauptstadt in Stellung gehen, um sich und der Welt einen Überblick zu verschaffen, wie viele Autofahrer dem Aufruf folgen würden, zur vereinbarten Minute anzuhalten, können sie statt schweigender Solidarität zum Klang der Glocken leider nur nervöses Gehupe blockierter Autos und beinahe unberührtes Stadtleben senden.

Ein Glück, daß es auch noch die Stahlstadt gibt, wo ein bereits seit Tagen kreisendes Luftschiff in bunter Leuchtschrift weit über den Nachthimmel des Reviers verkündet, daß hier die neue Metropole des Friedens entsteht, *und wo sich auch manch andere* nette Story ins Bild rücken läßt. Etwa die von der alten Eisenstadt, die vorführt, wie man die Stahlkrise überlebt, oder die vom großen Friedensfestspiel, für welches hunderte Mitwirkende bereits seit Wochen den Ablauf der einzelnen Aktionen proben, und von dem der Peaceland-Organisator Holzer überzeugt ist, daß es das schönste Fest der Menschheit wird.

Ja, auch auf Hans richten sich jetzt die Scheinwerfer der internationalen Fernsehanstalten und ebenso auf Martin. Kein Tag vergeht in diesen Wochen, an dem die beiden nicht um Interviews gebeten werden. Hans hat den höchsten Preis des Europarats für vorbildliche Unternehmenssanierung eingeheimst, und einem englischen Wirtschaftsmagazin wird sein Name zum Symbol für jene Vertreter der sich rasch vermehrenden jungen Unternehmergeneration, die neues Leben in die europäische

Wirtschaft pumpen und damit reich werden. *Auch für US-Zeitungen* gibt diese Karriere, in welcher der amerikanische Traum auf sagenhafte Art Wirklichkeit geworden zu sein scheint, mehr her als die üblichen »Vom Tellerwäscher zum Millionär«-Stories. Die New York Times widmet ihr gleich vier Seiten und porträtiert dabei Hans als Kultfigur jenes neuen Unternehmertyps, der »green entrepreneurs« oder »new wave entrepreneurs«, der in Europa das etabliert, was in den USA nicht mehr so neu ist: einen aufgeklärten Kapitalismus, der humanistische Ansprüche – hier die Idee des Friedens – mit gewaltigen Umsatz- und Gewinnsteigerungen harmonisiert.

In seiner Heimat selbst ist Hans jetzt populär wie ein Popstar. *Vorbei die Zeit* der zischelnden Häme vom »bladen Hans«. Er wird in Fachzeitschriften und Magazinen als der Dynamiker mit dem biederen Aussehen beschrieben, vom staatlichen Fernsehen als Träger eines neuen Nationalbewußtseins beleuchtet, und an den Kiosken verkauft man Vierfarb-Sonderhefte über seinen Werdegang, in denen der bekannte Unternehmensberater Jens Lubesch *seinen alten Freund Holzer als einen Mann beschreibt,* der immer auf das Unmögliche losgegangen ist, um ihm näher zu kommen als andere.

Auch Martin ist wieder in. Noch vor wenigen Monaten, als die Kanonenfabrik am Rande des Abgrundes stand, war kaum ein anderer Politiker so out wie er. Ihn abzulehnen gehörte zum guten Ton. So wie es heute zum guten Ton gehört, ihn anzuerkennen. Sogar die sogenannte Szene hat sich seiner wieder angenommen. Dieselben Schauspieler, Maler und Dichter, die ihn einst ins Parlament gelobt hatten, um danach im Chor der Enttäuschten mitzusingen, bekennen sich nun wieder zu ihm. In gewissen In-Lokalen stehen die jungen Leute auf, um zu applaudieren, wenn er den Raum betritt, und jenes Zeitgeistblatt, das ihn jüngst noch zum Absteiger des Jahres gekürt hat, zählt ihn jetzt erstmals unter »die Großen des Landes« und macht eine mehrseitige Bildreportage zu einem »Fest für Martin«.

Selbst mit seinem Vater, dem es angesichts des zum Mahnmal gegen Faschismus und Krieg *umgestalteten Werkshallentors der Kanonenfabrik* Tränen der Rührung in die Augen gepreßt hat, scheint Versöhnung möglich zu sein. *Er ist auf Martins Bitte hin jedenfalls bereit,* an einem Aktionstag mit Zeitzeugen des Faschismus *teilzunehmen, der im Rahmen* der 10tägigen »Schule des Friedens« abgehalten wird, zu welcher die Peaceland-Organisatoren aus Anlaß der Gedenktage engagierte Menschen aus dem ganzen Land zusammengetrommelt haben. Man hat sie eingeladen zur friedvollen Besetzung des ehemaligen Kanonenschießplatzes, wo sie mithelfen sollen, der zerschossenen Erde, den zerfetzten Pflanzen und den verstörten Tieren Entspannung zu bringen. Denn dort, wo Kriegsklima war, tut Friedensatmosphäre not, *auf daß der Boden für Peaceland bereitet werde.*

Und da ein friedvolles Miteinander nur möglich ist, wenn jeder einzelne in Frieden mit sich selbst lebt, verspricht auch der Höhepunkt des Friedenstrainings, das große, drei Tage und drei Nächte dauernde Fest keine oberflächlichen und seichten Vergnügungen, sondern Läuterung der Teilnehmer. Um diese zu bewirken, will *der von Hans engagierte* Spielleiter, ein international anerkannter Aktionskünstler, sein Publikum extremen Erlebnissen aussetzen. Stiere werden geschlachtet, nackte Körper mit Blut übergossen, und, einem bösen Traum vergleichbar, sollen am zweiten Tag als Symbole der Vernichtung sogar Soldaten – *dargestellt von* ehemaligen Werksangehörigen – erscheinen, um mit Blut und Gedärmen überschüttet und in die Flucht getrieben zu werden.

Diese Konfrontation mit den im Alltagsleben verdrängten Erfahrungen von Grausamkeit und Tod dient aber nur der Anschauung und dadurch Überwindung menschlicher Aggressionsfähigkeit. Und so sollen am Schluß des Festspiels die Teilnehmer, welche Angst und Gewalt erlebt haben, ruhig und glücklich den nächtlichen Sternenhimmel betrachten, und in der Stimmung eines heiteren Volksfestes Wein und Schrammelmusik genießen oder fröhlich durch die Wiesen schwärmen.

Die einzelnen Aktionen dieses Mysteriums von Krieg und Frieden sind durch Partituren exakt festgelegt. Stets werden mehrere Handlungen parallel vor sich gehen, sodaß der Zuschauer die Wahl zwischen verschiedenen Geschehnissen hat. Um den ganzen in unserer betonierten Stadtkultur verkümmerten sinnlichen Erfahrungsreichtum zu aktivieren, sollen nicht nur Musikbegleitung und immer neues Schmücken des Geländes mit frischen Blumen, sondern auch Essen und Trinken ausdrückliche Bestandteile des ganzen Spiels sein. Von Hans persönlich beraten, hat der Aktionskünstler Einkaufspläne für Tausende von Schnitzeln und andere traditionelle Beislgerichte zusammengestellt. Für den Weingenuß stehen zehntausende Doppelliter ungeschwefelten, ungezuckerten Grünen Veltliners bereit, und während aller drei Tage werden die Küchenteams der über die gesamte Festdauer geschlossenen In-Lokale der Hauptstadt am Werk sein.

*

Im Schlafsack ist es zu warm. Da er die animalische Heizung nicht regulieren kann, öffnet Martin den Reißverschluß. Das Stroh, das die Bauern aus der Umgebung in langen Traktorzügen gebracht haben, kitzelt und riecht köstlich.

Fast ein Schlachtengemälde, das Lager, denkt Martin. Die Zelte, die Stroh-Iglus, die qualmenden Lagerfeuer, der bunte Haufen der Peaceland-Besetzer. In Schlafsäcken eingewickelt, an den Feuern diskutierend, oder als ruhelose Schattengestalten umherwandelnd. Links von ihm beginnt der Swoboda laut zu schnarchen, hie und da quakt eine Ente, der Hirsch erzählt gerade irgendwem, daß er beim Bundesheer nichts weiter gelernt hat als viele, viele Nebeltöpfe zu werfen, und hinten am Feuer sagt eine weibliche Stimme etwas von »kulturellem Bereich«.

Martin empfindet wieder, was er in den beiden letzten Tagen schon so oft gespürt hat: Noch nie in seinem Leben hat er eine so friedliche, eine so freundliche, gutwillige Gesellschaft gefunden wie die da. Nicht ein einziges aggressives Wort hat er heute abend gehört. Im Grunde ist ihm noch immer unbegreiflich, was sich hier in diesen Tagen ereignet. Wie sich tausende Menschen jeden Alters aus dem ganzen Land zusammenfinden, wie es statt irgendwelcher Organisation nur endlosen guten Willen gibt, und wie aus dem fruchtbaren Nichts eine Zeltstadt entstanden ist, in der alles Wesentliche tadellos funktioniert. Aber vermutlich wird man noch Jahre brauchen, um dahinterzukommen, was hier sozusagen wirklich und eigentlich geschehen ist.

Ob wohl der Hirsch recht hat mit seinem Manifest, das er heute Nachmittag vor den Journalisten verlesen hat? »Während die Regierenden noch über die Bewältigung der Vergangenheit streiten«, hat er stockend, darum desto überzeugender deklamiert, »ist hier vor den Toren der Stahlstadt eine neue Nation entstanden. Es beginnt das Jahr eins nach Peaceland.«

Ob das vielleicht gar das Ende der traditionellen Politik ist? Und Peaceland nur das Symbol dafür?

Langsam wird Martin müde. Bevor er einschläft, sieht er aber noch einmal die Bilder des heutigen Tages vor sich, jene Bilder, die ihm keiner mehr wegnehmen kann: den Albtraumtrupp, der plötzlich am Ende der langen Waldschneise heranmarschiert ist; die Schreie »Es geht los! Aufstehn!«; das schlaftrunkene, übermüdete Entsetzen; die Befehle: »Aufschließen!« – »Zweiter Zug hierher!«; die unheilvolle Kette, im Laufschritt – vorn die Knüppelbewehrten, dahinter die Behelmten und der riesige Panzer, der im Morgennebel wie die Abstraktion eines Vernichtungsdämons ausgeschaut hat; das Ruckartige, von Mann zu Mann sich fortsetzende Einhalten; die roten Gesichter der uniformierten Stahlarbeiter im Kordon, in denen so etwas wie Lust gewesen ist. »Ihr Schweine!!!«; die neue Freundin von Swoboda ist's gewesen, die ihnen das entgegengeschrien hat. Keiner hat mitgerufen. Sie hat das Prinzip der Gewaltlosigkeit, des Nicht-Provozierens durchbrochen. Schließlich das Zusammenziehen der Kette. Drinnen Durchdrehen, Ausbruchsversuche, Treibjagd, Menschenhatz, Auf-die-Bäume-Klettern, Einander-Halten, Die-Bundeshymne-Singen. Endlich das erlösende Schütten des Blutes. Erstarren des Chaos. Stille. Tränen bei allen. Auch bei Martin.

Er ist jetzt eingeschlafen, schläft traumlos tief und wird erst geweckt von fernem Rollen und Dröhnen aus dem Stahlwerk. Vier Uhr: Nun ist ihm kalt. Die anderen neben ihm schnarchen weiter. Es wird viel gehustet und geniest. Martin schält sich aus dem Schlafsack und beginnt umherzuwandern. Nach einer Weile stellen sich seine Augen auf die Finsternis ein, und wiederum eine

Weile später ist's eigentlich eine wunderschöne durchsichtige Nacht. Seine Wanderung führt ihn durch kratzendes Gestrüpp und über Lichtungen, auf denen schöne alte Eichensilhouetten stehen. Hie und da flattert ein krächzender Nachtvogel vorüber. Es dämmert schon langsam, als ihm eine Schattengestalt entgegenkommt. Ist das nicht der Bub vom Hans? *Natürlich, der Thomas.*

Während sie nun gemeinsam weiter wandern, wird es ziemlich schnell Tag. Als sie wieder bei den einen zarten Schleier über das Lager webenden Feuern anlangen, sind dort immer noch Diskussionen über Gott und die Welt und die Politik und den Frieden im Gang. Martin blickt auf die wunderbaren jungen Menschen mit ihren leuchtenden Augen, *und es ist ihm, als könne er* die Wand zwischen dieser sanften Blüte des Landes und der schroffen Gestalt neben ihm wie eine kühle und spitzsplitternde Glasscheibe fühlen.

Warum er sich denn nicht mit den anderen freuen könne, fragt er seinen Begleiter. Thomas zeigt seinen schmerzlichsten Zug: er lächelt. *Eigentlich hat er doch wirklich allen Grund sich zu freuen.* Ist ihm nicht der Nachweis gelungen, daß Politik, dieses Spiel mit der Illusion, einmal auch verkehrt herum gespielt werden kann? Ging je die Wirklichkeit einem politischen Illusionisten derart in die Falle wie dieses ganze Land ihm? Ward je einem Theatermacher ein solcher Allmachtrausch beschert? *Denn natürlich hat nicht* die große Weltverschwörungszentrale, von der so viel die Rede war, die Kirchheim-Sache in Gang gesetzt, sondern seine eigene kleine Laienspielertruppe.

Im Grunde, gesteht er jetzt Martin, hätten sie mit ihrem offenen Brief an Kirchheim ja nur dem verschleiernden Spektakel des Präsidentschaftswahlkampfs, in welchem die beiden Kandidaten als möglichst wenig konfliktträchtige, möglichst wenig profilierte, möglichst allen zu Belieben stehende Männer vorgeführt wurden, entgegenarbeiten wollen. Plötzlich aber sei das ganze Land zur Spielfläche geworden und wie in der Inszenierung eines großen Welttheaters seien Akt für Akt die Vergangenheit und die vielen Lebenslügen der Republik ins Scheinwerferlicht gerückt. Ein großer Prozeß der Selbsterforschung habe eingesetzt und Anlaß zu der begründeten Hoffnung gegeben, daß dieser Staat seine Vergangenheit doch noch bewältigen werde.

Dann jedoch hätten sich auch die Großen, deren Spiel durch seine Einmischung so empfindlich gestört worden war, ein Stück *einfallen lassen*. Die Farce heiße »Peaceland« und sei ein Riesenerfolg, weil dieses doppelköpfige Monster aus Lüge und Wahrheit so viel gemeinsam habe mit dem hierzulande herrschenden Bewußtsein der halbwahren Lügen und der verlogenen Wahrheiten. *Aus eben diesem Grund* spielten auch alle brav mit, statt zu erkennen, daß man sie inszeniere. Und so werde das Körnchen historischer Wahrheit, das sein eigenes Stück zu Tage gefördert habe, schon bald wieder von neuem Lügenschotter zugeschüttet sein.

Das endgültige Verschwinden der Vergangenheit werde man *zwar erst an jenem Tag* feiern *können, an dem auch das letzte Mahnmal gegen Krieg und Faschismus seinen Ehrenplatz in Peaceland gefunden haben werde,* er habe aber bereits jetzt einen äußersten Grad der Verzweiflung über das Verhalten seiner Landsleute erreicht. *Denn wenn er* die Teilnehmer dieses Festspiels wie einen Haufen von Debilen und Tobsüchtigen ununterbrochen aus vollem Hals nach Frieden schreien *höre, dann sei es ihm, als ob* die Statisterie der verkommenen politischen Bühne dieses Landes die Farce *bereits wieder satt hätte und nach einem neuen Stück und* einem neuen Spielleiter schreie, der schließlich auch kommen werde, um sie endgültig in den Abgrund zu stoßen.

So vieles möchte Martin dem unglücklichen jungen Mann als Antwort sagen. Er kann aber nicht, denn in diesem Augenblick wird es gerade 5 Uhr 53 und über Peaceland geht die Sonne auf. Chor und Orchester steigern sich zu einer Hymne und alle Spielteilnehmer reichen einander die Hände.

Anhang

Die folgende Übersicht über die verwendeten »profil«-Texte ist chronologisch nach den Kapiteln des Romans und deren inhaltlicher Untergliederung geordnet. Die am linken Rand notierten Zahlen geben die jeweilige(n) Seite(n) der Collage an, auf welche sich die Quellenhinweise beziehen.

1
Der Tempel und seine Pilger

9 – 17 ▶ Das erste Kapitel besteht – abgesehen von den eingefügten Zwischentexten – zur Gänze (einschließlich seines Titels) aus Teilen zweier Artikel von Cornelia Frey. Bei dem einen handelt es sich um eine Industriereportage über Steyr (1986, Nr. 43), bei dem anderen um einen entsprechenden Bericht über Linz (1987, Nr. 17).

2
Zwei Väter

18, 19 ▶ *Die Stahlkrise* – aus:

● Otmar Lahodynskys Bericht über die Geschichte der verstaatlichten Industrie (1987, Nr. 21)

● Franz Ferdinand Wolfs Bericht über die Krise im VEW-Konzern (1983, Nr. 37)

● Zwei Beiträgen Christian S. Ortners zur Krise der verstaatlichten Industrie (1987, Nr. 9 und 19)

19 ▶ *Die Begegnung auf der Hochalm* – aus Cornelia Freys Reportage über den Erzberg (1986, Nr. 38)

19, 20 ▶ *Die Lebensgeschichte von Martins Vater* – aus der in Cornelia Freys Industriereportage über Steyr beschriebenen Biographie eines alten Steyr-Arbeiters (1986, Nr. 43)

20, 21 ▶ *Schmerz und Empörung der Stahlarbeiter* – aus Cornelia Freys Reportage über den Erzberg (1986, Nr. 38)

21, 22 ▶ *Hans und die faschistische Vergangenheit seines Vaters* – aus Heide Pils' Betrachtung über ihre Probleme mit der Nazi-Vergangenheit ihrer Eltern (1986, Nr. 31)

22, 23 ▶ *Hans stellt seinen Vater zur Rede* – aus dem Bericht von Hans Weiss über den antifaschistischen Widerstand in Vorarlberg (1985, Nr. 21); daraus: die Begegnung mit dem ehemaligen Nazi-Ortsgruppenleiter eines kleinen Bauerndorfs im Bregenzerwald

23 ▶ *Die Geschichte des alten Holzer nach 1945* – aus:

- der eben erwähnten Betrachtung von Heide Pils über ihre Eltern (1986, Nr. 31)
- Franz Summers Beschreibung des Lebenslaufs des ehemaligen Zentralbetriebsratsobmanns der VÖEST, Franz Ruhaltinger; zitiert in einem Artikel von Franz Ferdinand Wolf (1987, Nr. 37)
- Ernst Schmiederers Beschreibung eines alten Portiers im Rahmen einer Reportage über die Firma Austria Draht (1985, Nr. 17)

24 ▶ *Hans und dessen Vater sind wütend auf die Roten* – aus der eben erwähnten Reportage Ernst Schmiederers über die Firma Austria Draht (1985, Nr. 17)

24 ▶ *Der stille Weg der Betriebsräte* – aus Artikeln von Liselotte Palme und Franz Ferdinand Wolf über die Krise im VEW-Konzern (1983, Nr. 25 und 37)

3
Ein Macher irrt sich

25 ▶ *Die Krisensymptome in der Stahlstadt* – aus Industriereportagen über Regionen und Städte, die unter der Stahlkrise leiden, von Cornelia Frey (1986, Nr. 38 und 1987, Nr. 18), Erhard Stackl (1982, Nr. 49) und Walter Schwarz (1984, Nr. 4)

26 ▶ *Stadtzentrum und Café Traxl* – aus Cornelia Freys Beschreibung des Stadtzentrums und des Café Traxlmayr im Rahmen ihrer Industriereportage über Linz (1987, Nr. 17

27 – 29 ▶ *Der Generaldirektor* – aus:

● Christian S. Ortners Portrait des Vorstandsvorsitzenden der Steyr-Daimler Puch AG, Hans Michael Malzacher (1983, Nr. 25)

● Ernst Schmiederers Bericht über die »musischen Sehnsüchte von Managern« (1985, Nr. 30); daraus: der Klavier spielende Bankdirektor Hans Haumer

29 ▶ *Die Vorstellung des neuen Unternehmenskonzepts durch den Generaldirektor* – ebenfalls aus Christian S. Ortners Portrait von Hans Michael Malzacher (1983, Nr. 25)

29, 30 ▶ *Das Scheitern des neuen Unternehmenskonzepts* – aus Hubertus Czernins und Otmar Lahodynskys Analysen der Situation der österreichischen Waffenindustrie (1985, Nr. 25 und 1986, Nr. 9)

30 ▶ *Die Vermittler der Waffengeschäfte* – aus:

● Otmar Lahodynskys Bericht über die Waffengeschäfte der alten Nazis (1985, Nr. 23)

● Michael Siegerts Bericht über Walter Rauff, den Erfinder der fahrbaren Gaskammer (1984, Nr. 6)

31 ▶ *Der Werkspfarrer* – aus Christoph Kotankos Bericht über den VÖEST-Pfarrer Wührer (1986, Nr. 52/53)

31 – 33 ▶ *Die Friedensinitiative und die Auseinandersetzungen um sie* – aus Erhard Stackls Industriereportage über die Krisenregion Erzberg (1982, Nr. 49)

33 ▶ *Das weitere Schicksal des Werkspfarrers* – aus Christoph Kotankos Bericht über den VÖEST-Pfarrer Wührer (1986, Nr. 52/53); daraus: die Abschiebung des Vorgängers des derzeitigen Werkspfarrers, Kaplan Innerlohinger

33 ▶ *Der Betriebsrat führt Buch über »unechte« Krankenstände* – aus Erhard Stackls Industriereportage über die Krisenregion Erzberg (1982, Nr. 49)

4
Arbeit ist das halbe Leben

34 – 36 ▶ *Hans als Langzeitarbeitsloser* – aus:

● Ernst Schmiederers Portrait eines Langzeitarbeitslosen, dem auch der Titel dieses Kapitels entnommen ist (1987, Nr. 48)

● Walter Schwarz' Reportage über jugendliche Arbeitslose in der Krisenregion Leoben (1984, Nr. 45)

36, 37 ▶ *Hans als Schmarotzer* – aus der Serie über die Probleme des Wohlfahrtsstaates von Andrea Ernst und Krista Federspiel (1986, Nr. 49 und 50)

37, 38 ▶ *Vorgeschichte der Beziehung von Hans und Waltraud* – aus einem der in Sibylle Fritschs Artikel über die Krise der Zweierbeziehung zitierten Fallbeispiele (1985, Nr. 51/52)

38 ▶ *Hans beklagt sich bei Martin* – aus einem Feuilleton von Elfriede Hammerl mit dem Titel »Tote Hose«, welches sich mit dem Zusammenhang zwischen dem um sich greifenden Potenzverlust bei Männern und der neuen Stärke der Frauen befaßt (1986, Nr. 16)

38, 39 ▶ *Der Streit wegen des Krauts* – aus:

● einem Feuilleton von Elfriede Hammerl (1986, Nr. 45); im Original bezieht sich der Dialog nicht auf das Aufwärmen von Kraut, sondern auf das Mitnehmen einer von der Mutter für das Kind bereit gelegten Banane

- Ernst Schmiederers Portrait eines Langzeitarbeitslosen (1987, Nr. 48)

39, 40 ▶ *Waltrauds Lustlosigkeit im Bett* – Verbindung zweier Fallbeispiele aus Artikeln von Sibylle Fritsch über
- die Krise der Zweierbeziehung (1985, Nr. 51/52)
- die wachsende Angst vor der Sexualität (1984, Nr. 8)

40, 41 ▶ *Hans' Kindheit und Jugend* – Kombination von zwei Fallbeispielen aus Artikeln von Sibylle Fritsch über
- die wachsende Angst vor der Sexualität (1984, Nr. 8)
- den Abschied vom Mythos Mann (1986, Nr. 13)

mit Ausschnitten aus Elisa Gregors Darstellung eines Lehrlings, der ein Mädchen überfallen und erwürgt hat (1984, Nr. 46)

41 ▶ *Der Marktwert von Männern und Frauen* – aus einem Feuilleton von Elfriede Hammerl zum Thema des Konkurrenzdrucks auf dem Partnermarkt (1985, Nr. 16)

42, 43 ▶ *Der Moment der Klarheit bei Waltraud* – aus einem Fallbeispiel aus Paul Yvons Artikel »Der Aufstand der Frauen« (1986, Nr. 26)

5
Unterstellungen und Vorwürfe

44, 45 ▶ *Das Portrait Stillhalters* – aus zwei Beschreibungen führender Betriebsräte aus der verstaatlichten Industrie von Freddie Kräftner (1987, Nr. 40) und Franz Summer (zitiert in einem Artikel von Franz Ferdinanz Wolf) (1987, Nr. 37)

45, 46 ▶ *Martin unter Spionageverdacht* – aus einem Bericht von Hubertus Czernin über den von der Rüstungslobby gegen den Journalisten Peter Pilz geäußerten Spionageverdacht (1985, Nr. 26)

46 – 49 ▶ *Die Auseinandersetzung zwischen Martin und Renate* – aus einem Feuilleton von Elfriede Hammerl mit dem Titel »Ein prima Hausfreund« (1986, Nr. 47)

49, 50 ▶ *Martin spricht mit Waltraud über seine Probleme mit Renate* – aus einem Feuilleton von Elfriede Hammerl mit dem Titel »Umwege der Seele« (1987, Nr. 9)

50 – 52 ▶ *Der alte Weiß und seine Erinnerungen* – aus Robert Streibels Artikel über die Situation der ehemaligen Widerstandskämpfer im Krems der 80er Jahre (1987, Nr. 34)

6
Wehklagen

53 ▶ *Das Gerede im Ort* – aus Lukas Lessings Reportage über drei Männer, die ihre Gattinen umgebracht haben (1984, Nr. 30); im Original bezieht sich die zitierte Passage nicht auf eine verschwundene, sondern auf eine der drei getöteten Frau.

53 – 56 ▶ *Hans' Wehklagen* – aus einem Feuilleton von Elfriede Hammerl mit dem Titel »Keine Witwe« (1987, Nr. 1); das Original bezieht sich, wie schon der Titel zeigt, nicht auf einen verlassenen Mann, sondern auf eine verlassene Frau.

57 – 59 ▶ *Hans' Vater klagt sein Leid* – aus Paul Yvons Wiedergabe eines Gesprächs mit dem Vater eines Mannes, der Gattin und Schwiegereltern erschossen hat, ehe er Selbstmord beging (1983, Nr. 17)

7
Landluft

60, 61 ▶ *Hans' Reise nach Haushofen* – aus Reportagen von Cornelia Frey und Walter Schwarz über die beiden Tiroler Fremdenverkehrsorte Mayrhofen und Gerlos (1986, Nr. 18 und 34)

62, 63 ▶ *Hans' Ankunft in Haushofen* – aus Cornelia Freys Reportage über Mayrhofen (1986, Nr. 18) und Ernst Schmiederers Bericht über ein Buch von Hans Haid mit dem Titel »Vom Alten Leben. Vergehende Existenz- und Arbeitsformen im Alpenbereich« (1986, Nr. 39)

63 ▶ *Kurze Beschreibung des Hotels* – aus Elisa Gregors Reportage über das Grand Hotel de l'Europe in Bad Gastein (1984, Nr. 1)

63 – 65 ▶ *Hans als Tellerwäscher* – aus Hans Peter Martins Reportage über seine Arbeit als Tellerwäscher in einem Tiroler Nobelhotel (1980, Nr. 9)

8
Das Tagebuch

66 ▶ *Die Freizeitregelung im Hotel* – ebenfalls aus der Tellerwäscherreportage von Hans Peter Martin (1980, Nr. 9)

66, 67 ▶ *Hans' Spaziergänge zum Café Gamskar* – aus Günther Nennings Kommentar über Bad Gastein (1984, Nr. 36)

67, 68 ▶ *Die Begegnung mit Mina* – aus:

- Günther Nennings Kommentar über Bad Gastein (1984, Nr. 36)
- Robert Buchachers Bericht über eine alte, in Not geratene Frau, die einen Bankraub versucht hat (1984, Nr. 11)
- Hans Weiss' Artikel mit dem Titel »Die Leute von Langenegg« (1987, Nr. 15); daraus: das Portrait einer alten Frau, die ehemals Gemeindesekretärin war.

68, 69 ▶ *Minas Erzählung* – Verbindung von Teilen der beiden zuletzt genannten Artikel

69, 70 ▶ *Das kalte Haus* – aus Robert Buchachers Bericht über die alte »Bankräuberin« (1984, Nr. 11); daraus: die Beschreibung des Hauses der alten Frau

70 – 74 ▶ *Minas Tagebuch* – aus dem Tagebuch der ehemaligen Gemeindesekretärin Pirmina Schwärzler; zitiert in Hans Weiss' Artikel über »Die Leute von Langenegg« (1987, Nr. 15)

9
Lebenshilfe

75, 76 ▶ *Lubeschs Lebenslauf* – aus Erika Wantochs Portrait eines Erfolgstyps (1983, Nr. 10); da es sich bei dem Portraitierten um einen bekannten Sexualtherapeuten (Karl Stifter) handelt, heißt es anstatt »Jeder Mißerfolg ist auch eine Kommunikationsstörung« im Original: »Jede funktionale Sexualstörung ist auch eine Kommunikationsstörung«.

76 ▶ *Lubeschs Tätigkeit bei der Akademie der Führungskräfte* – aus:

● einem namentlich nicht gezeichneten Kurzbericht über die Kurse des Managementexperten Robert Hytha (1978, Nr. 16)

● einem ebenfalls namentlich nicht gezeichneten Bericht über den Managementfachmann und Psychoanalytiker Michael Hofmann (1978, Nr. 6)

76 ▶ *Lubesch geht zu den Menschen* – kurze Passage aus Walter Schwarz' Bericht über ein Gespräch mit einem Erfolgstyp aus dem Bereich der Politik (Wiens Bürgermeister Helmut Zilk) (1984, Nr. 37)

76, 77 ▶ *Hans' Klage* – aus einem Fallbeispiel in Sibylle Fritschs Artikel über verlassene Männer (1987, Nr. 51/52)

77, 78 ▶ *Lubeschs Belehrungen* – aus Elfriede Hammerls Feuilleton mit dem Titel »Lebenshilfe« (1985, Nr. 13)

78 ▶ *Hans' Gedanken zu Lubeschs Belehrungen* – kurze Passagen aus Jörg Metes' satirischem Artikel »Ein Deutscher in Wien«, welcher – und das ist der Bezug zur hier dargestellten Situation – als Beisldialog abgefaßt ist (1987, Nr. 42)

78 – 80 ▶ *Lubeschs Vision des neuen Bauernhofs* – aus Jens Tschebulls Kommentar »Neue Bauern« (1987, Nr. 34)

80, 81 ▶ *Lubeschs Lob der Initiative arbeitsloser Junglehrer* – aus einem einer solchen Initiative gewidmeten Kommentar von Jens Tschebull (1984, Nr. 5)

81, 82 ▶ *Lubesch über die wohltuenden Auswirkungen der Wirtschaftskrise* – aus Jens Tschebulls Kommentar »Der Sozialstaat entläßt seine Kinder« (1983, Nr. 47)

82, 83 ▶ *Die Gespräche der Kursteilnehmer* – aus:
● Otmar Lahodynskys Bericht über ein Unternehmenstraining und die daran teilnehmenden Unternehmer (1986, Nr. 50)
● zwei Artikeln Stefan M. Gergelys im Rahmen seiner Serie über erfolgreiche Klein- und Mittelbetriebe (1986, Nr. 47 und 51)

83 ▶ *Worthülsen* – aus verschiedenen Kommentaren von Jens Tschebull, sowie aus Stefan M. Gergelys Serie über erfolgreiche Klein- und Mittelbetriebe

84, 85 ▶ *Der Superjob* – aus:
● Georg Nowotnys Bericht über gescheiterte Existenzen im Rahmen einer Reportage über die Caritas (1987, Nr. 48); daraus: die kurze Passage über den Traum von der Selbständigkeit
● Paula Bramböcks Bericht über 30 Kellner, die mittels einer betrügerischen Annonce für einen nicht vorhandenen Traumjob geködert wurden (1987, Nr. 21)
● Thomas Breys Bericht über eine Firma, die ihr Produkt über Lizenznehmer, die auf Informationsveranstaltungen angeworben werden, vertreibt (1987, Nr. 3); im Original handelt es sich bei dem zu vertreibenden Produkt aber nicht um »Lebenshilfe«, sondern um eine Kosmetikkollektion.

10
Rien ne va plus

86 ▶ Der Titel dieses Kapitels ist identisch mit jenem eines Artikels von Liselotte Palme, in welchem es um die Ratlosigkeit der Wirtschaftspolitik am Beginn der 80er Jahre geht (1982, Nr. 40)

86 – 88 ▶ *Rückblick auf die Ära des sozialdemokratischen Triumphes* – aus Kommentaren von:

- Peter M. Lingens über die Ära Kreisky (1983, Nr. 18)
- Günther Nenning über Niedergang und Fall des sozialdemokratischen Imperiums (1987, Nr. 1)
- Franz Ferdinand Wolf zum 40. Geburtstag der Republik Österreich (1985, Nr. 17)
- Anton Pelinka über Bruno Kreisky, als den österreichischen De Gaulle (1983, Nr. 18)
- Egon Matzner über die SPÖ im Zeitgeist (1987, Nr. 43)
- Eduard März über die Gründe des Scheiterns der Kleinen Koalition (1985, Nr. 15)
- Charles Bohatsch zur Frage, ob der Sozialstaat zerfallen wird (1979, Nr. 24)

88, 89 ▶ *Endzeitstimmung und Unbehagen an der Gesellschaft* – aus Ulrich Stockers Zusammenfassung wichtiger Tendenzen in der zeitkritischen Literatur zu Beginn der 80er Jahre (1980, Nr. 1)

89 – 91 ▶ *Die Reaktion der Sozialdemokraten und der Konservativen auf das Unbehagen an der Gesellschaft* – aus Kommentaren von:

- Peter M. Lingens über die Ära Kreisky (1983, Nr. 18), zur Frage »Ist der Sozialismus schuld an der Krise?« (1983, Nr. 7) und zu den mit einem sinkenden Reallohn-Niveau verbundenen Problemen (1985, Nr. 29)
- F. G. Hanke zum Thema »Antisozialismus allein genügt nicht« (1982, Nr. 28)
- Hans Haumer zum Thema »Für eine Wende« (1985, Nr. 29)

● Liselotte Palme zu P. C. Martins Buch »Wann kommt der Staatsbankrott?« (1982, Nr. 47)
● Christian Ortner zu den internationalen Privatisierungstendenzen (1986, Nr. 6) und zur Wende-Politik in Dänemark (1986, Nr. 40)

91 ▶ *Die Suche nach politischen Alternativen* – aus Charles Bohatschs Analyse zur Frage, ob der Sozialstaat zerfallen wird (1979, Nr. 23)

11
Des Kanzlers Kinder

92 – 95 ▶ *Rückblick auf die Ära des Alten* – aus Peter M. Lingens' Kommentar zum Abgang von Bruno Kreisky (1983, Nr. 18); ergänzt durch einen kurzen Ausschnitt aus dem im »profil« abgedruckten Teil der Memoiren Simon Wiesenthals (1988, Nr. 44)

95 – 97 ▶ *Die Kinder des Alten* – aus:
● Joachim Riedls Kommentar zum Thema »Kreiskys Kinder« (1983, Nr. 26)
● Werner Vogts »Abrechnung mit Kreisky« (1983, Nr. 20)

97 ▶ *Martins Position* – aus Josef Caps Kommentar zum Thema »Kurskorrektur für den ›Tanker Sozialdemokratie‹« (1983, Nr. 5)

98, 99 ▶ *Der Regionalparteitag* – aus Josef Votzis Bericht über jenen SPÖ-Parteitag, bei welchem Josef Cap seine berühmten »Drei Fragen« stellte (1982, Nr. 44)

99 – 102 ▶ *Die Regionalkonferenz* – aus dem Protokoll von Ulla Kremsmayer über eine Bezirkskonferenz der SPÖ Wien-Margareten (1987, Nr. 44)

12
Der Sieger

103 – 105 ▶ *Das »Komitee für Weiß«* – aus:
● einem Bericht im Rahmen der Rubrik Werwowarum zum gleichnamigen Thema (1983, Nr. 7)
● einem Bericht von Sibylle Fritsch und einem kritischen Kommentar von Walter Klier zum Hainburg-Engagement von Künstlern und Prominenten (1985, Nr. 5 und 1985, Nr. 3)
● einem Bericht von Sibylle Fritsch und Horst Christoph über Peter Turrini (1987, Nr. 17)
● einem Bericht von Sigrid Löffler über Peter Handke (1986, Nr. 47)

105 – 106 ▶ *Der Abgang des Alten* – aus:
● Peter M. Lingens' Rückblick auf die Ära Kreisky (1983, Nr. 18)
● Ursula Pasterks Analyse der »SPÖ nach Kreisky« (1983, Nr. 19)

106 ▶ *Martins Reaktionen auf den Abgang des Alten und auf seinen eigenen Wahlsieg* – aus:
● Joachim Riedls Kommentar mit dem Titel »Kreiskys Kinder« (1983, Nr. 26)
● Robert Buchachers Bericht über Kreiskys Wahlkampffinale (1982, Nr. 4)
● Robert Buchachers Interview mit Josef Cap (1983, Nr. 18)
● einem Bericht in der Rubrik Werwowarum über die Einladung zur Siegesfeier des Josef Cap (1983, Nr. 17)

107, 108 ▶ *Das Interview mit Martin* – aus dem soeben erwähnten Interview Robert Buchachers mit Josef Cap (1983, Nr. 18)

108 ▶ *Die Reaktionen der Grünpartei auf Martins Wahlsieg* – aus:
● Ursula Pasterks Analyse der SPÖ nach Kreisky (1983, Nr. 19)
● Werner Vogts Kommentar zum Ausgang der Wahl des Jahres 1983 (1983, Nr. 20)

13
Die Bassena lebt

109, 110 ▶ *Hans' Spaziergang im Vergnügungspark* – aus einem Feuilleton von David Staretz mit dem Titel »Wiener leben Wiener Leben« (1984, Nr. 29)

110, 111 ▶ *Die unendliche Straße* – aus der gleichnamigen Reportage von Walter Schwarz (1984, Nr. 44)

111 – 113 ▶ *Das Bassenahaus und seine Geschichte* – aus:
● Artikeln von Michael Hinterkörner und Michael Nakladal zum genannten Thema (1986, Nr. 44 und 1982, Nr. 4); dem zuerst genannten Bericht ist auch der Titel dieses Kapitels entnommen
● einer Reportage von Walter Schwarz über den Brunnenmarkt und seine Umgebung (1986, Nr. 24)

14
Der Gang der Geschäfte

114 ▶ *Was Hans beim Geschäftstraining gelernt hat* – aus Ernst Schmiederers Reportage über die Scientology-Sekte (1985, Nr. 1); die Bezeichnungen der angebotenen Bücher und Kurse wurden gegenüber dem Original verändert.

114, 115 ▶ *Der Markt und das Marktbeisl* – aus der bereits erwähnten Brunnenmarkt-Reportage von Walter Schwarz (1986, Nr. 24)

115, 116 ▶ *Hans und die Kaputtniks* – aus:
● Ernst Schmiederers Scientology-Reportage (1985, Nr. 1)
● Sibylle Fritschs Bericht über Carl Rogers, den Begründer der personenzentrierten Gesprächstherapie, im Rahmen der Serie über verschiedene Formen der Psychotherapie (1987, Nr. 3)

116 ▶ *Die Mädchen im Marktbeisl* – aus einer Reportage von Jutta Kohout und Werner Schima über das Innenstadt-Nachtcafé »Rabe« (1983, Nr. 15)

116 – 119 ▶ *Der Charmeur* – aus Marianne Enigls Bericht über einen alternden Zuhälter (1985, Nr. 8)

119 – 122 ▶ *Das Mädchen des Zuhälters* – Verbindung von Ausschnitten aus:
- Christian Skalniks Bericht über eine junge Prostituierte (1986, Nr. 32)

mit einem Fallbeispiel aus:
- Sibylle Fritschs Bericht über psychosomatische Aspekte der Krebserkrankung (1985, Nr. 50)

15
Aus der Traum

123 ▶ Der Titel dieses Kapitels entstammt einem Wirtschaftsbericht von Ernst Schmiederer (1985, Nr. 17)

123 – 125 ▶ *Das städtische Bad* – aus Cornelia Freys Reportage über das Ottakringer Bad (1987, Nr. 31)

125 ▶ *Der Traum von der Selbständigkeit ist vorbei* – Kurzzitat aus Georg Nowotnys Beschreibung von Armutskarrieren im Rahmen eines Berichts über die Arbeit der Caritas (1987, Nr. 48)

125 – 129 ▶ *Hans' Tätigkeit in der IEL-Niederlassung* – aus Ernst Schmiederers Reportage über die Scientology-Sekte (1985, Nr. 1); das sogenannte »Auditing« der Scientologen ist im Text »Talk« genannt.

129 ▶ *Das Mädchen fühlt sich verraten und verkauft* – aus dem bereits erwähnten Fallbeispiel in Sibylle Fritschs Artikel über die psychosomatischen Aspekte der Krebserkrankung (1985, Nr. 50)

129, 130 ▶ *Hans verläßt IEL* – aus Ernst Schmiederers Reportage über die Scientology-Sekte (1985, Nr. 1)

16
Das Haus am Ende der Straße

131 ▶ *Die Katastrophe ist da, Hans wird obdachlos* – aus:
● Ernst Schmiederers Scientology-Reportage (1985, Nr. 1)
● Georg Nowotnys Beschreibung von Armuts-Karrieren (1987, Nr. 48)
● Christian Skalniks Portrait eines Sandlers (1987, Nr. 3)

131 ▶ *Hans lädt einen Sandler auf ein Bier ein* – aus Robert Buchachers Portrait eines Burenwurstverkäufers (1986, Nr. 52/53)

131, 132 ▶ *Das Haus am Ende der Straße* – aus Christian Seilers unter dem Titel »Das Haus am Ende« stehender Reportage über eine Herberge für obdachlose Haftentlassene (1987, Nr. 32)

132 ▶ *Die erste Nacht in der Herberge* – aus Christian Skalniks Portrait eines Sandlers (1987, Nr. 3)

132, 133 ▶ *Der Schneeschaufler und sein Chef* – aus Waltraud Langers Portrait des größten privaten Schneeräumers der Bundeshauptstadt (1986, Nr. 10)

133 – 135 ▶ *Hans erhält Sozialhilfe* – aus:
● dem auf die Sozialhilfe bezogenen Teil der den Problemen des Wohlfahrtsstaates gewidmeten Serie von Andrea Ernst und Krista Federspiel (1986, Nr. 52/53)
● Sibylle Fritschs Reportage aus dem Wartesaal eines Sozialreferats (1983, Nr. 5)

17
Der letzte Schritt

136 ▶ *Hans schimpft über die Obdachlosenherberge* – aus Christian Seilers Reportage über eine Herberge für obdachlose Haftentlassene (1987, Nr. 32)

136 – 138 ▶ *Hans sitzt endgültig auf der Straße, begegnet Rudi dem Sandler und wird dessen »Schüler«* – aus:
● Heinrich Breidenbachs Beschreibung der Situation von Nichtseßhaften im Rahmen einer Reportage über ein einschlägiges Sozialprojekt (1984, Nr. 39)
● Christian Skalniks Portrait eines Sandlers (1987, Nr. 3)

138, 139 ▶ *Der Ladendiebstahl* – aus einem Fallbeispiel im Rahmen eines Berichts von Paul Yvon über problematische Formen der Verfolgung von Ladendiebstählen (1987, Nr. 26)

139, 140 ▶ *Der letzte Schritt* – aus:
● Christian Seilers gleichnamigem Bericht über die Welle von Selbstmorden in der Wiener U-Bahn (1987, Nr. 20)
● Georg Nowotnys Beschreibung von Armutskarrieren im Rahmen des bereits erwähnten Berichts über die Arbeit der Caritas (1987, Nr. 48)

140 – 142 ▶ *Hans' Begegnung mit dem alten Mann, sowie dessen Lebensgeschichte und trauriges Ende* – aus:
● Erika Wantochs Bericht über Leben und Tod eines Homosexuellen (1987, Nr. 17)
● Christian Skalniks Portrait eines Sandlers (1987, Nr. 3)

142, 143 ▶ *Hans' erste Nacht in der U-Haft* – aus Marianne Enigls Bericht über einen des Versicherungsbetrugs verdächtigen und in U-Haft sitzenden Richter (1988, Nr. 14)

18
Nachtfahrt

144 ▶ *Martin schimpft über die Partei* – aus Günther Nennings »Brief an den Bundeskanzler« (1987, Nr. 7)

144 ▶ *Die Worte des Parteiführers aus der Zwischenkriegszeit* – Otto Bauer-Zitat aus Günther Nennings Kommen-

tar mit dem Titel »Wände für jeden Österreicher« (1986, Nr. 49)

144, 145 ▶ *Das neue politische Idol* – aus drei Artikeln von Franz Ferdinand Wolf über Franz Vranitzky (1986, Nr. 36 und 42, 1987, Nr. 2)

145 – 147 ▶ *Martins Nachtfahrt* – aus Bruno Aigners Beschreibung seiner Gedanken zur Situation der SPÖ während einer nächtlichen Autofahrt durch das Mürztal (1987, Nr. 46), ergänzt durch Ausschnitte aus:

- Robert Buchachers Reportage über südburgenländische Pendler (1983, Nr. 51/52); daraus: kurze Passagen, welche sich auf die Stimmung bei einer nächtlichen Autofahrt beziehen
- einem namentlich nicht gekennzeichneten Bericht über Josef Caps Absicht, auf einen Teil seines Gehalts als Nationalratsabgeordneter zu verzichten (1984, Nr. 6)
- einem Bericht von Jutta Kohout und Werner Schima über die Linken in der SPÖ (1983, Nr. 29)

147 ▶ *Das alte Haus* – aus einem Bericht Erika Wantochs über ein Altstadtwohnprojekt von Künstlern und Intellektuellen (1985, Nr. 27)

147 ▶ *Swobodas Wohnung* – aus einem Portrait des Alt-68ers und jetzigen Vranitzky-Ohrwurms Joseph Huber von Josef Votzi (1988, Nr. 20)

19
Einst im Mai

148, 149 ▶ *Swobodas Mai* – aus den Erinnerungen des Sekretärs im sozialistischen Parlamentsklub, Bruno Aigner, an das Jahr 1968 (1988, Nr. 18)

150 ▶ *Swobodas weitere Entwicklung* – aus:

- Sigrid Löfflers Reflexion über die »auf den Nadelstreif gekommenen 68er« (1988, Nr. 1)
- einem Interview Werner A. Pergers mit Daniel Cohn-Bendit (1988, Nr. 1)

● dem Portrait des Alt-68ers Joseph Huber von Josef Votzi (1988, Nr. 20)

● einem ironischen Feuilleton Elfriede Hammerls über die Verwandlung einer ehemals kritischen Feministin in eine angepaßte Erfolgsjournalistin (1987, Nr. 5)

150 ▶ *Swoboda ist nurmehr »subversiv« tätig* – aus dem zuvor erwähnten Artikel Bruno Aigners zum Jahr 1968 (1988, Nr. 18)

150, 151 ▶ *Die Idee einer Hausgemeinschaft und deren Realisierung* – aus:

● Günther Nennings Reflexion über die »Neue Romantik« als Produkt der Enttäuschung über das Scheitern der Studentenrevolte (1981, Nr. 15)

● Werner A. Pergers Interview mit Daniel Cohn-Bendit (1988, Nr. 1)

● Erika Wantochs Bericht über ein Altstadtwohnprojekt von Künstlern und Intellektuellen (1985, Nr. 27)

151, 152 ▶ *Swoboda distanzierte sich von der Idee eines linken Netzwerks und schätzt die neue Lage positiv ein* – aus Zitaten entsprechender Äußerungen von Ferdinand Lacina, Albrecht Konecny und Josef Cap im Bericht von Jutta Kohout und Werner Schima über die Linke in der SPÖ (1983, Nr. 29)

152 ▶ *Martins Gegenargumente* – aus in demselben Artikel zitierten Äußerungen von noch nicht etablierten SP-Linken

153 ▶ *Swoboda schreibt ein Glosserl* – nach einer in demselben Artikel zitierten Äußerung des Herausgebers der Arbeiterzeitung, Albrecht Konecny

20
Ein Anarchist

154 ▶ *Der Vater sagt sich los von Hans* – aus Christian Skalniks Portrait eines Sandlers (1987, Nr. 3)

154 ▶ *Der Gefängnisalltag* – kurze Ausschnitte aus:

● Artikeln zum Thema »Strafvollzug« von Herbert Hegenbarth (1986, Nr. 40), Paul Yvon (1982, Nr. 40) und Marianne Enigl (1984, Nr. 48)

● einem namentlich nicht gezeichneten Bericht über einen in U-Haft sitzenden Versicherungskeiler (1986, Nr. 47)

154 ▶ *Der Waggon und die Verhöre* – aus:

● Marianne Enigls Bericht über einen des Versicherungsbetrugs verdächtigten Richter, der in U-Haft sitzt (1988, Nr. 14)

● Paul Yvons Beschreibung der Behandlung von Homosexuellen durch die Justiz im Rahmen seines Artikels »Hiebe für Liebe« (1983, Nr. 29)

154 ▶ *Hans beteuert seine Unschuld* – aus Paul Yvons Bericht über einen zu Unrecht als Dieb angeklagten Mann (1984, Nr. 2)

154 ▶ *Hans' Beschreibung des Strichjungen* – aus Erika Wantochs Beschreibung eines Strichjungen im Rahmen ihres Berichts über Leben und Tod eines Homosexuellen (1987, Nr. 17)

154, 155 ▶ *Das weitere Vorgehen der Justiz* – aus Ernst Schmiederers Bericht über ein auf äußerst wackeligen Beinen stehendes Indizienverfahren gegen einen des Mordes Verdächtigen (1985, Nr. 13)

155 ▶ *Der Auftritt Albert Bauers* – kurze Stimmungsbilder aus Berichten zum Thema »Strafvollzug« von Hans Weiss (1987, Nr. 37) und Paul Yvon (1984, Nr. 43)

155, 156 ▶ *Albert Bauer und seine Geschäfte* – aus Artikeln über den Wirtschaftskriminellen Bela Rabelbauer von Liselotte Palme (1985, Nr. 32) und Christian S. Ortner (1986, Nr. 22)

156 ▶ *Albert Bauers Aussehen* – aus Alfred Worms Portrait des Milliardenjongleurs Wilhelm Papst (1988, Nr. 27)

156 ▶ *Albert Bauer wartet auf die Einstellung des Verfahrens und wickelt seine Geschäfte von der Zelle aus ab* – kurze Ausschnitte aus:

● Artikeln über Bela Rabelbauer von Liselotte Palme (1985, Nr. 32) und Herbert Langsner (1987, Nr. 14)
● Helmut Voskas Bericht über »die Beichte des Staatsanwalts« Lutz Moser (1987, Nr. 7)

156, 157 ▶ *Albert Bauers Biographie und sein politisches Bekenntnis* – aus dem schon erwähnten Portrait des Milliardenjongleurs Wilhelm Papst von Alfred Worm (1988, Nr. 27)

157, 158 ▶ *Albert Bauer über die »Anarchisten im Schafspelz«* – aus Henryk M. Broders gleichnamiger Reflexion über einen angesehenen Bürger, der nach seinem Tod als Betrüger entlarvt wurde (1988, Nr. 24)

158 ▶ *Hans ist durch Albert Bauer geblendet* – aus Christian S. Ortners Bericht über Bela Rabelbauer (1986, Nr. 22); daraus: Rabelbauers Ausstrahlung auf seine Mitmenschen

158 ▶ *Albert Bauer als »Häfen-Protzer«* – aus einem namentlich nicht gekennzeichneten Bericht über einen in Untersuchungshaft sitzenden Versicherungskeiler (1986, Nr. 47)

158, 159 ▶ *Das Luftgeschäft* – aus Johannes Strohmayers Bericht über die Schließung einer Gesetzeslücke, die den Steuerzahler viel Geld gekostet hat (1987, Nr. 15)

159, 160 ▶ *Der alte Mann und sein Mörder* – aus Erika Wantochs Bericht über Leben und Tod eines Homosexuellen (1987, Nr. 17)

160 ▶ *Albert Bauers telefonische Unerreichbarkeit* – aus einem Artikel Liselotte Palmes über Bela Rabelbauer (1986, Nr. 11)

160 ▶ *Hans erhält keine Haftentschädigung* – aus Paul Yvons Bericht über einen zu lange in U-Haft festgehaltenen Mann (1986, Nr. 37)

160 ▶ *Albert Bauers Großzügigkeit* – aus zwei Artikeln von Liselotte Palme über Bela Rabelbauer (1985, Nr. 33 und 1986, Nr. 11)

160 ▶ *Hans geht ins Kaufhaus und begegnet dort Waltraud* –

aus Robert Buchachers Portrait einer Verkäuferin (1987, Nr. 51/52)

21
Nummer 202

161 – 163 ▶ *Waltraud als Verkäuferin* – aus Robert Buchachers Portrait einer Verkäuferin (1987, Nr. 51/52)

163 ▶ *Die Weihnachtswünsche von Waltraud und Thomas* – aus Marianne Enigls Bericht über »Weihnachten einer alleinstehenden Mutter« (1986, Nr. 52/53)

163 ▶ *Thomas geniert sich für seine Armut* – aus:

- Marianne Enigls Bericht über »Weihnachten einer alleinstehenden Mutter« (1986, Nr. 52/53)
- Peter M. Lingens' Portrait des Schülers Günter Lorenz, welcher zum Mörder wurde (1983, Nr. 10); daraus: die Beschreibung der Schule, in die Lorenz ging

164 ▶ *Waltrauds mißliche materielle Situation, ihre Isolation und ihr ständiger Streß* – aus drei Feuilletons Elfriede Hammerls über die Situation alleinstehender Mütter (1987, Nr. 46, sowie 1988, Nr. 7 und 8)

164, 165 ▶ *Was um 16 Uhr passiert* – aus Robert Buchachers Portrait einer Verkäuferin (1987, Nr. 51/52)

165 ▶ *Waltraud und Hans stehen wie Säulen* – kurze Passage aus Erika Wantochs Bericht über eine schicksalshafte Begegnung zwischen einem deutschen Soldaten und einer Jüdin (1988, Nr. 8); daraus: die Szene der Wiederbegegnung nach langer Zeit

165 ▶ *»Dick bist worden...«* – aus Herbert Langsners Bericht über Bela Rabelbauers Heimkehr aus der U-Haft in den USA (1987, Nr. 14)

165 ▶ *»Die Gefängniskost...«* – aus einem Prozeßbericht Paul Yvons (1984, Nr. 11)

22
Die vier Musketiere

166 ▶ Der Titel dieses Kapitels lehnt sich an den Titel einer Reportage von Georg Nowotny an, in welcher drei einander in Freundschaft verbundene Politiker portraitiert werden (1988, Nr. 30)

166 – 168 ▶ *Der nächtliche Kampf* – aus einem Bericht von Christian S. Ortner und Franz Ferdinand Wolf über »die Diktatur des Rolexariats« (1984, Nr. 2)

168, 169 ▶ *Jack Hirsch* – aus:
● Elfriede Hammerls Feuilleton über »Trendsetter« (1985, Nr. 23)
● Christian S. Ortners Portrait Günther Nennings (1985, Nr. 3)
● zwei Kommentaren von Günther Nenning (1987, Nr. 17 und 1988, Nr. 15)

170 ▶ *Michael Peterling, ein bürgerlicher 68er* – aus:
● Werner A. Pergers Bericht über bürgerliche »APO-Veteranen« in der BRD (1988, Nr. 18)
● Reinhard Tramontanas ironische Betrachtung über die Veröffentlichung einer Sammlung von Leitartikeln Peter M. Lingens' (1986, Nr. 47)
● dem Bericht über »die Diktatur des Rolexariats« von Christian S. Ortner und Franz Ferdinand Wolf (1984, Nr. 2)

170 ▶ *Michael Peterling als Chefredakteur am Boulevard* – aus Josef Votzis Portrait des ehemaligen Kurier-Chefredakteurs Gerd Leitgeb (1984, Nr. 17)

170, 171 ▶ *Michael Peterling als Buchautor* – aus:
● zwei ironischen Betrachtungen Reinhard Tramontanas über Veröffentlichungen von Artikelsammlungen (1986, Nr. 47 und 1988, Nr. 11)
● dem Bericht über »die Diktatur des Rolexariats« von Christian S. Ortner und Franz Ferdinand Wolf (1984, Nr. 2)

171 ▶ *Die Beislatmosphäre bei Lubeschs Monolog* – aus:

● einem Bericht von Walter Schwarz über ein mit Helmut Zilk in einem Beisl geführtes Interview (1984, Nr. 37)

● Reinhard Tramontanas Bericht über ein Wiener In-Beisl (1983, Nr. 18)

171, 172 ▶ *Lubesch erzählt über eine neue Form der Geldanlage* – aus Christian S. Ortners Berichten über den »Genußschein à la carte« (1985, Nr. 33) und über den Boom an der Wiener Börse (1985, Nr. 42)

172, 173 ▶ *Lubesch lobt IEL* – aus Jens Tschebulls Würdigung des Hamburger-Braters Mc Donald (1986, Nr. 15)
Die Verwendbarkeit dieses auf den ersten Blick weit hergeholten Textes an der genannten Stelle ergibt sich aus der Tatsache, daß sowohl Mc Donald als auch das fiktive IEL im Grunde in derselben Sparte tätig sind: beide produzieren Plastic-food. Im ersten Fall handelt es sich um Plastic-food für den Magen und im zweiten um Plastic-food für die Seele.
Im Tschebull-Text mußten daher im wesentlichen nur die wenigen, unmittelbar auf den Aspekt der physischen Ernährung bezogenen Worte durch entsprechende, auf »Geistesnahrung« verweisende Ausdrücke ersetzt werden (so wurden etwa »Speisen« zu »Kursunterlagen«) – und schon paßt alles wie angegossen.

173 ▶ *Lubesch sieht Parallelen zwischen heimischen Unternehmern und Politikern* – aus Kommentaren von Jens Tschebull (1987, Nr. 5 und 1987, Nr. 16) und Christian S. Ortner (1987, Nr. 11) über die neue Regierung unter Kanzler Vranitzky

174 ▶ *Peterlings Sicht der neuen Regierung und ihres Kanzlers* – aus drei Kommentaren Peter M. Lingens' mit den Titeln

● »Respekt für Vranitzky« (1986, Nr. 37)
● »Vranitzky macht's möglich« (1987, Nr. 3)
● »Wie schwach ist die Regierung?« (1987, Nr. 15)

174, 175 ▶ *Hirsch kritisiert die Sozialdemokraten und fordert eine sinnliche Politik* – aus zwei Kommentaren Günther Nennings mit den Titeln

● »Warum die SPD schwer zu retten ist« (1987, Nr. 15)

● »Störung der Berufspolitik durch Dilettanten« (1985, Nr. 29)

175 ▶ *Hirschs Kritik an Martin* – aus:

● dem zuletzt genannten Kommentar Günther Nennings

● Hubertus Czernins Bericht über die wachsende Kritik aus dem Lager der Linken an Josef Cap (1985, Nr. 41)

● einem kritischen offenen Brief an Josef Cap, den Franz Ferdinand Wolf in einem Interview mit dem genannten Abgeordneten zitiert (1985, Nr. 8)

175 ▶ *Swoboda verteidigt Martin* – aus dem Bericht von Jutta Kohout und Werner Schima über die Linke in der SPÖ (1983, Nr. 29); daraus: Manfred Matzka über Josef Cap

175 ▶ *Peterling befürchtet eine sittliche Gefährdung Martins* – aus Hubertus Czernins Bericht über die Kritik der Linken an Josef Cap (1985, Nr. 41); daraus: eine Äußerung des Vorsitzenden der SJ über Josef Cap

23
Im Hohen Haus

176 ▶ Der Titel dieses Kapitels entstammt einem Parlaments-Bericht von Josef Votzi (1987, Nr. 22)

176, 177 ▶ *In der Milchbar* – aus einer Reportage Josef Votzis über die Milchbar im Parlament (1984, Nr. 1); ergänzt durch zwei ganz kurze Ausschnitte aus:

● einem weiteren Parlamentsbericht desselben Autors (1988, Nr. 9)

● dem bereits mehrfach zitierten Bericht über die Situation der Linken in der SPÖ von Jutta Kohout und Werner Schima (1983, Nr. 29)

177, 178 ▶ *Martin erinnert sich an seine ersten Tage als Abgeordneter* – aus Johannes Voggenhubers Erinnerungen an seine ersten Tage als von der Bürgerliste ins Rathaus der Stadt Salzburg entsandter Stadtrat (1987, Nr. 42)

178 ▶ *Martin plant kritische parlamentarische Anfragen, gibt dieses Vorhaben aber bald wieder auf* – aus:

● Johannes Voggenhubers eben erwähnten Erinnerungen (1987, Nr. 42)

● Josef Votzis Bericht über den Langen Marsch des Josef Cap (1985, Nr. 51/52)

178 ▶ *Die Wirkung des Klubzwangs* – aus einem Interview Franz Ferdinand Wolfs mit Josef Cap anläßlich einer Abstimmung, bei der Cap gegen seine Überzeugung votierte (1985, Nr. 8)

178, 179 ▶ *Die Rolle und Bedeutung des Abgeordneten* – aus den im »profil« abgedruckten Auszügen aus einem Enthüllungsbuch der ehemaligen sozialistischen Landtagsabgeordneten Ottilie Matysek (1987, Nr. 31)

179 ▶ *Martin entdeckt, daß im Parlament nichts entschieden wird und fragt sich, ob er da mitspielen soll* – aus dem Bericht des Grün-Abgeordneten Walter Geyer über seine ersten Erfahrungen als Parlamentarier (1987, Nr. 12)

179 ▶ *Martins Reflexionen über seine weitere Perspektive* – aus:

● Josef Votzis Bericht über den Langen Marsch des Josef Cap (1985, Nr. 51/52)

● Werner Schimas Bericht über die Entfremdung zwischen Josef Cap und seiner linken Basis (1984, Nr. 1)

180 ▶ *Die Klingel ruft zur Abstimmung* – aus Josef Votzis Reportage über die Milchbar im Parlament (1984, Nr. 1)

180 – 182 ▶ *Die kritischen Briefe an Martin und dessen trotzige Reaktion auf sie* – aus:

● Josef Votzis Bericht über den Langen Marsch des Josef Cap (1985, Nr. 51/52)

● Artikeln über die Entfremdung zwischen Josef Cap

und seiner linken Basis von Werner Schima (1984, Nr. 1) und Hubertus Czernin (1985, Nr. 41)

182 ▶ *Das Spottgedicht auf Martin* – aus einem in Reimen geschriebenen SPÖ-kritischen Feuilleton Günther Nennings (1988, Nr. 21)

24
Der weiße Riese

183 – 185 ▶ *Renate geht mit Martin auf das Sommerfest des Kanzlers* – aus einem Feuilleton Elfriede Hammerls mit dem Titel »Social life« (1985, Nr. 10); ergänzt durch einen ganz kurzen Ausschnitt aus Christoph Kotankos Bericht über das Sommerfest des Bundeskanzlers (1988, Nr. 28)

185, 186 ▶ *Das Privatleben eines erfolgreichen Politikers* – aus Franz Ferdinand Wolfs Kommentar anläßlich des Selbstmordes der Gattin eines prominenten Politikers (1983, Nr. 46)

186 – 188 ▶ *Die Auseinandersetzung zwischen Renate und Martin* – aus einem Feuilleton Elfriede Hammerls mit dem Titel »Lieber Mann, mir geht es schlecht« (1985, Nr. 11)

188, 189 ▶ *Renate wird depressiv und medikamentensüchtig* – aus:
● Sibylle Fritschs Reportage über die »Seelenseuche Depression« (1981, Nr. 2)
● dem Bericht »Weiße Riesen für die Frauen« von Krista Federspiel und Hans Weiss (1985, Nr. 48)

25
Hans im Glück

190, 191 ▶ *Hans' märchenhafter Aufstieg zum Partner Albert Bauers* – kleinteilig zusammengesetzt aus:

a) in Erfolgsstories verwendeten Formulierungsklischees mit Märchenbezug (Hans im Glück, Froschkönig, Es war einmal...)
b) kurzen Ausschnitten aus Berichten über Wirtschaftskriminelle und deren Coups
c) kurzen Ausschnitten aus Reportagen über dynamische Manager.

Im einzelnen handelt es sich um folgende Artikel:

a) Märchenklischees aus:
   - Liselotte Palmes Bericht über den wundersamen Aufstieg der VÖEST-Tochter »Intertrading« (1985, Nr. 36)
   - einem Bericht von Walter Schwarz über den Wiener Finanzstadtrat Hans (im Glück) Mayr (1988, Nr. 34)
   - Ernst Schmiederers Reportage über den Aufstieg des kleinen Bergbauernsohns Paulus Rappold zu kirchlichen Würden und materiellem Reichtum (1986, Nr. 7)
b) Bezüge zur Wirtschaftskriminalität aus:
   - Artikeln von Liselotte Palme und Christian S. Ortner über Bela Rabelbauer (1985, Nr. 32 und 33, sowie 1986, Nr. 11 und 22)
   - zwei Berichten von Alfred Worm über die Betrugssache Hannak-Royer (1984, Nr. 15 und 16)
   - Jens Tschebulls Bericht über eine großangelegte Mehrwertsteuerhinterziehung (1986, Nr. 32)
   - Christian S. Ortners Bericht über einen Betrug im Bereich des internationalen Kaffeehandels (1984, Nr. 49)
c) Bestandteile von Stories über dynamische Manager aus:
   - Reinhard Tramontanas Portrait des Chefs der VÖEST-Tochter »Intertrading«, Gernot Preschern (1986, Nr. 49)
   - Alfred Worms Bericht über einen als Manager erfolgreichen Exstadtrat (1988, Nr. 36)

191 ▶ *Hans begibt sich auf den Konsumtrip* – aus:

- Robert Buchachers Reportage über Luxuskonsum (1987, Nr. 48)

● Ernst Schmiederers Bericht über Yuppies und Ultras (1987, Nr. 4)

191, 192 ▶ *Hans als Autonarr* – aus:
● dem Text eines BWM-Inserates im »profil«
● Marianne Enigls Reportage über eine Spritztour im schnellsten Auto der Welt (1985, Nr. 19); daraus: das Zitat eines Textes des Motorjounalisten Helmut Zwickl
● Gerry Brauns Bericht über die Renaissance der großen Ami-Schlitten (1988, Nr. 17)

192 ▶ *Hans' zweite Leidenschaft* – kleinteilige Verknüpfung kurzer Abschnitte aus:
● Paul Yvons Portrait des als »blader Franz« bekannt gewordenen Millionenbetrügers Franz Lettmüller (1987, Nr. 14); daraus: zwei auf das Essen bezogene Passagen
● dem Portrait eines Politikers von Christian S. Ortner (1987, Nr. 4); daraus: eine Passage über dessen Lieblingsrestaurant
● Marianne Enigls und Elisa Gregors Bericht über die Silvestermenus der Hautevolee (1986, Nr. 51)
● Marianne Enigls Streifzug durch einige Spitzenrestaurants der Bundeshauptstadt (1986, Nr. 6)
● Robert Buchachers Reportage über Luxuskonsum (1987, Nr. 48)
● zwei Artikeln von Elisa Gregor und Michael J. Mayr über Schönheits- und Schlankheitsinstitute (1985, Nr. 14 und 1988, Nr. 12)

26
Wer ist Thomas Holzer?

193 ▶ Der Titel dieses Kapitels stammt aus Peter M. Lingens' bereits mehrfach erwähntem Portrait des zum Mörder gewordenen Schülers Günter Lorenz (1983, Nr. 9)

193 ▶ *Hans wartet auf Waltraud und denkt nach über seine Beziehung zu ihr* – aus zwei Artikeln von Sibylle

Fritsch, welche sich mit Beziehungsproblemen befassen (1985, Nr. 51/52 und 1987, Nr. 51/52). Die diesen Artikeln entnommenen Zitate werden ergänzt durch ganz kurze Passagen aus:

- Herbert Langsners Portrait eines erfolgreichen Gastronomen, der auch selbst gern ißt (1984, Nr. 48); daraus: das Essen einer Pasta asciutta
- Christian S. Ortners Artikel über Bela Rabelbauer (1986, Nr. 22)
- einem der Feuilletons von Elfriede Hammerl über alleinstehende Mütter (1987, Nr. 46)

194, 195 ▶ *Waltraud und Hans sprechen über ihre Probleme mit Thomas* – Abgesehen von einer kurzen Passage aus Robert Buchachers Portrait einer Verkäuferin (1987, Nr. 51/52) stammen die hier verarbeiteten Zitate durchwegs aus Artikeln, die sich auf Links- oder Rechtsradikalismus, bzw. auf Verweigerungsverhalten von Jugendlichen oder Künstlern beziehen. Im einzelnen handelt es sich um Ausschnitte aus:

- drei Artikeln über die Palmers-Entführer und den Prozeß gegen sie von Peter M. Lingens und Erika Wantoch (1977, Nr. 48 und 49, sowie 1979, Nr. 8)
- Paul Yvons Portrait des Neonazis Hermann Plessl (1983, Nr. 47)
- Michael Hammers Bericht über einen jungen Mann, der sich in die Grazer Neonazi-Szene einschlich, um diese aufzudecken (1988, Nr. 16)
- Erika Wantochs Portrait des Sohnes eines Gauleiters im Dritten Reich (1983, Nr. 22)
- Günther Nennings Reflexionen über einen Philosophen, der »das ganze Andere suchte und den Faschismus fand« (1988, Nr. 27)
- Peter M. Lingens' Kommentar über jene »Chaoten«, die verdächtigt werden, einen Brandanschlag auf die Zentrale des Steyr-Konzerns verübt zu haben (1987, Nr. 10)
- Sibylle Fritschs Reportage über die Punks von Wien (1983, Nr. 30)
- Robert Buchachers Reportage über die Skinheads von Wien (1988, Nr. 27)

● Sigrid Löfflers Rezension eines Romans von Michael Scharang über einen jungen Mann, der ein experimentelles Leben führt und sich selbst durch Verweigerung treu zu bleiben versucht (1985, Nr. 2)

● Horst Christophs Bericht über den Lyriker Hermann Schürrer, der ein Leben in radikaler Verweigerung führte(1984, Nr. 47)

195 – 199 ▶ *Hans beschließt, mehr über Thomas in Erfahrung zu bringen und führt einige Erkundungsgespräche* – Der allergrößte Teil der hier verwendeten Zitate stammt aus jenen beiden Artikeln, in denen Peter M. Lingens unter dem Titel »Wer ist Günter Lorenz?« von seinen Nachforschungen über einen Schüler, der drei Menschen ermordet hat, berichtet (1983, Nr. 9 und 10)

Immer dann, wenn in diesen Texten von Mord, Mordlust usw. die Rede ist, wurden diese Wörter durch Begriffe ersetzt, die sich auf politischen Extremismus (Anarchismus, Faschismus) beziehen. Auch dort, wo sich die Lingens-Texte auf die homosexuellen Neigungen des Schülers Lorenz bzw. auf deren Wahrnehmung und Bewertung durch dessen Klassenkameraden beziehen, wurde eine solche Begriffsverschiebung vorgenommen. Anstatt »er hat erzählt, daß er homosexuell ist«, heißt es also zum Beispiel: »Er hat erzählt, daß er Faschist ist.«

Die Möglichkeit für derartige Textvariationen ergibt sich aus einem tieferliegenden Aspekt der Identität von Mord, Homosexualität und politischem Extremismus: In allen drei Fällen handelt es sich um den Bruch von gesellschaftlichen Tabus. Bei Mord und Homosexualität werden hierzulande geltende Tabus der Interaktion bzw. des Sexualverhaltens gebrochen, beim politischen Extremismus handelt es sich um die Mißachtung von Grundregeln des politischen Verhaltens innerhalb der bürgerlichen Demokratie.

Neben den beiden erwähnten Lingens-Artikeln enthält die hier beschriebene Textpassage auch kurze Ausschnitte aus:

● Erika Wantochs Bericht über den Prozeß gegen die Palmers-Entführer (1979, Nr. 8)

● Sibylle Fritschs Portrait des Wiener Underground-Stars Hansi Lang (1984, Nr. 46); daraus: das Sprayen des Slogans »Keine Angst«

27
Martin wirft Ballast ab

200 – 202 ▶ *Martins beginnender Aufstieg und das damit einhergehende Abwerfen von ideologischem Ballast* – aus:

● Artikeln von Josef Votzi über den langen Marsch des Josef Cap (1985, Nr. 51/52), sowie über dessen ganz persönliche Wende (1987, Nr. 16)

● Notizen in der Rubrik Werwowarum zur Wahl des Josef Cap zum stellvertretenden Bezirksparteiobmann von Wien-Hernals (1988, Nr. 16) und zu dessen (als Abwerfen von Ballast bezeichnetem) Beschluß, die Einkommensselbstbeschränkung aufzugeben (1987, Nr. 16)

202 ▶ *Martin könnte mit seinem Leben zufrieden sein* – Kurze Passage aus einer dem »profil« beigelegten Werbebroschüre für die sogenannte »Hirt-Methode«, ein Dispositions- und Problemlösungsverfahren für Leute die ihre »Erfolgsfähigkeit wesentlich steigern« wollen

202 ▶ *Martins Streit mit dem Vater* – aus Josef Votzis Artikel über die ganz persönliche Wende des Josef Cap (1987, Nr. 16); daraus: Aussagen des Altlinken Josef Hindels über Cap, sowie Rechtfertigungsversuche des letzteren

203 ▶ *Renates Medikamentensucht* – aus:

● dem Bericht »Weiße Riesen für die Frauen« von Krista Federspiel und Hans Weiss (1985, Nr. 48)

● Sibylle Fritschs Reportage über die »Seelenseuche Depression« (1981, Nr. 2)

28
Sinnliches und Besinnliches

204, 205 ▶ *Lubesch umsorgt seine Zweite, weiß keine Antwort auf Hirschs Frage nach den Kindern seiner Ersten und provoziert eine kleine Szene* – aus Elfriede Hammerls Feuilleton mit dem Titel »Charlys zweite Frau« (1985, Nr. 30)

205 ▶ *Hirsch hat keinen Draht mehr zur heutigen Jugend* – aus Elfriede Hammerls Feuilleton über einen Mann, der nicht für eine Frau allein geschaffen ist (1985, Nr. 14)

205, 206 ▶ *Peterling ist sauer auf Hirsch* – aus:

- Elfriede Hammerls beiden zuletzt erwähnten Feuilletons (1985, Nr. 14, und 1985, Nr. 30)
- Kommentaren von Günther Nenning mit den Titeln »Warum Männer nicht sexy sind« (1987, Nr. 28) und »Ich bin der neue Mann« (1987, Nr. 45)
- Henryk M. Broders »Nachrede auf die sogenannten Softies« (1986, Nr. 34)

206, 207 ▶ *Peterlings Kummer mit seiner Geliebten* – aus Elfriede Hammerls Feuilleton über einen Mann, der sich von seiner Geliebten nicht trennen kann (1988, Nr. 10)

207 ▶ *Swoboda berichtet von Renates Selbstmord* – zwei ganz kurze Passagen aus:

- einem Skandalbericht Alfred Worms (1986, Nr. 12); daraus: der Zusammenbruch eines Mannes, als er vom Selbstmord eines engen Freundes erfährt
- Peter M. Lingens' Kommentar anläßlich des Selbstmordes einer Politikergattin (1985, Nr. 21)

207 – 209 ▶ *Die Anwesenden sind erschüttert; Peterling, Swoboda und Lubesch beginnen eine Diskussion über die Institution »Ehe«* – aus:

- Kommentaren anläßlich des Todes einer Politikergattin von Franz Ferdinand Wolf (1983, Nr. 46) und Peter M. Lingens (1985, Nr. 21)
- Peter M. Lingens' Reflexion zum Thema »Wozu ist die Ehe da?« (1985, Nr. 22)

209 ▶ *Hirsch spricht über die eheliche Treue* – aus:
● zwei Kommentaren Günther Nennings zum Thema »Treue« (1986, Nr. 11 und 19)
● Paul Yvons Kritik an Peter M. Lingens' Vorschlägen für eine Neuordnung des Familienrechts (1985, Nr. 23)

209, 210 ▶ *Swobodas »Beziehungsexperiment« und seine Vorstellungen über die postbürgerliche Ehe* – aus:
● einem Fallbeispiel in Sibylle Fritschs Artikel über die Krise der Zweierbeziehung (1985, Nr. 51/52)
● Trautl Brandstallers Reflexion über »neue Ehe-Modelle« (1985, Nr. 25)
● Werner A. Pergers Bericht über bürgerliche APO-Veteranen in der BRD (1988, Nr. 18)

210 ▶ *Lubesch entdeckt wieder einmal eine Marktlücke* – aus:
● einem Leserbrief von Stefan Malfer zur Ehe-Diskussion im »profil« (1985, Nr. 27)
● zwei Kommentaren von Jens Tschebull, in denen dieser mit marktwirtschaftlichen Prinzipien an marktferne Bereiche (Bildungssystem und Politik) herangeht (1984, Nr. 5 und 1987, Nr. 16)

210 ▶ *Peterling setzt zu seiner Geburtstagsrede an* – zwei kurze, auf das Halten von Reden bei feierlichen Anlässen bezogene Ausschnitte aus:
● einem Prominentenportrait von Sibylle Fritsch (1984, Nr. 26)
● einem Politikerportrait von Georg Nowotny (1988, Nr. 30)

210 – 212 ▶ *Peterlings Geburtstagsrede* – aus Peter M. Lingens' Darlegung seiner guten Vorsätze für das Neue Jahr (1987, Nr. 1)

29
Der blade Hans

213, 214 ▶ Dieses Kapitel besteht hauptsächlich aus Teilen zweier Berichte Paul Yvons über den als »bladen Franz« bekannt gewordenen Millionenbetrüger Franz Lettmüller (1987, Nr. 14 und 32). Ergänzt werden diese Zitate durch Ausschnitte aus einem Bericht von Stefan M. Gergely über »Eß-Sucht« (1985, Nr. 20), sowie einer ganz kurzen Passage aus Alfred Worms Artikel über den ebenfalls zur Körperfülle neigenden Wirtschaftskriminellen Gerhart Royer (1984, Nr. 15)

30
Theater der Jugend

215 ▶ *Thomas' Verhältnis zu Eltern und Großeltern* – kleinteilige Verkettung von Kurzzitaten, welche das Verhältnis zwischen Kindern und Eltern oder Großeltern betreffen, aus:

- Robert Buchachers Portrait einer alleinstehenden Mutter, die Verkäuferin ist (1987, Nr. 51/52)
- Zwei Artikeln über den Schüler Günter Lorenz, welcher drei Menschen ermordet hat, von Peter M. Lingens (1983, Nr. 10) und Paul Yvon (1984, Nr. 11)
- drei Artikeln über die Palmers-Entführer und den Prozeß gegen sie von Peter M. Lingens (1977, Nr. 48 und 49) und Erika Wantoch (1979, Nr. 8)
- Peter M. Lingens' Kommentar zur Palmers-Entführung unter dem Titel »Ein Hauch RAF« (1977, Nr. 48)
- Christian S. Ortners Portrait von Bela Rabelbauer (1986, Nr. 22); daraus: eine Passage, die sich auf Rabelbauers Kindheit bezieht
- Paul Yvons Portrait zweier Jugendlicher, die in einen tödlich endenden Raufhandel verwickelt waren (1983, Nr. 22)

216 ▶ *Thomas und die Neofaschisten* – kleinteilige Verkettung von Kurzzitaten aus:

- zwei Reportagen über die Neonaziszene von Michael Hammer (1988, Nr. 16), sowie Herbert Langsner und Gerald Gaiswinkler (1985, Nr. 7)

● Robert Buchachers Reportage über die Skinheads von Wien (1988, Nr. 27)

● Robert Klements Bericht über die Wirkung von Besuchen im KZ auf Schüler (1985, Nr. 49); daraus: die Passage über die Faszination des Bösen

● einem Kommentar von Peter M. Lingens über jene »Chaoten«, die verdächtigt werden, einen Brandanschlag auf die Zentrale des Steyr-Konzerns verübt zu haben (1987, Nr. 10); daraus: die Passage, welche sich auf »Aktionen, die Widerstand gegen das System ausdrücken«, bezieht

216, 217 ▶ *Thomas als Student der Theaterwissenschaften* – aus einem Artikel von Peter M. Lingens über die Palmers-Entführer (1977, Nr. 49), ergänzt durch eine kleinteilige Verkettung von Kurzzitaten, betreffend Identitätsprobleme und Protestverhalten von Jugendlichen, sowie die darauf bezogenen Reaktionen der Erwachsenenwelt, aus:

● dem zuletzt erwähnten Kommentar von Peter M. Lingens (1987, Nr. 10)

● Ernst Schmiederers Bericht über zwei Gerichtsverfahren gegen jugendliche Außenseiter (1985, Nr. 5)

● Robert Buchachers Reportage über die Skinheads von Wien (1988, Nr. 27)

● einem Artikel von Herbert Langsner und Gerald Gaiswinkler über die Neonazi-Szene (1985, Nr. 7)

● Zwei Artikeln über den Schüler Günter Lorenz, der zum Mörder wurde, von Peter M. Lingens (1983, Nr. 9) und Paul Yvon (1984, Nr. 11)

217, 218 ▶ *Der Paukenschlag und die Reaktion der Studenten auf ihn* – aus einem Bericht über Studentenproteste gegen Sparmaßnahmen der Großen Koalition von Freddie Kräftner und Christian Skalnik (1987, Nr. 43), ergänzt durch kurze Ausschnitte aus drei innen- bzw. wirtschaftspolitischen Kommentaren von Peter M. Lingens (1987, Nr. 36), Jens Tschebull (1987, Nr. 43) und Christian S. Ortner (1987, Nr. 35)

218, 219 ▶ *Peterlings Artikel zu den Studentenprotesten* – aus:

● Peter M. Lingens' Kommentar mit dem Titel

»Kampf gegen den Mißtrauensvorschuß« (1987, Nr. 36); daraus: die positive Einschätzung der Großen Koalition

● Jens Tschebulls Kommentar mit dem Titel »Studentensparen« (1987, Nr. 43)

● Werner A. Pergers Bericht über bürgerliche APO-Veteranen in der BRD (1988, Nr. 18)

219 – 221 ▶ *Peterling liest aus eigenen Werken und verfaßt einen Artikel über die seltsamen Ereignisse bei dieser Lesung* – aus Jens Tschebulls Kommentar mit dem Titel »Theater der Jugend« (1987, Nr. 48)

31
Der Coup

222 ▶ Der Titel dieses Kapitels stammt aus Herbert Langsners Portrait eines Industriellen (1988, Nr. 50)

222 ▶ *Martin erlebt über Telefon den Selbstmord seiner Gattin* – aus:

● Paul Yvons Bericht über eine Frau, die vor Gericht steht, weil sie sich selbst und ihr Kind umzubringen versuchte (1987, Nr. 17)

● Sibylle Fritschs Reportage über die »Seelenseuche Depression« (1981, Nr. 2)

222 ▶ *Um das Kind nehmen sich jetzt die Großeltern an* – aus Elfriede Hammerls Feuilleton über eine Frau, die sich selbst und ihr Kind umzubringen versuchte (1988, Nr. 8)

222 ▶ *Martin arbeitet weiter an seiner Karriere und fährt auf Klubklausur* – aus:

Franz Ferdinand Wolfs Kommentar anläßlich des Selbstmordes einer Politikergattin (1983, Nr. 46)

● Josef Votzis Reportage über die Milchbar im Parlament (1984, Nr. 1); daraus: das angeregte Schwätzchen zweier Abgeordneter

● einem Leserbrief von Helmut Keller mit Bezugnahme auf die Karriere des Josef Cap (1986, Nr. 44)

222, 223 ▶ *Martin wird von Hans angerufen und vereinbart mit diesem einen Termin für ein Treffen* – aus:

● Beiträgen anläßlich der Bestechung des Staatsanwalts Lutz Moser durch Bela Rabelbauer von Helmut Voska (1985, Nr. 31 und 1987, Nr. 7) und Paul Yvon (1985, Nr. 51/52); daraus: Passagen, die sich auf erste Kontakttelefonate sowie die Vereinbarung eines Treffens zur Vorbereitung des geplanten »Geschäfts« beziehen

● einem kurzen Ausschnitt aus einem Werbetext für Bene-Büromöbel mit Bezug auf das »eigene Büro« (1985, Nr. 16)

223 ▶ *Wie Martin seinen Freund Hans erlebt* – aus:

● einer Personenbeschreibung in Adam Bronsteins »Tagebuch eines Kapitalisten«; zitiert durch Reinhard Tramontana (1988, Nr. 11)

● einem Werbetext für Bene-Büromöbel (1985, Nr. 16); daraus: das Öffnen der Schrankwand

223, 224 ▶ *Hans erzählt von sich* – aus:

● Christian S. Ortners Portrait eines erfolgreichen Managers (1983, Nr. 15); ergänzt durch eine kurze Passage aus einer dem »profil« beigelegten Werbebroschüre für die sogenannte »Hirt-Methode«, ein Dispositions- und Problemlösungsverfahren für Manager

● Hubertus Czernins Portrait eines Provisions-Haies (1985, Nr. 20)

● zwei Artikeln über die Versuche, zwei staatliche Rüstungsbetriebe zu verkaufen von Herbert Langsner und Christian S. Ortner (1988, Nr. 25 und Nr. 35); ergänzt durch eine kurze Passage aus einem Kommentar Christian S. Ortners zum allgemeinen Problem der Privatisierungen (1987, Nr. 20)

224 ▶ *Martin erläutert seine Meinung zur Frage der Privatisierung von Staatsbetrieben* – aus Aussagen des:

● ehemals am linken Flügel der SPÖ beheimateten Finanzministers Ferdinand Lacina in einem von Christian S. Ortner und Christoph Kotanko geführten Interview (1988, Nr. 30)

● Vorsitzenden der Wiener SPÖ, Hans Mayr, in einem

von Christian S. Ortner geführten Interview (1988, Nr. 33)

224, 225 ▶ *Der weitere Verlauf des Gesprächs* – kleinteilige Verkettung von Kurzzitaten aus:

a) Texten, welche Beschreibungen von Verhandlungen im Zuge von zweifelhaften Geschäften, sowie sonstige Bezugnahmen auf Gesprächssituationen im Bereich der Geschäftswelt enthalten. Im einzelnen handelt es sich dabei um:
   - Liselotte Palmes Portrait des Wirtschaftskriminellen Bela Rabelbauer (1986, Nr. 11)
   - zwei Artikeln von Helmut Voska über die Bestechung des Staatsanwaltes Lutz Moser durch Bela Rabelbauer (1987, Nr. 6 und Nr. 7)
   - die bereits mehrfach erwähnte Werbeeinschaltung über die sogenannte »Hirt-Methode«; daraus: »die Katze aus dem Sack lassen...«

b) Texten, die sich auf Wirtschaftskriminelle beziehen, welche Betriebe kaufen, um sie anschließend in den Konkurs zu führen. Im einzelnen handelt es sich dabei um:
   - Christian S. Ortners Portrait eines »Desperados der freien Marktwirtschaft«, der einen österreichischen Staatsbetrieb kaufte, um ihn »auszusaugen und (dann) wegzuwerfen« (1988, Nr. 13)
   - Alfred Worms Bericht über einen Mann, der dasselbe Spiel mit verschiedenen privaten Unternehmen betrieben hat (1984, Nr. 15)

c) Texten, die auf das Thema »Privatisierung« bezogen sind. Im einzelnen handelt es sich dabei um:
   - Herbert Langsners und Christian S. Ortners Bericht über die Versuche, zwei staatliche Rüstungsbetriebe zu verkaufen (1988, Nr. 25)
   - Christian S. Ortners Kommentar zum allgemeinen Problem der Privatisierung (1987, Nr. 20)

Ergänzt werden die unter a) bis c) einzuordnenden Zitate durch eine kurze Passage aus Josef Votzis Portrait des Alt-68ers und jetzigen Vranitzky-Ohrwurms Joseph Huber (1988, Nr. 20); daraus: Martin als wichtiger Gedankengeber des Kanzlers

225 ▶ *Im Verteidigungsausschuß mokiert man sich über Martin* – aus Josef Votzis Bericht über die ganz persönliche Wende des Josef Cap (1987, Nr. 16)

225 – 227 ▶ *Der Privatisierungscoup* – Diese Geschichte besteht im wesentlichen aus der Zusammenfügung von Ausschnitten aus:

● drei Berichten über die vom Scheitern bedrohten Versuche, zwei staatliche Rüstungsbetriebe zu verkaufen, von Herbert Langsner und Christian S. Ortner (1988, Nr. 25, Nr. 35 und Nr. 40)

● vier Berichten derselben Autoren über die katastrophalen Folgen der Privatisierung der VÖEST-Tochter »Brückenbau AG« (1988, Nr. 13, Nr. 17, Nr. 21 und Nr. 23)

Ergänzt werden die Zitate aus den eben genannten Artikeln durch kurze Ausschnitte aus:

● Alfred Worms Beschreibung des Insolvenzritters Rudolf Hannak (1984, Nr. 15)

● Hubertus Czernins Portrait eines Provisionshaies (1985, Nr. 20)

● Jens Tschebulls Beschreibung der komplizierten Mechanismen eines Millionenbetruges (1986, Nr. 32)

● einem Kommentar desselben Autors zu einer speziellen Form der Privatisierung von Staatsbetrieben (1987, Nr. 42)

227, 228 ▶ *Die Folgen der Privatisierungsaktion für Martin* – aus:

● Sigrid Löfflers Bericht über die Folgen des drohenden Scheiterns eines Sanierungsprojekts im Bereich der Kulturpolitik, für dessen Drahtzieher (1988, Nr. 38)

● Franz Ferdinand Wolfs Kommentar zur Angst des Berufspolitikers vor dem Verlust seines Mandats (1985, Nr. 7)

● Hubertus Czernins Portrait eines Provisionshaies (1985, Nr. 20); daraus: ein sozialistischer Politiker leugnet, diesen Mann näher zu kennen

● Alfred Worms Bericht über einen in eine Betrugsaffäre verwickelten sozialistischen Politiker (1988, Nr. 6); daraus: die Beteuerung, hereingelegt worden zu sein

● einer Reportage über eine politische Krise von

Hubertus Czernin, Herbert Lackner und Josef Votzi (1988, Nr. 40)

● einem Bericht über eine vom Scheitern bedrohte Privatisierungsaktion im Bereich der staatlichen Rüstungsproduktion von Herbert Langsner (1988, Nr. 40)

● einem Artikel Christian S. Ortners über Bela Rabelbauer (1986, Nr. 22); daraus: die Passage von der Verwirklichung eines Traumes

228, 229 ▶ *Die Folgen der Privatisierungsaktion für Hans* – Kleinteilige Verkettung von kurzen Zitaten aus:

● zwei Berichten über gescheiterte Wirtschaftskriminelle von Christian S. Ortner (1986, Nr. 22) und Paul Yvon (1987, Nr. 14)

● Hubertus Czernins Portrait eines Provisionshaies (1985, Nr. 20)

● Herbert Völkers Portrait eines Sportidols (1984, Nr. 44); aus den beiden zuletzt genannten Artikeln: die Reaktionen von Verwandten und Bekannten auf Erfolge, bzw. Mißerfolge des Portraitierten

● Paul Yvons Bericht über einen gescheiterten Spitzensportler (1983, Nr. 37), daraus: die Angst vor den eigenen Freunden

● einem von Christian S. Ortners Berichten über die Folgen der Privatisierung der VÖEST-Tochter »Brückenbau AG« (1988, Nr. 23)

229, 230 ▶ *Hans stellt Albert Bauer zur Rede* – Die rein formalen Aspekte der Gesprächssituation (Besuch des einen Gesprächspartners nach längerer Abwesenheit, Frage nach Neuigkeiten, Reden in Rätseln, usw.) stammen aus den im »profil« abgedruckten Auszügen der Autobiographie eines prominenten Zeitgenossen (1988, Nr. 43).

Bei den Inhalten des Gesprächs handelt es sich, soweit sie Hans' Vorwürfe an Albert Bauer betreffen, um Ausschnitte aus zwei Artikeln über gescheiterte Wirtschaftskriminelle von Christian S. Ortner (1986, Nr. 22) und Alfred Worm (1984, Nr. 16)

Albert Bauers Antwort auf Hans enthält Zitate aus:

● drei Werbeeinschaltungen aus den Jahren 1986 und

1987 für die Diners Club Kreditkarte, in denen versucht wird, dem Verfügen über Geld einen spielerisch-kreativen Aspekt abzugewinnen

- Adam Bronsteins »Tagebuch eines Kapitalisten«; zitiert durch Reinhard Tramontana (1988, Nr. 11)
- einem auf die Sanierung von Betrieben bezogenen Kommentar von Jens Tschebull unter dem Titel »Der letzte Akt«, in dem der Autor mit Begriffen aus der Welt des Theaters arbeitet (1987, Nr. 42); daraus: »Die weitere Regie des Dramas...«

32
Kirchheim und Waldschläger

231 ▶ *Die Wirtschaftspolitik der Koalition und Peterlings Meinung dazu* – aus Stellungnahmen zur Wirtschaftspolitik der Kleinen und der Großen Koalition im Rahmen von Kommentaren von Peter M. Lingens (1985, Nr. 6 und 1988, Nr. 43), Günther Nenning (1988, Nr. 9 und Nr. 31), sowie Christian S. Ortner (1987, Nr. 22)

231 – 236 ▶ *Die Staatskrise* – In diesem Abschnitt läuft alles spiegelbildlich verkehrt zur Wirklichkeit:

- Der Skandal entzündet sich hier im Gegensatz zur realen Entwicklung nicht am Kandidaten der Bürgerlichen, sondern an jenem der Sozialdemokraten.
- Kirchheim, der Präsidentschaftskandidat der Sozialdemokraten, hat hier eine Kriegsvergangenheit, die in der Wirklichkeit jener des zur Zeit des Wahlkampfs amtierenden Bundespräsidenten Kirchschläger entspricht.
- Demzufolge entspricht auch der hier als Auslöser der Staatskrise dargestellte offene Brief mit einer Heroisierung der Kriegsvergangenheit des sozialdemokratischen Kandidaten Kirchheim in der Wirklichkeit einem weitgehend folgenlos gebliebenen offenen Brief von Neonazis an den zur Zeit des Wahlkampfs amtierenden Bundespräsidenten Kirchschläger.

- Die hier dargestellte Reaktion der Öffentlichkeit auf die Kriegsvergangenheit Kirchheims entspricht in der Wirklichkeit der Medienreaktion auf die Kriegsvergangenheit des ÖVP-Kandidaten Waldheim.
- Der hier zur Zeit des Wahlkampfes amtierende Bundespräsident Waldschläger hat eine Kriegsvergangenheit, die in der Wirklichkeit jener des ÖVP-Kandidaten Waldheim entspricht.
- Die hier dargestellte Reaktion der Öffentlichkeit auf diese Kriegsvergangenheit Waldschlägers entspricht in der Wirklichkeit der Medienreaktion auf die Kriegsvergangenheit des amtierenden, von der SPÖ gestellten Bundespräsidenten Kirchschläger.
- Die hier dargestellte Reaktion der Sozialdemokraten auf die öffentliche Kritik an ihrem Kandidaten Kirchheim entspricht in der Wirklichkeit der Reaktion der ÖVP auf die öffentliche Kritik an ihrem Kandidaten Waldheim. Die diesbezüglich verwendeten Zitate stammen jedoch durchwegs aus Berichterstattungen über tatsächliche SPÖ-Reaktionen auf öffentliche Kritik in ähnlich gelagerten Affären, von denen die Sozialisten betroffen waren. So sind etwa die antisemitischen Ausfälle von Sozialdemokraten der seinerzeitigen Auseinandersetzung der SPÖ-Spitze mit Simon Wiesenthal entnommen, während die mit antisemitischen Argumenten angereicherte Parteinahme bürgerlicher Journalisten für einen ins Kreuzfeuer internationaler Kritik geratenen Sozialdemokraten ihre reale Basis in Vorgängen im Zuge der Reder-Affäre hat.
- Die hier dargestellte Krokodilstränen-Reaktion der Konservativen auf die öffentliche Kritik am sozialdemokratischen Präsidentschaftskandidaten Kirchheim entspricht in der Wirklichkeit der Reaktion der SPÖ auf den ÖVP-Kandidaten Waldheim.

Die zum Teil sehr kleinteilig ineinander verschachtelten Zitate stammen aus auf verschiedene Aspekte und Stadien der Waldheim-Affäre bezogenen

- Kommentaren von Peter M. Lingens (1986, Nr. 17, 1987, Nr. 13 und 49 sowie 1988, Nr. 8), Franz Ferdinand Wolf (1986, Nr. 15 und 16), Anton Pelinka

(1986, Nr. 15), Peter Huemer (1988, Nr. 10) und Johannes Mario Simmel (1988, Nr. 10)

● Berichten von Hubertus Czernin (1985, Nr. 42, 1986, Nr. 38, und 40, sowie 1987, Nr. 7), Hubertus Czernin und Christoph Kotanko (1988, Nr. 7), Hubertus Czernin, Christoph Kotanko und Josef Votzi (1988, Nr. 8), Elisa Gregor (1985, Nr. 27), Franz F. Wolf (1985, Nr. 29), Peter M. Lingens (1986, Nr. 17), Danny Leder (1986, Nr. 46), Wolfgang Hirczy (1986, Nr. 37), Alfred Worm (1987, Nr. 23), Robert Buchacher (1988, Nr. 9), sowie Herbert Langsner, Ernst Schmiederer und Paul Yvon (1986, Nr. 17)

● Leserbriefen von Herbert Truppe (1986, Nr. 15), Karl Schwarzenberg (1986, Nr. 16), Liselotte Würzburger (1987, Nr. 21), Grete Schurz (1988, Nr. 9) und Franz Ehm (1988, Nr. 10)

Darüber hinaus enthält dieser Abschnitt Passagen aus:

● zwei Kommentaren von Hans Rauscher und Peter M. Lingens zu verschiedenen Aspekten der Reder-Affäre (beide: 1985, Nr. 6)

● Peter Rabls Bericht über Simon Wiesenthal anläßlich des Erscheinens von dessen Memoiren (1988, Nr. 41)

● dem im »profil« abgedruckten, den »Fall Peter« betreffenden Kapitel aus Simon Wiesenthals Memoiren (1988, Nr. 44)

● Sigrid Löfflers Bericht über die mißlungene Entnazifizierung in Österreich (1986, Nr. 21)

● einem Interview, das Helmut Voska und Alfred Worm mit Altkanzler Kreisky führten (1986, Nr. 17)

236, 237 ▶ *Weiterführung der Unterredung von Hans und Albert Bauer* – kleinteilige Verkettung kurzer Passagen aus:

● einem Kommentar von Peter M. Lingens zur Krise der Kleinen Koalition anläßlich der Reder-Affäre (1985, Nr. 6)

● zwei Kommentaren von Peter M. Lingens (1988, Nr. 8) und Peter Huemer (1988, Nr. 10) zur Waldheim-Krise

● Beiträgen zu verschiedenen Aspekten der Problematik des Gedenkjahrs 1988 von Sigrid Löffler (1987, Nr. 28), Hans Rauscher (1987, Nr. 36), Josef Votzi (1988, Nr. 1) und Reinhard Tramontana (1988, Nr. 44)

237 – 239 ▶ *Die Ratlosigkeit vor dem Gedenkjahr* – kleinteilig verschachtelte Zitate aus:

● Hans Rauschers Bericht von einer Diskussion zwischen österreichischen Diplomaten und Journalisten, in welcher über Möglichkeiten einer imagewirksamen Begehung des Gedenkjahrs 1988 gesprochen wurde (1987, Nr. 36)

● Beiträgen von Hans Rauscher (1986, Nr. 38), Maximilian Gottschlich (1987, Nr. 22) und Hubertus Czernin (1987, Nr. 2) zu Problemen des österreichischen Auslandsimages im Gefolge der Waldheim-Affäre

● zwei Kommentaren Günther Nennings über die Ratlosigkeit vor dem Gedenkjahr 1988 (1988, Nr. 1) sowie zur Frage, wie unser Auslandsimage verbessert werden könnte (1988, Nr. 11); daraus unter anderem: ein von Nenning zitierter Ausschnitt aus Musils »Mann ohne Eigenschaften«, betreffend die »Parallelaktion«

● zwei Kommentaren von Jens Tschebull mit Überlegungen zu möglichen Aktivitäten am Nationalfeiertag des Jahres 1985 (1985, Nr. 44) sowie im Gedenkjahr 1988 (1987, Nr. 31); aus ersterem: der Vorschlag zur Veranstaltung eines Ideenwettbewerbs, sowie die Gedanken zu Paraden und Aufmärschen; aus letzterem: die Idee eines »Demokratiepakets«

● Walter Schwarz' Portrait des Altlinken Josef Hindels (1987, Nr. 27); daraus: dessen auf das Gedenkjahr bezogene Forderung einer Vergangenheitsbewältigung ohne Tabu

● Erika Wantochs Bericht über die von Staat, Parteien, Verbänden und privaten Initiativen für das Gedenkjahr geplanten Aktivitäten (1987, Nr. 42)

● Sigrid Löfflers Vorstellung eines Buches mit dem Titel »Österreichs Fall; Schriftsteller berichten vom Anschluß« (1987, Nr. 28)

● zwei Reportagen von Hubertus Czernin und Christoph Kotanko (1988, Nr. 7) sowie von Hubertus Czernin, Christoph Kotanko und Josef Votzi (1988, Nr. 8) über den Höhepunkt der Waldheim-Krise

239 ▶ *Weiterführung der Unterredung von Hans und Albert Bauer* – Die rein f o r m a l e n Aspekte des Ge-

sprächs stammen, soweit Zitate vorliegen, auch hier wieder (wie schon auf Seite 229) aus den von »profil« abgedruckten Auszügen der Memoiren eines prominenten Zeitgenossen (1988, Nr. 43)

Bei den I n h a l t e n des Gesprächs handelt es sich, soweit Zitate vorliegen, um kurze Passagen aus:

- einem sich auf das Gedenkjahr 1988 beziehenden Bericht von Hans Rauscher (1987, Nr. 36)
- zwei sich auf die Sanierung von Betrieben beziehenden Beiträgen von Jens Tschebull (1987, Nr. 42) und Alfred Worm (1988, Nr. 28)
- einem der beiden bereits erwähnten Kommentare Günther Nennings über die Ratlosigkeit vor dem Gedenkjahr (1988, Nr. 11); daraus: wieder ein von Nenning zitierter Ausschnitt aus Musils »Mann ohne Eigenschaften«, betreffend die »Parallelaktion«

33
Peaceland

240 ▶ *Die von Albert Bauer in ihrer Schwäche richtig eingeschätzte Regierung empfängt Hans* – aus Christian S. Ortners Portrait Bela Rabelbauers (1986, Nr. 22); ergänzt durch ganz kurze Passagen aus drei Beiträgen zum Themenkreis »Sanierung/Privatisierung« von Herbert Langsner (1988, Nr. 17 und 40) und Alfred Worm (1988, Nr. 27)

240 – 242 ▶ *Beginn der Vorstellung des Peaceland-Projekts* – Dieser Abschnitt besteht zum größten Teil aus Zitaten aus Robert Buchachers Bericht über den Villacher Baulöwen Robert Rogner und dessen Plan, auf dem Gelände des nicht in Betrieb gegangenen Atomkraftwerks Zwentendorf ein »Historyland« zu errichten (1987, Nr. 38). Im Original zielt die Museumsidee entsprechend ihrem Bezug zur Atomkraftwerkskulisse nicht auf die »Geschichte der Aggression von den urzeitlichen Stammesfehden bis zur Zähmung der Gewalt in der Demokratie«, son-

dern auf die »Geschichte der Energie vom Feuerstein bis zur Atomkraft«.

Ergänzt werden diese Zitate durch kurze Textstellen aus

- vier Reportagen von Liselotte Palme (1987, Nr. 38 und 1988, Nr. 3), Lars Karlsson (1988, Nr. 4) und Erhard Stackl (1982, Nr. 49) über Krisenregionen, in denen eine wirtschaftliche Neuorientierung gesucht wird
- Jens Tschebulls Kommentar zu den mit der Veranstaltung einer Weltausstellung verbundenen Entwicklungschancen (1988, Nr. 41)
- Sibylle Fritschs Bericht über ein auf einem militärischen Übungsplatz geplantes Friedens- und Kulturspektakel (1988, Nr. 22)

242 ▶ *Fortsetzung der Vorstellung des Peaceland-Projekts*

a) Hans erklärt seine Idee zur Umgestaltung des Halleneingangs – aus Joachim Riedls kritisch-ironischer Beschreibung des Hrdlicka-Mahnmals in dem Kommentar mit dem Titel »Hereinspaziert ins Naziland« (1988, Nr. 31)

b) Hans verweist auf die positiven Folgen für das Image – aus Jens Tschebulls Kommentar zu den sich aus der Veranstaltung einer Weltausstellung für Österreich ergebenden Entwicklungschancen (1988, Nr. 41)

c) Hans enthebt das Thema der Ausstellung zeitlicher und örtlicher Fixierung – aus:

- einem Leserbrief von Karl Wilfing zur Diskussion um das Hrdlicka-Mahnmal (1988, Nr. 31)
- einem Kulturbericht von Sibylle Fritsch, in dessen Rahmen unter anderem das Konzept einer Ausstellung beschrieben wird (1985, Nr. 28)
- Horst Christophs Auseinandersetzung mit dem Problem der Relativierung von Nazi-Greueln im Rahmen eines Berichts über den Streit der Kunsthistoriker über das Ausstellen von Nazi-Kunst (1986, Nr. 42)

243 ▶ *Die Reaktion von Peterling und anderen Kommentatoren auf die Vorschläge von Hans* – Dieser Abschnitt besteht zu einem großen Teil aus Zitaten aus Jens Tschebulls Kommentar zu den mit der Veranstaltung

einer Weltausstellung verbundenen Entwicklungschancen (1988, Nr. 41). Anstatt »... eingebettet in ein historisches Ambiente und vom prickelnden Erlebnis praktizierter Vergangenheitsbewältigung überlagert« heißt es im Original: »... eingebettet in ein Ambiente mitteleuropäischer Kulturgeschichte und überlagert vom prickelnden Erlebnis praktizierter Paprika-Perestroika«. Ergänzt werden diese Zitate durch zwei ganz kurze Passagen aus zwei Kulturbeiträgen von Sigrid Löffler (1986, Nr. 45) und Horst Christoph (1988, Nr. 46)

243 ▶ *Die Befürwortung durch die Sozialdemokraten* – kleinteilige Verschachtelung von Kurzzitaten aus:

- einem Interview von Sigrid Löffler und Horst Christoph mit einem führenden kommunalen Wirtschaftspolitiker des rechten SP-Flügels zu kulturpolitischen Fragen (1986, Nr. 45)
- drei Berichten über die SPÖ von Jutta Kohout und Werner Schima (1983, Nr. 29), Hubertus Czernin und Christoph Kotanko (1988, Nr. 20), sowie von Hubertus Czernin, Herbert Lackner, Christian S. Ortner und Andreas Weber (1988, Nr. 47)
- einem Artikel von Werner A. Perger zum 20jährigen Gedenken des Jahres 1968 (1988, Nr. 1); daraus: Swobodas rührende Suche nach Anzeichen für eine Rück-Wende des Zeitgeistes nach links
- Herbert Lackners Bericht über ein umstrittenes Großprojekt der Gemeinde Wien (1988, Nr. 42); daraus: führende Politiker »bekennen sich« zum Projekt
- Peter M. Lingens' Kurzsatire über die im Zuge der Errichtung eines Mahnmals angestellten politischen Überlegungen (1988, Nr. 30)
- Robert Buchachers Bericht über Robert Rogners Historyland-Projekt (1987, Nr. 38)
- zwei Beiträgen zum Themenkreis »Sanierung/Privatisierung« von Herbert Langsner und Christian S. Ortner (1985, Nr. 33 und 1988, Nr. 25)

243, 244 ▶ *Auch die Konservativen stimmen zu; Widerstand gibt es nur in der Stahlstadt selbst* – kleinteilig verschachtelte Kurzzitate aus:

- Alfred Worms Bericht über die Einigung zwischen

SPÖ und ÖVP über ein gemeinsames Vorgehen bei der Vorbereitung der Weltausstellung (1988, Nr. 41)

● Beiträgen von Herbert Langsner (1988, Nr. 17) und Alfred Worm (1988, Nr. 28) zum Themenkreis »Privatisierung / Sanierung«

244 ▶ *Die Argumente der Betriebsräte und ihre Widerlegung durch den Abgeordneten Weiß* – aus Christian S. Ortners Bericht über die Auseinandersetzungen im Gefolge einer gedrehten Pleite im Textilbereich (1986, Nr. 49); die calmierenden Argumente des Abgeordneten Weiß sind den in diesem Artikel zitierten Äußerungen eines linken Gewerkschafters entnommen, der später zum Minister aufgestiegen ist.

Ergänzt werden die diesem Bericht entnommenen Textstellen durch Kurzzitate aus:

● zwei weiteren Berichten über Fälle von Wirtschaftskriminalität von Christian S. Ortner (1988, Nr. 21) und Alfred Worm (1985, Nr. 23)

● einem Bericht Alfred Worms zum Thema »Unternehmenssanierung« (1988, Nr. 28)

● Peter M. Lingens' Kurzsatire über die im Zuge der Errichtung eines Mahnmals angestellten politischen Überlegungen (1988, Nr. 30)

244, 245 ▶ *Die Arbeiter begehren auf, fügen sich aber schließlich in ihr Schicksal* – aus Liselotte Palmes Bericht über die englische Ex-Montanstadt Corby, die völlig aus der Stahlproduktion ausgestiegen ist (1987, Nr. 38)

245 ▶ *Die Peaceland-Vorbereitungen laufen an* – kleinteilige Verschachtelung von Kurzzitaten aus:

● vier Beiträgen über Kulturspektakel und deren Vorbereitung von Robert Buchacher (1987, Nr. 38), Sigrid Löffler und Horst Christoph (1986, Nr. 45), Sigrid Löffler (1985, Nr. 12) und Alfred Worm (1988, Nr. 41)

● drei Beiträgen über Aktivitäten im Rahmen des Gedenkjahrs 1988 von Jens Tschebull (1987, Nr. 31), Erika Wantoch (1987, Nr. 42), sowie Marianne Enigl und Walter Schwarz (1988, Nr. 30)

● vier Beiträgen zum Themenkreis »Sanierung / Suche nach neuen Wegen für eine Krisenregion« von Liselotte

Palme (1987, Nr. 38), Lars Karlsson (1988, Nr. 44), Alfred Worm (1985, Nr. 23), sowie einem namentlich nicht genannten Autor (1985, Nr. 50)

245, 246 ▶ *Sponsorfinanzierung und Ethikbeirat* – dieser Abschnitt besteht zum größtem Teil aus Zitaten aus Michael J. Mayrs Bericht über die Vermarktung des Mozart-Gedenkjahrs 1991 durch die Stadt Salzburg (1988, Nr. 18). Anstatt »Friedenskitsch oder gar Vergangenheitsbewältigung am Klobesen« ist daher im Originaltext von »Mozartkugel-Kitsch oder gar Mozart am Klobesen« die Rede. Auch die übrigen, auf Mozart bezogenen Textstellen wurden entsprechend abgewandelt.

Ergänzt werden diese Zitate durch Passagen aus:

- Horst Christophs Bericht über den neuen Trend zum Kultur-Sponsoring (1987, Nr. 44)
- zwei Beiträgen über Kulturspektakel und deren Vorbereitung von Robert Buchacher (1987, Nr. 38) und Alfred Worm (1988, Nr. 41)

246 ▶ *Der Ausstellungsmacher und die Suche nach ihm* – aus:

- Peter M. Lingens' Kurzsatire über die im Zuge der Errichtung eines Mahnmals angestellten politischen Überlegungen (1988, Nr. 30)
- zwei Artikeln von Sigrid Löffler über den Ausstellungsinszenator Hans Hollein und die von diesem inszenierte Prunkschau »Traum und Wirklichkeit« (1985, Nr. 12 und 14), sowie einem weiteren Ausstellungsbericht von Sibylle Fritsch (1985, Nr. 29)
- Horst Christophs Beitrag über den Streit der Kunsthistoriker zum Thema »Ausstellen von Nazi-Kunst« (1986, Nr. 42)
- Sigrid Löfflers Rezension einer Inszenierung des Stücks »Ghetto« von Joshua Sobol (1985, Nr. 16); daraus: das Überspielen des kitschigen Ansatzes durch ein geniales Inszenierungskonzept
- zwei Artikeln zum Streit um das Hrdlicka-Mahnmal von Joachim Riedl (1988, Nr. 31) sowie Marianne Enigl und Walter Schwarz (1988, Nr. 30)

246, 247 ▶ *Die Ausstellung* – Dieser Abschnitt besteht zum größten Teil aus Zitaten aus Peter Engelmanns Bericht über eine vom französischen Philosophen Jean-François Lyotard inszenierte Großausstellung mit dem Titel »Die Immaterialien«, bei der es um nicht weniger als um die Frage »Welche Richtung wird die Menschheit nehmen« geht (1985, Nr. 16). Da nur die F o r m dieser Ausstellung, nicht aber deren I n h a l t auf das Peaceland-Museum übertragbar war, mußte der Originaltext entsprechenden Variationen unterworfen werden: aus dem »Schrei eines neugeborenen Kindes« wurden die »Schreie von Gefolterten«, aus einem »gigantischen Schachbrett« ein »gigantisches Kriegsspiel«, und die sich in Musikinstrumente verwandelnden Besucherkörper mutierten zu sich in Folterinstrumente verwandelnde Besucherkörper. Das verrückte Computerexperiment bezieht sich im Original nicht auf das Wachsen der Weltwirtschaftskrise, sondern auf das Wachsen einer Pflanze.

Die Zitate aus dem eben genannten Bericht werden ergänzt durch Ausschnitte aus zwei Berichten über neue Museen in Paris von Horst Christoph (1986, Nr. 52/53) und Stefan M. Gergely (1986, Nr. 41)

247, 248 ▶ *Das Herzstück der Schau* – aus:

- einem Artikel von Marianne Enigl und Walter Schwarz über den Streit um das Hrdlicka-Mahnmal (1988, Nr. 30); daraus unter anderem: der Bericht über eine von Hrdlicka in Berlin durchgeführte Mahn-Aktion mit einem stinkenden Viehwaggon
- zwei weiteren Beiträgen zum Mahnmal-Streit von Joachim Riedl (1988, Nr. 31) und Barbara Coudenhove-Kalergi (1988, Nr. 30)
- vier Ausstellungsberichten von Sigrid Löffler (1985, Nr. 12 und 14), Sibylle Fritsch (1987, Nr. 23) und Horst Christoph (1986, Nr. 41)
- einem Theaterbericht von Sigrid Löffler (1988, Nr. 42)

248, 249 ▶ *Die Ausstellungseröffnung und der folgende Streit der Kritiker* – aus:

- einem Artikel zum Thema »100 Jahre SPÖ« von Hubertus Czernin, Herbert Lackner, Christian S. Ortner und Andreas Weber (1988, Nr. 44); daraus: die kurze Passage zur Eröffnung der Ausstellung

- Horst Christophs Interview mit dem Kulturphilosophen Bazon Brock über die Bedeutung von Sinnsuche und Unterhaltung in der Gegenwartskunst (1986, Nr. 49)
- Horst Christophs Kommentar zum Streit über das Ausstellen von Nazi-Kunst (1986, Nr. 42); daraus: die Relativierung von Nazi-Greueln
- einer Theaterrezension von Sibylle Fritsch über ein von ihr als »Sozialporno« bezeichnetes Stück (1988, Nr. 23); daraus die Wiese für Ästhetikspiele auf Kosten von...
- Sigrid Löfflers Rezension einer Inszenierung des Stücks »Ghetto« von Joshua Sobol (1985, Nr. 16)
- Joachim Riedls kritisch-ironischem Kommentar zum Hrdlicka-Mahnmal (1988, Nr. 31)
- Robert Klements Artikel über KZ-Besuche von Schülern (1985, Nr. 49)
- zwei Kurzsatiren von Peter M. Lingens und Reinhard Tramontana zum Thema »Stil der politischen Auseinandersetzung im Gedenkjahr« (1988, Nr. 30 und Nr. 49)
- einer Ausstellungskritik von Sibylle Fritsch (1987, Nr. 23) und einer Filmkritik von Horst Christoph (1985, Nr. 4)

249, 250 ▶ *Das Museum wird von Besuchern gestürmt und für die Stahlstadt beginnt ein neues Zeitalter* – aus:

- einem Ausstellungsbericht von Sibylle Fritsch (1985, Nr. 28) und einem Theaterbericht von Sigrid Löffler (1988, Nr. 27)
- zwei Reportagen über Krisenregionen, in denen nach wirtschaftlicher Neuorientierung gesucht wird, von Liselotte Palme (1987, Nr. 38) und Lars Karlsson (1988, Nr. 44)
- einem Artikel zum Thema »Fremdenverkehr in der Steiermark« von Hans P. Trumler (1988, Nr. 23)
- einem Bericht zum internationalen Echo auf die Waldheim-Affäre von Danny Leder (1986, Nr. 46)

250 ▶ *Die weitere Entwicklung der Kirchheim-Affäre bis zu ihrem sanften Entschlafen* – aus:

● Kommentaren von Peter M. Lingens zu den Folgen der Reder-Affäre (1985, Nr. 6), zum Thema »Bleibt Waldheim jetzt erst recht?« (1987, Nr. 49) und zur Situation der Großen Koalition einige Monate nach dem Höhepunkt der Waldheim-Krise (1988, Nr. 43)

● Berichten zur Waldheim-Affäre von Hubertus Czernin und Christoph Kotanko (1986, Nr. 38 und 1988, Nr. 7)

● einer kritischen Bilanz der österreichischen Aktivitäten zum Bedenkjahr 1988 von Gerhard Botz (1988, Nr. 20)

250, 251 ▶ *Wie man das »Jubiliäum« begehen möchte* – aus Beiträgen, die sich mit den Gedenkaktivitäten des Jahres 1988 auseinandersetzen, von Günther Nenning (1987, Nr. 37), Erika Wantoch (1987, Nr. 42), Gerhard Botz (1988, Nr. 20), einem namentlich nicht erwähnten Autor (1988, Nr. 11), sowie einer kurzen Passage aus Hubertus Czernins Bericht über die Auseinandersetzungen zum Thema »Waldheim« in den USA (1986, Nr. 38)

251 ▶ *Was dann beim »Jubiläum« tatsächlich passiert* – aus einem namentlich nicht gezeichneten Bericht über die Ereignisse an den Gedenktagen des Jahres 1988, (1988, Nr. 11)

251 ▶ *Wie die Stahlstadt das »Jubiläum« feiert* – kurze Ausschnitte aus:

● dem zuletzt erwähnten Bericht über die Ereignisse an den Gedenktagen des Jahres 1988 (1988, Nr. 11)

● Liselotte Palmes Reportage über eine britische Stahlstadt, die neue Wege geht (1987, Nr. 38)

● Horst Christophs Bericht über neue Trends im Kulturbetrieb (1986, Nr. 38); daraus: das über der Stadt kreisende Luftschiff

● Berichten über zwei kultartige Massenspektakel, die sich mit dem Themenkreis »Frieden/Aggressionsabbau« auseinandersetzen, von Horst Christoph (1984, Nr. 30; über Hermann Nitschs Orgien-Mysterien-Theater)

und Sibylle Fritsch (1988, Nr. 22; über die sogenannte »Schule des Friedens«)

251, 252 ▶ *Hans steht als Kultfigur eines neuen Unternehmertyps im Rampenlicht der Öffentlichkeit* – aus Berichten über zwei wirtschaftliche Traumkarrieren von Robert Buchacher (1985, Nr. 28) und Freddie Kräftner (1988, Nr. 21); ergänzt durch kurze Passagen aus:

- dem zuvor erwähnten, namentlich nicht gezeichneten Bericht über die Ereignisse an den Gedenktagen des Jahres 1988 (1988, Nr. 11)
- einem Bericht Robert Buchachers über Robert Rogner, den Initiator von »Historyland« (1984, Nr. 17)
- Paul Yvons Portrait des als »blader Franz« verspotteten Millionenbetrügers Franz Lettmüller (1987, Nr. 14)

252 ▶ *Auch Martin ist wieder »in«* – aus zwei Kommentaren Peter M. Lingens' mit den Titeln »Von der Unperson zur Person« (1988, Nr. 2) und »Versuch einer Rehabilitierung« (1988, Nr. 20), welche sich kritisch mit den Mechanismen des Auf- und Abstiegs von Persönlichkeiten in der Wertschätzung durch die Öffentlichkeit befassen. Ergänzt werden die Zitate aus diesen zwei Kommentaren durch kurze Passagen aus:

- Josef Votzis Bericht über das Zerwürfnis zwischen Josef Cap und seiner linken Basis (1985, Nr. 51/52)
- Christian S. Ortners Bericht über die gescheiterte Privatisierung eines verstaatlichten Betriebes (1988, Nr. 13)

252, 253 ▶ *Martins Vater scheint versöhnt zu sein und nimmt an einem Aktionstag mit Zeitzeugen teil* – kleinteilige Verkettung kurzer Passagen aus:

- einem zeitgeschichtlichen Beitrag Erika Wantochs zum Thema »Versöhnung zwischen Opfern und Tätern« (1985, Nr. 10)
- zwei Artikeln, die sich mit den Aktivitäten im Gedenkjahr 1988 befassen, von Erika Wantoch (1987, Nr. 42) und Barbara Coudenhove-Kalergi (1988, Nr. 30)
- einem von Peter Rabl und Helmut Voska geführten Interview mit Altkanzler Bruno Kreisky unter dem Titel »Mir preßt es Tränen in die Augen« (1988, Nr. 38)

253, 254 ▶ *Die friedvolle Besetzung des Schießplatzes und das große Festspiel* – Diese Passage besteht zum größten Teil aus Ausschnitten aus:

● Sibylle Fritschs unter dem Titel »Schule des Friedens« stehendem Bericht über die friedvolle Besetzung des Truppenübungsplatzes Allentsteig durch Friedensaktivisten (1988, Nr. 22)

● Horst Christophs Bericht über Hermann Nitsch und dessen Orgien-Mysterien-Theater (1984, Nr. 30).

Ergänzt werden die Zitate aus diesen beiden Artikeln durch kurze Passagen aus:

● Horst Christophs Rückblick auf die Geschichte des Wiener Aktionismus (1988, Nr. 19)

● Erhard Stackls Bericht über die obersteirische Krisenregion (1982, Nr. 49)

254 – 256 ▶ *Martins Erlebnisse als Peaceland-Besetzer* – Diese Passage besteht zum größten Teil aus Artikeln der Hainburg-Sonderausgabe (1984, Nr. 53) von Günther Nenning, Horst Christoph, Marianne Enigl, Jörg Mauthe und Franz Ferdinand Wolf.

Ergänzt werden die dieser Sonderausgabe entnommenen Zitate durch kurze Passagen aus:

● Horst Christophs Bericht über das Orgien-Mysterien-Theater (1984, Nr. 30)

● einem Kommentar Günther Nennings anläßlich eines Treffens junger Grünbewegter (1986, Nr. 40)

● Cornelia Freys Reportage über die Stahlstadt Linz (1987, Nr. 18)

256, 257 ▶ *Martin fühlt eine seltsame Distanz zu Thomas und erhält von diesem einige überraschende Erklärungen, auf die er keine Antwort mehr geben kann* – kleinteilige Verknüpfung kurzer Passagen aus:

● Artikeln, in denen jugendliche Außenseiter der Gesellschaft beschrieben werden, von Peter M. Lingens (1983, Nr. 10; Portrait des zum Mörder gewordenen Schülers Günter Lorenz) und Erika Wantoch (1979, Nr. 8; Bericht vom Prozeß gegen die Palmers-Entführer)

● Beiträgen zum Bundespräsidentenwahlkampf und der daraus resultierenden Waldheim-Affäre, sowie zu deren Vorspiel, der Reder-Affäre von Franz Ferdinand Wolf (1985, Nr. 29), Anton Pelinka (1986, Nr. 15), Helmut Voska (1986, Nr. 16), Peter M. Lingens (1985, Nr. 6 und 1986, Nr. 17), Hubertus Czernin (1986, Nr. 38), Hubertus Czernin und Christoph Kotanko (1988, Nr. 7), Peter Huemer (1988, Nr. 10), Johannes Mario Simmel (1988, Nr. 10), sowie Josef Haslinger (1987, Nr. 51/52)

- Beiträgen zum Themenkreis »Politik und Theater« von Sigrid Löffler (1988, Nr. 42; Bericht über den Wirbel um Thomas Bernhards Stück »Heldenplatz«), Florian Welt (1988, Nr. 42; Leserbrief zum selben Thema), Günther Nenning (1988, Nr. 43; Kommentar zur »Inszenierung des österreichischen Welttheaters durch Bernhard & Peymann«) und Manfred Drennig (1987, Nr. 8; Reflexion über die Frage »Gibt es die Politik der Postmoderne?«, anläßlich einer Peymann-Inszenierung von Shakespeares Richard III)
- Marianne Enigls Portrait eines Mannes, welcher beschloß, das politische Spiel »einmal verkehrt herum zu spielen« (1985, Nr. 28)
- Horst Christophs Bericht über Hermann Nitschs Orgien-Mysterien-Theater (1984, Nr. 30)

Inhalt